KB261118

나의 가장 사랑스러운 적

나의 가장 사랑스러운 적

De Vriendschap

코니 팔멘 장편소설 · 이계숙 옮김

문학동네

불 위에서 끓고 있는 수프는
내 집을 찾아준 좋은 벗과 같다.
특히 맛 좋은 수프는
새로이 맞이한 가족과 같다.

이샤 메이어 1943 - 1995

De Vriendschap

차 례

사물과 언어

그날 난생 처음으로 나는 열두 살이 된다는 게 무엇을 뜻하는지 온몸으로 느낄 수 있었다. 내 앞에는, 정확하게 이름 지을 수는 없으나 사뭇 두려움을 불러일으키는 인생의 심연이 입을 크게 벌리고 서 있었던 것이다. 오늘 이 순간부터 비로소 나는 나이를 제대로 먹게 될 것이라는 사실, 지금까지와 달리 앞으로는 날마다 나한테 좀더 어울리는 나이를 먹게 되리라는 사실을 알았다.

1

　학교 운동장은 나지막한 돌담으로 둘러싸여 있었다. 그녀는 거기에 등을 기대고 서 있었다. 초여름 날씨치고는 지나칠 정도로 무더웠다. 몇 주 후면 1965년 학기는 끝날 터였다. 우리는 아름다운 날씨 탓에 공연히 마음이 들떠 몸을 비비꼬고 있던 참이었다. 기나긴 여름방학이 목전에 다가와 있기도 했다. 열한시 십오 분 전 쉬는 시간을 알리는 종이 울리자, 종소리가 미처 끝나기도 전에 교실 문을 박차고 달려나가던 내 시야에 그녀가 들어왔다. 그 소녀는 수은주가 이십도를 오르내리는 날씨에도 불구하고 무릎까지 내려오는 두터운 검정색 겨울 코트를 입고 있었다.

　그녀는 그 자리에 서 있었다. 나는 그녀말고 그 자리에 그렇게 도발적이고 오만하면서도 한껏 느긋한 자세로 서 있는 사람을 본 적이 없었다. 학교 운동장은 아직 텅 빈 상태나 다름없었고, 그녀 혼자서 운동장의 빈자리를 꽉 채우고 있었다. 나는 가만히 서 있었다.

좀더 가까이에서 그녀의 모습을 살펴보고 싶었다. 느닷없이 우리 반 친구들과 어울려 노는 게 유치하다는 생각이 들었다.

　본래 그 돌담은 트란주젠의 집합 장소다. 대체로 5학년이나 6학년 아이들 몇몇이 그 자리를 차지하게 마련이다. 우리 반에서는 요시엔 드리에센이 그 패거리에 속했다.
　우리끼리 피구를 하게 될 경우 어느 누구도 자진해서 요시엔을 자기 팀에 끼워주려고 하지 않는다. 그녀와 한 팀이 되면 게임에서 질 거라는 건 불을 보듯 훤하기 때문이다. 그녀는 동작이 굼뜬 탓에 제 발에 걸려 넘어지기 일쑤다. 그렇다고 달리기를 잘하는 것도 아니고, 목표를 겨냥해 힘차게 공을 던지는 재주가 있는 것도 아니다. 체육 시간에는 싫든 좋든 그애를 우리 편에 끼워줘야 할 경우도 있다. 편을 가르다가 그애 혼자 남게 되면 자동적으로 선택권이 나중에 있는 편에 속하게 되기 때문이다. 따라서 요시엔을 자기 팀에서 제외시킬 수 있는 확률은, 마그리트 조이렌에게 선택권이 있을 경우를 제외하고는 반반이며, 그애와 한편이 될 경우에는 게임에서 이길 수 있으리라는 희망 따위는 일찌감치 포기하는 게 나았다. 그리고 마그리트 조이렌이 자청해서 요시엔 드리에센을 선택할 경우, 물론 그런 선택을 하면서도 속으로는 죽고 싶은 심정이겠지만 사정이야 어떻든 그것은 내가 끔찍하게 싫어하는 행동, 즉 위선적인 행동이라는 생각이 든다. 게임에서 이길 생각이 없다면 대체 무슨 이유로 게임을 할 것이며, 게임을 망치는 그런 애를 일부러 선택하는 게 위선이 아니고 무엇이란 말인가.
　어쨌거나 요시엔은 쉬는 시간이면 언제나 담벼락에 모여드는 패거리들 중의 하나다. 그 외에 우리 반 애들 중에서 그 자리에 끼는 아이로는 디니 반 헬덴이 있다. 하지만 그애는 그 자리에서 언제나 5학년짜리 여자애 두 명과 만난다. 디니는 전 해에 유급당하는 바람에 우리와 한 반이 되었는데 아직도 우리하고는 겉도는 사이다. 하지만 그거야 순전히 그애 책임이다. 그애는 언제나 우리보다 한 스무 살쯤 더 나이 먹은 여자, 다 큰 숙녀처럼 행동하기 때문이다. 그애와 친구인 5학년짜리 여자애 두 명도 마찬가지다. 이상하게도 그 두 친구 중의 한 명은 우리들처럼 두툼한 울 양말이 아니라 나일론 양말을 신고 다녔다. 그건 참 이상해 보였다. 우리 엄마는 어딘가 상스러운 인상을 받으면, 꼭 나일론 양말을 신은 애 같구나, 하는 표현을 쓰곤 했는데, 그애가 꼭 그런 꼴을 하고 있었다. 특히 내가 유감스럽게 생각하는 것은 최근 들어 미에스 쉬텐이 디니와 지나치게 많은 시간을 함께 보낸다는 사실이다. 미에스는 그런 애와 어울리기에는 너무 아까운 친군데 말이다. 미에스는 아주 소심한 성격이다. 그리고 그애의 성격이 그렇게 된 것은, 순전히 내 생각이긴 하지만, 그애의 키가 비정상적으로 크기 때문이다. 사실 나는 그 껑다리 미에스와 대체 무슨 이야기를 해야 할지 알 수 없는 경우가 많았다. 하지만 그애는 종종 나를 번쩍 들어올려주곤 했는데 나로서는 그게 세상에서 가장 멋진 일이었다. 이쯤에서 고백하자면 나는 우리 반에서 제일 키가 작다. 하지만 그것도 그렇게 나쁠 건 없다고 생각한다. 왜냐하면 나보다 키가 큰 애들은 키 작은 친구를 쉽게 번쩍 들어올려 뺑뺑이질을 칠 수 있다. 그리고 사실 학교 전체를 통틀어도 나보다 키가 작은 애는 없기 때문에 나로서는 아주 엄청난 선택의 기회를 부여받은 셈이다. 모든 애들이 키 큰 애들을 향해 펄쩍 뛰어오를 수 있는 것은 아니다. 하지만 나라면, 그리고 상대가 미에스라면, 나는 언제나 달려들 수 있다. 예컨대 내가 갑자기 그애의 등으로 펄쩍 뛰어오르거나 아무 예고도 없이 원숭이처럼 잽싸게 달려들어도 그 애는 묵묵히 받아준다. 그리고는 씨익 웃고 마는 것이다.

　미에스는, 정말로 만사 오케이다.

　그 낯선 소녀가 돌담 패거리에 속하는 아이가 아니라는 것을, 나는 저만큼 거리를 두고 한동안 관찰한 끝에 알아냈다. 하지만 그녀는 처음부터 그 돌담이 자기 구역이라는 것을 온몸으로 보여주었고, 그로써 돌담이 내게 지니고 있던 의미는 달라지고 말았다. 그녀의 태도에서는 어떤 느긋함이라고 할까 무관심이라고 할까 그런 분위기가 풍겼지만, 그런 느낌은 돌담에 모이는 다른 여자애들의 얼굴에서 읽을 수 있는 지루함과는 다른 무엇이었다. 그리고 어른들이 그런 행동을 한다면 그건 일종의 허세에 지나지 않는 것이겠지만 그녀의 행동은 진짜였다.

　그녀는 이미 성숙한 여인의 모습을 하고 있었다. 정말이지 그녀는 다른 애들과 달랐다. 어린 시절을 거치지 않고 아예 처음부터 성숙한 여인으로 이 세상에 나온 사람 같았다.

　그녀가 걸치고 있는 긴 겨울 코트 역시 그 사실을 숨길 수 없었다. 그 겨울 코트는 오히려 그녀가 2미터 신장을 가진 막강한 여인이라는 사실을 더욱 확실하게 드러내주었다. 거의 조각상처럼 잘 다듬어진 균형 잡힌 몸매에 쭉 빠진 길고 가느다란 목, 또 그 위에 왕관처럼 멋진 모습으로 턱 버티고 있는 머리. 얼굴은 갸름하고 약간 각이 진 편이었고, 얼굴을 살짝 가린 칠흑 같은 머리칼은 물결처럼 일렁이며 반짝이고 있었다.

　한마디로 그녀의 얼굴은 지금까지 내가 본 사람 중에서 가장 아름다웠다.

내 짐작으로 그녀는 분명 6학년이었다. 그렇다면 대체 그녀는 거기서 무엇을 찾고 있었던 걸까? 6학년도 거의 다 끝나가고 있었고, 6학년생들은 상급학교 진학을 위한 시험 준비로 바쁜 시기였던 것이다. 당시 우리 마을에는 새로운 건물이 속속 들어서는 참이었다. 따라서 새로 이사 온 가정의 아이들과 친구가 되는 것은 우리 아이들 사이에서 전혀 이상한 일이 아니었다. 하지만 그녀가 나타난 시점은 딱히 무어라 설명하기는 어렵지만 좀 특별했다. 나는 점점 그녀의 독특한 매력에 빠져들며 내 멋대로 상상했다. 그녀는 고집불통이어서 어느 누구하고도 잘 지낼 수 없었고, 때문에 이전에 다니던 학교에서 도망치듯 우리 학교로 전학해 온 것일 테고, 우리 학교를 마지막 기회로 판단한 그녀는 이제 이곳에서 입학 시험 준비를 하기로 마음먹은 게 틀림없다.

나는 모든 것을 상상해볼 수 있었지만 단 한 가지만은 예외였다. 다름아니라 그녀가 6학년보다 더 낮은 학년으로도 유급을 할 수 있을까 하는 점이었다. 짐작건대 그녀는 이제까지 제대로 된 친구를 가져본 적이 없을 터였다. 하지만 그녀는 나보다 나이가 많으니 내가 먼저 접근한다는 것은 쉬운 일이 아니었고, 비록 내 눈길을 끌기는 했지만 머지않아 내 시야에서 사라져버릴 거라는 생각이 들었다. 그런 생각을 하고 있자니 몹시 아쉬웠다.

결국 나는 혼자서 마음을 다졌다. 이 일을 어떻게 처리해야 할지 판단이 서지 않았지만 세상에 내 마음에 꼭 드는 사람이 어디 그녀뿐이겠느냐며 나 자신을 달랬다. 그 순간 엄마의 충고가 떠오른 탓도 있었다. 지금 나는 엄마의 충고와 관련되는 전형적인 상황에 직면해 있으며, 엄마의 충고를 따르지 않을 경우, 엄마가 경고하던 바로 그 위험에 처하게 되리라는 것만은 확실하게 알 수 있었기 때문이다.

엄마가 나에게 그런 충고를 한 것은 우리집 자동차 모리스에 얽힌 사건이 일어난 후였다. 그 사건은 내가 그 낯선 소녀를 만나기 일 년 전쯤, 어느 수요일 오후에 일어났다. 그날 오후 아버지는 집에 있었다. 그 시간에 아버지가 집에 있는 것은 전에 없던 일이어서 나는 의아한 표정으로 이유를 물었다. 내 질문에 아버지는, 좀 있다가 우리집에 아주 멋진 피아트가 도착하기로 되어 있다고 설명했다.

"그럼 지금 있는 자동차는요?" 내가 물었다.

그러자 아버지는 가능한 한 침착한 태도를 잃지 않으려고 애를 쓰면서 우리집 헌 자동차 모리스는, 자동차 대리점 직원들이 피아트와 바꿔갈 거라고 했다. 나는 깜짝 놀랐다. 그 동안 나는 아버지가 무엇인가를 결정할 수도 있다는 사실을 전혀 모르고 있었고 더군다나 그렇게 잔인한 행동을 할 수 있다는 사실을 차마 믿을 수 없었기 때문이다.

"모리스가 떠난다고요?"

나는 아직도 무슨 말인지 모르겠다는 듯 또 물었다.

"그래."

아버지도 영 떨떠름한 내 표정을 읽은 듯 다시 이렇게 덧붙였다.

"기분이 별로 안 좋지?"

하지만 그때쯤 내 몸은 이미 문턱을 반쯤 넘어선 상태였다. 주방으로 들어선 나는 엄마 곁으로 다가가면서 내 심정을 털어놓았다. 하지만 엄마에게서 어떤 위로의 말을 들을 수 없으리라는 것을 나는 이미 알고 있었다.

"모리스는 이제 수명이 다 됐단다."

등뒤로 이렇게 말하는 엄마의 목소리가 들려왔다. 이쯤에서 말해두자면 엄마는 인정미라곤 전혀 없는 사람이다.

처음으로 우리 가족이 된 자동차, 모리스는 집 앞에 서 있었다. 나는 자동차 문을 열고 안으로 기어들어갔다. 낡은 자동차와 어떤 식으로 작별 인사를 해야 하는지 전혀 아는 바가 없었기 때문에 나는 그저 자동차 여기저기에 작별 키스를 하기로 했다. 회색 인조 가죽 커버에, 계기판에, 핸들에, 기어에. 정신없이 여기저기 입을 맞추며 나는 웅얼거렸다.

"고맙다, 고마워, 고마워."

뒷좌석은 언제나 나와 내 동생 차지였다. 나는 뒷자석에 몸을 길게 펴고 누워 낡은 자동차 모리스와 친구가 되어주었다. 마지막 시간을 혼자서 외롭게 보내게 하고 싶지 않았다. 처음에는 눈물도 약간 흘렸다. 갑작스럽게 닥친 이 모든 상황을 도대체 이해할 수 없었다. 아직도 소중한 가치를 지니고 있고 언제나 가족처럼 우리와 함께 생활하던 모리스를 강제로 밀어내고 다른 무엇과 바꾸다니, 더군다나 별로 심각하게 고민도 하지 않고 말이다. 내 인생에서 이런 일을 경험하기는 처음이었다. 그러니까 나는 인생의 새로운 면을 체험하고 있었던 것이다. 나에게 이런 일을 겪게 한 아버지를 절대로 용서하지 않을 테다, 나는 속으로 다짐했다. 하지만 그런 생각은 마음만 더 무겁게 할 뿐이었다.

한동안 그런 생각을 하다가, 나는 자동차 안에서 잠이 들어버렸다. 얼마 동안이나 차 안에 있었는지 모르겠지만, 누군가 자동차 문을 열고 소리를 지르는 바람에 눈을 떴다. 잠에서 깨어나는 순간은 전혀 즐겁지 않았다. 잠들기 전에 있었던 일이 고스란히 다시 떠올랐기 때문이다. 어쨌거나 자동차 뒤쪽에서 엄마가 길게 내쉬는 안도의 한숨 소리, 뒤이어 한탄하는 소리가 들려왔다. 마치 영원히 나를 찾아 헤매고 다닌 사람 같았다.

맹세코 나는 어딘가 숨어드는 것을 좋아하는 애가 아니다. 오히려 그 반대다. 무슨 일이 있어도 누군가 나 때문에 걱정하는 일만은 막고 싶어하는 게 바로 나라는 아이다. 하지만 이번만은 사정이 달랐다. 아무래도 모리스와 함께 있어줘야 할 것 같았다.

"자, 이리 나오렴."

아버지가 달래듯 나직한 목소리로 말하며 내 쪽으로 손을 내밀었다. 차에서 내려서는 나를 부축해주기 위해서였다. 아버지 곁에는 처음 보는 아저씨 두 사람이 서 있었다. 무언가 미안해하는 표정이기도 했지만, 손에 들고 있는 열쇠 꾸러미에서 딸그락거리는 소리가 나는 걸 보니 조금은 짜증이 난 눈치였다.

자동차에서 내려서자마자 갑자기 오한이 들며 온몸이 떨리기 시작했다. 아버지가 내 이마를 짚어보더니 엄마 쪽을 바라보며 말했다.

"애를 데리고 집으로 들어가는 게 좋겠는걸. 열이 있는 것 같아."

다음날 아침 나는 학교에 갈 필요가 없었다. 열이 38.5도까지 올랐던 것이다.

엄마는 걱정이 대단했다.

"이런 일이 벌써 두번째예요."

그날 저녁 엄마는 부엌에서 목소리를 낮추어 아버지에게 이렇게 말했다. 나는 거실 소파 위에 담요로 몸을 감고 누워 있었지만 두 분이 나누는 대화를 알아들을 수 있었다.

"아무래도 정상이 아니에요."

엄마는 혀를 끌끌 차며 의사에게 왕진을 부탁해야겠다고 덧붙였다. 엄마의 말에 아버지가 무어라고 대꾸를 하는 모양이었지만 제대로 알아들을 수 없었다. 언제나 그렇듯이 아버지는 혼잣말하듯 웅얼웅얼 입속말을 했던 것이다. 비록 정확히 알아 듣지는 못했지만 나쁜 내용, 이를테면 나를 비난하는 따위의 이야기는 아니었을 것이다.

"처음에는 그 멍청한 새 때문이었어요."

잠시 후에 또다시 엄마의 목소리가 들려왔다.

엄마가 '멍청한 새'라고 표현한 것은, 본래 엄마가 동물을 좋아하지 않기 때문이다. 하지만 내가 생각하기에 새는 일반 동물과는 다르다. 게다가 새는 사람의 손길이 그렇게 많이 필요하지도 않다. 그저 약간의 물을 주고 곡식 몇 알만 집어주면 그걸로 만족하니 말이다. 어디 그뿐인가. 새는 다른 덩치 큰 동물 같으면 어림도 없을 조그만 새장에서도 살 수 있다는 장점도 가지고 있다. 아버지는 새를 아주 좋아한다. 우리는 카나리아 두 마리를 키우고 있는데 아버지가 일을 끝내고 집으로 돌아오면 카나리아는 기다렸다는 듯 노래를 부르기 시작한다. 아마 카나리아는 저를 좋아하는 사람이 누군지 알아보는 모양이다.

물론 나는 엄마의 말뜻을 정확하게 안다. 엄마는 까마귀에 빗대어 그런 말을 한 것이다. 몇 달 전 아버지가 까마귀 한 마리를 집으로 데리고 왔었다. 아버지의 동료가 누군가에게서 잠시 봐달라는 부탁을 받았는데 그분이 알레르기 반응을 일으키는 바람에 어쩔 수 없이 다시 아버지에게 까마귀를 부탁했다는 것이다. 도라라는 이름을 가진 그 까마귀는 아주 온순했다. 제법 힘차게 날갯짓을 했고, 비록 높고 멀리는 아니어도 조금 날아오를 줄도 알았다. 아버지는 당신의 딸이 새를 보면 아주 즐거워할 거라는 생각에서, 그러니까 특별히 나를 위해서 그 까마귀를 기꺼이 맡아 왔노라고 했다. 전적으로 나만을 위한 선물을 받는다는 것은 우리집에서는 아주 특별한 사건이었다.

다시 말해 우리집 식구는 모두 똑같은 것을 받는다.

어느 누구도 예외일 수 없다.

만일 우리 식구 중 누군가 까마귀를 선물로 받았다면 다른 사람
역시 까마귀를 선물로 받아야 한다는 것이 우리집의 불문율이다. 그
런데 이번만은 사정이 달랐다. 까마귀는 딱 한 마리뿐이었고 도라라
는 이름의 까마귀는 바로 나만을 위한 것이었다.

동물을 나누어 가질 수야 없지 않은가. 게다가 동물은 오로지 한
사람만을 제 주인으로 섬기는 법이라고 했다.

아버지는 주차장에 임시 새장을 만들었다. 그리고는 약간의 물과
곡식을 마련해주었다. 그런 다음 아버지는, 이제부터 까마귀는 네가
맡아서 키워야 한다고, 동물에게 주인의 얼굴을 알려주는 방법으로
는 그게 최선책이라고 일러주었다. 나는 동물과 교제하는 데 익숙지
않은 탓에 마음이 좀 불안했지만 행여 까마귀의 여린 마음에 상처
를 줄까 봐 내색을 하지는 않았다. 그래서 까마귀가 부리를 딱 벌리
고, 아버지 설명으로는 배가 고프거나 무언가 마음이 편치 않다는
신호라는데, 나 있는 쪽을 바라볼 때도 나는 그저 얼른 손을 뒤로
빼기만 했다.

다음날 아침, 나는 눈을 뜨자마자 주차장으로 달려갔다. 그곳에는
새 냄새가 진동을 했고 그 바람에 나도 모르게 코가 찡그려졌다. 처
음에는 까마귀가 보이지 않았다. 잠시 후 눈이 어둠에 익고 나서 보
니 까마귀는 잔뜩 웅크린 모습으로 한구석에 앉아 있었다. 새장에
뿌려둔 곡식알은 건드리지도 않은 채였다. 내 휘파람 소리에도 까마
귀는 반응을 보이지 않았다. 이번에는 새장 안으로 고개를 쑥 들이
밀고 까마귀를 자세히 들여다보았다. 까마귀는 머리를 가슴에 묻은

채 힘겹게 숨을 쉬고 있었다. 까마귀의 가슴이 들이쉬고 내쉬는 숨결을 따라 부풀어올랐다 내려앉곤 했다.

"너 아무것도 안 먹으면 죽어."

안쓰러워진 나는 까마귀를 달랬다. 언젠가 나는 어느 영화에서 병든 새에게 일종의 이유식 같은 음식, 이를테면 우유에 적신 빵이나 그와 비슷한 부드러운 음식을 먹이는 걸 본 적이 있다. 완전히 기력을 잃고 있는 까마귀를 보고 있자니 문득 그 장면이 떠올랐다. 그래서 이 참에 나도 시험을 해보리라 마음먹었다.

"도라가 아무것도 먹지를 않아요."

나는 엄마에게 말하고 빵과 우유를 좀 가져다가 도라에게 주어도 되는지 물어보았다. 엄마는 흔쾌히 허락했다. 주사위 모양으로 예쁘게 자른 빵조각을 들고 나는 다시 주차장으로 달려갔다. 그리고는 막대 끝에 빵을 끼워 도라 쪽으로 내밀었다.

"자, 먹어봐."

내가 다정하게 말했다. 하지만 도라는 아무 반응도 보이지 않았다. 내가 내민 빵조각은 막대 끝에서 떨어져 도라의 부리 앞에 떨어지고 말았다. 지저분한 흙먼지가 묻은 빵조각은 내 눈에도 영 맛이 없어 보였고, 도라는 더욱 딱해 보였다. 도라가 여전히 아무 반응도 보이지 않자, 나는 용기를 내어 새장 안으로 손을 뻗쳐 검지손가락 끝으로 도라의 머리를 살살 어루만져주었다.

도라는 내가 하는 대로 가만히 있었다. 그렇게 내 손길에 제 머리를 맡긴 채 얌전히 앉아 있는 도라를 보고 있자니 갑자기 도라가 훨씬 더 좋아졌다. 도라는 아주 멋진 새였고 내 진실한 동반자가 될 수 있을 것 같았다. 내 어깨에 턱하니 올라앉아 가는 데마다 내 안내자 노릇도 해낼 수 있을 터였다. 어쩌다 기분이 내켜서 공중으로 날아올라 멋지게 한 바퀴 맴을 돈다 해도 결코 나를 멀리 벗어나지는 않고 내 머리 위에서, 내 시야를 벗어나지 않는 범위에서 빙빙 맴을 돌리라. 도라는 까마귀니까 다른 새들하고도 아무 문제 없이 이야기를 나눌 수 있을 것이고, 그 친구들에게 제 주인이 누구인지도 자랑스럽게 말할 것이다. 그러면 다른 새들 역시 다투어 나를 주인으로 섬기겠다고 나서겠지. 하지만 난 언제나 도라를 맨 앞자리에 세울 것이고 도라 역시 내 뜻을 받아줄 것이다. 그러면 새들은 저희들끼리 한참 떠들어대다가 내가 어디에 있든 각자가 나를 보호하는 일에 최선을 다하겠다고 의견의 일치를 보리라. 나는 새 아가씨이고 새들의 언어를 모두 이해하니까. 때로는 나를 발견한 새들이 떼지어 날아들 것이다. 물론 학교 운동장에서도. 만일 내가 교실에 앉아 창 밖을 내다보고 있으면 담장 가득 새들이 모여 앉아, 학교가 파하면 나를 집까지 바래다주려고, 수업이 끝날 때까지 기다려줄 것이다. 그러면 아이들은 내가 바로 저 새들의 주인이라는 것, 그러니까 내게 인간은 필요 없다는 것을 알게 될 것이다. 나는 새에 속하는 아이니까.

저녁 식탁에서 아버지가, 아무래도 까마귀가 오래 못 살 것 같다고 했다. 그 동안 사람들이 도라를 너무나 이리저리 끌고 다녔고, 새로서는 그걸 견디기가 힘들어 그만 병이 들고 만 것 같다는 설명을 덧붙였다. 그 말을 듣고 나니, 나는 입 안이 바짝바짝 타 들어가 입에 물고 있던 빵조차 제대로 삼킬 수가 없었다. 하지만 그게 전적으로 도라 때문인 것 같지는 않았다. 도라와 함께 보낸 시간은 아주 잠깐 동안이었고, 이렇게 입 안이 타는 것은 아무래도 다른 이유, 도라가 우리집에 오기 오래 전부터 무슨 연유가 따로 있었을 듯했다.

"이제 너무 애쓰지 말거라."

엄마가 간단하게 말했다.

다음날 아침 엄마는 까마귀가 죽어서 아버지가 일하러 나가기 전에 땅에 묻어주었다고 알려주었다. 나에게 죽은 까마귀의 모습을 보이고 싶지 않아서 아버지가 서둘렀다는 것이었다.

"그러니 이제 너라도 먹으렴. 그런 멍청한 새 때문에 굶을 필요는 없지. 세상에는 그보다 더 험한 일이 얼마든지 있으니까. 네 눈물은 나중 일을 위해 아껴두렴. 정말로 네 눈물이 필요한 순간이 있을 테니까 말이다."

하지만 아무리 애를 써도 나는 목구멍으로 침조차 넘기기 어려웠다.

"이제는 두 번 다시 이 집에 동물을 들이지 말아야지."

엄마는 혼잣말을 하고는 뜨거운 초콜릿을 만들어주었다. 그리하여 적어도 내가 빈속으로 학교에 가는 일만은 막을 수 있었다.

'빈속으로는 아무것도 배울 수 없다'는 게 평소 엄마의 생각이었다.

아침에 낯선 아저씨들이 모리스를 가져간 후, 나는 엄마의 지시에 따라 자리에 누워 안정을 취해야 했다. 엄마가 그렇게 한 이유는 내가 공연한 집착으로 마음이 상할까 염려해서였다.

"왜 집착을 하면 안 되는 거예요?"

내가 의아한 표정을 지으며 물었다.

그 이유는, 엄마 설명에 따르자면, 무엇인가 죽거나 망가지거나 사라져버린 것으로 인해 내가 불필요한 괴로움을 당하게 되기 때문이라는 것이었다.

"그리고 무엇보다도 세상에 그렇게 가슴 아파할 일은 아무것도 없기 때문이지." 엄마가 덧붙였다.

그렇다면 대체…… 나는 문득 의문이 들었으나 소리내어 말하지는 않았다. 그 답변을 알 수 있을 것 같았다. 가족, 자식들, 그러니까 자신의 혈육은 영원한 고뇌의 원천이지만 어쨌거나 끝까지 지켜봐야 하는 존재라는 사실을 말이다.

엄마는 나를 완전히 혼란스럽게 만들었다. '무엇인가에 집착하다'라는 말이 머리를 떠나지 않았다. 그 개념은 나에게 무엇인가를 말했지만 나는 이해할 수 없었다. 그래서 나는 어찌할 바를 몰라 계속해서 잘못을 저지르고, 그 결과 오히려 고뇌 자체를 만들고 있는 셈이었다. 적은 분명하게 보이지 않았다. 적은 바로 나 자신이었던 까닭이다. 대체 나 자신과 무슨 수로 싸운단 말인가? 이것은 죄를 짓지 않기 위해 조심하는 것과는 차원이 다른 얘기다. 인간이란 죄를 짓게 되면 그 죄지은 사실에 대해서 스스로 정확하게 알고 있기 마련이고, 따라서 다른 사람이 그 사실을 지적해줄 필요도 없다. 나는 노트 한 권을 마련해 '세상에서 가장 중요한 것'이라는 제목을 달아놓고 첫 장에 절대 저질러서는 안 되는 일곱 가지 죄를 적어두었다. 그리고 그 일곱 가지 죄를 규칙적으로 반복하여 읽었다. 달달 외워서 절대 잊어버리는 일이 없도록 하기 위해서였다.

1. 교만
2. 탐욕
3. 욕정
4. 질투
5. 방종
6. 분노
7. 나태

'무엇인가에 집착하다'는 그 페이지에 적혀 있지 않다. 아마도 그 것은 내가 제대로 이해하지 못하는 개념 중의 하나이거나 교만이나 방종과는 거리가 먼 개념에 속하는 것인지도 모른다. 아무래도 엄마에게 물어보는 게 좋을 것 같았다. 엄마가 오렌지주스를 들고 다시 내 방에 들어왔을 때, 나는 무엇인가에 집착한다는 것이 교만과 관련되는 것인지 아니면 방종에 관련되는 것인지 물어보았다.

"대체 어떻게 그런 생각을 하게 된 거지?"

엄마가 황당하다는 표정을 지으며 되물었다.

"그런 것들은 죽을죄에 해당하는 거예요."

나는 엄마가 내 말뜻을 얼른 이해하지 못하는 걸 오히려 의아하게 생각하며 보충 설명을 했다.

"오호, 그래. 그 죽을죄라는 거, 그건 그렇게 신경 쓸 것 없다. 넌 늘 생각이 너무 많은 아이니까 오히려 그게 문제지. 네가 무엇인가에 집착하는 건 죄가 아냐. 다만 너한테 짐이 되고 불편할 뿐이지."

엄마의 설명은 나를 안심시키기보다는 오히려 실망을 안겨주었다.

"배고파요."

내가 불쑥 말했다.

"그거 참 다행이구나. 네 건강 상태가 좋아졌다는 증거니까."

엄마가 반가운 목소리로 말했다.

엄마가 옷장에서 스웨터를 꺼내 나에게 건네주었다. 우리는 함께 아래층으로 내려갔다. 앞장서서 걷던 엄마가, 뭐가 먹고 싶으냐고 물었다. 이 세상에서 우리를 위해 무언가 맛있는 요리를 하는 것보다 더 엄마를 즐겁고 살맛나게 해주는 일은 없을 것이다. 요리를 하는 엄마의 모습은 정말 생기에 차 있다. 그리고 엄마가 요리를 끝낸 음식을 누군가에게 내놓았는데 그 사람이 정말로 그 음식을 말끔히 먹어치운다면 엄마의 행복은 또 순식간에 끝장이 나고 말 거라는 생각도 들었다. 하지만 그 두 가지 생각 모두가 그저 내 상상일지도 모른다. 엄마 말에 따르면 나는 언제나 지나치게 상상을 많이 하는 애니까 말이다.

아무 생각 없이, 사실은 내가 어디 서 있는지조차 의식하지 못하고 그저 멍하니 그녀를 바라보고 서 있고, 그녀 또한 그런 나를 바라보고 있을 때 나는 대체 어떤 행동을 취해야 하는 걸까. 카린 베르츠가 헐레벌떡 나에게 달려와 뜀틀놀이를 함께 하자고 말했을 때에야 비로소 나는 내가 그 자리에 멍하니 서 있었다는 사실을 깨달았다. 정신을 차린 나는 뜀틀놀이하고 싶지 않다고 대답하고는 느릿느릿 담 쪽으로 걸음을 옮겼다. 그 동안 나는 그 돌담을 피해왔다. 나는 트란주젠 같은 아이가 아니며 더구나 다 큰 숙녀도 아니었기 때문이다. 따라서 벽으로 다가가 그곳에 등을 기대고 선다는 것은 나로서는 쑥스러운 일이었다. 하지만 그런 쑥스러운 감정쯤은 견뎌내야 한다는 생각이 점점 더 강해졌다. 내가 그런 행동을 한 것은 순전히 그녀를 위해서였고 그녀 역시 이런 내 마음을 알아줄 거라는 생각이 들었다. 내 노트를 가져간 이후 그녀는 나를 아주 잘 이해하게 되었기 때문이다.

항상 그렇듯이 돌담에는 디니와 그애의 5학년 여자친구들이 함께 서 있었다. 나는 이번 한 번만 그애에게 다가가 먼저 알은체를 하리라 마음먹었다. 그렇게 되면 그 낯선 소녀와 좀더 가까운 곳에 있을 수 있을 것이고, 그녀를 좀더 잘 관찰할 수 있겠다 싶었다.

"에이, 지겨운 수학 숙제, 너도 그렇지?"

나는 디니네 패거리 쪽으로 다가가 그애에게 이렇게 묻고는 그애들처럼 벽에 비스듬히 몸을 기댔다. 그러자 왼쪽으로 조금만 눈을 돌리면 그 낯선 소녀를 잘 관찰할 수 있는 위치가 되었다. 디니는 별로 내키지 않는 표정으로 내 물음에 웅얼웅얼 입속말로 동의를 하고는 이내 고개를 돌려 제 패거리들과 하던 이야기를 계속했다. 잠시 건성으로 그애들이 나누는 이야기를 듣고 있자니 비로소 고개를 돌려 그 낯선 소녀를 똑바로 바라볼 용기가 생겼다. 마침내 고개를 왼쪽으로 돌린 순간, 내 시선은 그 낯선 소녀의 시선과 정면으로 마주쳤다. 이미 오래 전부터 그런 순간을 기다리고 있었던 듯 그녀는 어딘가 조롱 어린 미소를 머금은 채 내 눈길을 피하지 않았다. 그런 자세로 꼼짝도 하지 않았다. 한순간 얼굴이 화끈 달아올랐으나 나 또한 어금니를 지그시 힘 주어 물며 그녀의 눈길을 피하지 않았다. 만일 내가 먼저 눈길을 피한다면 그녀는 분명 나를 경멸할 터였고 그렇게 되면 그녀와 나 사이에는 앞으로 아무 일도 일어나지 않을 거라는 생각이 들었다.

이것은 이를테면 그녀의 테스트였고, 나는 반드시 그 테스트를 통과해야 했다. 도망치거나 숨어버리고 싶은 생각을 억지로 참고 있으려니 뺨이 점점 뜨겁게 달아올랐다. 하지만 나는 그 낯선 소녀의 눈, 그녀의 검은 피부와 검은 머리칼과 극명한 대조를 이루는 그 밝은 눈을 똑바로 마주 보았다. 우리는 누가 오래 버티나 내기를 하고 있는 사람들처럼 서로의 눈길을 피하지 않았다. 마치 싸우기라도 하듯이. 하긴 눈싸움 역시 싸움이긴 했다. 쉬는 시간이 끝났음을 알리는 종소리가 울리기 직전 디니가 나에게 그녀를 아느냐고 물었다. 그애의 질문에 대답을 하려면 그 낯선 소녀와의 은밀한 만남을 끝

내야 했고 그것은 곧 내가 먼저 그녀의 눈길을 피해야 한다는 뜻이
었다. 그렇게 되면 그녀는 당장 내가 우리의 내기를 포기한 것으로
간주할 게 분명했다. 왜 아니겠는가. 만일 그녀가 누군가의, 별로 중
요해 보이지도 않는 질문에 대답하기 위해 먼저 내 눈길을 피한다
면 나도 그렇게 생각할 게 뻔했다. 어쨌거나 나는 디니 쪽으로 고개
를 돌리고, 나도 그애를 모른다고, 처음 보는 애라고 대답했다. 그리
고 얼른 그 낯선 소녀가 있던 쪽으로 다시 고개를 돌렸다. 하지만
그 자리에는 아무도 없었다. 그리고 출입문을 향해 우르르 몰려가는
한 무리의 아이들 틈에서도 그 소녀의 모습은 보이지 않았다.

다음날 아침 그 낯선 소녀는 어제와 똑같은 자리에서, 어제와 똑
같은 자세로, 즉 팔짱을 끼고 엉덩이 한쪽을 벽에 기대고 다리를 엑
스자 모양으로 꼰 자세로 서 있었다. 그리고 어제와 똑같은 겨울 코
트를 입고 있었다. 나는 일단 안도의 숨을 내쉬었다. 그녀는 여전히
혼자였다. 아직 다른 애들과 사귀지 못한 게 분명했다. 하지만 나는
그녀의 눈을 마주 볼 용기가 나지 않아서 시선을 내리깐 채 그녀
앞을 지나쳤다.
점심 시간, 나는 다른 아이들과 시간을 보내기로 작정하고 종이
울릴 때까지 뜀틀놀이에 몰두했다. 신경은 온통 그녀에게 가 있었지
만 단 한 번도 그쪽으로 고개를 돌리지는 않았다. 그 대신 나는 운
동장에 있는 애들이 다 들을 수 있을 정도로 한껏 큰 소리로 웃고
떠들어댔다.
물론 그녀도 들을 만큼 큰 소리로.

그로부터 일 주일이 흐른 후 나는 이런저런 사실들을 알게 되었

다. 그녀는 6학년이고 이름은 아라 칼렌바흐이며 그녀의 가족은 아버지의 직업 때문에 북부 지방에서 이사를 왔다고 했다. 그런가 하면 그녀의 가족이 이곳저곳을 떠돌아다니는 집시이며, 그 집은 몇 해 동안 청소를 하지 않아 폐허처럼 방치된 상태인데 그들이 그 사실을 숨기고 가장의 직업 때문에 이사를 온 것처럼 꾸며댄 것이라고 주장하는 사람도 있었다. 그 가족은 정말 대가족이어서 아이들이 자그마치 열 명, 혹은 열두 명이나 된다고 했다. 사실 여부를 떠나 한결같이 어두운 이야기뿐이었다.

이상하게도 그 낯선 소녀 자신에 대해서는 같은 6학년 학생들을 통해서도 별다른 정보를 얻을 수 없었다. 그녀는 어쩔 수 없는 경우가 아니고는 좀체 입을 열지 않기 때문이었다. 누군가 그녀에게 말을 걸면 무슨 말인지 전혀 알아듣지 못한 사람처럼 상대방을 빤히 쳐다보다가 눈썹을 쫑긋 세워 보이고는 아주 간단하게 대답한다고 했다. 그녀는 새로운 건물이 들어선 지역에 있는, 지극히 정상적인 집에 살고 있으며 어쩌다가 입을 열면 아주 자연스러운 네덜란드어를 구사했다. 우리가 사용하는 사투리를 그녀는 알아듣지 못했다. 아니면 못 알아듣는 체했을 수도 있다. 더러는 그녀가 사투리도 아주 잘한다는 소문도 들려왔다. 그녀는 6학년이지만 아직 상급학교 진학을 위한 시험을 치른 적은 없다, 현재 6학년이지만 이미 두 번인가 세 번쯤 유급을 한 상태다, 뚱뚱하고 멍청해서 같은 학년을 두 번씩이나 다니고 있다, 몸무게가 적어도 100킬로그램은 나갈 것이다, 다른 6학년생에 비해 나이가 많아 아마 열네 살 정도 되었을 것이며 벌써 가슴도 좀 나왔고, 여자만 하는 무엇도 한다더라 등등 그녀에 대한 구구한 억측이 나돌았다.

대체 그 많은 정보를 어떻게 받아들여야 할지 나는 알 수가 없었

다. 다만 한 가지 분명한 것은 앞으로는 내가 다른 누구보다도 그녀
에 대해 많은 것을 알게 될 것이라는 점이었다. 그녀 스스로 나에게
자기 이야기를 해줄 테니까 말이다.

그건 그렇다 치고 그녀는 다른 사람들과 이야기를 한 적이 없는
데 사람들은 어떻게 그녀에 대해 그렇게 많은 정보를 알고 있는 걸
까?

아마도 자기들 마음대로 그렇게 짜맞췄을 것이다.

나도 그녀에 대한 소문은 들을 만큼 들었다. 진실 여부는 그녀를
통해 내가 직접 확인할 수 있을 터였다. 무엇보다 중요한 사실은, 그
녀가 여기 머물고 있다는 것, 반듯한 외관을 갖춘 집에서 살고 있다
는 것, 그리고 처음에 생각했던 것과는 달리 그렇게 빨리 내 눈앞에
서 사라지지는 않으리라는 것이었다. 다음 학기에는 우리가 같은 교
실에서 공부를 하게 될지도 모를 일이었다. 5학년과 6학년은 우리
담임 선생님이 진행하는 수업을 함께 듣기 때문이었다. 그러니 나에
게는 아직 시간적인 여유가 있었다. 그녀는 반드시 내 친구가 될 것
이고, 우리는 서로에게 속하는 사이가 될 것이며, 그녀 생각도 나와
똑같으리라는 것을 나는 믿어 의심치 않았다. 이제부터 내가 하는
모든 행동은, 그녀에게 해로운 것이냐 이로운 것이냐에 따라, 그녀
가 하는 모든 행동은 나에게 이로운 것이냐 해로운 것이냐에 따라
판단하게 될 터였다. 물론 그렇게 행동하는 것은 지극히 어렵고 힘
든 일이겠지만 그래도 그녀는 마다하지 않을 것이고 나 또한 그렇
게 하는 것이 가장 마음에 들 것이다.

그날 밤 나는 처음으로 꿈속에서 아라 칼렌바흐를 보았다.

2

폴리는 진작부터 여러 가지 면에서 나를 귀찮게 만들었다. 그런데도 내 앞에는 여전히 『폴리 여행을 떠나다』『폴리 집으로 돌아오다』 『폴리 행운을 잡다』 등 폴리가 등장하는 책들이 놓여 있었다.

내가 폴리가 등장하는 책들로 인해 좋은 쪽으로든 나쁜 쪽으로든 시달림을 당했다면, 다른 한편에는 그와는 다른 성격의 책들이 나를 기다리고 있었다. 대체로 사랑스럽고 아름다운 여자가 황당무계하고 지루한 모험을 겪거나 귓속말을 속살거리는 여자친구들과 함께 엉뚱한 장난거리를 생각해내는 책들이었는데, 그런 책들은 또 너무 시시하고 지루하다는 생각이 들어 나는 실소를 금할 수 없었다.

우리 마을에는 도서관이 없었다. 수도원에 딸린 건물 한 채가 영화관, 디스코테크, 스포츠 센터, 무엇이든 연습할 수 있는 장소로 두루 사용되었다. 또한 그곳은 젊은이들이 만나는 장소이기도 했다. 두 건물 중의 한 곳에서는 사람들이 취미 삼아 이것저것 만들기도 하고 노래도 부르고 당구도 치고 탁구도 쳤으며 넉 달에 한 번씩은 열광적인 춤판을 벌이기도 했다. 그리고 거기에는 참나무 서가가 셋 있었다. 토요일 오후, 열두시에서 두시 사이에 우리 담임 선생님이 이 서가의 문을 열었다. 그리고는 그 두 시간 내내, 여자애들은 여학생용 서가에서, 남자애들은 남학생용 서가에서 무슨 책을 뽑아내는지 감시했다.

어른들은 당시 무슨 책이든 원하는 대로 골라낼 수 있었고 어른들의 행동을 감시하는 사람은 아무도 없었다.

이를테면 그게 우리 마을의 도서관이었던 셈이다.

책 한 권당 십 센트를 내고 나는 언제나 여학생용 서가에서 책을 세 권씩 골랐다. 대출 기간은 삼 주일. 만일 대출 기간을 연장하고 싶으면, 한 권당 오 센트를 더 내고 일 주일을 연장할 수 있었다.

담임 선생님은 이미 여러 번 남학생이나 어른용 서가에서 책을 골라드는 나에게 주의를 주었다. 그리고는 지정된, 그러니까 여학생용 서가 쪽으로 나를 데리고 갔다. 그렇다면 내가 여학생용 서가에 꽂힌 책을 다 읽었을까? 아니다. 거기 꽂힌 책을 다 읽은 것은 아니었다. 하지만 읽어보나마나 마찬가지가 아니었을까. 거기 꽂혀 있는 책 중에서 한 권만 읽어보면 아직 읽지 않은 책이라 해도 그 내용을 뻔히 짐작할 수 있었을 테니까 말이다. 물론 당시에는 그런 사실을 몰랐다. 설령 알았다 해도 선생님에게 그런 식으로 말할 수도 없었을 것이다.

우리 담임 선생님은 권위가 있었다. 그 권위는 상대방을 비웃는 듯한 그 특이한 웃음과 아직 미혼녀라는 사실에 토대한 것이다.

그렇지만 나는 내 불만을 선생님에게 직접 말할 수는 없었다. 그래서 악의 없이, 하지만 끈질기게 규칙을 위반함으로써 에둘러 내 불만을 표현하기로 했다. 매주 나는 그곳으로 달려갔다. 그리고는 안으로 들어서자마자 여학생용 서가 쪽에 의무적인 눈길을 한번 던진 후 매번 남학생용 서가로 다가갔다. 더러는 너무나 흥분한 나머지 책제목도 제대로 읽을 수 없는 상황에 처하는 경우도 있었다. 그럴 때면 나는 잔뜩 긴장하여 선생님이 이 어리석은 싸움을 이제 그만 중단하고, 인내심 테스트에 지쳤다는 듯 한숨이나 한번 내쉰 다음 나에게 제자리를 찾아가라고 명령하기를 기다렸다. 하지만 결국 선생님은 고집스럽게 반복되는 내 행동을 점점 더 심각해지는 저항으로 받아들인 모양이었다. 어느 토요일 선생님은 내 곁으로 다가와 아주 교육적인 방법으로 나를 시험했다. 그 방법이 어찌나 인상적이었던지 나는 아무래도 내 생애가 끝나기 전에는 결코 잊을 수 없을 거라는 생각이 들었다. 드디어 선생님은 자기 식대로 내 문제를 파악하고는 타협안을 제시함으로써 그 동안의 신경전을 말로 표현했던 것이다.

물론 원한다면 누구든지 나와 이야기를 나눌 수 있다. 그리고 내가 무엇인가를 약속한 사람이라면 나는 결코 그 사람의 믿음을 저버리지 않을 자신이 있다. 타협과 약속은 나에게 성스러운 무엇이다. 따라서 나는 타협이나 약속을 이행하지 않는 나 자신을 결코 용서할 수 없을 것이다. 약속이란 절대로 깨서는 안 되는 법이니까.

완전히 성인이 된 기분으로 나는 선생님과 화해를 했다. 매주 토요일 열두시에서 두시 사이에 나는 도서관에 간다. 그리고 선생님과 의논을 하여 남학생용 서가에서 책을 한 권 골라들고 그 다음 나머지 두 권은 여학생용 서가에서 골라든다. 물론 나는 이 사실을 어느 누구에게도 발설해서는 안 된다. 그렇게 될 경우 모든 여자애들이 남학생용 서가에서 책을 빌리고 싶어할 것이고, 그렇게 되면 감당할 수 없는 혼란이 야기될 텐데, 선생님은 그런 상황을 결코 원치 않을 것이기 때문이다. 자랑스러움 반, 배신감 반이 뒤섞인 복잡한 심정이 되어 나는 고개를 끄덕였다.

사람은 차라리 비밀을 간직하지 않고 사는 게 낫다.

기대감에 설레는 가슴을 안고 나는 금지된 책들 앞에 섰다. 나중에 깨우친 바지만 그런 기대를 채워줄 수 있는 책은 단 한 권도 없었다. 하지만 당시에는 그런 걸 몰랐다.

마침내 우리의 타협안이 효력을 발휘하기 시작한 그날 아침, 나는 열한시부터 그 건물 주위를 맴돌았다. 남학생용 서가로 통하는 통로로 은밀하게 들어가기 위해서였다. 당시 시달렸던 복통은, 지금 생각하면 우습기 그지없다. 지금 기억으로는, 그 시절 나 같은 꼬마가 정말로 재미있게 읽을 수 있는 책은 단 한 번도 빌린 적이 없었던 듯하다. 비네토우나 올드 샤터한트를 알게 된 후에도 사정은 달라지지 않았다. 일종의 강박관념에 사로잡힌 나는 칼 마이*에게 흥미를 느꼈고, 그 사람 덕분에 인디언과 카우보이 사이의 결코 끝나지 않을 싸움에 대해 내 나름대로 안목을 지니게 되었으며, 그런 드라마에서 나에게 어울림직한 역할도 찾아낼 수 있었다. 그런 통찰력은 나의 실제 생활에 큰 도움이 되었다.

마침내 나는 남자아이들의 놀이를 한결 더 잘 이해할 수 있게 된 것이다. 어째서 나는 다혈질의 용감한 전사로서 거칠기 짝이 없는 카우보이나 적대적인 인디언 사이의 싸움에 참여해서는 안 되고, 행여 남자애들이 나를 놀이에 끼워주면 오두막에 머물며 다른 사람을 기다리는 역할, 그러니까 스콰우(북아메리카 인디언 여자—옮긴이) 역할이나 맡아야 하는가에 대해서도 아주 잘 알게 되었다.

그건 싸움이 끝난 후 전사들의 상처를 입으로 핥아주기 위해서다. 이미 스콰우의 의미를 알고 있었던 까닭에 나는 단번에 그 사실을 파악했다. 스콰우는 기다림과 권태를 뜻했다. 밖에서는 부족 전체가 몽둥이와 손도끼를 들고 적의 머릿가죽을 벗기기 위해 피 터지게 싸움을 하고 있는 동안, 다시 말해 그들이 자신들의 영웅적인 용기를 만천하에 드러낼 수 있는 세상의 모든 기회를 다 누리고 있는 동안, 나는 오두막에 앉아 할 일 없이 빈둥거리며 그들을 기다리

---

* Karl(Friedrich) May(1872~1912). 독일의 작가. 젊은이들을 위해 사막의 아랍인들과 서부 황야의 미국 인디언들을 다룬 탐험과 모험소설을 썼으며, 사실적인 세부 묘사로 유명하다.

고 있어야 하는 것이었다.

남자애들끼리 놀이를 하면 이기느냐 지느냐가 중요한 문제다.

여자애들끼리 하는 놀이에서는 누가 가장 멋지게 보이는가가 중요하다.

나는 전혀 누군가에게 잘 보이고 싶은 생각이 없었다. 전투 중의 전투, 생사가 걸린 치열한 전투 훈련을 하고 싶었다.

물론 처음에는 부상자의 상처를 입으로 핥아주는 일이 어느 정도 매력이 있는지 알 수 없었기 때문에 나에게 지정된 놀이공간에서 조바심을 치며 기다렸다. 그러나 지치고 땀에 젖은 몸으로 오두막으로 기어든 그들은 겨우 인디언 여자의 손가락 하나로 위로받아야 한다는 것에 당혹스러워한다는 사실이 드러났다. 내가 생각하기에 그런 모습은 무언가 이치에 닿지 않고 근본적으로 잘못된 것이었다.

투쟁에서 남자들은 부끄러움 따위를 느끼지 않는다. 열광에 사로잡힌 그들은 더욱 강해지고 거칠 것이 없는 상태에 있기 때문이다. 하지만 그들은 누군가 자신들의 상처를 핥아주는 행위는 참을 수 없다. 그들은 부상당한 사실을 결코 인정하려 들지 않는다. 나는 치욕감을 감출 수 없었다.

조금만 수고를 하면 정원이나 공터에서 거친 서부 지역을 순식간에 재건할 수 있었다.

하지만 소녀들은 그곳에서 아무것도 찾지 않았다. 당시에도 그랬고 지금도 사정은 마찬가지다. 칼 마이의 경우에도 그랬고, 지금도 그렇다.

통찰력에 대해서는, 나는 때로 끔찍한 기분이 들기도 하지만 대체로 즐거워하는 편이다.

그와는 달리 집착에서는 언제나 벗어나고 싶다.

집착이란 욕심, 히스테리, 광기 등과 관련이 있으며 이런 특성들은 모두가 통찰력을 방해하는 방향으로 발전한다는 공통점이 있다.

정도의 차이가 있을 뿐 누구나 어딘가에 집착을 하게 마련이다. 집착이라는 것이 인간성을 계속 유지하는 데 도움이 되는 것인지는 나도 모르겠다. 하지만 인간은 누구나 한 가지 약점은 있는 것 같고 집착이라는 것은 자신에 대한 진실을 외면하게 만드는 것 같다.

그런 약점은 탐욕이라는 자양분을 먹으며 자라난다. 탐욕이 많으면 많을수록 자기 자신에 대한 진실을 직시할 수 있는 능력은 줄어든다. 하지만 위대한 예술은 진실 탐구에 있는 것이 아니라 진실을 견디는 법을 배우는 데 있다. 중요한 것은 바로 이 점이다.

가장 견딜 수 없는 진실은 죽음이다. 어느 누구도 죽음이라는 진실을 직시할 사람은 없다. 도저히 감당할 수 없는 죽음이라는 진실, 내 생각에는 이것이 바로 우리가 일상중에 만들어내는 거짓말의 토대가 아닐까 싶다.

나는 일찌감치 터득한 지혜가 있어서 세상에는 거짓말과 속임수가 존재한다는 사실에 대해 놀라지 않는다. 흔히 거짓말이나 속임수는 다른 무엇을 감추기 위한 방편이라는 것을 알았기 때문이다. 나중에 가서야 그 다른 무엇은 바로 죽음이라는 생각이 들었다. 나중에, 너무나 늦게, 거짓말과 속임수에 몰두하게 되었을 때, 나를 사랑하는 일에 몰두하게 되었을 때, 나는 거짓말쟁이와 사기꾼은 특히 자기 자신을 기만한다는 생각을 하게 되었다. 왜냐하면 그들은 거짓말을 할 때마다 자신이 가장 높이 평가하고 갈망하는 것, 따라서 가장 동경하는 것에서 점점 멀어지기 때문이다.

세상에 거짓말쟁이보다 진리를 사랑하는 사람을 나는 알지 못한다.

올드 샤터한트와 비네토우가 혈맹관계를 맺는 문장을 읽고 난 후 나는 모든 의욕을 잃고 말았다. 하고 싶은 것은 단 한 가지, 나도 다른 누군가와 그런 혈맹관계를 맺고 싶었다. 그날부터 나는 언제나 호주머니에 바늘 하나를 넣고 다녔다. 그 바늘은 조그만 플라스틱 통에 들어 있었는데, 그것은 이전에 아버지가 라이터 대용으로 사용하던 부싯돌을 넣어 가지고 다니던 것이었다.

아무리 생각해봐도 바늘은 정말 성스러운 도구였다.

나와 혈맹관계를 맺을 만한 인물을 찾는 것은 결코 쉬운 일이 아니었다. 학급에서 성적이 제일 우수하다고 해서 그런 혈맹관계를 맺을 수 있는 것은 아니다. 그런 특별한 관계를 맺는다는 것은 말 그대로 목숨을 걸고 다짐하는 맹세인 법이고 그러니 누군가와 그런 중차대한 일을 함께 도모하려면 그 일을 추진하기 전에 적어도 두 번쯤은 진지하게 생각해볼 필요가 있다.

그런데 바늘 끝으로 살갗을 뚫는 느낌은 어떨까? 나는 그게 몹시 궁금했다. 그래서 우선 내가 먼저 실험해보기로 했다.

하지만 그 일은 생각처럼 그리 간단한 게 아니었다.

나는 아주 신중하게 바늘 끝을 살갗에 대고 살짝 눌러보았다. 아무런 통증도 느껴지지 않았고 별다른 효과도 없었다. 바늘 쥔 손에 조금 더 힘을 주어 눌러보았지만 결과는 마찬가지였다. 내 손가락 끝의 피부에는 아무 흔적도 남지 않았다. 아무래도 일이 생각보다 까다롭게 진행될 모양이었다. 온몸에서 땀이 흐르기 시작했다. 혈맹관계를 맺는다는 것은 정말이지 장난이 아니었다.

바늘로 찔러보는 실험은 내 왼손을 잠시 배반하기로, 마치 다른 사람의 손인 것처럼 생각하기로 하고서야 비로소 성공을 거둘 수 있었다. 오른손은 내 손이었고, 따라서 남의 손인 왼손을 배반하는 일은 바로 그 오른손이 해야 했다. 나는 오른손을 번쩍 들어올린 다음 그 낯선 사람의 손가락을 힘껏 찔렀다. 그리고 바늘이 뚫어놓은 왼손가락의 구멍을 확인한 즉시 그 손가락에 대고 속삭여주었다. 너역시 내 손가락, 사랑하는 내 손가락이라고, 이번 딱 한 번뿐 앞으로는 두 번 다시 이런 일이 없을 거라고. 그런 다음 자랑스럽게 반짝이며 솟구쳐나온 핏방울을 꼭 눌러주었다.

나는 정말이지 자랑스러웠다. 나는 우리집 뒤켠의 정원에 서 있었다. 내 주변에서 찾아낼 수 있는 유일한 생명체는 막 새순이 돋기 시작한 코니퍼(송백류에 속하는 구과 식물—옮긴이)뿐이었다. 개중에 다른 것에 비해 유독 키가 작고 가지 끝이 말라붙은 코니퍼가 한 그루 서 있었다.

그 코니퍼와 나는 혈맹관계를 맺기로 했다. 그것이 동등한 자격을 갖춘 파트너 사이의 계약이 아니라는 사실—그도 그럴 것이 내가 위급한 상황에 처하거나 누군가에게 위협을 당할 경우 대체 코니퍼가 나를 위해 해줄 수 있는 게 뭐가 있겠는가—에 대해서는 관대하게 넘어가기로 했다. 이 핏방울은 보다 높은 목표를 위해 바쳐진 것이었다. 다른 누군가를 희생물로 삼는 것은 손가락을 빨아댄다든가 나 자신의 피를 다시 취하는 것보다 더 큰 죄를 범하는 것이라 여겨졌다. 혈맹관계를 맺을 대상이 아예 없는 것보다는 코니퍼 한 그루라도 있는 게 낫다. 이 가엾은 나무가 내 거룩한 행동으로 인해 생명을 연장할지도 모르지 않는가. 그렇게 될 경우 혈맹관계의 위력을 이보다 더 아름답게 입증해주는 게 또 어디 있겠는가.

손끝에서 방울져 흐르던 피는 어느새 확연하게 줄어들었다. 나는 핏방울이 스며 있는 손가락을, 송진이 배어 있는 나무껍질에 대고 자꾸만 비벼댔다.

그런 다음 나무에게 바짝 다가가, 우리는 이제 영원히 슬플 때나 기쁠 때나 한 몸이 된 거라고 속삭인 다음 언제나 너를 돌봐주겠다고 다짐했다.

초라한 나무에게 약속을 하고 나자 내 안에 잠들어 있던 엄청난 사랑의 감정이 터진 봇물처럼 솟구쳤다. 기분 같아서는 얼마든지 더 엄청난 맹세의 말도 할 수 있을 것 같았으나 아쉽게도 적절한 표현이 떠올라주지 않았다. 나는 교회에 찾아가 다시 한번 의식을 치러야겠다고 결심하고, 이런 특별한 의식에 필요한 물건을 챙기러 가기 위해 손을 내밀어 코니퍼와 작별 인사를 나누었다.

두 주일 후 코니퍼는 죽었다.

나는 삽을 들고 정원으로 들어가는 아버지를 따라갔다. 아버지가 코니퍼 주위를 빙 돌아 구덩이를 파내자, 곰팡내 비슷한 냄새가 풍기고 가느다란 실뿌리가 아직도 촘촘히 덮여 있는 구근이 삽날에 찍혀 나왔다.

"대체 어떻게 이런 일이 일어날 수 있지?"

아버지가 큰 소리로 물었다.

그 동안 나는 하루에 세 번씩 코니퍼에게 한 양동이씩 물을 주었다. 그러면서 대체 무슨 이유로 날이 갈수록 녹색 기운이 사라져가는지, 왜 급기야는 두어 가지 끝에만 처음의 연초록 기운을 달고 있는지 혼자 묻곤 했었다. 코니퍼는 나와 피를 나눈 형제라는 사실을 숨긴 채 나는 아버지에게 그 나무가 하도 처량해 보여서 틈틈이 물을 주었다는 사실만 털어놓았다.

"네가 지나치게 배려한 게 오히려 나무를 익사시킨 셈이 되었구나."

아버지는 이렇게 말하고 웃는 얼굴로 나를 바라보았다.
아버지는 세상의 어떤 일도 나쁘게 해석하는 법이 없다.

걷잡을 수 없는 슬픔을 달래기 위해 나는 아주 효과적인 무기를
찾아냈다. 그것은 다름아닌 논리적인 추론이었다. 그리고 나는 그
추론 과정을 비망록에 이렇게 기록했다.

나무는 멍청하다.
나무는 결코 달리거나 이야기를 할 수 없다.
나무는 피가 없다.
나무는 감정이 없다.
나무는 나무 파는 가게에서 산다. 그리고 돈을 주고 살 수 있는
것을 인간은 사랑할 수 없다.
따라서, 나무와 혈맹관계를 맺는 것은 아무 가치가 없다. 그리
고 가치 없는 계약은 무효다.

저녁에 나는 아버지에게, 나무 한 그루 값이 아주 비싸냐고 물었
다. 그리고 앞으로는 용돈을 받지 않겠다고 말했다. 아이 하나 키우
자면 원래 돈이 많이 드는 법이라고들 하는데 나로 인해 불필요한
비용까지 들게 하고 싶지 않았기 때문이다.

두꺼운 책이 별로 많지 않은 상태에서 어쩌다 새 책을 구입하게
되면 눈에 잘 띄게 마련이다. 그 책처럼 얇은 경우에도 예외는 아니
었다. 더군다나 그 책은 특히 내 호기심을 자극했다. 아직 읽은 사람
이 없는 새 책이어서 책장을 펼치자 유난히 바스락 소리가 크게 들

렸다. 바스락거리는 소리를 기분 좋게 들어가며 한 장 한 장 책장을 넘기다가 나는 흠칫 놀랐다. 여자 작가의 이름이라든가 책제목 때문이 아니라 표지에 실린 사진 때문이었다. 거기, 한 문장 한 문장 심혈을 기울여 쓴 진짜 책이 한 권 있었다. 하지만 아쉽게도 나는 그 문장들을 거의 이해할 수 없었다.

앞 페이지에는 활짝 웃고 있는 소녀의 사진이 실려 있었다. 아직 어린 티가 채 가시지 않은, 내 나이 또래의 모습이었다. 책표지 뒷장에 소개된 바로는 그녀는 올해 열두 살, 이곳 남부 출신이며,『계속해서 웃어라, 이름가르트』는 그녀의 첫번째 책이라고 했다. 그 책은 자기 자신을 주인공으로 한 책으로, 우리 마을 근처에 있는 한 요양소에서의 체험을 기록한 것이라고 했다. 열두 살, 소녀, 우리 마을 남쪽 출신, 모두가 나와 가까운 것들이었다. 어떻게 이렇게 가까운, 거의 손에 잡힐 듯한 현실이, 무언가 고상한 것, 신비한 것 그리고 비현실적인 것 같은 책과 결합될 수 있단 말인가?

나는 그 책을 단숨에 읽어치웠다.

책을 다 읽고 나니 오직 한 가지 소망만이 간절해졌다. 당장 폐결핵에 걸리고 싶었다.

담임 선생님과 타협을 본 이후 처음으로 문 여는 시간에 맞추어 도서관에 도착한 나는 여학생용 서가 앞으로 다가갔다. 내가 책 세 권을 골라 책상 위에 올려놓자, 선생님은 나를 놀라움과 조롱이 뒤섞인 눈빛으로 바라보았다. 내가 골라다 놓은 책은, 세 권 모두 표지에 구불구불한 검은 머리채를 한 어린 소녀의 대담한 얼굴이 실려 있었다. 그 책은 제목을 읽지 않더라도, 조그맣고 거친 집시 소녀의 이야기를 다루고 있다는 것을 그 소녀의 사진이 분명하게 말해주고 있었다.

그 화려한 표지 사진이 정확하게 아라 칼렌바흐를 연상시키는 것은 아니었으나 이 책을 읽는 것이 방학 동안에 그녀의 존재를 가까이에서 느낄 수 있는 유일한 가능성이라는 생각이 들었다.

하지만 나는 첫번째로 집어든 책을 절반쯤 읽다가 포기해버렸다. 그리고는 다른 두 권과 함께 옆으로 비켜놓았다. 그 책의 내용은 아라 칼렌바흐와 그녀의 가족에 대해 학교에서 떠도는 말들과는 아주 거리가 먼 것처럼 느껴졌다. 역시 그건 그저 떠도는 소문일 뿐이었다. 엄마 역시 그런 소문을 전혀 믿지 않았다. 엄마는 언제나 마을에 새로운 사람이 이사를 오면 공연히 이러쿵저러쿵, 제멋대로 꾸며낸 이야기들로 입방아를 찧게 마련이라고 말하곤 했다. 마을 사람들의 추측과는 달리 그녀의 집은 틀림없이 부자일 거라는 게 엄마의 생각이었다. 그렇지 않고서야 마을 외곽에 그토록 크고 값비싼 집을 마련할 수 있겠느냐는 게 이유였다.

부자라는 말은 집시의 피라는 말보다 훨씬 흥분할 만한 것이라는 생각이 들었다.

소문이 잦아들수록 내 흥미는 점점 더 커졌다. 무조건 틀에서 벗어나고자 하는 사람은, 그리고 괴팍하고 별스럽다는 평가를 받고 싶어하는 사람은 오히려 그런 바람과는 달리 평범하고 일상적이며 남의 눈에 띄지 않게 마련이다. 특별해지고 싶다는 것을 의식하는 순간, 그 특별함은 곧 사라지고 만다. 실제로 특별한 사람은 자신이 특별하다는 사실을 의식하지 못하는 법이고, 세월이 흘러감에 따라 자신에게 다른 사람과 구분되는 무엇이 있다는 것을 서서히 깨달아가며, 남은 인생은 그 사실과 타협하며 살아가는 것이다.

나로서는 아라 칼렌바흐가 집시처럼 무언가 이국적인 사람이기보다는 그저 남보다 부자이기만 하다면 차라리 좋겠다 싶었다. 사실 나는 동화도 별로 좋아하지 않는다.

그것은 아마도 그런 내 마음과 연관이 있을 것이다.

여름방학 동안, 나는 아라 칼렌바흐의 정확한 주소도 모르는 상태에서 시간을 정해놓고 그녀의 집이 있는 새 건축 지역을 맴돌았다. 그때 나는 거리 어디쯤에서 우연히 그녀를 만났으면 하는 기대와 정말로 그녀를 만나게 되면 어쩌나 하는 두려움을 반반씩 안고 있었다.

그런 일은 일어나지 않았다.

종국에 가서는 반드시 실현되고야 말 우리의 만남이 어떤 방법으로 이루어질 것인가에 대한 내 상상은 날이 갈수록 구체성을 띠어갔다. 방학이 끝나고 첫 등교일, 우리는 분명 학교 운동장에서 다시 만나게 될 터였다. 곧이어 우리가 처음에 눈길을 주고받았던 바로 그 자리에 함께 서 있게 되는 거다. 그 순간만으로도 남은 우리의 인생을 튼튼하게 연결시켜주는 데 부족함이 없을 것이다. 교실 문턱을 넘어서는 그 순간부터 피할 수 없는, 운명 같은 만남이 시작되리라. 물론 그녀도 이런 사실을 나만큼이나 잘 알고 있을 것이다. 그 운명을 받아들이기 위해 노력하거나 혹은 그 운명을 피하기 위해 애쓸 필요도 없을 것이다. 그건 너무나 명백한 일이니까. 그 동안 내가 우리 두 사람의 관계에 대해 궁리한 내용은 이제 교실에서가 아니라 학교 울타리 밖에서, 정체가 분명하지 않은 공허와 쓸쓸함이 지배하는 어느 공간, 오직 우리 둘뿐인 그곳에서 일어날 터였다. 그리고 내 예감대로, 우리가 함께 있는 곳이라면 어느 누구도 끼어들 여지가 없을 것이다.

　여름방학이 끝나갈 무렵, 어느 일요일 아침, 나는 큰오빠 빌렘과 함께 숲속을 거닐다가 먼발치께로 그녀를 보았다. 저기, 오십 미터가 채 될까 말까 하는 모래밭에서 그녀는 줄을 맨 개 한 마리와 이리저리 뛰놀고 있었다. 화들짝 놀란 나는 갑자기 얼굴이 화끈 달아오르는 것을 느꼈다. 혹시 오빠가 무슨 낌새를 챌까 봐 불안해서 몸을 휙 돌리고 몇 미터쯤 뒤로 달려갔다. 그리고는 몸을 굽히고 손으로 여기저기 더듬으며 무엇을 찾는 시늉을 했다. 오빠가 무슨 일이냐고 물으면, 여기 어디쯤에서 무언가 반짝 빛나는 것을 본 것 같은데 찾을 수가 없다고 대답할 참이었다. 잠시 후 오빠 쪽으로 다가간 나는 미리 준비해둔 말을 하려고 했으나 어느새 그 말은 머릿속에서 말끔히 사라진 후였다. 하지만 얼굴의 열기는 그대로 남아 있었다. 손등으로 이마를 짚으며, "휴우" 한숨을 내쉰 다음 허리를 굽히면서 "왜 이렇게 얼굴이 달아오르지" 하고 덧붙이고 나니 그제야 얼굴빛이 제 색으로 돌아왔다.

　오빠는 아무것도 눈치채지 못했다. 다만 내가 느닷없이 모랫길로 이어지는 왼쪽으로 방향을 트는 것을 의아하게 여겼을 뿐이었다. 우리가 그곳에서 왼쪽으로 방향을 튼 적이, 그때까지 단 한 번도 없었던 것이다.

　"우리도 강아지를 기르면 안 되요?"

　다음날 나는 반신반의하면서 엄마에게 물었다. 사람의 일이란 결코 알 수 없는 법이다. 살다 보면 때로는 생각을 바꿀 수도 있는 것이니 틈을 보아 간간이 물어두지 않으면 얻는 게 아무것도 없을지 모른다. 하지만 엄마는 생각을 바꾸지 않았다. 엄마는 그 문제에 대해서라면 이미 당신 생각을 여러 번 말해둔 걸로 안다고 간단히 대꾸했다.

그후 나는 주차장 뒤쪽으로 달려가 벽돌 더미에서 가장 예쁜 벽돌 하나를 골라 들었다. 그리고는 주차장에 들어가 말끔히 솔질을 한 다음 끈을 찾아 있는 힘껏 단단하게 돌에 빙빙 돌려 감았다.

"자, 가자. 우리 산책을 가자꾸나."

마당에서 나는 엄마에게 산보를 다녀오겠다고 소리쳤다. 그런 다음, "강아지하고 같이 가요"라고 엄마에게는 들리지 않을 조그만 목소리로 덧붙였다. 돌은 포장도로에서 들어낸 것이기는 하지만 이제 완전히 내 손 안에 있었다. 나는 내 강아지에게 들뜬 목소리로 이제 우리가 어느 방향으로 갈 것인지, 앞으로 강아지인 네가 무엇을 먹게 될 것인지 등등을 말해주었다.

십오 분쯤 지나자 강아지 끈을 잡고 있던 팔이 뻣뻣해지면서 감각이 없어졌다. 그래서 나는 끈에 묶인 강아지를 번쩍 들어 안았다. 그 순간 강아지는 주인인 나를 멋있어 보이게 해야 하는 임무를 고통스럽게 거부했다. 아무래도 아라 칼렌바흐의 개처럼 훌륭하게 해낼 자신이 없는 모양이었다. 그녀의 개는 가볍게 앞다리를 들어 몸을 뒤로 젖힌 채 끈 하나로 연결되어 있는 주인과 등을 맞대고 서는 멋진 모습을 연출하는 재주를 지니고 있었다.

그래도 나는 직접 그런 느낌을 맛보기 위해 이따금씩 끌고 가던 벽돌을 들어올리기도 하고 저 멀리 던져보기도 했다. 하지만 아무 감흥도 일지 않았다. 게다가 벽돌은 은근히 골칫거리였다. 던질 때마다 덩달아 무엇인가가 떨어져나갔다. 그래서 나는 점차 그 벽돌을 강아지라고 느낄 수 없게 되었다. 아무래도 인간은 동물과 바람직한 교제를 나누기 어려운 모양이라고 나는 결론을 내렸다. 그리고는 위

로와 조그만 보상이라도 해주고 싶은 생각이 들어 벽돌을 품에 안
고 집으로 돌아왔다.

3

개학날 그녀를 다시 보았다. 잠시 후 우리는 다시 그 자리에 함께
있었다. 교실 문턱을 들어서는 순간부터 우리의 운명은 결정난 것이
었다. 모든 것이 방학 동안에 내가 상상했던 그대로였다.
따라서 내 눈에는 그 모든 것이 자연스럽게 보였다.
앞으로 일 년 동안 내 모든 체험은 바위처럼 튼튼한 이 원칙에
근거해 이루어질 터였다. 부모님의 집 울타리를 벗어나자마자 내가
진심으로 원했던 모든 일이 현실이 될 것이다. 혹시 무엇인가 내 소
망대로 이뤄지지 않는 게 있다면 그것은 내 소망이 그렇게 간절하
지 않은 탓이다.

집 밖에서 나는 행운을 잡거나 실패를 체험한다.
집 밖에서 나는 즐겁게 놀이에 몰두한다.
집 안에서는 그렇지 않다.
집 안에서 나는 무기력하다. 속수무책으로 확신과 불안, 신뢰와 배
신, 격렬함과 평온, 조심과 방심, 잔인함과 동정, 호의와 어리석음 사
이를 수시로 넘나든다. 집 안에서 나는 잠을 자고 식사를 해결한다.
집 안에서 나는 행복하거나 불행하다.
무력감, 의존심과 무방비를 사랑과 행복으로 결합한다, 언제나.
이러한 결합은 폐기되지 않는다.

매일 집을 나설 때면 나는 이 사랑 때문에 배가 아프다. 복통 증세는 학교를 향해 다가가는 발걸음을 따라 조금씩 진정이 되다가 학교에 도착하는 순간 흔적도 없이 사라져버린다.

교실로 아라 칼렌바흐를 찾아가는 날만은 예외이다. 그때 내 배는 여느 때와 마찬가지로 딱딱해지고 약간의 메스꺼운 증세가 사라지지 않는다.

내 육체가 알려주는 이런 지혜의 소리를 다 알아들으려면 앞으로도 오랜 시간이 필요할 것이다. 충실하게 나에게 자신을 상기시키고 무엇인가를 전달하기 위해 끊임없이 노력하는 육체, 내가 그 소리를 제대로 알아들을 수만 있다면 나에게 이로운 것이 무엇인가를 제대로 알 수 있을 텐데.

하지만 아직은 아니다. 아직 나는 내 육체의 소리를 이해하지 못한다. 내 살과 피를 서로 만나게 해주는 일은 아무래도 나로서는 벅찬 일이다. 나는 내 피부, 내 심장과 오성, 내 간장과 신경, 내장 및 골반 속에서 영원히 불평만 해대는 기관들의 보고에 대해서는 거의 귀머거리나 다름없다.

교실은 책상과 걸상이 가득했다. 5학년 학급은 규모가 작다. 우리는 전체 인원이 겨우 열두 명 정도였다. 하지만 6학년 학생 수는 틀림없이 스무 명은 될 것이었다. 나는 내내 아라 칼렌바흐만 쳐다보고 있었다. 그래서 나는 자기들 옆에 앉겠느냐고 묻는 우리 반 친구들의 질문을 무시했다. 아예 못 들은 체해버렸다.

5학년은 교실 왼쪽에 앉고 6학년은 오른쪽에 자리를 잡고 앉았다.

앉는 순서는 시계 방향과 일치했다. 우리가 시간을 왼쪽에서 오른쪽으로 움직이는 것으로 표현한 이래, 시간의 이름과 늦음뿐만 아니라 깊이와 높이, 양의 많고 적음, 과거와 현재까지도 시계를 기준으로 삼는다. 그리고 그런 방법을 누구나 아주 자연스러운 일로 여긴다.

하지만 나는 전혀 자연스럽게 여기지 않는다.

나는 규칙적으로 시계 반대 방향으로 생각하는 훈련을 하고 있다.

아라 칼렌바흐는 셋째 줄 맨 뒷자리로 갔다. 그리고 나는, 마치 그게 세상에서 가장 자명한 일이라도 되는 듯, 그녀의 뒤를 따라갔다. 그녀의 걸음새는 다소 시끄러운 편이었다. 그녀는 한 걸음 한 걸음 힘차게 내딛었고, 그녀가 다가오면 길을 터주기 위해 모든 책상들이 옆으로 조금씩 물러나야 했다. 다른 여자애들은 모두 화난 눈길로 그녀를 힐끔거렸지만 나는 그렇게 야단법석을 떠는 그녀가 아주 자랑스러웠다.

그녀는 우리 반 분위기에 어울리지 않았다.

셋째 줄은 5학년과 6학년이 나뉘는 줄이고 두 학년이 서로 연결되는 줄이었다. 나는 그녀 옆의 의자에 앉았다. 그녀는 나를 거들떠보지도 않았다. 그녀 역시 나의 선택을 너무나 당연하게 여기는 거라고 나는 생각했다.

담임 선생님은 그렇게 생각하지 않았다.

나는 그녀를 선생님이라고 생각한 적이 없지만, 그래도 그녀는 우리 반 담임이기 때문에 우리 반 아이들 모두에 대해 잘 알고 있었다. 교실에 들어온 지 오 분도 채 지나지 않았는데, 그녀는 입을 꼭 다문 채 교실을 한 바퀴 휘 둘러보더니 이내 나를 알아보고 눈짓을 보냈다.

"너하고 미에스하고 자리를 바꾸는 게 좋겠구나."

마침내 그녀가 입을 열었다.

미에스는 저만큼 앞자리에 앉아 있었다.

그녀는 안다. 내가 주위를 소란스럽게 만드는 주범이라는 걸 그녀는 알고 있는 것이다. 아버지와 엄마는 학교 행사인 '부모님의 밤'에 참석할 때면, 내가 사랑스럽고 귀엽기는 하지만 주변을 소란스럽게 만드는 아이라는 말을 듣게 된다. 요컨대 나는 말괄량이이며 기운이 차고 넘치는데다 고집불통이어서 교실 전체를 소란스럽게 만드는데, 그러지 말고 차라리 내 할 일이나 신경 쓰는 게 낫다는 이야기인 것이다. 게다가 나는 싫은 일은 아무것도 하지 않는데, 만약 원하기만 한다면 수학이나 지리, 역사, 자연과학 등의 과목에서도 좋은 점수를 받을 수 있을 거라는 이야기도 들린다. 지금 내가 좋은 점수를 받는 과목은 네덜란드어뿐이다.

길게 한숨을 내쉰 나는 둘째 줄 두번째 의자로 달려가 자리를 잡고 앉은 다음 아라 칼렌바흐가 내 시야에 들어오도록 몸을 돌렸다.

책상마저 압도하는 것처럼 보이던 그녀는 일단 의자에 앉고 나니 아주 정상적으로 보였다. 그녀의 어깨는 비교적 좁은 편이었고 허리는 굵다기보다는 힘 있어 보인다는 표현이 어울릴 정도로 늘씬했다. 그런데도 그녀 주변에 있는 모든 것이, 심지어는 공기조차도 그녀에게는 너무 부족하거나 가까스로 충족되는 것처럼 보였다. 하지만 그건 아무래도 내 눈 탓이 아닐까 싶기도 했다.

무언가 못마땅한 시선으로 주위를 둘러보던 그녀가 내 눈길이 자신을 기다리고 있다는 것을 마침내 알아차렸다. 그녀의 눈길과 마주친 순간, 나는 보일 듯 말 듯 미소를 지어 보였고, 그녀는 한쪽 눈썹을 쫑긋 세워 알은체를 했다.

이게 전부다.

나는 이 정도면 충분하다고, 아니 그 이상이라고 생각한다.

선생님은 우선 5학년 출석을 확인한 다음, 6학년 출석을 불렀다. 이름을 호명당한 아이는 잠깐 일어섰다 앉아야 했다. 선생님은 정식 이름으로 출석을 확인했기 때문에 마그리에트는 갑자기 마르가레타가 되었다. 그런데 카트리엔, 디니 그리고 나는 유감스럽게도 똑같은 이름으로 불렸다. 선생님은 일단 누군가 일어서고 나면 그제야 애칭을 부르고는 잠깐 고개를 까딱해 보였다.

알파벳 순으로 하면 나는 아주 앞쪽에 속하기 때문에 출석 부르는 순서가 빨랐다. 나는, 출석을 확인하는 일에는 언제나 신경이 쓰이게 마련이므로 차라리 먼저 호명당하는 것이 낫다고 생각하는 편이다. 어쩌면 그저 자리에서 일어서는 걸 좋아하기 때문에 그런 생각을 하는 건지도 모르겠다. 그렇게 자리에서 일어서서, 내 이름을 부르는 소리를 듣고 혹시 선생님이 나에게 무언가 특별한 말을 해 주지 않을까 기대하는 순간이 나는 그렇게 즐거울 수가 없다. 우리, 선생님과 나는 일종의 계약 같은 것을 맺은 사이이므로 이런 자리에서도 나에게는 다른 아이들과는 무언가 다른 말을 해줄지 모른다는 기대 때문이다.

곧이어 모든 일이 순식간에 지나갔다.

"키트, 니는 여전히 작은 고추처럼 맵겠지?"

내가 기대하던 특별한 말은 아니었지만 나는 의기양양하게 "예!" 하고 대답했다.

나는 속으로 조바심을 치며 출석 확인이 어서 끝나기를 기다렸다. 선생님이 마침내 6학년 출석부를 펼치고 하나하나 이름을 부르기 시작했을 때, 나는 의자에서 살짝 몸을 기울여 아라 칼렌바흐가 잘 보이도록 자세를 고쳐 앉았다. 어느 순간 선생님의 표정이 바뀌었고, 그 순간 나는, 이제 그녀의 차례가 된 거라고 알아차릴 수 있었다. 선생님은 우리 학급에 새로운 친구가 왔다고, 그러니 모든 학생들이 그녀가 우리 반에 적응할 수 있도록 도와주라고 당부했다.

나는 우리 반 아이들 중 어느 누구도 그 말을 진심으로 받아들이지 않았으면 싶었다. 오직 나 혼자서만 그녀를 이해하고 싶었기 때문이다.

"바르바라 칼렌바흐."

선생님이 마침내 그녀의 이름을 불렀다.

그 이름은 내 머릿속에 쉽게 입력되지 않았다. 그만큼 나는 머릿속으로 수없이 반복해온 이름에 익숙해져 있던 탓이다. 교실이 점점 소란스러워졌다. 소리 죽여 킥킥거리는 아이들이 있는가 하면, 바르바라, 바르바라, 하고 그녀의 이름을 반복해대는 축도 있었다. 나는 목울대를 치미는 무엇인가를 가까스로 삼켜버렸다.

아라 칼렌바흐가 갑자기 의자를 휙 제치며 자리에서 일어섰다. 허리를 곧추 세우고 턱을 약간 들어올린 자세로 그녀는 거기 서 있었다. 그렇게 당당하게 서 있는 그녀의 허리는 책상보다도 더 넓어 보였다.

"아라."

선생님이 출석부를 다시 한번 들여다본 후 말했다.

"함께 공부하게 되어 반갑다."

교실 전체가 웅성거리기 시작했다. 아이들 모두가 그녀, 아라에 대해 뭐라고 수군거리고 있었다. 하지만 선생님이 모로 뜬 눈길로 아이들을 노려보자 교실은 이내 잠잠해졌다.

나는 다른 아이들처럼 동요하는 태도를 보이지 않았다는 사실, 어느 누구하고도 귓속말을 주고받지 않았으며 심지어 그녀에 대해 무언가 야비한 말을 입에 올리는 아이가 눈에 띌 경우 당장 달려들 준비를 하고 있었다는 사실을 그녀가 제발 알아주었으면 싶었다.

지금까지 교실에서 일어난 일은 기왕의 틀을 벗어나지 않았다. 그러니 그애들은 다른 여자애들과 다를 게 없었다. 반 친구들은 눈앞의 새로운 상황에 지극히 정상적인 반응을 보였고 아라가 주목의 대상이 되는 순간, 기존 질서가 어쩔 수 없이 뒤죽박죽 되어버린 것이다. 아라는 특별한 아이였기 때문이다.

나는 그녀조차도 이 사실을 지극히 정상적인 것으로 받아들이리라고 생각했다. 그녀는—나와 꼭 마찬가지로—다른 아이들이 자신 때문에 그토록 불안한 반응을 보였다는 사실을 자랑스러워할 것이다. 혹시 그녀가 그런 사실을 수치스럽게 여길지도 모른다는 생각은 전혀 들지 않았다. 남들 앞에서 발가벗은 느낌이 든다거나 얼굴이 달아오르는 것은 내가 알기로 수치심에서 비롯되는 것이지, 절대로 자부심 때문이 아니다.

이것은 첫째 시간의 착각이었다.

아라는 내가 다른 아이들과 똑같은 반응을 보이지 않았다는 사실을 알지 못했다. 그리고 자부심은 수치심과 좋은 짝이 될 수도 있는 것이다.

점심 시간이 될 때까지 십 분 정도의 자유 시간, 이를테면 그림을 그린다거나 독서를 할 수 있는 시간이 주어졌다. 나는 아라를 위해 그림을 그리기로 했다. 종이 한 장을 꺼내놓고 우리의 이름을 멋진 글씨로 써내려갔다. 우선 아라의 이름, 바르바라 칼렌바흐(Barbara Callenbach)를 쓰고 그 아래에 내 이름, 카테리나 부츠(Catherina

Buts)를 썼다. 처음에 쓴 글씨는 마음에 들지 않았다. 그녀의 이름이 너무 커서 종이와 어울리지 않았다. 그래서 다음에는 우리의 이름과 성에서 첫 글자만 따서 썼다. 첫 글자가 중요하다는 생각이 들었기 때문이다.

나는 차츰 흥분되는 느낌, 나를 굉장히 행복하게 해주는 느낌에 사로잡혔다. 내 짐작이 모두 옳았다는 것을 입증해주는 운명의 눈짓을 느낀 것이다. 우리의 이름으로 세상을 속일 수 있을 것 같았다. 역순으로 하면 우리의 이니셜이 같은 글자로 시작한다는 사실을 다른 사람들은 쉽게 눈치채지 못할 터였다.

나는 화살표를 교차시켜 B와 C를 연결한 다음 우리의 이름 둘레에 화환을 그려넣었다. 하트 모양만은 피하기로 했다.

하트 모양 따위를 보면 그녀는 분명 소녀 취향이고 감상적이라고 생각할 것 같았다. 바로 나처럼 말이다.

쉬는 시간을 알리는 종이 울리자 나는 버릇대로 벌떡 일어섰다. 아라는 전혀 서두르는 기색 없이 반 아이들이 모두 나갈 때까지 기다리고 있었다. 나는 그 사실을 뒤늦게야 알아챘다.

복도에는 큼직한 외투걸이 두 개가 있다. 하나는 비어 있다. 우리 교실 앞에 있는 외투걸이에는 달랑 외투 한 벌이 걸려 있을 뿐이다.

아라의 검정색 긴 코트.

긴 것이 유행인 적은 한 번도 없었다.

나는 그녀의 외투가 걸려 있는 옷걸이 주변을 어슬렁거렸다. 그녀는 나를 보고 걸음을 멈추더니 잠시 교실 문틀에 몸을 기대고 서서, 웃는 기색도 없이 나를 빤히 쳐다보았다. 하지만 나는 웃었다. 그녀에 대한 호의를 표현하고 싶었기 때문에 나는 내 마음이 시키는 대로 솔직하게 웃으면서 등뒤에 감추고 있던 종이를 앞으로 내밀었다.

어찌나 흥분했던지 나는, 그녀에게 주려고 그림을 그렸다는 사실을 사투리로 말해버렸고 그 사실을 깨달은 즉시 반듯한 네덜란드어로 번역을 해서 다시 한번 말했다. 그리고는 숨쉴 틈도 없이 다시 한번 반복했다.

"이거 내가 너를 위해 그린 거야."

"아하."

그렇게 입을 연 그녀는 왼쪽 입술 끝을 슬쩍 비틀어 올렸다. 그리고는 옷걸이로 달려가 외투를 내린 다음 노처럼 긴 팔을 움직여 꼼꼼하게 외투를 챙겨 입더니 그제야 다시 나에게 눈길을 주었다. 그녀는 절대 보여서는 안 될 무엇을 나에게 목격당했다는 듯 약간 화가 난 표정이었다.

우리 엄마도 입 속에 무엇을 넣고 우물거리다가, 혹은 아주 잠깐 소파에서 휴식을 취하고 있다가 그런 눈길로 나를 바라볼 때가 있다. 하지만 나는 그런 엄마를 전혀 이해할 수 없었다.

대체 나한테 숨길 게 뭐가 있단 말인가?

아라는 나보다 적어도 머리 두 개쯤, 어쩌면 두 개하고도 반쯤 키가 컸다.

"그럼 어디 보여줘봐."

그녀가 마침내 소리내어 말했다.

"이건 너를 위한 거야. 원한다면 가져도 돼. 그러니까 지금 당장 볼 필요는 없어."

나는 수줍게 말했다.

　　그녀에게 그림을 보여줄 수 있다는 사실이 얼마나 즐거웠던지, 나는 잠시나마 쑥스러움까지도 잊을 수 있었다. 하지만 이내 그녀가 우리의 이름이 서로 얽혀 짜인 모습을 우습게 여기면 어쩌나 하는 두려움이 엄습했다. 그건 결코 제대로 된 그림이 아니었다. 실력으로 말하면 나는 이보다 훨씬 나은 그림을 그릴 수 있었다. 그녀는 약간 놀랐다는 표정으로 나를 바라보더니 내 말대로 종이를 펴보지는 않고 그대로 외투주머니에 찔러넣었다. 그리고는 돌아서서 그 씩씩한 걸음새로 뚜벅뚜벅 복도를 가로질러 밖으로 달려나갔다. 나는, 너무나 당연하게, 그녀의 뒤를 따라 나가 돌담이 있는 곳까지 달려갔다. 처음으로 그녀를 발견했던 그 자리에, 그날과 같은 자세로 그녀가 걸음을 멈추었다. 나는 그녀 곁으로 다가섰다.

4

　　그녀는 말이 별로 없었다. 쉬는 시간이 되면 나는 언제나 그녀의 뒤를 따라 밖으로 달려나갔다. 그리고는 그녀의 허리를 끌어안거나 넓적다리쯤에 몸을 기댔다. 그녀의 체취는 향기로웠다. 때로 나는 펄쩍 뛰어올라 그녀의 목에 매달렸다. 두 다리로 그녀의 허리를 감싸안고 그 널찍한 골반에 턱 걸터앉을 때도 있었다. 그러면 안락의자에 앉은 것처럼 편했다. 할 이야기가 아무것도 없을 때면 체중을 한쪽으로 모아 온몸의 하중이 그녀의 허리쯤에 실리게 만든 다음 그녀의 목과 어깨 사이에 머리를 기대고 한 십오 분쯤 아무 말도 하지 않고 가만히 있었다. 그러면 나를 지치게 만드는 것, 정확하게 말로는 표현할 수 없는 무엇이 자취도 없이 사라졌다. 그녀는 팔 하나로 그런 나를 떠받쳐줄 수 있을 만큼 힘이 셌다.

"넌 무게가 없어."

그녀가 말했다. 하지만 물론 그녀의 말은 옳지 않다. 인간은 누구나 제 무게가 있는 법이다.

시간이 흘러 내 몸이 아래로 떨어지는가 싶으면 그녀는 나를 다시 들어올렸다. 행여 나를 불편하게 할까 두려워하는 손길, 부드럽고 조심스럽게, 그리고 높이 들어올리는 그녀의 손길을 나는 고스란히 느낄 수 있었다. 이따금씩 그녀는 내 머리칼을 쓸어주기도 했다. 그런 그녀의 손길이 어찌나 기분 좋던지. 그 부드러운 손길이 다시 내 머리를 쓸어줄 때까지 기다리는 시간은 또 어찌나 지루하던지. 드디어 그녀의 손길이 다시 한번 내 머리로 다가오면 나는 그녀의 손을 잡아 내 머리에 고정시키고 눈을 치켜떠 올려다보았다.

그녀는 그런 나를 "애완동물"이라고 불렀고, 그러면 나는 멋쩍게 웃으며 머리를 긁적거렸다.

그녀에게 매달린 채, 얼굴을 그녀의 목덜미에 묻고 학교 운동장을 등진 자세로 나는 내 멋대로 상상에 빠져들곤 했다. 그녀는 의연하고 냉정한 눈길로 다른 애들을 훑어보고 있지만 나와 마찬가지로 딱히 말로는 설명하기 힘든 행복한 느낌에 사로잡혀 있는 거라고 말이다.

어느 누구도 나처럼 그녀 곁에 가까이 있을 수 없었다. 이건 결코 나만의 착각이 아니었다. 그게 그녀와 나, 그러니까 우리 두 사람 관계의 본질이었다.

한편 나는 공놀이, 뜀틀놀이, 고무줄놀이 등 내가 좋아하는 놀이는 아무리 애를 써도 외면할 수 없었다. 그 어쩔 수 없는 충동을 견디지 못해 결국은 다른 아이들과 그런 놀이를 하면서도 나는 틈틈이 눈길을 돌려 그녀가 나를 바라보고 있는지 살펴보았다.

그녀는 언제나 나를 지켜보고 있었다.

나는 더이상 얌전하게 놀이를 즐길 수 없었다. 나는 흥분하여 거칠고 시끄럽게 비명을 질러가며, 열정적으로 놀이에 몰두했다. 이기기 위해서가 아니었다. 그런 식으로밖에 놀이를 즐길 수 없기 때문이었다. 한참을 그렇게 정신없이 놀다가 지치고 땀에 젖은 모습으로 다시 그녀에게 돌아가면 그녀는 몇 분 동안 나에게 눈길 한 번 주지 않고 팔짱을 낀 자세로 가만히 서 있었다. 내가 이리저리 맴을 돌며 한동안 낑낑거리다가 마침내 팔짱 낀 그녀의 손을 풀어내고 나면 그제야 그녀는 마지못해 한 손을 들어 내 머리에 올려놓았다. 그러면 나는, 감히 고개를 들어 그녀의 얼굴을 올려다볼 엄두도 못 내고 그녀의 손길에 머리를 맡긴 채 가만히 서 있었다. 그러면 어느 순간 그녀의 입에서 신음 소리 비슷한 소리가 새어나오고 이어 그녀의 손길은 가만가만 내 머리를 쓰다듬기 시작했다. 그런 식으로 그녀가 용서했다는 신호를 보내면 나는 그제야 고개를 들어 그녀의 눈을 응시할 수 있었다.

그녀는 내가 불성실하거나 배신이라고 여겨지는 행동을 할 경우 어김없이 벌을 주었다. 그녀가 나를 벌 줄 이유는 언제나 차고 넘쳤다. 하지만 나는 그녀의 벌을 받고도 내가 하고 싶은 일을 결코 그만두지는 않았다. 그녀의 벌이 끝나기가 무섭게 나는 곧 공놀이, 뜀틀놀이, 고무줄놀이에 빠짐없이 끼어들었다. 나는 결코 그런 놀이를 나쁜 것이라고 생각하지 않았다. 놀이를 하면서도 사실 나는 언제나 그녀와 함께 있었다.

책을 읽을 때는 그렇지 않았다. 대체로 네덜란드어 시간에는 5학년과 6학년이 같은 교과서를 가지고 함께 수업을 했다. 다만 긴 문장을 성분에 따라 나눈다거나 어려운 받아쓰기를 할 경우는 예외였다. 하지만 아라만은 다른 책을 읽었다.

그녀는 읽기와 쓰기에 문제가 있었다. 그래서 수요일 오후, 다른 애들이 수업에서 놓여난 후에도 한 시간 동안 담임 선생님에게 특별한 책으로 보충 수업을 받아야 했다. 그 책들은 모두 선생님이 아라를 위해 직접 골라낸 것들이었다. 선생님은 아라가 그런 보충 수업을 받는 것은 특별히 멍청해서가 아니라 그녀의 머릿속에 있는 무엇인가가 단어를 적절하게 사용할 수 없게 만들기 때문이라고 했다. 정확하게 병이라고는 할 수 없지만 그 비슷한 무엇, 흔히 있는 일이기는 하지만 꼭 집어 말하기는 곤란한 증상, 뇌와 관계가 있는 증상이라고 했다. 이를테면 그녀의 시력은 아주 좋지만, 그녀의 머릿속에 있는 무엇 때문에 일종의 장님처럼 사물을 제대로 볼 수 없는 상태와 비슷한 증세라는 것이었다.

그 사실을 제일 먼저 발견한 사람은 우리 담임 선생님이다. 아이들에 대해 아주 많은 것을 알고 있던 선생님은 그런 현대 병에 대해서도 알고 있었다. 학기 중에 선생님은 오후 시간을 활용해 우리 반 아이들 모두와 개별 면담을 했다. 한 사람씩 불러다 놓고 나중에 커서 무엇이 되고 싶은지, 그 꿈을 이루려면 어떻게 해야 하는지에 대해 오랫동안 이야기를 나누는 것이었다.

나는 선생님과 어떤 대화를 나눌까 궁리하며 흥분 속에서 그날을 기다렸다.

하지만 선생님은 아라를 첫번째 면담자로 선택했다. 아라에게 심각한 문제가 있기 때문이었다. 선생님은 지금까지 아라에게 특별한 관심을 보인 학교가 단 한 곳도 없었다는 사실을 이해할 수 없다면서, 아라의 언어 장애는 여느 아이들이 흔히 저지르기 쉬운 실수와 달리 뇌에 문제가 있기 때문이라고 했다. 이런 점에 주의를 기울이지 않고 지금까지 방치해두었다는 게 정말 이상하다고도 했다. 또한 선생님은 결코 아라가 멍청하다고 생각하지 않으며 앞으로는 특별히 아라를 도와주겠다고 약속했다.

나는 아라에게 가벼운 질투를 느꼈다. 그녀의 머리가 무언가 신비하고 특별하기 때문에 선생님의 도움을 받게 되었다는 사실이 은근히 부러웠다. 나도 아라를 도와주고는 싶었다. 하지만 무엇을 어떻게 도와야 할지 그 방법을 알 수 없었다. 동시에 나는 내가 아라 자신이기라도 한 듯 자랑스러웠다. 그녀의 머릿속에 무언가 특별한 것이 들어 있고 그녀의 뇌가 제멋대로 단어들을 주무른다는 것은 그녀의 특별함을 강조하는 것이라는 판단이 섰기 때문이다. 나는 아라에게, 다른 아이들은 물론 나 자신도 가지고 있지 않은 특별한 무엇을 그녀만 가지고 있는 것이라고 말해주었다.
　아라는 한결 마음이 놓인 눈치였다. 무엇보다도 자신이 멍청이가 아니라는 사실을 기뻐했다.
　나는 선생님이 나보다 한 발 앞서 선수 친 사실이 몹시 유감스러웠다. 나 역시 아라가 멍청이가 아니라는 사실을 말해줄 수 있었고 내가 먼저 그런 말을 해주었더라면 아라에게 그토록 큰 기쁨을 선사한 사람이 바로 나일 수도 있었다는 아쉬움 때문이었다.
　물론 나는 제대로 읽지도 못하고 쓰지도 못하는 사람은 어느 정도 멍청하다고 생각한다. 하지만 아라처럼 특별한 시선으로 사물을 바라보고 그녀처럼 말할 경우 사정은 달라진다. 그 이면에는 무언가 특별한 것을 간직하고 있을 것이고, 그런 사람이 결코 멍청할 리 없기 때문이다.

"나도 널 도와주고 싶어, 네덜란드어 말야."

나는 그녀에게 제안했고 그녀는 흔쾌히 동의했다. 하지만 그녀가 단어들과 얼마나 독특하게 교류하는지 알아감에 따라 내가 정말로 그녀의 변화를 원하는 것인지 확신할 수 없게 되었다.

아라도 그랬다.

어쩌면 그것은 사물과 언어에 대한 그녀의 이해가 나를 몹시 당혹스럽게 만들었다는 사실, 그리고 그 점에 대해서 그녀가 재미있어했다는 사실과 관련이 있을 것이다. 하지만 나는 아라 스스로도 자신의 네덜란드어 실력이 정말로 향상되기를 원하는지 확신하지 못하고 있다는 것을 감지했다.

"어쩌면 사람들이 내 비밀을 빼앗아가려고 하는 건지도 몰라."

어느 날 아라가 보충 수업을 받고 난 후 이렇게 말한 적이 있다.

"무슨 비밀?"

"이 긴장감. 단어들이 저기 밖에서 내 발을 걸어 곤경에 빠뜨리는 순간 찾아오는 긴장감 말야."

그녀가 말했다.

그녀는 그 사실에 놀라워하고 화를 내고—그리고 긴장했다. 그녀는 한두 마디 단어가 하루 종일 떠오르지 않을 때도 있다고 털어놓았다.

"예컨대 나는 이렇게 말하고 싶어. '꽃이 핀다.' 하지만 내 입에서는 '핀다'라는 말만 나오는 거야. '꽃'이라는 말은 시커먼 구멍으로 사라져버려. 나는 그 단어가 어딘가에 있을 거라는 걸 알기 때문에 책이나 신문 같은 데서 열심히 그 단어를 찾기 시작해. 몇 시간쯤 지나고 나면 나를 떠났던 이미지, 내가 말하고 싶었던 게 떠오르고, 마침내 나는 '꽃'이라고 말해. 그러면 또 이번에는 과연 그 단어가 이미지와 제대로 어울리는지 궁금해지는 거야."

"거 참 신기한 일이네."

나는 사뭇 감탄조로 말했다.

그녀는 궁금한 단어를 찾아야 했고, 찾는다는 것은 긴장을 요하는 일이다.

그것이 무엇인지는 잘 모르지만, 한 가지 질문에는 오로지 하나의 올바른 답변만이 있고 한 가지 문제에는 한 가지 해결책만이 있으며, 어떤 사물에는 오직 '한 가지' 사물만 어울린다는 것이 확정되어 있는 그 무엇을 찾는 것은 긴장되는 일이다. 아니 단순히 긴장되는 것 이상이다. 그것은 강제, 강제이되 기꺼이 복종하게 되는 강제이다. 그것은 낱말찾기에 비교할 만한 충동이고 암호문이 간직하고 있는, 오직 한 가지 방식으로만 보충할 수 있는 체계의 매력이다. 그리고 단 한 가지 유일한 것을 찾고자 하는 노력은 내가 생각하기에 병적인 욕망과 집착의 근원이다.

그녀가 단어에 대한 자신의 생각을 설명할 때면 나는 아주 특별한 체험을 하곤 했다. 이를테면 전혀 낯선 것, 그렇지만 이따금씩 나를 사로잡곤 하는 동경과 비슷한 무엇에 대한 설명을 듣고 있는 듯한 느낌. 아라가 상반된 방법으로 같은 것을 추구하는 것인지 아니면 그 반대인지 나도 정확하게는 모르겠다. 이런 숨막히는 긴장을 다시 느끼고 싶어서 나는 그녀에게, 집에서는 단어들을 어떻게 다루느냐고 꼬치꼬치 캐물었다. 그러면 매번 나로서는 이해할 수도 없거니와 정리할 수도 없는, 그러나 내 인생을 파악하는 데 매우 중요한 어떤 대립의 유쾌한 자극이 엄습했다.

나는 그녀의 이야기에 귀를 기울였고 그녀가 이야기를 멈추면 몹시 아쉬웠다. 곧이어 나는 그녀에 대해 깊이 생각하기 시작했다.

신, 행복, 죽음과 더불어 아라는 내가 즐겨 사유하는 대상이 되었다.

신, 행복, 죽음과 그녀는 한 가지 해결이 요구되는 문제라는 공통점이 있었다. 물론 그런 문제에 명쾌한 해결책이 없다는 것을, 나는 처음부터 알고 있었다.

신, 행복, 죽음, 그리고 아라는 내가 즐겨 고심하는 정말 어려운 주제였다.

아라는 남의 이야기에 귀를 기울이는 것이 자신이 직접 이야기하는 것보다 아름답다는 사실을 발견했다. 그래서 그녀는 그것을 더욱 아름답게 말했다. 아름답다는 것은 그녀가 마음에 들어하는 단어였다. 그래서 그녀는 자신이 들은 대로 아름답다는 뜻의 쇤(schön)이라는 단어를 처음에는 부드럽게 sch라고 쓰고 중간에 널찍하게 ö를 썼다. 그 단어는 종이 위에서도 아름답게 보였다.

몇몇 사물들에 대해서 그녀는 아예 단어 자체를 만들었다. 그 사물들을 지칭하기 위해 이미 사용되고 있는 단어들이 분명 그녀의 머릿속 어딘가에 자리잡고 있을 터였으나, 그것들은 언제나 어떻게든 뒤틀려 나오기 일쑤였다. 그러면 그녀는 그 단어들을 에둘러서 표현했다.

"난 이 단어와 씨름을 하고 있어."

다른 단어들에 대해서는 이렇게 말했다.

　"나는 이 단어에 동의하지 않아" 혹은 "내 생각엔 이 단어가 그 사물에 어울리지 않아".

　예를 들면 그녀는 '유리잔(Glas)'이라는 단어가 유리잔에는 끔찍한(grässlich) 단어라고 여겼다. 그리고 '아이(ei)'가 앞에 오는 모든 단어는 달걀이라는 뜻의 아이(Ei)라는 단어 자체를 제외하고는 원칙적으로 적합하지 않다고 생각했다. 그러니까 달걀만 아이라고 불러야 맞는다는 게 그녀의 생각이었다.

　"왜냐하면 달걀이야말로 정말 아이잖아, 안 그래?"

　그녀는 나에게 물었다. 하지만 내 머리는 그녀와 아주 다른 구조인데 어떻게 그렇게 생각한단 말인가?

　그녀의 부모는 오랫동안 그녀가 무언가 잘못되었다고 생각했다. 아기 때부터 말을 하려고 하지 않았던 것이다. 그녀가 처음으로 입을 연 것은 네 살 되던 해였다고 한다.

　그녀가 처음 한 말은 "나는 아라야"였다.

　그녀는 이 말을 하기 위해 아주 오랜 시간이 필요했다고 한다. 그녀가 가장 중요하게 생각하는 문제에 대한 유일한 답변을 발견해야만 했기 때문이다.

　"이 B는 마음에 안 들어. 나한테 어울리지 않아." 그녀가 말했다.

　어딘가 못마땅하고 완고한 표정으로 그녀는 이야기를 시작했다. 그리고는 미심쩍은 눈길로 나를 쳐다보다가 나한테서 무언가 마음에 안 드는 듯한 반응을 읽으면 얼른 입을 다물어버렸다.

　나는 그녀의 이야기에 깊이 빨려들어가 전혀 그릇된 반응을 할 수 없는 처지였다. 나는 아라에 대한 깊은 동정심으로 가득 차 있었다. 어린 소녀라고는 상상할 수 없을 정도로 전혀 다른 모습으로 내 눈앞에 있는 아라, 속수무책의 분노에 사로잡혀, 고집을 부리는 단어들과 힘겨운 첫 싸움을 벌이고 있는 아라, 그런 그녀에 대한 동정심 때문이었다.

나는 물론 그녀가 아기 때도 그렇게 뚱뚱했는지 알고 싶었지만 직접 물어볼 용기는 없었다.

"평범한 아이들은 우리 키트의 친구가 될 수 없을 거야."

처음으로 아라를 집에 데리고 온 날 엄마가 이야기했다.

"반 친구들 모두가 우리집엘 다녀갔지. 그런데 너는 그 친구들을 차례차례 다 거절했고, 그 바람에 그애들은 엄마하고만 잠시 놀다 갔잖니. 모두가 사랑스럽고 귀여운 아이들, 그러니까 우리처럼 평범한 부모의 평범한 아이들이었는데 말이다. 그런데 그 많은 친구들 중에서 너는 단 한 명도 마음에 들어하지 않았어. 대체 뭐가 문제지? 어째서 넌 늘 보통 아이들과는 다른 사람이 되고 싶어하는 거니? 예를 들어 카트리엔, 정말 귀여운 그애와는 어째서 친구가 될 수 없는 거지? 멋진 옷차림, 깔끔한 인상, 훌륭한 예의범절, 교양 있는 부모, 여러 가지로 그애는 다른 애들과 마찬가지로 정말 좋은 친구가 될 수 있으련만, 너는 그애를 거부했잖아. 다른 애들도 다 거절했고. 어째서 그 좋은 아이들을 친구로 받아들이지 않는지 엄마는 정말 이해할 수 없구나. 그러면서 어떻게 그토록 이상한 아이하고는 친구가 될 수 있지? 친구로 삼기에는 적절해 보이지 않고 인상도 별로 좋지 않은 그런 아이한테 대체 무슨 기대를 하는 거니?"

"'그런' 아이라니, 그게 무슨 뜻이에요?"

"글쎄, 뭐라고 할까, 아주 다르다는 뜻이지."

엄마가 설명을 곁들였다.

"아주 무례하고 거칠고 조숙하고. 그런 아이를 귀여운 소녀라고 는 말할 수 없지, 나는 그렇게 생각한다."

무례하고, 거칠고, 조숙하다. 이 모두가 아라에게 어울리는 멋진 단어들이었다. 그래서 나는 엄마가 아라의 성격을 적절하게 드러내 는 단어를 선택했다는 점에 대해 높이 평가했다.

"하지만 그앤 정말 멋진걸요."

그러자 엄마는, 정말이지 나를 알다가도 모르겠다고 한숨 쉬듯 말 하고는 엄마 아빠는 자식들의 교우관계에 절대 간섭할 생각이 없으 니 우리 스스로 친구를 찾을 수 있다고 덧붙였다. 우리가 이미 그런 사실을 잘 알고 있을 테니 뭐든 마음대로 할 수는 있겠지만 하필이 면 그런 이상한 여자애를 집으로 데려올 게 뭐냐면서 엄마는 정말 로 이해하기 어렵다고 했다. 물론 그 동안 우리는 원하는 것을 마음 껏 하고 살았다. 엄마는 입이 닳도록 충고와 조언을 아끼지 않았다. 하지만 실제로는 어느 누구도 그런 충고를 귀담아듣지 않았다는 게 엄마의 생각이었다. 말 그대로 쇠귀에 경 읽기였으니 다 소용없는 일이었던 것이다. 그래서 지금 이런 말을 하는 것도 다 소용없는 일 이 될 거라는 게 엄마의 결론이었다.

나는 잠자코 듣고만 있었다. 나는 엄마가 무슨 말을 하는지 잘 알 아들을 수 있었다. 엄마가 아라에 대해 그런 식으로 반응한다고 해 서 엄마를 나쁘게 생각하지는 않았다. 지금 엄마는 단지 우리를, 우 리의 행복을 염려하는 것뿐이다. 게다가 이 일은 아라도 관련되는 일이었다.

아라는 불쾌감을 불러일으킨다. 그리고 나는 그 사실이 자랑스러 웠다.

그녀의 모습이 놀라움과 불쾌감을 불러일으킨다는 것, 그녀가 어색한 분위기를 만들어낸다는 것이 마음에 들었다. 그녀가 무례하고 버릇없다는 사실, 그녀가 만들어낸 어색한 분위기를 수습하기 위해 내가 그녀의 뒤를 따라다녀야 한다는 사실이 마음에 든 것이다. 그녀는 이렇듯 날 조마조마하게 만들고 조심하게 만드는 모든 것에 대해 아무 눈치도 채지 못한 모양이었다. 내가 아주 조용히 다가가 속삭일라치면 그녀는 요란하게 발을 탕탕 굴러댔다. 내가 킥킥거리고, 미소짓고, 머리를 끄덕이고 고개를 숙이고 있을 때면, 그녀는 깜짝 놀라 목을 길게 늘이고 사방을 둘러보았다.

믿을 수 없는 일이다. 낯선 공간에 들어가거나 혹은 낯선 사람과 만나게 되는 순간 나로 하여금 맹목적으로 순종하게 만드는 온갖 금기와 규칙, 그 정교하고 보이지 않는 그물에 그녀가 걸려들지 않는다는 사실이 나를 매번 아연케 한다.

그녀가 그런 금기 사항을 깨뜨리면 용기 있고 정직한 행동이 되지만, 내가 그런 행동을 하면 그것은 비겁하고 불성실한 행동이 된다.

나는 그녀가 주변 상황에 순응하지 않는다는 것을 알았으며, 그런 그녀가 멋지다고 생각했다.

내가 속으로 꾹꾹 눌러 참고 있는 것들을 그녀는 마음껏 터뜨렸다. 내가 무조건 따르는 규칙들을 그녀는 가볍게 위반했으며, 내가 숨고 싶고, 사라져버리고 싶어하는 공간을 그녀는 완전히 장악했다.

심지어 나는 나 자신은 육체가 없고 그녀는 육체가 둘이라고, 그녀는 곧 내 육체이며, 이 세계에서 그녀가 내 자리를 대신 차지하고 내가 두려워하는 모든 것들을 능히 해치울 준비를 하고 있다고 느낄 때도 있었다.

그런 느낌을 어느 누구에게도, 심지어는 나 자신에게조차도 설명할 수 없었다. 하지만 아라를 바라보고 있을 때면, 그녀와 하나로 연결되어 있는 듯한 느낌, 마치 그녀가 특별한 방법으로 그녀의 육체 안에 내 육체를 숨기고 있는 듯한 느낌에 사로잡혔다.

그리하여 그녀는 육체가 둘이고 나는 오직 내 생각 속에서만 존재한다.

우리가 같은 장소에 나타날 경우 우리는 서로 불쾌해하며 상대방에게 숨길 수 없는 적대감을 나타내곤 했다. 너무나 당연한 반응이었다. 우리는 그 사실을 잘 알고 있었으므로 상대방에 대한 경계심을 더욱 강화시켰다. 나만의 비망록을 기록하기 시작한 이래 나는 노트 중간 부분을 이런 특별한 목적을 위한 빈자리로 남겨두었다. 왼쪽 면은 친구라는 낱말 뒤만 비워두고 나머지는 거의 다 채운 상태였다.

나는 노트가 지저분해지는 것을 견딜 수 없다. 설령 단어 하나를 지우는 것뿐이라 해도 노트 전체를 통째로 망치는 것이나 마찬가지라고 생각하기 때문이다. 그렇게 되면 차라리 그 노트를 던져버리고 새로운 노트에 처음부터 다시 기록하기 시작한다. 그런데 엄마는 내가 예쁘고 두꺼운 노트를 너무 헤프게 쓴다고 가끔 불평을 한다. 그런 걸 보면, 그 노트는 매우 비싼 게 틀림없다. 그래서 이제는 이전에 비해 훨씬 오랫동안 생각한 다음 글로 적는다. 엄마는 그냥 다음 페이지에 쓰면 된다고, 앞 페이지에 있는 것들은 지우면 보이지 않는다고 한다. 엄마는 안 보면 마음에서 멀어진다고 하지만 나는 그렇게 생각하지 않는다. 왜냐하면 내 눈으로 직접 볼 수 없다 해도 그것이 이미 존재한다는 사실을 알고 있는 한 머릿속에 선명하게 떠오르기 때문이다. 내가 실수를 하여 단어 하나를 지워야 하는 불상사가 생기면, 머릿속에 각인된 이 실수는 난동을 부리기 시작하고 노트를 펼치는 순간 우선 그 망가진 페이지부터 눈에 들어온다. 그렇게 될 경우 무언가를 기록하고 싶다는 욕구는 흔적도 없이 사라지고 만다.

오른쪽 페이지에는 이미 왼쪽 페이지와 똑같은 난이 만들어져 있다. 그 외에는 텅 비어 있다.

다행스럽게도 나에게는 네 살 때 선물 받은 만년필이 있다. 잉크는 아버지의 잉크병에 담긴 밝은 청색의 잉크를 채워서 쓴다. 고맙게도 아버지는 언제나 같은 회사의 같은 색깔 잉크를 산다. 내 노트에 여러 가지 색깔의 글씨를 써야 한다는 것은 생각만 해도 견딜 수 없다.

노트에 무엇인가를 기록하기에 앞서 나는 그 사이 혹시 키가 좀 더 자라지 않았을까 싶어 그것부터 확인해본다. 문 옆에는 내 키를 표시해놓은 가느다란 연필선이 그려져 있다. 나는 벽에 등을 바짝 대고 서서 머리 위로 연필을 들어올려 조그만 선 하나를 그렸다. 정확하게 내 키만한 선이 그어졌다. 새로운 줄은 먼저 그려져 있던 선을 조금도 벗어나지 않았다. 나는 별로 빠르게 자라는 아이가 아니었다.

이름: 카테리나 마리아 부츠
애칭: 키트
주소: 보스예스베크 7
나이: 10세
머리색: 금발
눈: 녹색

키: 1미터 38센티미터
몸무게: 26킬로그램
어머니: 헨리에테 크리스티나 마리아 부츠-반 발렌(제트)
아버지: 빌헬무스 페트루스 마리아 부츠(빔)
형제 자매: 빌렘(14), 페터(13), 크리스티안(3)

'친구' 난은 아주 깨끗하게 기록하고 싶었다. 그래서 우선 잉크가
제대로 채워져 있는지 확인해보기 위해 파지에 글자를 써보았다. 일
단 실험을 마친 후에야 나는 그녀의 이름을 적어넣었다.

실망스럽게도 나는 오른쪽 페이지를 거의 채울 수 없다는 사실을
곧 깨달았다. 아라의 정식 이름이 확실치가 않았다. 그녀의 키가 몇
센티미터인지 체중은 얼마나 나가는지, 부모님의 이름은 무엇이며
형제 자매가 몇이나 되는지도 아직 파악하지 못한 상태였다. 하물며
형제 자매의 이름은 말할 것도 없었다.

그래서 내가 확실하게 알고 있는 내용만 적어두기로 했다.

이름: 아라
주소: 빌렘 드 츠비거란 11
나이: 13세
머리색: 칠흑 같은 검정
눈: 연회색
친구: 키트 부츠

칠흑같이 검다라는 말에 나는 완전히 매료당했다. 적어도 그것은
집시 소녀들에 대한 책들을 볼 때나 발견할 수 있는 단어였다. 집시

여자들의 머리는 모두가 칠흑처럼 까맣고 눈은 계피색이기 때문이다. 아라의 눈 역시 계피색일지 모를 일이었으나 사실 나는 계피색이 정확하게 어떤 색인지 모르는 상태였다. 그래서 반신반의하면서 그냥 상식적인 색깔인 연회색이라고 적어두었다.

5

아라 칼렌바흐는 그냥 바르바라라고 불린다. 키는 1미터 60센티미터, 언니 다섯 명을 포함해 딸만 여섯, 남자형제는 없다. 그리고 몸무게가 얼마나 나가는지는 나에게 말해주려 하지 않는다.

그건 대단한 충격이다. 굳이 나에게 몸무게를 숨기는 이유를 나는 알 수 없다.

"그러면 난 네 이름이 적힌 난을 다 채울 수 없잖아."

나는 짐짓 화난 목소리로 말했다.

"널 믿을 수 없어."

그녀는 간단히 대꾸했다.

나는 그 말에 충격을 받았다.

처음으로 아라의 집에 갔을 때, 나는 놀라지 않았다. 오랜 시간이 흐른 후에야 그녀는 별다른 핑계를 대지 않고 나를 자기 집에 초대해주었다. 그 동안 나는 틈만 나면, 대체 무슨 이유로 그녀의 집에 놀러 가면 안 되는지, 점심 시간에는 또 무슨 이유로 함께 놀지 않는 건지 불평을 늘어놓곤 했다. 그러면 그녀는 우리집에서 함께 노는 게 더 좋다는 말로 가볍게 대꾸했다.

우리집은 정말 멋지다. 모든 사람들이 그렇게 말한다. 우리 엄마는 언제나 맛있는 음식을 준비해둔다. 우리집에는 언제나 깨끗한 빨강, 노랑 블라우스가 준비되어 있다. 그뿐만이 아니다. 코카콜라도 절약형 용기에 든 것이 아니라 코르크 마개가 달린, 그래서 늘 병따개로 따야 하는 정품이 준비되어 있다. 코카콜라를 그렇게 흔하게 마시는 집은 흔치 않지만 엄마는 우리를 위한 것이라면 아까운 게 없다. 아버지가 그토록 열심히 일하는 것은 우리에게 필요한 것을 마련해주기 위해서다. 누군가 우리집을 방문하면, 엄마는 당신의 자식들이 너무나 속을 썩인 탓에 슬픈 상황에 처해 있으며, 심지어 방금 전까지 울고 있었다 할지라도 그런 사실을 전혀 내색하지 않는다. 그래서 다른 사람들은 그런 사실에 대해 아는 바가 없다. 아버지는 엄마가 어린 시절에 충분한 사랑을 받지 못한 사람이고 지금 엄마가 겪고 있는 근심 걱정은 모두가 거기에서 기인하는 것이라고 생각한다. 엄마는 무슨 일이 있더라도 자식인 우리들에게 자신보다는 나은 어린 시절을 보내게 해주고 싶어한다. 실제로 우리는 엄마의 소망대로 훨씬 행복한 어린 시절을 보내고 있다. 나는 그 사실을 틈만 나면 엄마에게 말해준다. 우리는 원하는 것을 모두 얻을 수 있고, 무엇이든 하고 싶은 대로 할 수 있으며, 청소라든가 그 비슷한 집안 일을 거들 필요도 없기 때문이다.

"그 일은 내가 하마. 편하게 텔레비전이나 보렴."

엄마는 늘 이렇게 말한다.

날씨가 더우면 엄마는 차가운 것을 만든다. 추운 날씨에는 뜨거운 초콜릿과 와플 케이크를 만들어준다. 엄마는 우리들이 뜨거운 초콜릿에 와플 케이크를 담가 먹어도 전혀 말리지 않는다. 하지만 와플

케이크를 초콜릿에 적셔 먹는 건 잘못된 식습관이다. 따라서 나는 그런 우리의 행동을 말리지 않는 엄마가 이상하다고 생각한다. 나는 우리 형제들이 그런 식으로 먹지 않았으면 좋겠다. 게다가 우리 형제들은 음식을 먹을 때면 홀짝거리며 시끄러운 소리를 내는데 그건 더 좋지 않다는 생각이 든다.

내가 생각하기에 음식을 먹으면서 요란한 소리를 내는 것보다 더 나쁜 것은 없는 것 같다. 그래서 나는 식탁에 앉아 있을 때면 쩝쩝거리거나 후후 불어대거나 머리를 접시에 박고 먹지 말라고 주의를 주곤 한다. 입 안 가득 음식을 우겨넣고 와작와작 씹는 소리를 내는 것 역시 교양 없어 보인다. 게다가 음식을 먹으면서 그 음식이 맛없다는 태도를 보인다거나 아니면 제 입맛에 당기는 것만 골라 먹는 짓, 쉽게 삼키기 위해 사과 소스에 너무 자주 손을 대는 것은 날마다 우리에게 일용할 양식을 만들어주는 엄마에게 예의가 아니라고 생각한다.

나를 제외한 우리 형제 세 명은 모두 대단한 미식가다. 예를 들어 우리집 식탁에 소시지만 놓여 있으면 그들은 대뜸 입을 삐죽거린다. 나는 모든 게 맛있다. 설령 맛있다는 말을 할 수 없는 상황에 직면해도 나는 엄마가 그 사실을 전혀 눈치채지 못하게 한다. 그토록 많은 수고와 애정을 담아 준비한 음식을 맛이 없다고 하면 세상에 그보다 더 엄마를 실망시키는 일이 어디 있을까 싶기 때문이다. 오빠인 빌렘과 막둥이는, 단정한 자세로 음식을 먹어야 한다고 주의를 주는 내 말을 비교적 잘 듣는 편이다. 하지만 둘째오빠 마키는 내가 그런 말을 하면 눈에 잔뜩 힘을 주고 나를 노려보다가 쩝쩝 입맛을 다시곤 한다.

우리가 둘째오빠를 마키(Makkie)라고 부르는 이유는 그와 발음이 비슷한 마케(Macke—별난 성미, 기벽 등의 의미를 가진 독일어— 옮긴이)라는 단어처럼 별난 짓을 잘하는데다 성미도 까다롭기 이를 데 없기 때문이다. 그에게 이성적인 교육을 시키는 것은 정말이지 쉬운 일이 아니다. 그럼에도 불구하고 나는 그를 사랑한다.

나는 내 형제를 똑같이, 그것도 아주 열렬하게 사랑한다.

나는 또한 엄마와 아빠를 똑같이 사랑한다. 혹시 내가 아버지와 엄마 두 분 중에서 어느 한 분을 조금이라도 더 사랑하는 게 아닐 까 하는 생각이 들 때도 있지만 난 그런 생각조차 견딜 수 없다. 정 말로 가슴 깊은 곳에서 슬픈 감정이 일기 때문이다.

다른 사람들은 설마 하겠지만, 아버지나 빌렘과 비교해볼 때 마키 는 사실 아주 예의바르게 식사를 한다. 포크와 나이프를 우리와는 다르게, 한결 우아하게 사용한다. 그 점에 관해서는 나도 아무 불만 이 없다. 하지만 마키는 유감스럽게도 다른 사람을 전혀 배려할 줄 모른다. 예긴대 우리 가족이 모두 식탁에 둘러앉기도 전에, 저 먼저 식사를 시작한다. 내가 그 사실을 못마땅해하는 것은 대체로 엄마 때문이다. 매일매일 가족들의 식사를 준비하기 위해 모든 수고를 아 끼지 않건만, 엄마가 식탁에 앉을 때까지 기다려주지 않고 마키가 저 먼저 식사를 시작한다는 것은 자칫 엄마의 지위가 가족들의 입 을, 그것도 무보수로 해결해주기 위한 존재로 전락하는 것 같은 생 각이 들기 때문이다. 게다가 우리 형제들은 음식에 대해 맛있다는 말을 하는 경우가 드문데 나는 이 또한 무례한 태도라고 생각한다. 그래서 나는, 토요일 오후 아버지와 함께 식사를 하는 자리에서는 다른 형제들을 대신한다는 사명감에서 한 입 떠먹고 맛있다, 두 입 떠먹고 맛있다, 맛있다를 연발한다. 다행스럽게 아버지 역시 이따금 씩 네 엄마는 우리를 위해 언제나 맛있는 음식을 준비해주는구나,

하고 한마디 할 때도 있다.

"그래요. 엄마. 저도 그렇게 생각해요."

나는 아버지의 말이 끝나기가 무섭게 큰 소리로 그렇게 맞장구를 치고는 다른 형제들을 둘러본다. 하지만 그들은 내 속마음을 전혀 헤아리지 못한다.

아무래도 엄마는 그것을 음식보다는 내 탓으로 돌리는 것 같다. 엄마는 나보고 다른 형제들에게 제발 잔소리 좀 그만하라고 주의를 준다.

"편하게 식사하게 내버려두려무나."

엄마는 늘 그렇게 말한다.

식사가 끝난 후 나는 종종 복통에 시달린다. 식사 시간 내내 형제들이 턱을 움직여대는 시끌벅적한 소리에, 맛있다는 인사말 한마디 없이 접시에 코를 박고는 입 안으로 꾸역꾸역 음식을 집어넣는 태도에 신경을 곤두세우고 있었기 때문이다.

11월 가을, 어느 수요일 오후였다. 한 시간 전쯤에 학교에서 돌아온 나는 심심해서 몸을 비비꼬고 있었다. 밖에서는 제법 바람 소리가 요란했고 빗방울도 오락가락했다. 빌렘은 책을 읽고 있었고, 마키는 주차장에서 공작놀이에 몰두해 있었으며, 크리지에는 잠을 자고 있었다. 우리는 수요일이면 종종 그랬던 것처럼 이미 따뜻한 음식, 팬케이크를 먹은 후였다. 우리는 팬케이크를 게눈 감추듯 먹어치웠다.

빌렘과 마키가 도시로 학교를 다니기 시작한 이후, 수요일을 제외하고 두 사람이 일찍 귀가하는 날이면 우리는 저녁에 늘 따뜻한 음식을 먹었다. 어떤 날은, 특히 날씨가 쌀쌀할 때면, 따뜻한 음식을 하루에 두 번씩 먹을 때도 있었다. 엄마는 그럴 경우 완두콩 수프를 준비해주었다. 전에는 완두콩 수프를 깊은 접시에 담아 먹었다. 수프를 먹은 다음 접시를 돌리면 엄마는 그 위에 조그맣고 동그란 팬케이크를 올려놓았다. 마음먹고 자세히 관찰해보면 그건 참 우스꽝스러운 습관이었다. 이제는 점심때 팬케이크를 먹는다. 엄마 말대로 그것은 어쨌거나 따뜻한 음식에 속하는 것이다. 저녁에는 수프를 먹는다.

아라는 한시까지 보충 수업을 받았다. 그래서 조금 서두르면 학교에서 그녀를 만날 수 있었다. 나는 엄마에게 아라를 마중 가는 길인데 어쩌면 함께 우리집으로 올지도 모르겠다고 말했다.

"언제나 우리집에만 오는구나."

엄마가 못마땅하다는 어조로 한마디 했다.

학교는 황량해 보였다. 아라가 벌써 집으로 가버린 게 아닐까 하는 생각이 들자 갑자기 슬픔이 밀려들었다. 나는 이미 한 시간 반 전에 수업이 끝났다. 그래서 홀가분한 기분으로 학교 담 밖에서 서성거리며 시간이 가기를 기다리던 참이었다. 그런데 학교 운동장이 버려진 땅 같다는 생각이 들었고, 뒤이어 그 폐허에서는 아무것도 찾을 수 없을 것 같다는 공포가 밀려들었다. 나는 감히 담을 지나 그 폐허로 변한 운동장에 발을 들여놓을 엄두가 나지 않았다. 호주머니에 양손을 찔러 넣은 채 담 밖에 서서 까치발을 하고 우리 교실을 넘겨다보았다. 아무도 보이지 않았다.

내 성적표에는, 이 학생은 참을성이 부족하다, 고 적혀 있다. 짐작건대 우리 담임 선생님이 그런 평가를 내리게 된 데에는 가정 선생님의 입김이 작용했을 것이다. 아니면 산수나 체육 때문에 그런 평가가 내려졌을지도 모르겠다. 그런 시간 외에는 나도 제법 많은 인내심을 발휘한다. 예컨대 그림을 그릴 때 나는 아무리 시간이 오래 걸려도 머릿속에 미리 생각해둔 것과 똑같은 그림이 될 때까지 그리고 또 그린다. 마음에 드는 책을 발견하면 몇 시간이고 책에서 눈을 떼지 않고 그 책을 다 읽어치운다.

가정 시간에 인내심을 발휘하지 못하는 것은 내가 특별히 인내심이 부족한 아이여서가 아니다. 가정 자체를 끔찍하게 싫어하기 때문이다. 그리고 체육 시간에는, 자기 차례가 될 때까지 기다려야 할 때 내 앞에서 거의 영원에 가까운 시간 동안 꾸물거리다가 가까스로 뜀틀을 뛰어넘는 트란주제 같은 아이를 바라보고 서 있을 경우에만 잠시 내 인내심이 한계를 보이는 정도이다.

산수 문제 풀기는 지극히 간단하다. 특히 나만의 방식으로 과정을 생략하고 독특한 방법으로 적당한 답을 계산해낼 때면 그런 생각이 든다. 물론 그럴 경우 정답의 근사치에 머무는 경우가 대부분이지만 나는 그 정도면 족하다고 생각한다. 일단 산수 숙제를 끝내고 나면 도서관에 꽂혀 있는 책들을 읽을 수 있으며, 나에게는 산수 문제를 푸는 것보다 그게 훨씬 재미있기 때문이다.

나는, 얻는 게 아무것도 없고 따라서 그 일을 하고 싶은 생각이 눈곱만큼도 없는데 무조건 배워야 한다는 주장에 동의하지 않는다. 이런 생각을 바꿔놓으려면 누군가 나를 설득시켜야 할 것이다. 뜨개질, 코바늘뜨기, 바느질 등의 일을 나는 아주 싫어하고, 당연히 그런 것을 배우고 싶은 생각이 전혀 없다. 나중에라도 나 스스로 원해서 그런 일을 하는 경우는 결코 없을 것이다. 내 또래의 다른 애들 역시 그런 일을 배울 필요가 없다. 나중에는 바느질 따위보다 훨씬 긴장되는 일들을 하고 살아야 할 텐데, 무슨 이유로 내가 그처럼 하기 싫은 일을 해야 한단 말인가?

　가정 시간이 끝나고 나면 가끔씩 나는 편물 도구를 슬그머니 집으로 가져온다. 수업 시간에 내가 뜬 작품이 너무 형편없어서 어떻게 손을 써볼 수 없을 경우가 있기 때문이다. 나는 뜨개질을 할 때 너무 힘주어 빡빡하게 짜거나 아니면 코를 너무 많이 빠뜨린다. 툭하면 코를 빼먹기 일쑤고 그 때문에 신경을 곤두세우고 있다 보면 점점 흥분되고 화가 나서 어느새 내 손은 땀에 젖어들게 마련이다. 그러면 뜨개질감에는 꾀죄죄하게 때가 묻고, 뜨개바늘은 땀에 젖어 미끈거리게 된다. 가정 시간에 완성하지 못한 그런 것을 들고 집으로 돌아오면 엄마는 우선 길게 한숨을 내쉰다. 그렇잖아도 할 일이 태산 같은 엄마에게 가욋일거리가 생겼기 때문이다. 엄마가 일단 한숨을 내쉰 다음 내가 들고 온, 그러니까 보온병 주머니라든가 그 비슷한 한심한 것을 만들려고 시작한, 이른바 견본품을 들여다보다 웃음을 터뜨리면 그제야 나는 안도의 숨을 내쉬게 된다. 일단 안심한 나는 이참에 엄마를 더 많이 웃게 해주리라 마음먹고 가정 선생님을 흉내내기 시작한다. 거만한 목소리로 보온병을 보호하기 위한 주머니가 왜 필요한지, 그것을 우리 손으로 완성하여 어머니에게 선물을 하면 어머니들이 얼마나 기뻐할지 등등에 대해 이야기하는 것이다. 그러면 엄마는 내 기대에 어긋나지 않게 정말 큰 소리로 웃어준다. 그런 다음 내가 들고 온 뜨개질감을 홀딱 뒤집어 죽죽 풀어낸 다음 가볍고 성긴 코바늘뜨기로 삼각형 모양의 주머니를 짜기 시작한다.

　엄마도 이 뜨개질 담당 선생님을 대단하게 생각하지 않았다. 그 선생님은 언젠가 우연한 기회에 가정 시간에 한 시간 가량 보조 역할을 한 적이 있는데 마치 자신이 진짜 우리 담임 선생님인 것처럼 행세했기 때문이다. 게다가 엄마는 보온병을 따뜻하게 보관한다거나 하는 그런 한심한 물건에는 관심도 없다. 더군다나 우리 가족은 차를 좋아하지도 않는다. 그러니 우리집에서는 차를 마실 일도 없다. 아니, 드물기는 해도 차를 마실 때가 있기는 하다. 가족 중 누군가 설사를 할 때다. 설사를 하는 사람은 먹기 싫은 약을 먹듯 코를 싸쥐고 억지로 차를 마신다. 효과가 아주 좋기 때문이다.

"차를 많이 마시면 변비에 걸린다."

이건 엄마가 늘 하는 말이다.

나는 학교로 아라를 마중 가는 일이 정말 즐거웠다. 그녀가 이미 집으로 돌아가버렸을지도 모르고, 우리의 길이 서로 어긋날 수도 있다는 것은 상상조차 할 수 없었다. 그래서 밖에 서서 그녀를 기다리는 일이 노상 고통스럽기만 한 것은 아니었다. 한시 칠분 전, 나는 집을 나섰고 오 분도 채 안 걸려 다시 학교에 도착했다. 내가 그렇게 빨리 도착한 것은 내내 달렸기 때문이고, 그렇게 달리는 동안에는 보도 블록의 줄을 맞추기 위해 신경 쓸 필요가 없기 때문이다.

보통 때는 보도 사이의 이음새가 있는 곳을 디디지 않는다. 그래도 어쩌다 이음새 부분을 밟게 되면 나는 네 블록 뒤로 돌아가 다시 시작한다. 그렇게 하지 않으면 오빠들과 동생과 내가 같은 날 불길한 사고를 당할지도 모른다는 생각 때문이다. 나 혼자서만 그런 일을 겪게 되면 그렇게 나쁠 것도 없겠지만, 혹시 내 잘못으로 인해 오빠들과 동생에게 무언가 안 좋은 일이 생긴다는 건 생각하기도 싫다.

이따금씩, 아침에 내가 무언가 규칙을 어긴 날 밤이면, 내 죄로 인해 오빠나 동생에게 불행한 일이 생길지도 모른다는 생각이 들어 쉽게 잠을 이루지 못하고 뒤척이는 경우가 있다. 불의의 사고를 당한 내 형제 중의 누군가 병원으로 실려가 아는 사람도 없는 어느 조그만 병실에서 죽어버린다면, 엄마 아빠가 그 엄청난 슬픔을 어떻게 감당한단 말인가. 특히 엄마는 도저히 그 슬픔에서 벗어나지 못할 것이고 남은 인생에서 더이상 행복을 맛보는 일은 없을 게 분명하다.

이미 지금 상황만으로도 엄마의 인생에는 별로 즐거운 일이 없는데 말이다.

특히 한밤중일 경우엔 그 우울한 생각에서 벗어나는 일이 쉽지 않다. 마치 어둠이 가로막고 있어서 결코 내 머리를 떠날 수 없다는 듯, 일단 머릿속에 떠오른 생각은 망치질하듯 머리를 두들겨대고 급기야 내 온몸에서는 비 오듯 식은땀이 흐르기 시작한다. 그런 난리를 미연에 방지하기 위해 내가 할 수 있는 유일한 일은, 잠자리에 들기 전에 침대 머리맡에 무릎을 꿇고 앉아 간절히 기도를 드리는 것뿐이다. 엄마는 나 같은 어린아이가 그런 일을 감당하는 것은 무리라고 말하지만 내 생각은 다르다. 힘든 일이 때로는 아이들에게, 적어도 나에게는 이로울 때가 있다. 아무 대가도 치르지 않고 모든 죄를 용서받는다는 것은 너무 간단해서 아무 의미도 없을 테니 말이다.

빌렘과 마키는 진작부터 손목시계가 있었지만 나는 아직 없다. 우리는 견진성사를 받게 되면 시계를 선물로 받는데, 나는 여섯 살 때 세례를 받았기 때문이다.

그러므로 그때 시간이 몇시였는지 나는 알 수 없었다.

운동장에서 나는, 우리 선생님은 시간 관념이 철저한 사람이라는 확고한 믿음을 가지고 참을성 있게 기다리면서 어떻게 하면 아라와 오후 시간을 근사하게 보낼 수 있을까 궁리하고 있었다.

하지만 미처 그럴듯한 방법을 찾아내기 전에 그녀가 밖으로 나왔다. 그녀가 나를 바라보며 한쪽 눈을 찡끗해 보였다. 그제야 운동장에 발을 들여놓을 용기가 생긴 나는 그녀를 향해 달려갔다.

"멋있어."

그녀가 말했다. 나는 펄쩍 뛰어오르며 환호성을 질렀다. 아라가 마음에 들어할지 모르고 한 행동이었는데, 다행스럽게도 마음에 든 모양이었다.

우리는 나란히 서서 인도로 뛰어들었다. 나는—누군가와 함께 있을 경우 규칙 따위는 지키지 않아도 되므로—정상적으로 걸어도 상관없었다. 그 사이 아라는 내내 침묵을 지켰다. 나는 그녀의 침묵을 잘 읽을 수 있었으므로 나도 입을 다물었다. 침묵이라고 다 똑같은 침묵이 아니다. 우리집이 저만큼 눈앞으로 다가올 즈음, 그녀가 무언가 불쾌한 생각을 하고 있다는 것, 지금 막 그 내용을 나에게 말할 참이라는 것을, 침묵 속에서였지만 나는 감지할 수 있었다.

"보충 수업이 끝나면 우선 우리집으로 먼저 가야 하는 건데."

"그럼 나도 함께 가도 돼?"

그녀는 걸음을 멈추더니 이마에 주름을 접으며 나를 바라보았다. 그 동안 고대하던 일, 그녀의 집에 가보고 싶다는 꿈이 마침내 실현될지도 모른다는 생각이 들었다. 나는 나의 흥분 상태를 그녀가 눈치채지 못하도록 가능한 한 무심한 눈길로 그녀를 마주 보았다. 내 속마음을 읽게 되면 그녀는 즉각 진지하게 그 원인을 분석할 것이

고, 그러면 모처럼 얻게 된 이 기회가 말짱 물거품이 될지도 모를
일이었다. 뿐만 아니라 내가 학교로 자신을 데리러 온 것은 단순히
그녀가 좋아서가 아니라 그녀의 집에 가기 위한 기회를 마련하려는
앙큼한 속셈이 전제된 것이었다는 식의 오해를 살 수도 있는 일이
었다.

"키트."

그녀가 약간 말끝을 올려 내 이름을 불렀다.

"응?"

"넌 새끼 여우야."

그녀의 말을 들은 순간 나는 마침내 아라 칼렌바흐의 집에 갈 수
있게 되었다는 것을 알았다.

가만히 안도의 숨을 내쉰 나는 일단 엄마에게 허락을 받고 오겠다
고 말한 후 우리집 뒷문을 향해 달렸다. 아라네 집에 간다고 엄마를
향해 소리를 치고 난 후, 나는 내 목소리에서 긴장과 동시에 긍지의
기미를 감지했다. 그 동안 엄마는 내가 아라의 집에 갈 기회가 없을
거라는 말을 몇 번씩이나 해온 터였다. 유복한 집안 사람들은 넉넉지
못한 가정에 비해 인색하게 구는 법이며 전혀 낯선 집 아이들을 집
안에 들이려고 하지 않는다는 것이었다. 그 사람들은 아무리 맛있는
음식이라도 만족할 줄 모르며 그들의 한 달 음식비를 종합하면 우리
아버지의 월급보다 많을지도 모른다고 했다. 우리 아버지는 그만한
수입을 얻기 위해 허리가 휘도록 일을 하는데 말이다. 그러더니 엄마
는 물론 그게 나쁜 것은 아니라고, 우리 부모가 그런 고생을 하는 것
은 순전히 우리들을 위해서이며 따라서 고생을 해도 즐거운 마음으
로 하는 것이고, 또 우리집에 오는 사람은 누구나 환영을 받을 수 있

다고 했다. 우리집에서는 무엇보다도 가족 구성원 한 사람 한 사람의 행복이 중요하며 우리 부모가 고생을 하는 것은 바로 그 때문이라고, 하지만 우리는 가끔 부모의 고생이 당연한 것은 아니라는 생각 정도는 할 줄 알아야 한다고도 했다. 내가 그런 엄마의 말을 생각하고 있는 동안 아라는 내내 침묵을 지켰다. 나는 아라에게 오래 머물지 않을 터이니 내가 놀러 간다는 사실에 대해 너무 부담스러워할 것 없다고 말했다. 그리고는 얼른 우리집에 와서 재미있는 놀이를 하자고, 그 동안 그녀와 함께 할 수 있는 낱말놀이를 생각해냈으며 내가 학교로 그녀를 마중 간 것은 바로 그 놀이를 함께 하기 위해서였다고 덧붙였다. 또한 그 놀이를 하려면 우선 가족의 이름을 다 적어야 하는데 애칭이 있을 경우에는 물론 그 이름도 밝혀야 하며, 그 다음에는 그 가족의 이름에서 철자를 뽑아 새로운 이름을 만들어내는 것인데, 이것은 내가 한 주일 내내 궁리한 놀이이며 이런 식의 낱말놀이는 그녀에게 도움이 많이 될 거라고도 했다.

그 이야기는 오로지 아라의 마음을 편안하게 해주고 약간 고무시키기 위해 즉석에서 꾸며낸 것이었다. 아라가 자기 집에서도 굳은 표정을 풀지 않으면, 아라의 부모는 그녀가 내키지 않으면서도 어쩔 수 없이 나를 데리고 온 것이라고 오해할지도 모를 일이었고 그렇게 되면 별로 좋은 출발이 아니기 때문이었다. 나는 아라가 자기 부모에게 내가 정말로 그녀의 친구라는 사실을 보여줘야 한다고 생각했다. 비록 내가 아라보다 나이도 어리고 키도 훨씬 작지만 우리 둘 사이에는 아무것도 문제될 게 없다는 것을 말이다. 터무니없이 긴장하고 신경이 곤두선 까닭에 나는 계속해서 수다를 떨었다. 그녀의 집을 처음으로 방문한다는 사실에 호기심이 일었지만 한편으로는 불안하고 당혹스럽기도 했다. 하긴, 낯선 집에 처음으로 발을 들여

놓는다거나 낯선 사람을 만날 때면 나는 언제나 그런 복잡한 감정
에 시달리곤 했다.

　아라는 여전히 완고하게 침묵을 지켰다. 나는 불안한 마음을 달래
기 위해 마음속으로 자꾸만 나 자신을 타일렀다.
　"나는 아라를 속인 행위에 대해 벌을 받을 필요가 있어, 그녀가
아무 말 없이 나를 쳐다보면서 싹 무시하는 태도를 보이는 것은 전
적으로 옳은 일이야. 나의 이 첫 방문을 어떻게 해서든 좀더 편하게
해주기 위해 별다른 노력을 기울이지 않는 것도 정말 당연해. 이 모
든 게 다 내 책임이라니까, 나는 결코 그녀를 속일 수 없어.'
　마침내 아라의 집에 도착했다. 그 사이 나는, 밖에서 기다리고 있
자고 머릿속으로 열 번도 넘게 다짐을 해둔 터였다. 하지만 그녀는
제 집으로 들어가는 조붓한 길로 접어들었고 단 한 번도 나를 돌아
보지 않았다. 그냥 그녀의 뒤를 따라가는 수밖에 별다른 도리가 없
었다.
　집 뒤켠에는 정원이 있었다. 그리고 정원에는 돌로 만든 큼직한
개집이 있었다. 아라가 개집을 향해 달려가기 시작했다. 그러자 거
기 있던 개 한 마리가 펄쩍펄쩍 뛰어오르며 그녀를 향해 컹컹 짖어
댔다. 아라는 입을 크게 벌리고 활짝 웃으며 개에게 이야기를 건넸
다.
　"브루투스, 정말 씩씩하구나."
　아라는 개집 문을 활짝 열고, 그녀를 향해 펄쩍 뛰어올라 어깨에
앞발을 턱하니 걸쳐놓는 개를 다정한 손길로 쓸어주었다.
　나는 한 켠 떨어져 그녀를 지켜보면서, 개와 아라는 정말 잘 어울
린다는 생각을 하고 있었다.

"너도 만져봐도 돼. 아주 착하거든."

하지만 나는 용기가 나지 않아서 그녀에게 사실대로 말했다. 그녀는 개에게 먹이를 준 다음 뒷문을 열었다. 그 문은 부엌으로 이어지는 문이었다. 아주 널찍하고 갓 꾸민 듯 깨끗한 부엌에는 하얀 냉장고가 놓여 있었고 바닥에는 반짝거리는 타일이 깔려 있었다. 부엌이 얼마나 깨끗하던지 이곳에서는 아직 단 한 번도 요리를 한 적이 없는 것 같았다. 뿐만 아니라 요리에 필요한 조리 기구들, 예컨대 냄비, 주전자, 양념통, 밀가루며 국수 따위는 전혀 보이지 않았다. 우리 집이나 다른 애들 집에서처럼 행주걸이도 눈에 띄지 않았다. 어느 집에나 있게 마련인 '초가삼간도 제 집이 제일이다'라는 글귀가 새겨진 커튼도 보이지 않았다.

하지만 부엌이 부엌 같지 않다는 느낌을 주는 이유는 단순히 주방 기구가 보이지 않는 탓만은 아니었다. 여느 집 부엌과는 달리 아라네 집 부엌에서는 음식 냄새가 나지 않았다. 그곳에서는 물감 냄새가 났다.

아라는 왼쪽으로 성큼 걸음을 옮겨가 식탁 아래쪽 문 바로 곁에 있는 신발장 문을 열더니 허리를 굽히고 무엇인가를 꺼냈다. 나는 처음에는 그게 무엇인지 알 수 없었다.

마침내 그녀가 입을 열었다.

"여기서는 신발 위에 이것을 덧신어야 해."

그녀는 나에게 볼품없이 생긴 슬리퍼 한 켤레를 내밀었다. 가죽으로 만든 그 슬리퍼는 고무줄로 묶여 있었다. 내게 슬리퍼를 건네주면서도 아라는 내 눈을 마주 보지 않았다. 처음으로 나는, 아라가 차라리 나를 집으로 데려오지 않는 게 낫지 않았을까 하는 생각이 들었다.

"감촉이 좋은데."

나는 마음과는 다른 소리를 했다.

그제야 그녀가 내 눈을 바라보았다. 그녀는 웃지 않았다. 하지만 지금까지와는 달리 표정이 아주 부드럽게 풀려 있었다.

아라는 점차 기분이 좋아지는 모양이었다. 아라의 그런 모습을 보니 나도 덩달아 행복해졌다. 이제야 비로소 일어나야 할 일이 일어나고 있는 것이었다. 아라의 그런 눈빛과 함께라면 적어도 한 달 정도는 넉넉히 모든 어려움을 극복할 수 있을 것 같았다.

아이를 먼저 알고 나중에 그 부모를 만나게 되면, 그애의 부모는 당연히 내가 먼저 알게 된 아이와 비슷한 외모라든가 키라든가 체중, 그도 아니라면 머리색깔이라도 닮았을 거라는 기대를 하게 마련이다.

내가 마주하게 된 부인이 아라의 어머니일 거라고는 전혀 상상도 할 수 없었다.

아라는 아주 조심스러운 태도로 거실 문을 열었다. 그리고는 목을 길게 늘이고 안을 들여다본 후 걸음을 옮기기 시작하더니 그제야 나를 돌아보며 따라오라는 눈짓을 보냈다. 그런 다음 문을 활짝 열었다. 열린 문 사이로 제일 먼저 눈에 띈 것은 카펫을 깔지 않은 나무 바닥이었다. 그 마루 바닥에 한 걸음을 내딛는 순간, 나는 환한 빛에 취한 듯한 느낌에 사로잡혔다. 슬리퍼에서는 별로 아름답지 못한 소리가 났지만, 내가 그 자리에서 어느 정도 균형을 잡고 서 있을 수 있었던 것은 순전히 그 슬리퍼 덕분이었다.

아라는 그 안에 앉아 있던 두 여인에게 인사를 했다. 책상 앞에

앉아 책읽기에 몰두해 있던 두 여인은 여전히 고개를 숙인 채 나에
게 별다른 관심을 보이지 않았다.

"키트예요."

아라가 말했다. 두 여인이 그제야 고개를 들었다. 나는, 이분들이
누구야, 하는 눈빛으로 아라를 바라보았다. 얼굴이 화끈거리기 시작
했다. 아라가 킥킥 웃음을 터뜨리며 내게서 등을 돌렸다. 나는 빨갛
게 물든 얼굴을 한 채 두 여인 쪽으로 다가갔다. 그러자 두 여인은
약속이나 한 듯 그리고 내가 세상에서 가장 가까운 친구라도 되는
듯, 나를 향해 손을 내밀었다. 이 집에서는 악수로 인사를 나누는구
나, 하는 생각을 하며 나도 손을 내밀었다.

우리집에서는 결코 구경할 수 없는 장면이었다.

두 여인은 차례로 자신의 이름을 밝혔으나 나는 한 마디도 이해
할 수 없었다.

"어머니는 앞에 계세요?"

아라가 물었다.

자신의 엄마를 어머니라고 부르는 경우를 나는 별로 본 적이 없
었다. 어머니라는 것은 일종의 직업이므로 당연히 나도 어머니를 지
칭해가며 이렇게 말하는 경우가 있다. 우리 어머니는 요리를 잘하
셔. 하지만 그 어머니를 직접 부르는 명칭은 엄마이기 때문에 우리
의 어머니는 늘 그런 식으로 불리기 마련인 것이다.

거실은 L자형이었다. 그러므로 "앞"이라는 부분은 우리가 아직 못
본 부분인 게 분명했다. 슬리퍼를 신은 채 우리는 그쪽으로 다가갔
다. 그리고 그곳에서 그 부인—아직 나는 모르는 상태에서—아라
의 어머니를 보았다.

나는 책상 앞에 앉아 있는 두 여인이 아라와는 반대로 지극히 정상적인 신체를 지니고 있다는 사실에 몹시 놀랐다. 그러면서도 두 사람은 혹시 아라와 자매가 아닐까 싶을 만큼 닮은 구석이 많았다. 두 여인은 머리가 길었는데 아라와 마찬가지로 칠흑처럼 검은색에 파마 머리였다. 두 사람 모두 키가 컸지만 아라와는 달리 아주 마른 체형이었고, 어딘가 성숙해 보이면서도 동시에 귀여운 인상이었다. 그런 특징들이 첫눈에 드러나는 얼굴이었으나 그럼에도 불구하고 아라처럼 아름다운 얼굴은 아니었다.

사실 아라처럼 아름다운 얼굴이 또 있을 수는 없는 일이었다. 아라는 세상에서 제일 아름다우니 말이다.

"어머니 저 왔어요."

아라가 말했다.

의자에서 일어서는 아라의 어머니는 야윈 몸매에 금발이었고, 오십대 초반쯤일 것 같았다. 키는 아라보다 2, 3센티미터쯤 커 보였고, 얼굴은 아라와 전혀 닮은 데가 없었다. 우리 엄마는 내가 일곱 살이었을 때 크리스티안을 가졌으므로 아기들은 엄마 뱃속에 들어 있다는 것, 나 또한 엄마 뱃속에서 살다가 세상에 나왔다는 것을 나는 이미 알고 있었다. 하지만 아라가 이렇게 바짝 야위고 금발인 부인의 뱃속에서 나왔다는 사실은 상상도 할 수 없었다. 그건 정말 어울리지 않는 일이었다.

두 모녀가 서로의 뺨에 키스를 주고받았다.

아라의 어머니는 아라의 양 볼을 두 손으로 감싸쥐었다. 그런 다음 뺨을 가볍게 어루만졌다.

나는 애써 눈길을 내리깔았다. 지금 내 눈앞에서는 무언가 금지된 장면, 눈길을 피해야 하는 장면이 벌어지고 있다는 생각이 들었다.

그래도 나는 그 모습을 다 지켜보았다. 정말 멋진 장면으로 보였기 때문이다.

그렇게 넘치는 사랑을 나는 아직 본 적이 없었다.

"얘는 키트예요."

아라가 이렇게 말하고 한 걸음 옆으로 비켜서자, 나는 아라의 어머니와 정면으로 마주 보는 자세로 서 있게 되었다. 우리는 악수를 나누었다.

"반갑구나."

아라의 어머니가 약간 말꼬리를 올리는 어투로 나에게 말했다.

나는 어떻게 해야 할지 몰랐다.

"네."

나는 공손히 대답했다.

아라는 행복한 아이인 게 분명했다. 양손으로 뺨을 꼭 감싸쥐고 뺨을 어루만져주는 어머니와 함께 살다니, 아라는 정말 넘치게 행복한 아이였다.

"이런, 아가야. 벌써 손에 땀이 났네. 꼭 너처럼 조그만 손이구나. 신진대사에는 아무 이상 없는 거니?"

아라의 어머니가 말했다.

대체 뭐라고 대답해야 하나?

알 수 없었다. 손에 땀이 난다는 것이 부끄러운 일에 속하는 것인 줄 나는 전혀 모르고 있었다. 의학 백과사전을 찾아 신진대사가 무엇인지 확인을 해보고 난 후에도 그게 땀과 무슨 관련이 있는 것인지는 전혀 짐작도 할 수 없었다.

"아이, 어머니."

아라가 말했다.

"맛있는 홍차를 준비해줄까?"
아라의 어머니가 우리에게 물었다.

아라는 나를 층계참에서 기다리게 했다. 홍차는 필요없다고 말하는 아라의 목소리가 들렸다. 그 목소리가 계속해서 말했다.
"잠시 제 방에 들렀다가 키트네 집으로 가서 네덜란드어 공부를 조금만 하고 올게요."
내 머릿속은 거실 아래쪽에 놓여 있는 피아노와 책들이 가득 꽂혀 있는 책장에 대한 생각, 그녀의 아버지와 다른 여자형제들은 어디 있는 것일까, 아라는 언제 식사를 하는 걸까, 하는 궁금증으로 가득 찼다.
층계참에서 나는 그녀를 기다렸다. 내 시야에는 적어도 다섯 개쯤의 문이 들어왔고 어느 문을 통과해야 아라의 방으로 들어갈 수 있는 것인지, 감도 잡을 수 없었다. 그녀가 뒷문 쪽으로 달려가더니 문을 활짝 열었다. 그녀의 뒤를 따라간 나는 널찍하고 밝은 방으로 들어섰다. 그곳에는 침대 두 개와 커다란 옷장, 책상과 의자 몇 개가 자리를 차지하고 있었다. 그렇게 많은 가구가 들어차 있음에도 불구하고 그 방은 활동하는 데 별 지장이 없을 만큼 여유 있는 공간이었다. 무엇보다도 한쪽 벽에 붙어 있는 세면대가 내 시선을 끌어당겼다.
"저기 위에서 정말 물이 나와?"
"그럼."
아라가 무심한 어조로 대답했다.
우리집 위층에는 물이 나오지 않았다. 그래서 나는 물을 위쪽으로 끌어올려 사용할 수 있다는 사실에 대해서는 생각해본 적이 없었다.

위층에 욕실도 있고 화장실도 따로 있다고 아라가 덧붙였다. 내가
놀라는 모습이 그녀는 재미있는 모양이었다. 그녀는 나를 데리고 복
도로 향했다.

"저기가 내가 제일 좋아하는 곳이야."

그녀가 욕실 쪽을 가리키며 나에게 말했다. 나는 이제까지 한 번
도 욕실을 구경한 적이 없었다. 그래서 아라의 말이 내겐 충격이었
다. 나는 이럴 때 교회를 떠올려야 하나 어쩌나 알 수 없는 심정이
되었다. 그런 생각을 하고 있자니 난데없이 집으로 돌아가고 싶은
맹렬한 욕구가 일었다.

"너 지금 뭐 먹어야 되니?" 나는 아라에게 물었다.

그녀는 아니라고 대답하고는 이상하다는 눈길로 나를 바라보았
다. 나는 그런 그녀의 시선을 전혀 의식하지 못하는 것처럼 행동했
다.

"너희 집은 언제 따뜻한 음식을 먹어?"

"여섯시 반."

"그때는 온 가족이 다 모여?"

"그건 왜?"

"아버지랑 언니들도?"

"그래, 여기 사는 사람은 다 모여."

그녀가 별걸 다 궁금해한다는 듯한 표정을 지으며 간단하게 대꾸
했다.

나는 알 수 없다는 표정을 지으며 그녀를 바라보았다. 내 시선을
의식한 듯 그녀는, 언니 둘은 이 집에 살지 않고 다른 도시에서 학
교에 다니고 있다고 덧붙였다.

물론 나는 그녀의 말이 끝나기가 무섭게 질문을 퍼부었다. 아라,

언니들은 이름이 뭐야, 사는 곳은 어디야, 어느 학교를 다니고 집에
는 언제 돌아오지, 애인은 있어, 이 집에 언니들 방이 따로 있고 그
방에는 언니들 침대도 따로 준비되어 있는 거야. 하지만 아라는 그
런 질문에 대답하는 게 영 내키지 않는 눈치였다.

그래서 나는 이만 우리집으로 가는 게 어떻겠느냐고 제안했고 그
녀도 동의했다. 층계를 따라 내려가던 나는 아라의 방에 대해 별로
좋지 않은 인상을 받았다는 사실을 깨달았다. 어느새 그 방 벽에 무
엇이 걸려 있었는지도 기억이 나지 않았다.

마침내 우리는 현관 아래쪽의 출입문 가에 도착했다. 그 문은 거
실로 이어지는 문이었고 옆에는 키 작은 신발장이 놓여 있었다. 아
라는 슬리퍼를 벗은 다음 내가 슬리퍼를 벗을 때까지 기다렸다가
슬리퍼를 신발장 안에 집어넣었다. 그 모습을 지켜보고 있던 나는,
이 집에 어른이 방문을 할 경우에도 구두 위에 이런 슬리퍼를 덧신
어야 할까 궁금해졌다. 이 집을 찾아온 어떤 숙녀가 하이힐을 신고
왔을 경우 그 뾰족한 굽이 달린 신에 가죽 슬리퍼를 덧신는 일이
가능할까 싶었다. 아무래도 편편한 고무창이 달린 우리의 신발과는
전혀 다른 문제가 생길 것 같았다.

아라가 거실 문을 열었다. 하지만 거실 문턱을 넘어서지는 않았
다. 거실 문을 여는 순간 안락의자에 앉아 있는 아라의 어머니가 눈
에 들어왔다. 그녀는 안경을 쓰고 잡지를 읽고 있었다.

"어머니, 우리 키트네 집으로 가요."

아라가 말했다.

"과일 좀 먹었니, 우유도 마셨고?"

"나중에요."

"만나서 정말 반갑구나, 키트." 아라의 어머니가 말했다.

"네."

나는 얼결에 이렇게 대답하고는 어찌할 바를 몰라 얼굴을 붉혔다.
이런 상투적인 인사말에 뭔가 더 좋은 답변이 있을 것 같았지만
그게 뭔지 얼른 생각이 나지 않았다.

그녀가 나를 믿을 수 없다고 말한 것은, 내 방에 들어와 마주 보
고 앉았을 때였다. 어머니는 우리에게 레모네이드를 내다주었다. 아
라는 식어버린 팬케이크 두 조각을 먹었다. 식은 팬케이크는 맛이
더욱 좋았다. 엄마는 팬케이크 반죽을 할 때 그 안에 건포도와 사과
조각을 넣은 다음 충분히 부풀어오르게 한 후에 프라이팬에 굽는다.
그래서 식은 팬케이크에는 구멍이 송송 뚫려 있었다.
나는 이제까지 아라가 무엇을 먹는 모습을 본 적이 없었다. 우리
엄마가 팬케이크가 담긴 접시를 들고 와서 권할 때도 아라는 한동
안 망설이기만 했다. 하지만 엄마가, 그러지 말고 편안하게 생각하
라고, 엄마는 당신이 준비해준 음식을 말끔히 먹는 것을 보는 게 세
상에서 제일 행복하다며 자꾸만 권했다.
"그럼 맛있게 먹겠습니다, 부츠 부인."
아라가 이렇게 말하자 엄마는 팬케이크 두 조각을 접시 위에 놓
고 아라를 위해 특별히 설탕 여과기를 흔들어주었다. 그러자 하얀
가루가 팬케이크 위로 솔솔 뿌려졌다. 엄마는 팬케이크 전체가 하얀
가루로 예쁘게 뒤덮일 때까지 계속 흔들었다.
다른 아이들은 대개 우리 엄마를 '제트 아줌마'라고 불렀다. 하지
만 아라는 '부츠 부인'이라고 했다. 나는 그토록 예의바른 아라가
몹시 자랑스러웠다. 아라가 너무 무뚝뚝하게 굴면 사람들이 제 풀에
얼굴을 붉히곤 하는 경우가 있기 때문이었다. 그런데 '부츠 부인'이

라는 정중한 호칭을 사용하여 우리 엄마를 부르는 모습을 보면, 그
동안 아라에 대해 뜨악하게 여겼던 사람들도 이제는 아라가 버릇없
는 아이가 아니란 걸 깨닫고 어떻게 처신을 해야 할지 알게 될 것
같았다.

하지만 나는 내친 김에 속으로 더 욕심을 부렸다. 아라가 우리 엄
마에게 팬케이크가 얼마나 맛있는지 충분히 표현해주었으면 싶었
다. 나는 엄마의 행동이 정말 멋지다는 생각을 하고 있었다. 아라에
게 팬케이크를 준비해주고, 게다가 그 위에 설탕을 솔솔 뿌려 보기
에도 좋고 맛도 좋은 음식으로 만들어주니 더욱 기분이 좋았다. 나
는, 상대가 비록 아라라 할지라도, 우리 엄마의 수고가 정당한 평가
를 받지 못한다면 도저히 용서할 수 없을 것 같았다. 아라는 내 기
대를 알아챈 듯, 부츠 부인 정말 맛있습니다, 하는 말을 적어도 두
번쯤 반복했다. 나는 자랑스러운 눈빛으로 엄마를 바라보았다. 평소
에 엄마가 생각하고 있던 것처럼 아라가 그렇게 나쁜 아이가 아니
라는 것, 무뚝뚝한 성격이 아니라는 것을 알았을 것이라는 생각이
들어서였다.

나는 식탁 위에 한 팔로 턱을 고인 자세로 아라와 마주 앉아 그
녀가 케이크를 먹는 모습을 지켜보았다. 인간이 입 안에 음식을 넣
고 그토록 우아하게 씹을 수도 있다는 것을, 그때까지 나는 전혀 모
르고 있었다. 그런데 내 앞에 마주 앉아 있는 아라가 그것을 입증해
보이고 있었다. 그녀가 조그맣게, 규칙적으로 턱을 움직여 음식을
씹고 가끔 혀끝을 내밀어 입가에 묻은 설탕가루를 살짝살짝 핥아먹
는 모습은 정말이지 환상적이었다.

인간은 대체로 입 안에 든 음식을 별 생각 없이 우물거리고 씹게
마련이며, 특별히 입을 우아하게 움직이는 것은 곁에서 지켜보는 누

군가의 눈길을 의식할 때만 가능한 일이라고 나는 생각하고 있었다.

　내 방은 조그맣다. 하지만 그 방은 오로지 나 혼자만을 위한 공간이다. 아라와 침대 위에 걸터앉아 있던 나는 매트리스 아래에 숨겨두었던 노트를 꺼내들었다. 아라에게 중간 페이지를 보여주고 싶어서였다. 그녀는 내가 내민 노트를 잠시 들여다보더니 이마를 찡그렸다. 그토록 중요한 비밀을 드러내 보여준 나로서는 실망스러운 표정이었다.

　나는 그녀에게, 너에 관한 페이지를 마저 채우고 싶다고, 그래야 그 부분이 의미를 갖게 되는 것이라고 말했다. 마지못해 그녀가, 자기는 애칭만 있고 키는 1미터 60센티미터라고 말해주었다. 그러더니 갑자기 입을 딱 다물었다.

　"이런 거 하고 싶지 않아." 그녀의 어조는 단호했다.

　"나에 대해서 어딘가에 이런 식으로 기록되는 게 싫다구."

　"왜 싫어?"

　나는 깜짝 놀라 눈을 크게 뜨며 물었다.

　처음에 그녀는, 그저 이런 식으로 자신의 신상이 밝혀지는 게 싫어서 그런다고만 말했다. 그 말을 들은 나는, 이 노트는 비밀로 간직할 것이며 다른 사람한테는 절대로 보여주지 않을 것이다, 그러니 아라 너는 모든 것을 나에게 말해도 좋다, 그렇게 해주지 않으면 네 이름이 적힌 난을 채울 수 없다고 말했다.

　"난 너를 믿을 수 없어."

　그때 그녀는 그렇게 말했던 것이다.

6

"넌 모든 애들과 다 잘 어울리잖아."

아라가 단호한 어조로 말했다. 그녀는 인간보다는 차라리 동물을 더 좋아한다고 했다. 그 이유는 동물들은 백 퍼센트 믿을 수 있으며 결코 속임수를 쓴다거나 배신을 하는 일이 없고 언제나 한 사람에게만 충성을 다하기 때문이라는 것이었다.

그 말을 듣고 처음에는 몹시 놀랐으나 곧 슬퍼졌다. 그리고 그녀가 동물 이야기를 할 때쯤에 이르러서는 화가 났다.

동물을 좋아한다는 것은 예술이 아니다. 나는 그렇게 생각한다. 동물은 악이 무엇인지 알 수 없을 테니 선한 일도 할 수 없을 게 뻔하다. 게다가 동물은 제대로 된 이성이 없다. 그러므로 설령 거짓말을 하고 싶어도 할 수 없을 것이고, 저한테 먹을 것을 주는 사람에게만 매달리게 되는 것이다. 어디 그뿐인가. 동물은 특별히 고상한 성품을 지니고 있지 않다. 아니 동물은 아예 그런 게 무엇인지도 모른다. 심지어 저를 함부로 대하는 인간을 좋아할 수도 있다. 이건 내가 직접 확인한 사실이다. 우리 이웃집 사람이 개 한 마리를 키우는데 그 사람은 정말 무지막지한 야만인이라서 자기 개를 함부로 대한다. 이건 우리 엄마도 늘 하는 말이다.

하지만 엄마는, 이런 사실을 다른 사람들이 알게 해서는 안 된다고 했다. 이전에 농부들은 자신의 인격을 갈고 닦는 것과는 거리가 먼 일들을 해야 했다. 농부라면 밤낮으로 악착같이 일을 해야 했고, 옷차림을 깨끗이 하기 위해 신경 쓸 여지가 전혀 없었기 때문이다. 그런데 이제 세월이 흘러 노년기에 접어든 우리 이웃집 사람은 아이들은 없고, 닭 몇 마리와 바로 문제의 그 개 한 마리가 가족의 전부였다. 그 집 개를 보면 누구나 안됐다는 생각이 들게 마련이었다. 그 사람은 자신의 외모에는 전혀 신경을 안 쓰고 그저 그 불쌍한 개를 모욕하는 일에서 생의 보람을 찾는데다 이따금씩 개한테 발길질도 서슴지 않았던 것이다. 하지만 그럼에도 불구하고 그 개는 언제나 씩씩한 모습으로 주인의 뒤를 따라다녔다. 이웃집 사람이 서 있는 자리라든가 그가 어디론가 가고 있을 때면, 어김없이 그 뒤에 개가 갸우뚱 고개를 한쪽으로 숙인 채 따라가고 있었다. 그 개가 저에게 무자비하게 구는 주인에게 그토록 충성을 다하는 이유는 오직하나, 그 사람이 저에게 먹을 것을 주기 때문이다. 이건 우리 아버지가 해준 얘기다. 모든 동물은 먹을 것을 주는 사람에게만 복종한다는 것 역시 아버지가 알려준 사실이다.

동물들은 정말이지 말도 못 하게 멍청하다. 그러므로 사람이 벽돌하나를 들어다가 강아지인 것처럼 생각한다 해도 진짜 강아지를 데리고 있는 것과 다를 게 없다.

나는 이 모든 것을 아라에게 말해주었다. 뿐만 아니라 나는 인간보다 동물을 더 좋아하는 사람 역시 어리석다고 생각하며 인간은 만물의 영장이라는 말도 덧붙였다.

나는 영 마음이 편치 않았다. 어떻게 아라가 그토록 진부한 이야기, 다른 아이들이 나하고 놀고 싶어하고 내가 다른 애들과 잘 어울린다는 그 이유만으로 날 믿을 수 없다는 시시한 이야기를 할 수 있는 것인지 알 수 없었다. 아무래도 아라가 그런 이야기를 한 것은 단지 핑계에 지나지 않고 진짜 이유는 다른 데 있는 것이 아닌가 싶었다. 그리고 그 다른 이유는 한 주일 전에 있었던 내 생일파티와 관련이 있는 것 같았다.

내 생일날이면 아이들은 언제나 우리집에 오고 싶어 안달을 하고, 일 주일 내내 여자애들은, 나하고 별로 친하지도 않은 아이들까지도 나에게 편지를 보낸다. 편지에는 오후에 나를 저희들끼리의 놀이에 초대하겠다는, 물론 아부성 짙은 그런 내용이 적혀 있다. 심지어 디니는 그런 앙큼한 마음을 담아 그림 한 장을 그려 보내기까지 했다. 하지만 내가 누군가의 그런 거짓된 마음에 혹할 리가 없었고 당연히 나는 내 생일파티에 그애를 초대하지 않기로 했다. 나는 매년 내 생일파티에 여덟 명의 여자애들만 초대할 수 있었다. 우리 반 아이들 중에서 두어 명, 이를테면 디니와 요시엔은 생각할 필요도 없는 아이들이었다. 나는 그런 아이들과는 아예 인연을 맺고 싶은 생각이 없었다. 하지만 몇몇 아이들의 경우는, 만일 내 생일 초대에서 제외할 경우 끔찍한 앙갚음을 각오해야 했다.

아무튼 누군가를 따돌린다는 것은, 이 세상에서 가장 나쁜 일임이 분명하다.

어째서 하느님은 따돌리는 행위를 일곱 가지 대(大)죄악에서 제외하셨는지 모르겠다.

나는 그런 문제로 언젠가 카트리엔을 울게 만든 적이 있다. 물론 그애도 지금은 쉽게 울음을 터뜨리지 않는다. 언젠가 내 생일파티에 그애를 초대하지 않은 적이 있었다. 그때 나는 3학년이었고 그애에게 어떤 형태로든 벌을 주고 싶었다. 지금 그 이유는 생각나지 않는다. 아무튼, 내 생일날 오전 수업 시간, 쉬는 시간을 알리는 종이 울리기 바로 직전 나를 축하해주기 위해 우리 반 전체가 노래 한 곡을 불러주었다. 그리고 바로 그 순간에 그 일이 벌어졌다. 카트리엔이 무섭게 흐느끼기 시작한 것이다. 나는 일말의 죄책감을 느끼기는 했지만, 그래도 화가 났다. 그애가 갑자기 훌쩍거리는 바람에 내 생일이 약간 망쳐졌기 때문이다. 결국 나는 그애를 생일파티에 초대하기로 했다. 세상에 고통을 호소하는 데 눈물보다 더 좋은 방법은 없을 것이다. 카트리엔은 이제 내 주변을 떠나지 않아도 된다는 사실에 대해 몹시 고마워했으나, 나는 어느새 다시 귀찮다는 생각이 들었다. 나는 내가 제법 착하고 관대한 아이라는 생각이 들기는 했지만, 오전 내내 마음이 편치 않았다. 생일파티에 친구 한 명을 더 데리고 왔다고 엄마가 화를 내면 어쩌나 싶었기 때문이다.

인간이란 죄를 지으면 반드시 회개를 해야 한다. 영원히 타락하지 않으려면 말이다.

물론 아라는 내 열한번째 생일파티에 초대를 받은 친구였다. 하지만 그녀는 오려고 하지 않았다.

"나 혼자서 널 축하해주고 싶어."

아라는 그 이유를 이렇게 설명했다. 그러면서 5학년 아이들하고 놀고 싶은 생각도 없다고 덧붙였다. 그런 아라의 마음을 나는 이해할 수 있었다. 어쩌면 나하고 아라 단둘이서만, 다른 사람의 시선 따위에 전혀 신경 쓰지 않고, 서로에게 속하는 두 사람만의 생일파티를 여는 게 훨씬 더 의미 있는 일인지 모른다는 생각도 들었다.

아라가 난 널 믿을 수 없어, 라고 말한 후 나는 생각해보았다. 내 생일파티에 다른 여자애들이 몰려온 것은 무언가 아부를 하기 위해서라고 생각한 모양이고 그래서 그녀는 화가 난 것 같았다.

하지만 사실이 그렇다면 나는 아라를 충분히 이해할 수 없다는 생각이 들었다. 우리 반 애들이 모두 다 나하고 친구가 되고 싶어하는 것은 전혀 나하고는 상관없는 일이기 때문이다. 내 인생에서 중

요한 것은, '누가 나를 좋아하느냐'가 아니라, '내가 누구를 좋아하
느냐'이다. 다른 사람이 나를 어떻게 생각하느냐 하는 것도 별로 문
제가 되지 않는다. 대체로 남에 대해 이러쿵저러쿵 말이 많은 사람
들은 특별한 것에 대해서는 별로 생각을 하지 않고 살기 때문이다.
그들은 대체로 우리가 학교에서 배우는 교과서와 비슷한 데가 많다.
교과서를 읽을 때면 나는 언제나 어디선가 한번 읽은 것 같은 느낌,
그래서 눈을 감고도 달달 외울 수 있을 것 같고, 어느 누구보다도
잘 받아쓸 수 있을 것 같은 느낌에 빠지곤 한다.

　나는 아라에게 다른 사람에게 친절하게 대하는 것은 결코 나쁜
게 아니며 누군가에게 친절하게 대하는 것과 친구가 된다는 것은
하늘하고 땅만큼이나 다른 것이라고 말했다. 또한 내 친구는, 이전
에도 또 앞으로도 오직 너뿐이라고도 했다.
　"다른 애들에게는 전혀 관심 없어."
　나는 다시 한번 힘주어 강조했다.
　아라는 좀체 내 말을 믿을 수 없다는 표정을 지은 채, 대체 내가
왜 하필이면 자기를 친구로 선택했는지 이해할 수 없다고, 다른 애
들이 자기보다 훨씬 더 다정하게 굴고 더 현명하고 예쁘지 않느냐
고 말했다.
　나는 아라에게, 너보다 더 다정한 친구를 본 적이 없으며 너는 이
제까지 내가 본 여자 중에서 제일 예쁘고 내가 아는 어느 누구보다
도 특별하게 현명한 친구라고 말했다.
　"정말이야."
　나는 한 번 더 강조했다. 그녀는 가만히 웃기만 했다.
　나는 지금이 내 제안을 그녀에게 밝히기에 적당한 순간이라고 생

각했다. 비록 그녀가 너무 유치하다고 생각하면 어쩌나 하는 두려움 때문에 더이상 그 문제를 생각할 수 없는 형편이기는 했지만 말이다. 하지만 아라는 확실한 증거를 요구했고, 이런 경우에는 피를 보이는 것밖에 달리 확실한 방법이 없겠다고 생각한 나는 마음을 다졌다.

결국 나는 아라에게 제안을 했다.

그녀도 동의했다.

그날 밤 가슴 벅찬 행복감 때문에 나는 차마 잠을 이룰 수 없었다. 나는 소리가 나지 않도록 조심조심 침대에서 빠져나와 더듬더듬 어둠에 잠긴 책상 앞으로 다가갔다. 일단 전등갓에 셔츠를 걸쳐 불빛이 새어나가지 않게 조처를 취한 다음 불을 밝혔다. 그리고는 매트리스 밑에 감춰두었던 노트를 꺼내들고 오늘 오후에 아라와 함께 사용했던 바늘을 꺼내어 가끔 그림 그리는 데 사용했던 펜대 위에 올려놓았다. 이미 두어 번 연습을 해둔 터였다. 오른쪽 검지손가락은 아직도 통증이 남아 있어서 우선 왼쪽 엄지손가락을 사용하기로 했다. 내가 기록하고 싶은 글을 쓰려면 왼손의 모든 손가락에서 피를 뽑아야 했다. 그런 다음 노트의 중간 페이지, 그중에서 맨 아래칸에 이런 문장을 써넣었다. '오늘, 1967년 11월 14일, B.C.와 C.B.는 피로써 형제관계를 맺다.'

다시 잠자리에 든 나는 앞으로 어떤 문장을 더 채워넣으면 좋을까 생각에 잠겼다. 머릿속에서, '결코 헤어질 수 없는' '영원히' '죽을 때까지' '목숨을 건 우정' 등등의 단어들이 두서없이 떠올랐다가 사라졌다. 어느 순간 나는 잠이 들고 말았다.

다음날, 다른 날에 비해 일찍 학교에 도착한 나는 내심 바라고 있던 소망 하나가 이루어진 사실을 알았다. 아라 역시 다른 날보다 집에서 일찍 출발했던 것이다. 그녀는 학교 돌담에 비스듬히 몸을 기대고 서 있었다. 우리는 서로의 모습을 발견하고 잠시 당황했으나 아무 말도 하지 않았다. 나는 그녀의 허리에 머리를 기댄 채 화석처럼 그런 자세로 한동안 서 있었다. 그녀는 한쪽 팔로 내 몸을 감싸 안고 가만가만 흔들어가며 오른쪽 검지손가락으로는 내 콧등을 살살 어루만졌다.

그녀의 예기치 못한 행동에 흠칫 놀라, 나는 그만 머리를 번쩍 들고 말았다. 나는 누군가 내 얼굴을 만지는 일에 익숙하지 않았다.

그녀는 아주 편안한 모습이었다.

나는 그녀가 그런 행동에 익숙한 것은 그녀의 어머니가 틈만 있으면 그녀를 보듬고 어루만져주기 때문이고, 그녀가 동물들과 가깝게 지내기 때문이라고 생각했다. 그녀는, 동물들은 사람의 손길이 닿으면 옴찔옴찔거리며 수줍어하기도 하는데 나도 이따금씩 손길이 닿으면 동물처럼 부끄러워하며 조금씩 몸을 움찔거린다고 했다.

그녀는 느긋한 자세로, 내 머리가 다시 제자리로 돌아가 그녀의 넓적다리께에 놓여질 때까지 기다렸다가 다시 한번 시도했다. 이번에는 나도 미리 준비를 하고 있던 터라 그녀의 손가락이 다시 내 콧등을 어루만지기 시작했을 때도 몸을 빼지 않았다. 처음보다는 기분도 한결 좋게 느껴졌다. 처음으로 그녀의 행동을 받아들인다는 뜻으로 나는 내 검지손가락을 들어올렸다. 그녀 역시 그녀의 검지손가락을 내 검지손가락에 마주 대었다. 머리를 움직여 그녀를 저만큼 올려다본 나는, 지금 이 순간, 그녀가 적어도 나만큼은 행복하다는 사실을 알았다.

어느 누구도 이것이 아라와 나 사이의 첫번째 은밀한 대화라는 것을 알 수 없었다. 그해 내내 우리는 언제나 검지손가락을 서로 맞대고 비비다가 갈고리 모양으로 서로 얽어짜는 방법으로 인사를 나누었다. 이런 행동이 아주 특별한 의미가 있다는 것을 아는 사람은 세상 천지에 아라와 나, 우리 둘뿐이었다.

우리 담임 선생님은 나와의 면담 시간을 통해 나의 비밀 중에서 한 가지를 알게 되었다. 선생님과 나의 면담은 금요일에 이루어졌다. 그 면담 시간은 나로서는 전혀 부담스러울 게 없었다. 적어도 우리의 면담 날짜 하루 전에 부모님께 보내는 간단한 편지 한 장을 집으로 가져가기만 하면 말이다.

우리집에서는 매주 금요일마다 집에서 포테이토 칩을 만들어 먹는 전통이 있었다. 오빠와 동생과 나는 포테이토 칩을 아주 좋아하기 때문에 엄마는 적어도 다섯 접시쯤의 포테이토 칩을 준비했고, 일단 한 접시가 만들어지면 먼저 식탁 위에 오르기 마련이었다. 우리는 나머지 네 접시의 포테이토 칩도 맛있게 먹어치웠고 다른 아이들이 함께 먹게 될 경우 엄마는 더 많은 포테이토 칩을 만들어야 했다.

최고 기록은 열두 접시였다. 하지만 그것은 그날이 마침 빌렘의 생일이어서 생일파티에 초대된 아이들 몫까지 포테이토 칩을 준비했기 때문이었다. 그날 생일파티는 아주 근사했지만 꼴도 보기 싫은 반 니센이 우리 몫의 포테이토 칩을 가로챘기 때문에 나는 약간 화가 나 있었다. 게다가 그는 그것말고도 내가 눈독을 들이고 있던 다른 포테이토 칩까지 먹어치웠다. 나는 그가 포테이토 칩을 입에 넣을 때마다 내가 가장 좋아하는 음식이 바로 그것이라는 암시를 수도 없이 주었지만 그 에고이스트는 당연히 아무것도 눈치채지 못했다. 그는 멍청하기 짝이 없었고 때문에 나는 그 '푸버'(Puber : 사춘기라는 의미—옮긴이)가 역겨울 만큼 보기 싫었다.

푸버는 우리들 사이에서 아주 저질의 욕으로 통용되었다.

우리는 여드름투성이 주제에 다 큰 어른인 체하는 태도를 아주 혐오했다.

선생님이 부모님께 전하라고 준 종이는 타자를 친 다음 복사를 한 것이었다. 그리고 선생님이 잉크를 찍어 직접 쓴 글은 부모님의 이름과 학부모 초대의 날짜를 기록한 단 두 줄뿐이었다. "존경하는 부츠 씨 내외분께," 거기에는 이렇게 씌어 있었다. 그 다음에는, 금요일에 내가 정각 다섯시까지 학교에 가야 하는 이유가 적혀 있었다. 그것은 "담임인 저와 댁의 자녀가 개인적인 대화를 하고 싶어서"였다. 그 외에 부모님과 "댁의 자녀"의 미래에 대해 생각을 나누고 싶으니 만나고 싶다는 내용이 덧붙여져 있었다.

"댁의 자녀"라는 표현이 나에게 가슴 찡한 감동을 주었다.

나는 엄마 아빠도 그 표현에 깊은 감동을 받았으면 좋겠다고 생각했다.

따라서 나는 목요일부터, 내일 포테이토 칩을 만들면 내 몫은 반드시 남겨둬야 한다고 엄마에게 다짐을 해둘 수 있었다. 엄마는 오빠나 동생이 다 먹어치우지 않도록 감시하겠다고 약속해주었다. 그런 약속을 미리 받아둔 덕분에 나는 그날 밤 가까스로 잠을 이룰 수 있었다. 하지만 금요일 아침이 되자 결국은 새벽같이 잠을 깨고 말았다. 이런 일은 가끔 겪는 일이었다. 학교에서 소풍 가는 날이라든가 생일, 혹은 니콜라우스 축일(성 니콜라우스를 기념하는 날, 12월 6일―옮긴이), 크리스마스 이브와 부활절, 혹은 섣달 대목 장이나 카니발, 세례식이나 수영 시험을 앞두고도 나는 쉽게 잠을 이룰 수 없었다.

면담 시간은 제법 근사하게 시작되었다. 담임 선생님은 내가 책을 아주 많이 읽고 네덜란드어 성적이 좋으며, 특별히 나무랄 데가 없는 학생이라는 말로 면담을 시작했다. 나는 남을 잘 도와주고 다른 아이들과 사이좋게 지내는데 다만 요시엔에게는 종종 빈정거리는 경우가 있고 그렇게 남에게 빈정거리는 태도는 나처럼 착한 어린이에게는 어울리지 않는 행동이라고 했다. 이런 점에 대해서는 진작에 대화를 할 수 있었는데도 이렇게 면담 시간을 따로 마련한 것은 날 야단치기 위해서가 아니라, 왜 그런 행동을 하는지, 대체 무슨 이유로 잠시도 가만히 있지 못하는 건지 그 이유를 직접 듣기 위해서라며 선생님은 나에게 물었다. 모든 것이 너무 권태로워서? 아니면 공부보다는 마음껏 뛰놀고 싶어서?

선생님은 이 참에 내 산수 숙제에 대해서도 물어보고 싶은 게 있다고 했다. 선생님은 어째서 내가 어떤 경우에는 숙제를 완벽하게 하고, 어떤 경우에는 완전히 엉망으로 하는지 그 이유를 알 수 없다는 것이었다. 산수 숙제를 이해하지 못해서? 아니면 숙제가 너무 어려워서? 한 번은 노력을 기울이고 한 번은 건성으로 해치워서? 시험을 볼 때는 거의 틀리는 게 없지만 보통 연습 문제를 풀 경우에는 모든 답을 틀리게 쓰는 일이 어떻게 가능하지? 그러면서도 어떻게 교과서 문제를 풀 수 있단 말이지?

담임 선생님에 따르면, 교과서에 실린 문제는 가장 어렵기 마련인데, 나는 언제나 거의 옳게 푼다는 것이었다. 선생님은 이번 면담 시간에 그 점에 대해서 설명을 해보라면서, 만일 그 이유가 밝혀지면 우리 두 사람이 함께 노력해서 해결해보자고, 그건 반드시 필요한 작업이라고 차근차근 타이르듯 말했다. 이제까지의 성적으로는 어떤 학교가 나에게 가장 적합한지 판단할 수 없다면서, 나는 실업학교든 인문학교든 원하는 대로 갈 수 있는 능력이 있기는 하지만 상급학교 진학은 능력만으로 결정해서는 안 된다는 말도 했다. 무엇보다도 올바른 태도가 중요하기 때문이고 어린이는 모름지기 어린이다운 태도를 지니고 있어야 하며 부족한 점은 학습을 통해 채워야 하는 법이라는 것이었다.

선생님은 우리 학년 산수책을 끌어당기더니 나에게 연필과 종이를 건네주었다. 그리고는 제법 긴 문제를 내주며, 이것이 보통 연습 문제라면 어떻게 풀 것인지, 또 어떻게 해서 그런 결과를 얻게 되었는지 설명해보라고 했다. 그렇게 말하는 선생님의 표정은 있는 그대로의 나를 인정해줄 것처럼 보였다. 그래서 나는 잠시 마음이 헷갈렸다. 이런 부드러운 태도가 사실은 선생님의 전략이라는 것을 나는 알고 있었다. 내가 이런 개별 면담 시간에도 진지하게 대하지 않고 끝내 내 비밀을 지키려 들면 선생님은 결국 자신의 전략이 실패했다는 것, 자신의 친절과 이해심 많은 태도가 아무 소용 없다는 것을 다 알게 되리라는 사실을 나는 훤히 알고 있었던 것이다. 하지만 내가 그런 문제를 어떻게 해결하는지 사실대로 털어놓는다 해도 선생님은 마찬가지로 실망할 게 뻔했다. 내가 문제를 푸는 데 필요한 노력을 조금도 하지 않는다는 게 드러날 것이고, 그런 나의 태도는 선생님을 위해 조금도 노력하지 않는다는 사실을 많든 적든 반영하는 것이며, 학생인 나의 그런 무성의한 태도를 선생님은 모욕적으로 느낄 게 너무도 당연하기 때문이다.

　나는 부끄러움 때문에 입속말하듯 웅얼거리며 내 계산법을 설명
했다. 그리고 설명하는 틈틈이 내 생각을 밝혔다. 내가 산수 문제를
대충 푸는 건 별로 중요한 문제가 아닐 때뿐이다. 시험처럼 정말 중
요한 경우에는 나도 모든 정성을 다해 진지한 자세로 문제를 푼다.
따라서 단순한 문제라면 굳이 종이에 연필로 적어가며 풀 것이 아
니라 100자리 숫자만 정확하게 계산하고 10자릿수는 대충 대충 암
산으로 계산하는 것도 그리 나쁠 게 없다고 생각한다.

　내 이야기를 다 듣고 난 담임 선생님은 별로 화난 표정이 아니다.
화는커녕 그저 어리둥절한 표정, 심지어는 약간 재미있어하는 듯한
표정을 하고 있다. 그런 표정을 보니 한결 마음이 놓였다. 평소에 나
는 우리 선생님을 즐겁게 해주고 더 나아가 웃을 수 있게 하는 일
이라면 무엇이든 다 해야 한다는 사명감 비슷한 것을 가지고 있었
다. 선생님은 웃을 때면 얼굴 표정이 완전히 달라지고 눈가에는 촉
촉한 물기가 어리는데, 그때의 모습이 가장 아름다워 보이기 때문이
다. 그리고 나는 선생님의 그런 얼굴을 보기 위해서라면 무엇이든
가리지 않고 하는 게 배우는 학생의 도리라고 생각한다. 아마 우리
담임 선생님은 친한 친구가 별로 없을 것이다. 학교가 선생님의 유
일한 친구이자 모든 것이어서 학교를 빼고 나면 결단코 선생님은
마음 줄 대상이 없을 테니 말이다. 한심스럽게도 나는 제때에 입을
다물 수 없다. 선생님의 목소리가 갑자기 날카로워지는가 싶더니,
이내 심각하고 진지한 표정으로 돌아온다. 우리 선생님의 인내심이
어느 정도인지 아는 사람은 아무도 없다.
　나는 선생님에게, 그것은 교과서 문제와는 전혀 다른 것이라고 설
명한다. 숫자 계산을 하고 있을 때는 다른 생각을 전혀 할 수 없다.

내가 숫자 계산을 지루하게 생각하는 것은 바로 그 때문이다. 내가 제일 좋아하는 것은 아주 어려운 문제 풀이이고, 따라서 교과서 문제를 푸는 것은 아주 재미있다. 그리고 교과서에 나오는 어려운 문제는 단순한 계산보다는 네덜란드어와 더 연관이 있다. 암산 따위로 해결할 수 있는 게 아니라 네덜란드어로 된 책을 읽듯 꼼꼼하게 챙겨 읽어야 하기 때문이다. 그런 문제는 아무 의미도 없는 숫자가 아니라 단어들로, 이를테면 여기서 저기까지 얼마나 빨리 갈 수 있을까 하는 식으로 표현된다. 아주 잘 만들어진 문제인 것이다.

나는, 단어들은 아름답지만 단어 없이 숫자들만 있을 경우엔 아무 의미도 없기 때문에 숫자들만 있는 건 싫어한다고, 그래서 숫자는 보기만 해도 짜증이 난다고 이야기를 계속했다. 역사 과목도 비슷하다. 역사 속의 광기 어린 사건은 늘상 시험 때 숫자로만 남을 뿐이고, 아무 의미도 없는 숫자는 기껏해야 그와 관련된 사건을 망각하게 만들 뿐이다. 예를 들어 니우포르트* 전투는 1600이라는 무의미한 숫자 속에서 사라진다. 사람들은 1600이라는 숫자와 니우포르트 전투가 관련이 있다는 사실만 기억하고 있다가, 결국에는 니우포르트에서 무슨 일이 일어났었는지에 대해서는 까맣게 잊게 되는 것이다.

"키트, 키트."

담임 선생님이 중간에 내 말을 자르며 한숨을 내쉬었다.

"대체 내가 어디서부터 손을 써야 하는 거지?"

그 질문에 대해서라면 나는 쉽게 대답할 수 있을 것 같았다. 나에게 훨씬 힘든 과제를 주면 결국 나 스스로 최선을 다하는 방법을

---

* 벨기에 서부 서(西) 플랑드르 지방의 이제르 강변에 위치하고 있는 지역으로 1600년 네덜란드가 스페인군을 무찌르고 승리했던 장소이다.

익히게 될 것이다.

잠시 후 선생님은 나에게 앞으로 무엇이 되고 싶으냐고 물었다. 하지만 나는 그 문제에 대해서는 아직 생각해본 적도 없으므로 답변할 말이 없었다. 내가 마음껏 놀고, 책을 읽고, 글을 쓰거나 혹은 무언가 깊이 생각할 수 있는 직업을 구할 수 있을 것이라고는 생각도 할 수 없는 형편이었다. 엄마는 내가 아주 훌륭한 간호사가 될 자질이 있다고 생각했다. 나는 엄마가 병이 나면 언제나 정성껏 돌봐드렸고 게다가 상당한 의학 상식까지 갖추고 있었다. 병에 대한 모든 상식은 의학 백과사전에서 찾아낸 것이다. 뿐만 아니라 나는 암 때문에 불안에 떠는 엄마에게, 암 환자는 절대 엄마 같은 통증을 느끼지 않는다든가 혹은 엄마가 느끼는 복통은 암 증세가 아니라 과민성 대장염 때문이며 세상에 과민성 대장염으로 죽는 사람은 없다는 말을 해주어 안심시킬 수도 있었다. 엄마가 두통 때문에 쩔쩔매면서 아무래도 뇌종양인 것 같다고 불안해하는 경우도 있었다. 나는 그 두통이 하루 종일 지속되었는지, 혹은 갑자기 눈앞이 캄캄해지며 아무것도 보이지 않는 순간이 있었는지—물론 나는 엄마가 그런 증세를 절대로 겪지 않았다고 확신한다—물었다. 엄마가 그렇지는 않다고 대답하자 나는 절대 뇌종양이 아니라고 확신에 찬 어조로 엄마를 안심시켰다. 뇌종양에 걸리면 반드시 일시적으로 아무것도 볼 수 없는 상태에 빠진다는 것은 모든 사람이 알고 있는 상식이다.

"아마 간호사가 될 거예요."

나는 일단 무언가 대답을 해야 한다는 생각으로 선생님에게 그렇게 말했다. 물론 앞으로 남은 인생을 간호사로 보내야 한다는 건 전

혀 매력 없는 미래 설계다. 엄마를 간호하는 것과 다른 사람들을 간
호하는 것은 정말 하늘하고 땅만큼이나 다른 것인데다 환자들의 인
생은 맹세코 내 소관이 아니다. 엄마가 느끼는 이상 증세가 병원 침
상에 누워 있어야 하는 심각한 병과는 아무 상관이 없다는 것은 너
무나 분명하다. 엄마의 고통은 그런 것과는 성격이 전혀 다른 것이
다.

"아니면 유치원 보모가 되거나요."

잠시 후 나는 덧붙였다. 담임 선생님이 간호사가 될지도 모르겠다
는 내 말에 아무 대꾸도 하지 않았기 때문이다.

"왜냐하면 전 제 동생이랑 아주 잘 놀아주거든요."

그건 사실이다. 하지만 내가 내 동생 크리지에와 잘 놀아주는 것
은, 재미있어서가 아니라 오로지 엄마의 짐을 덜어주기 위해서다.
물론 크리지에와 정말 잘 놀아줄 경우도 있긴 하다. 그 조그만 팔로
내 목을 꼭 끌어안고 착 달라붙어 있는 크리지에의 모습은 정말 마
음에 들고 무어라 말로 다 표현할 수 없을 만큼 사랑스러운 느낌을
준다. 그럴 때면 내 동생에게 평생 나쁜 일이 생기지 않도록 영원히
이런 자세로 끌어안고 있었으면 하고 진심으로 바라게 된다. 이런
모습은 크리지에의 가장 좋은 면이다. 하지만 대개는 주먹으로 슬쩍
슬쩍 쥐어박을 때가 더 많다. 물론 그런 꼬마하고 진짜 싸움을 할
수는 없다. 꼬마는 진짜 적이 될 수 없기 때문이다. 정말로 내가 재
미있게 놀이에 몰두할 수 있는 상대는 오빠들이다. 오빠들은 정말로
열심히 하지 않으면 해결할 수 없는 재미있고 긴장되는 놀이를 제
안하기 마련이고, 그 놀이에 참여하려면 땀 흘려가며 고생했다는
증거를 보여줘야 한다.

만일 어떤 놀이를 할 때 땀까지 흘린다면 그 놀이는 단지 장난

삼아 하는 게 아니라는 것을, 아는 사람은 알 것이다.

담임 선생님은 내가 간호사가 되고 싶건 유치원 보모가 되고 싶건 그런 것은 문제가 되지 않는다고, 무엇이 되기 위해서는 일단 상급학교에 진학을 해야 하며 중요한 것은 바로 그 점이라고 말했다. 그리고 상급학교에 진학하려면 거기에 알맞은 준비를 해야 하는데 아마도 나는 그런 준비를 하고 싶은 마음이 별로 없거나 아니면 별로 중요하다고 생각하지 않는 것 같다고 했다.

나는 고개를 끄덕여 동의를 표했다.

그렇지만 나는 속으로 생각했다. 별로 중요하게 여기지 않는 것에서 무조건 좋은 점수를 받으려 할 필요가 없으며, 또 그것을 잘 하라고 요구할 수 있는 사람은 아무도 없다고. 대체 전혀 중요하다고 생각하지 않는 산수 과목에서 어떻게 최고 점수인 1을 받을 수 있단 말인가? 좋아하지도 않는 과목에서 그렇게 좋은 점수를 받는 건 명백히 세상을 속이는 짓이다. 차라리 마이너스 3점을 받으면 다른 사람들도 아하, 이애는 산수를 싫어하는구나, 그래서 점수에도 별로 신경을 쓰지 않는구나 하고 자연스럽게 알 것 아닌가?

나는 그게 무엇인지 모르고 있었다. 하지만 전에도 종종 느꼈던 그 이상한 느낌이 또다시 찾아왔고, 비로소 나는 그게 무엇인지 알게 되었다. 다름아니라 우리 담임 선생님과 엄마는 물론 모든 어른들이 나와는 정반대로 생각한다는 사실이었다. 그것은 아라가 낱말에 대한 자신의 생각을 이야기할 때마다 느끼는 기분과 비슷했다. 그런 순간이면 내 머릿속에 들어 있는 모든 것이 반대 방향으로 움직이기 시작했고 머리도 약간 어지러웠다.

선생님은 책상 위에 펼쳐져 있던 물건들을 정리하기 시작했고, 나는 이제 우리의 면담 시간이 끝나는 모양이라고 짐작했다. 그런 생각을 하는 순간 초조했던 마음이 일시에 사라지고 오로지 한 가지 생각만 떠올랐다. 이제 선생님과 함께 밖으로 걸어나가야 할 텐데 그 사이 무슨 이야기를 나눠야 하나. 선생님과 단둘이서 복도를 지나치고 운동장을 가로지르는 모습을 상상하는 것만으로도 벌써 온몸이 졸아드는 듯했다. 하지만 그건 너무 성급한 우려였음이 곧 판명되었다. 선생님은 우리의 면담 시간을 끝내기 전에 아직 중요한 말을 남겨두고 있었다. 선생님의 표정이 그랬다. 선생님이 직접 말로 표현한 것은 아니었지만 나는 그 내용까지도 짐작할 수 있을 듯했다. 그러자 나도 모르게 얼굴이 달아올랐다. 눈치 빠른 선생님도 그 사실을 알아채고는 약간 당황한 표정을 지었다. 선생님이 처음에 생각했던 것을 그대로 말하지 않은 것은 아마 그 때문이었을 것이다.

선생님은, 물론 내가 6학년 여학생들과도 편하게 놀 수 있다고, 5학년과 6학년이 한 교실을 쓰고 있으니 충분히 그럴 수 있는 일이며, 한두 살 정도 차이가 나는 친구를 사귀는 것도 가능한 일이라고 말했다. 그렇긴 해도 동갑내기끼리 친구가 되는 게 가장 좋으며 나이가 같다면 상대가 누구든 그건 내 마음대로라고 했다.

하지만 선생님은 아라가 유급을 몇 번씩이나 했으니 나보다 두어 살 이상 나이가 많을 거라며 이야기를 계속했다. 선생님이 아라와 어울리는 것을 막을 수야 없지만, 다만 쉬는 시간마다 아라 주변만 맴돌지 말고 다른 아이들과도 어울렸으면 좋겠다, 별로 좋은 모습이 아니기 때문이다, 아마 부모님도 같은 생각일 것이다, 그러니 이참에 너도 그 문제를 다시 한번 생각해보는 게 어떻겠느냐고 권했다.

선생님은 나에게 모든 것을 말로 설명하려고 애를 썼다. 나는 그 사실을 잘 알 수 있었지만, 오히려 선생님의 그런 조언이 나를 점점 더 완강하게 만들었다. 어느새 얼굴에서 화끈거리던 열기는 사라져 있었다. 나는 푹 숙이고 있던 고개를 반짝 치켜들고 선생님의 얼굴을 똑바로 마주 보았다.

나는 대체 무슨 말인지 전혀 모르겠다는 눈길로 선생님의 눈을 빤히 들여다보았다. 그렇게 눈길을 똑바로 한 채 말했다.

"아라하고 제 사이는 아무도 관여할 수 없어요."

"포테이토 칩 남았어요?"

집에까지 단걸음에 달려온 나는 숨이 턱에 받치는 소리로 제일 먼저 이렇게 물었다.

"네가 먹을 만큼은 남았지."

부엌에서 기름범벅이 되어 까맣게 탄 냄비를 들고 서 있던 엄마가 말했다. 아주 지친 표정을 한 엄마의 얼굴에는 땀방울이 송글송글 맺혀 있었다. 그 모습을 본 나는 부엌까지 내처 달려들고 싶었던 마음을 꾹 누르며 일단 걸음을 멈추었다. 그렇게 하지 않으면 엄마의 수고를 고마워할 줄 모르는 딸처럼 보일 것 같아서였다. 나는 엄마가 접시에 포테이토 칩을 담고 그 위에 소금을 솔솔 뿌린 다음 접시째 이리저리 흔들고, 그 바람에 소금이 부엌 바닥으로 떨어지는 모습을 가만히 지켜보았다. 그런 다음 엄마에게 다가가 이렇게 우리에게 포테이토 칩을 만들어주는 엄마가 정말 멋지다는 둥, 아마 매주 금요일마다 이 번거로운 요리를 해주는 엄마는 세상 천지에 우리 엄마뿐일 거라는 둥 수다를 떨었다.

마키는 식탁 내 자리에 앉아 있었다.

우리집 형제들은 식탁에서 어느 자리에 앉느냐 하는 것은 전혀 신경 쓰지 않아서 늘 자리가 바뀌곤 했다. 하지만 내 자리는 정해져 있었다. 구석 쪽의 긴 의자가 바로 내 자리라는 것을 우리 식구 모두가 다 알고 있었다.

"페터, 내 자리에 앉았잖아."

나는 예의를 지키기 위해서, 그리고 내가 페터 오빠를 마키라고 부르면 엄마가 싫어하기 때문에, 일부러 페터라고 부르며 항의했다.

"아유, 여기 그냥 아무 데나 앉으려무나. 마키는 편안히 앉아서 먹게 내버려두고."

엄마가 한숨을 내쉬며 말했다.

식탁에는 식기 한 벌이 더 챙겨져 있었다. 나는 툴툴거리며 화난 눈길로 마키를 쏘아보았다. 하지만 먹는 데 정신이 팔린 마키는 눈치 없이 그저 접시 위에서 눈을 한 번 들었다가 빈 접시가 채워지자 다시 고개를 처박고 게걸스럽게 먹는 일에 몰두했다.

"내가 먼저야. 난 아직 아무것도 못 먹었잖아."

내가 뾰로통한 소리로 말했다.

엄마가 집어든 접시에는 포테이토 칩 몇 개가 남아 있었다. 엄마는 남은 포테이토 칩을 내 접시에 옮겨 담으며 좀 식기는 했지만, 그래도 아직 먹을 만할 거라고 말했다. 그리고는 빈 접시를 들고 개수대로 다가갔다. 다시 식탁 쪽으로 다가온 엄마가 "그래, 담임 선생님이 뭐라시던?" 하고 물었다.

나는 엄마의 표정을 살폈다. 엄마가 진짜로 내 대답을 듣고 싶어서 그런 질문을 한 것인지 알아보기 위해서였다.

포테이토 칩은 여느 때처럼 맛있지 않았다. 내 자리가 아니기 때문이었다. 그래서 나는 마키에게 다른 사람의 입장도 조금쯤은 배려할 줄 알아야 하고, 언제나 제일 큰 것만 챙기려고 드는 것은 문제가 있으며, 크리지에는 언제나 오빠보다 조금 먹는데 앞으로 더 자라야 할 사람은 바로 그애라고, 한마디 해주었다. 하지만 그는 내 쪽으로 눈길 한 번 주지 않고 접시에 남아 있는 포테이토 칩을 한 손으로 움켜쥐더니 크리지에의 접시로 던져버렸다.
"자, 많이 먹어."
내가 크리지에를 바라보며 말했다.
"아니, 그만 먹을래."
크리지에가 대답했다.

내가 두번째 접시를 비우고 있는데 엄마는 담임 선생님이 뭐라고 하시더냐고 다시 한번 물었다.
"특별한 말씀은 없었어요. 너무 장난이 심하고 산수 시험을 더 잘 봐야 한대요."
나는 태연하게 말했다.
"그래, 옳은 말씀이지."
엄마가 얼른 맞장구를 쳤다.
"그리고 산수 성적만 더 좋아지면 상급학교에 진학할 수도 있을 거래요."
"그래." 엄마의 표정이 눈에 띄게 시들해졌다.
"하지만 여자애가 그렇게 높은 학교까지 다닐 필요야 없지."
나도 그렇게 생각했다.
나는 감사하는 눈길로 엄마를 바라보았다. 날아갈 듯 기분이 좋아진 나는 내친 김에 포테이토 칩에 곁들여 먹기 좋은 음식이 있다는 이야기를 했다. 엄마는 그런 정보를 아주 좋아했다. 그런 정보를 바탕으로 우리에게 좀더 큰 즐거움을 제공할 수 있기 때문이고, 우리의 즐거움은 곧 엄마의 기쁨이기 때문이었다. 나는 달뜬 목소리로,

그건 프리칸델레(구운 고기 경단—옮긴이)라고 하는 건데, 보기만 해
도 아주 맛있게 생겼으며 아이들 건강에도 아주 좋은 음식이라고
설명했다. 하지만 나는 아라가 프리칸델레에 대해 이야기해주었다
는 사실에 대해서는 말하지 않았다. 그저 속으로만, 그 이름이 아라
가 만들어낸 게 아니기를, 모든 사람들이 그 음식을 프리칸델레라고
부르기를 간절히 빌었다.

"이름이 뭐라고?"

엄마가 되물었다.

"프리칸델레."

나는 다시 한번 또박또박 발음을 해 보였다.

우리가 그 음식을 정말 맛있다고 여기게 되면, 엄마는 도시에서
그것을 구할 수 있는지 알아볼 터였다. 그 사이 엄마는 내 몫의 소
시지를 다시 데웠다. 우리 형제들은 포테이토 칩을 먹을 때면 크로
켓을 곁들여 먹지만 나는 소시지를 더 좋아했다. 그래서 엄마는 특
별히 나를 위해 긴 소시지 네 개가 담긴 냄비를 불 위에 올려놓곤
했다. 그 소시지는 원하기만 한다면 완전히 다 내 몫이었으나, 대개
의 경우 나는 한 개만 먹으면 족했다. 나머지는 엄마 몫이라고 생각
했다.

"소시지 더 안 먹을래?"

엄마가 불 앞에서 벌겋게 달아오른 얼굴을 한 채 내 앞에 소시지
접시를 내려놓으며 물었다.

한밤중에 나는 한바탕 토해야 했다. 소시지를 세 개나 먹은 탓이
었다.

우리 학교는 아주 특별한 경우가 아니고는 바지를 입을 수 없다. 그 사실 때문에 나는 몹시 슬프다. 그런 쓸데없는 교칙이 있다니, 참 한심하다는 생각이 든다. 바지를 입어도 되는 특별한 경우란 영하 10도 이하로 떨어지는 추운 날씨일 때지만 그것도 소용없는 것이, 설령 날씨가 추워서 바지를 입을 수 있다 해도 그 위에 다시 치마를 걸쳐야 한다는 규정이 있기 때문이다. 바지 위에 치마라니, 그건 정말 끔찍하게 '정박아 같은' 옷차림이었다. 그 단어를 나는 빌렘에게서 배웠다. 그는 물론 그 단어를 김나지움*에서 배웠다. 김나지움에 다니는 학생들 사이에는 가능한 한 어려운 표현을 골라 쓰는 묘한 버릇이 있었다. 빌렘은 마키를 놀리고 싶을 때면 언제나 그런 식의 단어들, 이를테면, '정박아 같은' '절망스러운' '이기주의자' '위선자' 등등 어려운 단어를 골라 쓰곤 했다. 나는 그 단어의 뜻을 정확하게는 모르지만, 그런 말들을 함부로 사용해서는 안 된다는 것만은 확실하게 안다. 물론 이 새로운 단어들은 공연히 어른 흉내를 내며 거들먹거리는 사춘기 청소년을 비아냥조로 부르는 '푸버'라는 단어보다 심한 말은 아니다. 우리들 세계에서 '푸버'는 가장 모욕적인 단어이기 때문에 누군가에게서 그 말을 들으면 엄청 화를 내게 마련이다. 물론 나에게 그런 상스러운 말이나 욕을 하는 아이들은

---

* 독일의 국립중등학교. 인문계 고등교육 준비과정(대학 진학 예비학교)으로 9년제이며, 교과과정에 따라 세 가지 유형, 즉 라틴어와 그리스어와 현대어 1개 국어를 배우는 '고전 김나지움', 라틴어와 현대어 2개국어를 배우는 '현대 김나지움(레알 김나지움)', 현대어 2개국어와 선택과목으로 라틴어를 배우는 '수학·과학 김나지움'으로 나뉜다.

없다. 그저 놀리기만 하는데도 내가 지나치게 감정적이고 툭하면 눈물바람을 해가며 난리를 친다고 생각하기 때문이다.

그건 사실이다.

때로 나는 하루 종일, 대체 내가 왜 우는지 이유도 모르는 채, 그러나 이루 말할 수 없이 행복한 기분에 빠져 훌쩍거릴 때가 있다.

엄마는 얼굴만 봐도 내가 그런 애라는 걸 알 수 있다고 한다.

아라는 우리와 전혀 다른 옷을 입고 다녔다. 그녀는 언제나 유행 따위와는 전혀 상관없는 옷을 입고 다녔지만, 그런 옷차림을 하고 다니는 그녀가 전혀 이상해 보이지 않았다. 그녀는 치마에 무릎까지 내려오는 원피스 비슷한 옷을 걸치고 다녔다. 아주 화려한 색상의 천으로 만들어진 그런 옷가지는, 아라의 설명에 따르자면 모두 그녀의 엄마가 직접 만들어준 것이었다.

우리 엄마는, 칼렌바흐 부인이 딸아이의 치마를 만들기 위해 아주 값비싼 천을 사용한다면서 이런저런 옷감의 이름을 들먹였지만 나는 그렇게 생각하지 않았다. 아라가 즐겨 입는 스웨터 중에 그녀가 캐시미어 스웨터라고 부르는 것이 있다. 눈에 확 띄는, 새빨간 색의 그 스웨터는 아라에게 정말 환상적으로 잘 어울렸고, 나는 그 한없이 부드러운 양모를 만져보고 싶어 나도 모르게 손을 뻗치곤 했다. 그녀는 쉬는 시간이 되면 특별히 나를 위해 코트 자락을 젖혔고, 그러면 나는 그녀의 그 부드러운 캐시미어 스웨터에 뺨을 대고 살살 문지를 수 있었다. 나는 그 일이 굉장히 멋지다고 생각했고, 아라도 그렇게 생각했다. 그리하여 그녀의 스웨터는 그녀와 나의 공동 소유물이 되었다. 아라는 거리에 나설 때면, 날씨가 춥든 덥든 반드시 코트를 걸치는 버릇이 있었다. 나는 그녀의 눈만 보고도 코트 안에 그

캐시미어 스웨터를 입었는지 안 입었는지 알 수 있었다. 아라는 표정만으로도 참 많은 말을 했다. 그녀는 실로 다양한 얼굴 표정과 눈짓을 통해 자신의 속마음을 전달하는 재주가 있었다. 이를테면 눈가에 약간 장난기가 어렸다 싶으면 그날은 코트 안에 캐시미어 스웨터를 입고 왔다고 생각하면 되었다. 그런 장난기 어린 눈빛을 내비친 후에는, 머리를 약간 기울인 채 눈길만 슬쩍 위를 향해 던지고는 입은 꼭 다문 채 양 볼에 옴폭 팬 보조개로만 웃곤 했다. 어떤 날은 아라가 특별히 장난스러운 표정을 지을 때가 있었다. 장난기 가득한 눈길을 한 채 천천히 코트 단추를 풀다가 갑자기 코트 자락을 양쪽으로 확 젖혔다. 그것은 곧 나에게 코트 안에 무엇을 받쳐입었는지 보여주려는 동작이었다. 처음으로 아라가 그런 동작을 해 보였을 때 나는 도무지 웃음을 멈출 수 없었고, 심지어는 수업 시간중에도 몇 번씩이나 터져나오는 웃음을 참기 위해 손으로 입을 틀어막아야 했다. 결국 그날 아침에 나는 다시 한번 벌을 받는 신세가 되고 말았다. 그렇게 킥킥거리는 내 모습을 발견한 담임 선생님은 대체 뭐가 그렇게 재미있느냐고 너 혼자만 즐거울 게 아니라 선생님이랑 다른 친구들과 함께 웃으면 어떻겠느냐고 물었다. 당연히 나는 그 질문에 대답할 말이 없었다.

엄마는 아라네 가족이 언제나 다른 사람들과는 다르게 행동하고 싶어하는 게 분명하다고 주장했다. 언젠가 엄마가 시장에서 쇼핑을 하다가 우연히 아라의 어머니를 만났는데, 전혀 특별할 게 없는 평범한 하루였는데도 불구하고 우스꽝스러운 모자를 쓰고 있었다는 게 그런 주장의 근거였다. 칼렌바흐 부인은, 자신을 아라의 엄마 마를리에스 칼렌바흐라고 소개하더니 언제 한번 자기네 집에서 차라도 한잔 나누자며 엄마를 초대하더라는 것이다.

"글쎄, 그 여자는 나한테 악수까지 청하더구나."

엄마는 사뭇 경멸 어린 미소를 지으며 덧붙였다. 나는 그런 엄마의 태도가 부당하다고 생각했다. 아라의 어머니가 악수를 청한 것은 호의의 표현이기 때문이다.

"그게 어때서요."

나는 다소 퉁명스럽게 말했다.

"아라네 집에서는 그런 식으로 인사를 해요. 낯선 사람에게 자신을 소개하는 방법이라구요."

우리 엄마는 아라의 어머니가 어딘가 거드름을 피우는 것 같다고도 했다. 하지만 그것은 아라의 어머니가 사용하는 말투 때문이지 결코 성격 탓이 아니다.

우리 엄마는 유난히 눈에 띄는 옷차림을 좋아하지 않는다. 하지만 나는 아라의 가족이라면 그런 눈에 띄는 옷차림이 전혀 문제가 되지 않는다고 생각한다. 아라의 가족은 정말로 특별한 데가 있으며, 그런 사람들이라면 당연히 옷차림도 그에 걸맞아야 하는 법이다.

내 생각에 아라가 자부심이 강한 것은 타고난 성격이다. 게다가 사람이 자기 자신에 대해 자부심을 가져서는 안 되는 이유를 나는 모르겠다. 사람은 누구나, 이를테면 그림을 그린다거나 하는 일에서 열심히 노력한 끝에 성공을 거둔다면 자신에 대해 자부심을 느끼는 게 당연하다. 뿐만 아니라 머릿속으로는 죄지을 궁리를 하지만 실제 행동으로는 옮기지 않는 사람 역시 자부심을 느껴도 된다고 생각한다. 그런 사람은 다시 한번 그 문제를 진지하게 생각해본 후에 그런 결정을 내렸을 것이기 때문이다.

나는 나 자신에 대해 자부심을 느낄 수가 없다. 어쩌다 자부심을 느낀다 해도 오래가지 않는다. 그렇기 때문에 누군가 자신에 대해 언제나 자부심을 느낄 수 있다면, 그 자체만으로도 이미 그 사람은 특별한 사람이라고 생각한다. 나는 아라의 아버지와 인사를 나눈 후부터 아라에게서 느껴지는 당당함, 그 자부심이 어디서 기인하는 것인지 더 잘 이해하게 되었다.

늘 호기심과 두려움의 대상이었던 아라의 집은, 일단 한번 방문하고 나니 그렇게 문턱 높은 집이 아니었다. 어떤 때는 생전 처음 보는 아이 보듯 냉랭한 표정이었다가 어떤 때는 부담스러울 정도로 나를 반기는 아라 어머니의 헷갈리는 태도에 대해서도 나 편한 대로 생각하기로 했다. 그래서 지금은 미리 연락을 하지 않고 규칙적으로 아라를 찾아간다. 내가 아라 어머니와 결혼한 사이도 아닌데 뭐가 두려워 아라 곁에 다가가는 걸 망설이랴 싶은 것이다.

우리 담임 선생님은 아라와 나 사이를 갈라놓지 못했다. 우리 엄마도 그랬고 아라의 어머니 역시 결코 그럴 수 없을 것이다.

아라의 집을 처음으로 다녀온 나는 일 주일 후 다시 아라의 집을 방문했다. 그날 한 남자를 보았는데 나는 한눈에 그 사람이 바로 아라의 아버지라는 것을 알아차렸다. 훌쩍 키가 큰 그 남자는 검은 머리칼이 드문드문 섞여 있는, 구불구불 보기 좋은 은발이었다. 온화한 인상에다 멜빵 바지에 스웨터 차림이어서 사무실에서 일하는 사람하고는 아주 달라 보였다. 그런 옷차림으로 사무실에서 일한다는 것은 상상도 할 수 없는 일이었다. 아라는 나에게 그녀의 아버지가 엔지니어이며 종종 시간외 근무를 한다고 했다. 그 두 가지 사실 모두가 내 관심을 끌었다. 엔지니어는 아주 고급 직종이며, 게다가 시간외 근무라는 것은 나로서는 상상하기도 어려운 직업상의 매력이라는 생각이 들었기 때문이다.

아라의 아버지는 나에게 악수를 청하며, 네가 키트 부츠로구나, 네덜란드어를 아주 잘 한다지, 하며 인사말을 건넸다. 나는, 실제로 내가 키트 부츠이기 때문에 네, 라고 대답했고, 그 다음에는 얼른, 그렇지도 않다고 덧붙였다. 교양 있는 사람이라는 말을 들으려면 칭찬하는 말을 듣고 혹하는 태도를 보여서는 안 되는 법이다. 어쨌거나 아라의 집에서 내 이야기가, 그것도 네덜란드어를 잘한다는 등의 긍정적인 내용의 이야기가 오갔다는 사실은 분명했고, 그 사실이 나는 굉장히 기뻤다.

게다가 아라의 아버지가 내 기쁨을 곱으로 크게 해주었다. 그는 나를 새로운 눈길로 쳐다보고 이렇게 말했던 것이다.

"그래, 그래, 네가 내 멋진 딸의 친구란 말이지?"

두 가지 생각이 동시에 떠올랐다. 우리의 우정은 이제 아라의 가족 모두가 아는 기정 사실이 되었고, 아라의 아버지는 딸 앞에서 멋지다는 표현을 해가며 칭찬할 정도로 자신의 딸을 자랑스러워하는구나, 하는 생각 말이다. 우리 아버지라면 평생 자신의 자식에 대해 멋지다는 표현을 하는 일은 결코 없을 것이다.

우리집에서는 그와 비슷한 일조차 있을 수 없었다. 기껏해야 다른 집 아이들, 대개 우리보다 나은 아이들의 비교 대상이 되는 게 고작이었다. 우리는 모두 겸손했다. 그리고 나는 겸손이 좋은 것이라는 사실을 알고 있을 뿐이었다.

아라의 어머니를 생각하면 가끔씩 나 자신이 초라하다는 생각이 든다. 특히 회색 주름치마를 입고 아라의 집에 들러 화사한 꽃무늬 주름치마를 입고 있는 아라의 어머니와 마주 서게 될 경우에 그렇다. 하지만 아라는 내 옷차림에 대해 결코 부정적인 발언을 하지 않는다. 그런 면에서 보자면 그녀는 심지어 사랑스럽기까지 하다. 그녀는 진심 어린 눈길로 나를 바라보며 이런 말을 할 줄도 안다. "키트, 그 푸른색 블라우스 정말 잘 어울린다."

아라에게 그런 말을 들으면 나는 일 주일 내내 그 블라우스만 입고 싶어진다. 하지만 우리집에서는 한 가지 옷을 일 주일 동안 입는다는 것은 상상도 할 수 없는 일이다. 엄마는 우리들의 옷차림이 아주 깨끗하고 상큼한 냄새를 풍기는 걸 좋아하기 때문이다. 엄마는 언제나 엄청난 빨랫더미에 묻혀 살지만 단 한 번도 그 사실에 대해 불평을 한 적이 없다. 그래서 나는 빨래를 하고, 깨끗이 빤 옷가지들이 빨랫줄에서 바람에 펄럭이는 것을 바라보는 게 엄마의 기쁨이라고 생각한다.

아라는 내가 새 치마나 스웨터를 입고 나타나면 잊지 않고 멋진 평가를 해준다. 누군가를 기쁘게 해주는 그런 행위를 모든 아이들이 할 수 있는 것은 아니다. 대부분의 아이들은 어떤 아이가 새 옷을 입고 나타나면 본 척 만 척해서 오히려 부아를 돋우고는 재미있어하기 때문이다. 여자아이들은 너나 할 것 없이 모두가 그런 고약한 심보를 지니고 있다는 것은 엄마도 자주 지적하는 사실이다. 엄마는 여자아이 하나를 키우는 것보다는 남자아이 열 명을 키우는 게 차라리 더 낫다는 말도 자주 한다. 나는 그렇게 말하는 엄마의 마음을 아주 잘 이해할 수 있다. 내가 생각하기에도 여자애들은 남자에 비해 예쁜 구석이 별로 없다.

크리지에가 태어나기 전, 나는 일 주일 내내 성당을 찾아갔다. 엄마가 제발 남자애를 낳게 해달라는 기도를 드리기 위해서였다. 그런 기도를 할 때면 나는 특히 무릎으로 마룻바닥을 힘주어 누르곤 했다. 그렇게 함으로써 통증을 느끼고 그렇게 고통을 겪음으로써 하나님이 내 기도가 정말 진지한 기도라는 것을 알아주실 거라고 생각했기 때문이다. 이미 여자인 내가 있는데 또다시 여자애가 태어나면, 여자애들은 매사에 골칫거리이므로, 엄마한테 감당할 수 없는 일이 벌어질 게 뻔했다. 엄마가 아기를 낳기 직전 우리는 모두 할머니 댁으로 갔다. 그리고 엄마는 병원에 입원해야 했다. 나는 이루 말로 다 할 수 없는 죄책감을 느꼈다. 아무래도 내가 거짓 기도를 드렸구나 하는 생각을 떨쳐버릴 수 없었고, 나는 오직 내 생각만 했던 게 아닐까 싶기도 했다.

나는 기왕에 드린 기도와는 반대되는 내용의 기도를 드려야 했다. 우선 먼저 드린 기도를 무효로 하기 위하여, 혹시라도 하나님이 그때 내가 무릎을 끓은 것이 반쯤은 건성이었다는 식으로 생각하지 않도록 할 필요가 있었다. 우리한테는 수도원에 들어가 수녀가 된, 아주 믿음이 신실한 고모가 한 분 있었다. 그 고모는 양쪽 구두에 바짝 마른 완두콩을 한 알씩 넣고 다녔다. 한 걸음 한 걸음 걸음을 옮길 때마다 그리스도의 고난을 기억하기 위해서였다.

기왕에 드린 기도가 이뤄지지 않게 해달라는 기도는, 그 정도의 고통을 겪으면 충분할 것 같았다. 나는 할머니에게 마른 완두콩 두 알을 달라고 해서 양쪽 구두에 하나씩 넣어두었다. 열 걸음쯤 걷고 나니 하나님은 열한 살짜리 여자애에게 이렇게까지 극심한 고통을 겪게 하실 분이 아니라는 깨우침이 왔다. 양쪽 구두에 마른 완두콩 한 알씩 넣은 상태로는 단 한 걸음도 제대로 옮길 수 없었다. 세상에 그토록 끔찍한 벌을 받아야 할 정도의 죄는 존재하지 않을 것 같았다. 아무리 무거운 죄를 지었다 해도 한쪽 구두에 한 알의 콩을 넣어두는 정도의 벌이면 족하지 않나 싶었다. 더군다나 나는 어디까

지나 엄마의 짐을 덜어주고 싶은 마음에서 그런 기도를 드렸던 것이므로, 엄마는 언제나 그랬던 것처럼, 그런 선의에서 저지른 잘못이라면 용서해주고 싶어할 게 분명했다.

그날 나는 절뚝거리는 걸음으로 학교에 갔다. 걸음을 옮길 때마다 왼발에서 끔찍한 통증이 느껴졌다. 그래서 나는 줄을 따라 똑바로 걷는 일에 신경을 쓰지 않기로 했다. 하지만 그것조차 마음대로 되지 않았다. 어떤 일을 시작했다가 중간에서 그만두기란 쉽지 않은 모양이다. 내가 간절히 드렸던 기도 역시 다른 임무를 소홀하게 하면 그 효력을 잃을지 모른다는 생각도 들었다. 나는 네 블록에 한 번씩만 돌아가기로 했다. 그렇게 네 블록 앞으로 갔다가 다시 한 블록 뒤로 가는 식으로 길을 가면서 내내 간절한 마음으로 기도를 드렸다. 엄마가 남자 아기를 낳든 여자 아기를 낳든 그런 건 아무래도 좋습니다, 제발 아기를 낳다 엄마가 죽는 일만은 일어나지 않게 해주십시오.

엄마는 나를 낳다가 하마터면 죽을 뻔했다고 한다.

엄마가 나를 낳을 때 얼마나 큰 고통을 겪었는지, 물론 나는 모른다. 내가 아는 것은, 엄마가 나를 낳다가 폐렴에 걸렸다는 사실뿐이다. 나중에 엄마가 들려준 바로는 내가 세상에 태어난 날은 그해의 가장 추운 날이었다. 아버지는 어떻게 해야 방이 따뜻해지는지도 모르고 있었다고 한다. 이웃 사람들이 서둘러 뜨거운 물을 모아 왔다. 산모인 엄마는 물론이고 세상에 태어나자마자 냉동 인간이 될지도 모를 형편에 처한 아기, 곧 나를 보호하기 위해서였다. 하지만 이웃 사람들의 그러한 정성은 거의 아무 도움도 되지 못했다. 엄마는 내가 막 세상에 나오려는 순간 이미 감기에 걸려버렸던 것이다. 엄마는 고열에 시달렸고, 왕진 온 의사는 아무래도 산모의 목숨이 위험하다는 진단을 내렸으며, 죽어가는 사람에게 종부성사를 주기 위해 신부님이 달려왔다. 기진맥진한 엄마는 무섭게 울어대는 나를 달랠 수가 없었다. 엄마의 생명이 위태로운 순간에 처해 있었기 때문에 내 세례식은 뒤로 미뤄졌다. 그래서 엄마는 목숨이 오락가락하는 와중에도 내가 세례명을 받기 전에 무언가 끔찍한 위험에 직면하게 될까 봐 또 불안에 떨어야 했다. 인간은 세례명을 받기 전에는 하나님의 자녀가 될 수 없으니, 어느 틈을 비집고 악마가 다가와 잡아갈지 모르기 때문이었다.

엄마는 반쯤 혼수상태에 빠진 상태에서도 계속해서 내 세례식에 대해 이야기했고 결국 나는 엄마가 불참한 상태에서 세례를 받았다. 내가 세례를 받고 나자 엄마는 마침내 건강을 되찾았다.

나는 엄마를 졸라 수도 없이 내 탄생에 얽힌 이야기를 반복해 듣곤 했다. 나는 그 이야기가 아주 끔찍하면서도 동시에 매우 아름답다고 생각했다. 세상에 태어나는 순간부터 엄마를 그토록 고단하게 만들었기 때문에, 그 이야기를 들을 때면 나는 언제나 간절히 소망하곤 한다. 제발 다시 한번 태어났으면, 이번에는 지극히 정상적인 방법으로, 너무 춥지도 않고 너무 덥지도 않은 5월 어느 날, 어느 누구에게도 아픔을 주지 않고 다시 세상에 나왔으면 하고 말이다. 내 탄생에 얽힌 이야기 중에서 가장 아름다운 대목은, 당시 엄마가 나를 얼마나 사랑했던지, 그 사랑하는 아이를 혹시 잃게 될까 봐 헛소리까지 했다는 부분이었다.

이따금 엄마는, 내가 다른 남자형제들에 비해 훨씬 더 엄마를 힘들게 한다고 말한다. 하지만 그것은 남자형제들이 결코 우는 법이 없기 때문일 것이다. 그들은 별로 감상적이지도 않고 언제나 손해를 본다고 느끼지 않으며, 나처럼 쓸데없이 고집을 부린다거나 툭하면 발끈 화를 내지도 않는다. 매사에 속이 좁아터지지 않은 것은 물론이요, 다른 누군가 따돌리려고 한다는 망상 따위에 빠지는 일도 없다.

예를 들어 나는, 엄마가 언제나 나보다 오빠나 동생, 그러니까 아들들에게 더 커다란 고기 조각을 준다고 생각한다. 물론 사실은 그렇지도 않지만 일단 그럴 거라는 의심이 드는 순간이면, 갑자기 목이 콕 메는 바람에 입에 든 고기조차도 삼킬 수 없게 되고 만다.

그런 이유로 나는 우리 엄마가 웃으면서 이웃 사람들에게, 난 사내아이 셋이 아니라 넷을 키우는 셈이라고 말하는 소리를 들으면 기분이 엄청 좋아진다. 나는 정말로 모든 것을 다 할 수 있다는 자신감이 있고, 그 때문에 사고도 많이 친다. 그 동안 나는 네 번씩이나 머리에 구멍이 나는 사고를 당했는데 그중에 한 번은 한 남자애와 드잡이를 하다가 그애한테 완전히 정신을 잃도록 매를 맞는 바람에 그만 머리가 터지고 말았다. 현재 상황을 말할 것 같으면 송곳니 하나가 부러진 상태다.

학교에서 돌아오면 나는 언제나 똑같은 바지로 갈아입는다. 그리고 그 바지에, 여자 스웨터보다 훨씬 편안한 남자 스웨터를 받쳐입으면 내가 가장 좋아하는 옷차림이 된다. 여자용 스웨터를 입으면 언제나 간질간질한 느낌이 들고 아차 하는 순간 올이 풀리기 십상인데다가 머리 위로 꿰어입을 수도 없다. 여자용 스웨터는 언제나 지퍼가 달려 있거나 아니면 멍청하게도 손이 닿지 않는 곳을 골라 단추를 달아놓아서 입을 때마다 누군가의 도움을 받아야 한다. 그리고 나처럼 다른 사람의 도움을 받지 않으려고 할 경우에는 한 두어 시간쯤 끙끙거려야 겨우겨우 꿸 수 있다. 그렇게 되면 스웨터 하나

입자고 온 하루를 다 망쳐버린 듯한 느낌에 사로잡히게 마련이다.

그 외에 나는 셔츠도 여자용보다 남자용을 즐겨 입는다. 남자용 셔츠는 튼튼하고 견고한 천으로 만들어졌기 때문에 속이 훤히 내비치는, 하늘하늘한 천으로 만들어진 여자용 블라우스에 비해 비누 향이 오래간다.

우리집 아들들은, 심지어 제법 까다롭게 구는 마키도, 나보다는 성격이 좋다. 그들은 내가 자기들의 옷을 입어도 전혀 문제삼지 않는다. 하지만 반대로 그들이 내 옷에 손을 댄다면 나는 불같이 화를 낸다. 그들이 내 티셔츠를 걸친다는 건 생각만 해도 도저히 참을 수 없다. 생각해보면 참 속 좁은 태도이기는 하다.

내 방에는 아무도 들어올 수 없다. 하지만 나는 그들의 방에 언제든지 드나들 수 있다. 사실 내가 그들의 방에 간다고 해서 방해될 게 뭐가 있겠는가. 물론 내 방 청소는 나 혼자 한다. 다만 침대 시트만은 엄마가 빨아준다. 그 일도 내가 직접 하고 싶지만, 빨래는 엄마의 취미라는 것을 익히 알고 있으므로 차마 엄마의 기쁨을 빼앗을 수 없다. 하지만 나머지는 내가 직접 해결한다. 그리고 기분이 좋을 때면, 대체로 나는 언제나 기분이 좋은 편이지만, 아침에 오빠들의 침대도 정리해준다. 역시 엄마의 일을 조금이라도 덜어주고 싶어서다.

하지만 엄마가 직접 나에게 그런 일을 도와달라고 부탁하는 일은 없다. 굳이 부탁하지 않아도 나는 대부분 놀이 삼아 그 일을 거든다. 그렇지만 일단 엄마가 정말로 무슨 일을 나에게 부탁하면 나는 당장 입이 한 뼘쯤 나온다. 예를 들어 내가 설거지를 해서 엄마를 기쁘게 해주려고 마음먹고 있는데, 엄마가 설거지를 도와달라고 부탁하면 설거지를 하고 싶은 생각이 그만 싹 달아나버린다. 그러고 나

면 오직 한 가지, 대체 남자들은 어째서 아무것도 안 하는 걸까, 하
는 생각만 하게 된다. 하지만 그런 것은 생각뿐 절대로 소리내어 말
하지는 않는다. 그런 생각을 입 밖에 낼 경우 엄마를 기쁘게 해주기
는커녕 다시 한번 슬프게 만들 테니 말이다. 우리는 싸움을 하게 될
게 뻔하고, 우리가 싸우는 꼴을 보면 엄마는 정확하게 이유는 알 수
없지만 눈물이 그렁그렁한 눈으로, 그래 차라리 내가 하고 말지, 내
가 자식들한테 무얼 기대하겠니, 이 집에서는 나를 배려해주는 사람
이라곤 눈 씻고 찾아봐도 없다니까, 하며 푸념을 할 것이다. 그런 엄
마의 모습을 보면 나는 우리 마을에서 가장 큰 나무에 목을 매달고
싶어질 것이다. 나는 속이 좁아터진 아이여서 엄마가 나에게 무슨
일을 부탁하면 반드시 툴툴거리고야 마는 한심한 딸이라는 자책감
때문에 말이다.

　나는 우리 사남매 중 엄마하고 제일 많이 싸우는 자식이다. 오빠
나 남동생은 아예 입을 꾹 다물고 있거나, 엄마가 불같이 화를 낼
경우에도 그저 얼굴색이 약간 창백해지는 정도의 반응을 보일 뿐이
다. 우리 엄마의 아들들은 정말 사랑스럽고, 마음이 너그럽다. 세 아
들 모두 그렇다.

　나는 내 마음대로 옷을 입을 수 없다. 엄마가 보기에 너무 사내애
같은 옷은 입을 수가 없는 것이다.

　"이따금 난 나 자신에게 물어본단다. 대체 나한테 딸이 있나 없나
하고 말이다."

　그러니까 엄마 말은 내가 여자애답게 몸에 굴곡이 생겨야 한다는
뜻이다. 사람들은 딸이 단 하나뿐이라 해도, 근본적으로는 아들을
더 좋아하지만, 기왕이면 딸 같은 딸을 좋아하는 모양이다. 다만 한

가지 내가 알 수 없는 것은 엄마가 언제 제대로 된 딸을 원하고 언제 그렇지 않은가이다. 이 점에 있어서만은 엄마의 태도가 전혀 일치하지 않는다. 따라서 그것을 맞춘다는 것은 나로서는 일종의 도박 행위나 마찬가지다.

내 첫 성찬식을 위해 엄마는 그 동안 입어본 적이 없는 값비싼 옷을 마련해주었다. 그래서 첫 성찬식을 한 지 일 년이 지난 후에도 엄마는 그날 내가 무슨 옷을 입고 있었는지 정확하게 기억하고 있다. 나는 이름도 기억나지 않는 그 드레스의 옷감을 떠올리며 사뭇 황홀한 표정을 짓는다. 당시 나는 마치 하나님의 어린 신부인 양 하얀 드레스를 입었고, 나 스스로도 그런 기분에 사로잡혀 있었다. 나는 그날 속옷까지 완전히 새것을 입었던 것이다. 누구나 다 아는 사실이겠지만, 특별한 속옷을 입은 사람들은 다른 사람들이 어떻게 해서든 그 사실을 알아보리라는 계산을 하게 마련이다.

뿐만 아니라 그날 나는 머리에 왕관도 썼다. 그 왕관은 거의 무게를 느낄 수 없을 정도로 가벼운 것이었는데도, 나는 첫 성찬식이 진행되고 있는 동안 내내 그 왕관의 무게를 온몸으로 감지하지 않을 수 없었다. 머리에서 흘러내리지 않도록 바짝 조여 핀으로 찔러놓았기 때문이었다. 내 머리는 숱이 아주 적은데다 직모여서 하다 못해 머리핀 하나를 꽂는 일도 쉽지 않았다. 성찬식 하루 전날 엄마와 나는 미장원에 갔다. 숱이 적고 깡뚱하니 짧은 내 머리를 본 미용사는 대체 어떻게 손을 써야 할지 난감한 표정을 지었다. 내 머리는 클립 몇 개를 사용해 가볍게 웨이브를 주는 일도 마음대로 되지 않았다. 엄마는 미용사가 내 머리를 만지고 있는 사이 눈물이 나도록 웃어댔다. 내 몸에 누군가의 손길이 닿기만 하면 나는 온몸으로 요동을 치는 버릇이 있기 때문이었다.

　미용사의 손길에 내 머리를 맡긴다는 것은 정말 정신나간 짓 같았다. 나는 머리를 클립으로 만 채 온갖 인상을 쓰고 앉아 있었는데, 그런 나를 보고 웃어대는 엄마의 모습을 보고 있자니 그 정신나간 짓을 더이상 견딜 수가 없었다.

　다음날 아침 일어나 보니 그토록 고생을 해가며 모양을 잡은 웨이브가 이미 다 풀린 상태였다. 그 모습을 본 엄마 아빠는 몹시 안타까워했다. 내 머리에 웨이브를 주었다는 것은 두 분에게는 엄청난 사건이었고, 특히 아버지는 웨이브 진 내 머리를 아주 마음에 들어했기 때문이다. 간밤 내내 잠을 설친 탓에 눈두덩이 부석부석했지만 다행스럽게도 한 시간쯤 지나고 나자 정상으로 돌아왔다. 성찬식을 위해 준비한 옷을 입어보니 나도 제법 여자처럼 보였다.

　내 첫 성찬식이 거행된 날은 정말 환상적이었다. 우리 가족 전원이 새옷을 챙겨 입고 성당으로 향했다. 내 머릿속에는 이제야 비로소 하나님을 진지하게 받아들이게 되었다는 생각뿐이었다. 그날 성찬식을 위해 이미 여러 번 연습을 해두긴 했지만, 연습으로는 기껏해야 성체를 모시는 일이나 해볼 수 있을 뿐 진짜로 성스러운 체험은 할 수 없는 법이다.

　성찬식을 하면서 소리내어 씹는 것은 금지 조항이었다. 예수님의 몸을 입 안에 넣고 우물거린다는 건 말도 안 된다. 성찬식 연습을 통해 면병을 입에 넣으면 입천장에 찰싹 달라붙는다는 사실을 알게 된 나는 한 가지 의문이 떠올랐다. 진짜 성스러운 성찬식 때도 면병이 이렇게 입천장에 달라붙으면 어쩌나, 만약 그런 일이 일어난다면, 성찬식을 받은 사람은 어떻게 해서든 입천장에 달라붙은 면병을 떼어내고 싶어질 것이고, 그러면 혀를 사용해 그것을 살살 떼어낼 터인데, 그 얼마나 무례한 짓이 될 것인가. 세상에, 어찌 인간이 하나님의 몸을 그런 식으로 불경하게 다룰 수 있단 말인가.

　내가 손목에 걸고 다니는, 뜨개질로 만든 하얀색 지갑에는 가난한 집 아이들을 제외하고 모든 아이들이 지니고 다니는 조그만 카드가 들어 있었다. 그 카드에는, '1963년 5월 12일 토요일, 카테리나 부츠의 성스러운 첫 성찬식을 기념하기 위하여'라는 구절이, 그 아래에는 열두 줄짜리 시가 적혀 있었다. 하나님을 위해 나는 그 시를 달달 외워두었다.

　　예수 그리스도, 오, 처음으로
　　오늘 아침 내 가슴에 찾아오셨네.
　　오 얼마나 행복하던지!
　　나는 그분께 수천 번 감사드렸네.

　　나는 나지막이 속삭였네.
　　"사랑하는 예수님,
　　오, 저는 당신을 얼마나 사랑하는지요,
　　오늘과 같은 용기와 순수함이
　　영원토록 내 안에 머물게 하소서".

　　"우리 부모를 축복하소서.
　　고통에서 그들을 보호하소서.
　　사랑하는 예수님, 자주 찾아주소서,
　　제 순수한 어린 마음에."

　예수라는 단어를 읽을 때마다 나는 하나님을 생각했다. 예수님은 하나님의 독생자이지만, 두 분이 한 몸이라는 것쯤은 나도 진작부터 알고 있었다. 그래서 나는 그것이 사실이기를, 예수님이 저기 위에서 따로 떨어져 배회하지 않고, 인간들이 그분만을 사랑한다고 주장하기만을 간절히 빌었다. 나는 예수님보다 하나님을 더 중요하게 생각했지만 두 분이 한 몸이라면 그렇게 생각하는 것도 죄가 아니며, 예수님은 자동적으로 하나님 안에 거하시니 버림받은 기분이 들 필요도 없을 것 같았다.

카드 앞장에는 마리아 상(像)이 그려져 있고 그 아래에는 필기체로 '마리아를 통해 예수님께'라고 적혀 있었다.

그 구절은 엄마가 골라준 것이었다.

엄마는 특별히 마리아를 사랑한다.

나의 첫 성찬식 날은 하루 종일 손님이 끊이지 않았고 나는 정말 엄청나게 많은 선물을 받았다. 하지만 그날 받은 선물 중에서 최고의 선물은 크리스티엔 고모가 선물한 노랑색 멜빵바지였다. 그 옷을 본 순간 한눈에 반한 나는 즉석에서 입어보고 싶었고 엄마도 그런 나를 말리지 않았다.

사실 엄마 아빠는 우리가 행복해질 수만 있다면 거의 모든 것을 허락했다. 아마도 엄마는 그 동안 내가 너무 먼 길을 돌아 한 여자애의 모습으로 돌아왔다는 사실을 발견한 모양이었다.

빌렘 오빠의 셔츠는 내가 입으면 아주 잘 어울렸다. 하지만 엄마가 보기에는 너무 사내아이 같았다. 그런 면에서 나는 엄마를 힘들게 하는 아이다. 나는 내가 하고 싶은 것을, 특히 반대하는 이유가 정당하지 않을 경우에는 좀체 포기하지 않는 딸이기 때문이다.

그것은 아주 다양한 색깔의 줄무늬가, 마치 갈빗대처럼 굵직하게 들어 있는 셔츠였다. 아래쪽에는 고무줄이 들어 있어서 조여 매면 바람이 든 것처럼 옷 전체가 부풀어올랐고, 때문에 그 옷을 입으면 아주 자유로운 느낌이 들었다. 칼라에는 지퍼가 달려 있었는데 여자애들 옷과는 달리 아주 실용적인 위치, 즉 앞쪽으로 달려 있어서 슬쩍 내려놓으면 카우보이처럼 보였다. 그래서 나는 그 셔츠를 입을 때마다 내가 마치 카우보이가 된 듯한 기분에 사로잡혔다. 뿐만 아니라 그 셔츠를 입으면 갑자기 내가 곰처럼 씩씩해지는 듯한 기분이 들고, 그러면 나는 한껏 행복해져서 휘익 휘파람을 날리곤 했다. 하지만 그 옷을 입었다가 엄마한테 들키는 날이면 어떤 날벼락이 떨어질지 알 수 없었으므로 학교가 파하고 집으로 돌아와 정 그 옷이 입고 싶으면 슬쩍 감춰 들고 밖으로 나가 덤불숲 어딘가에서 바꿔입었다.

하지만 그런 모험을 자주 할 수는 없었다. 행여 엄마가 그 사실을 알게 되면 몹시 슬퍼할 거라는 생각 때문이었다.

어떤 형태로든 인간은 자신이 지은 죄값을 치러야 하는 법인가 보다. 엄마의 눈을 속이고 빌렘의 셔츠를 입은 날이면 나는 어김없이 한밤중에 악몽에 시달리곤 했다. 덤불숲 아래 숨겨둔 셔츠를 누군가 훔쳐가버리는 고약한 꿈이었다.

악몽에 시달리는 건 정말 괴로운 일이다. 나는 한밤중에 비명을 질러 온 식구를 깨우기도 한다. 하지만 몽유병에 비하면 한결 낫다.

내가 잠을 자다 말고 집 안 여기저기를 걸어다니는 증세가 나타난 것은 일 년 전부터였고 그 문제로 엄마는 의사와 상담까지 했다. 이층에서 자고 있던 내가 한밤중에 여기저기 돌아다니는 현장을 처음으로 목격한 날, 깜짝 놀란 부모님은 나를 흔들어 깨웠다고 한다. 하지만 그 바람에 사태는 더욱 악화되고 말았다. 엄마의 손길이 닿는 순간 그 자리에서 내가 기절을 했기 때문이다. 엄마가 의사와 상담한 이후 엄마 아빠는 한밤중에 어슬렁거리는 나를 발견하면 조심조심 안내해 침대에 뉘어주었다.

일단 침대에 뉘어놓으면 이번에는 형제들이며 학교에서 있었던 일, 또 무슨 내용인지 알 수 없는 내용의 온갖 이야기를 폭포처럼 쏟아낸다고 한다. 하지만 엄마는 내가 무슨 말을 했는지는 잘 말해주지 않는다.

어떤 날은 아침에 눈을 뜨는 순간 간밤에 있었던 일이 희미하게 떠오를 때도 있다. 그렇다 한들 내가 할 수 있는 일이라곤 아무것도 없다. 그저 한밤중에 엄마 아빠 침실로 달려가 모든 것을 이야기하거나, 아니면 도저히 알아들을 수 없는 말을 횡설수설 늘어놓는 일만은 없었기를 간절히 바랄 뿐이다. 그렇게 해서 엄마 아빠가 내가 혼자 있는 시간에 무슨 짓을 하는지 알게 되면, 나는 너무나 부끄러워진 나머지 아마 그 자리에서 당장 죽고 싶어질 테니 말이다. 더군다나 내가 무슨 일로 당신들을 속상하게 하는지 알게 되면, 그 사실 때문에 더욱 걱정을 하게 될 테고, 그것은 바로 내가 세상에서 가장 원치 않는 일이다.

결국 나는 잠을 자다가 빌렘의 셔츠에 대해서도 사실대로 털어놓고 말았다.

어느 날 엄마가 말했다.

"너 또 한밤중에 우리 침대 머리맡에 말뚝처럼 서 있더라. 그러더니 셔츠며 스웨터에 대해 뭐라고 뭐라고 이야기를 하는데, 세상에, 그게 무슨 소린지 도통 알아들을 수가 있어야지. 단숨에 말해버렸거든."

그러더니 엄마는 더욱 심란한 표정을 지으며 덧붙였다.

"그러고도 아무 일도 없었다는 듯 다시 잠을 잘 수 있다니, 난 정말 믿을 수가 없구나."

엄마는 다른 남자형제들은 전혀 그런 적이 없는데 대체 뭐가 잘못된 거냐고 물었다.

하지만 난들 그걸 어떻게 설명할까, 대체 내가 어디에 있었는지 나 자신도 전혀 알 수가 없다는 사실을?

어느 날 정말로 빌렘의 셔츠가 보이지 않았다.

그 때문에 나는 오후 내내 울었다.

바로 이런 면이 엄마가 여자애 한 명을 키우는 게 남자애 열 명을 키우는 것보다 힘들다고 생각하는 이유일 것이다.

8

그 동안 나는 열한 살에서 열두 살이 되었다. 그리고 그 두 번의 생일파티에 아라는 참석하지 않았다. 그녀는 나에게, 내 주변에 모여들어 알랑거리는 아이들이 아무도 없을 때 자기 혼자서만 날 만나고 싶다고 말했고, 아라의 이러한 희망에서 나는 그녀가 나를 좋아한다는 사실을 감지했다.

그 사이 나는 아라의 자부심에 대해 훨씬 더 잘 이해하게 되었다. 그리고 자부심은, 그것이 인간을 억압할 때 심각한 짐이 될 수 있다는 사실도 알게 되었다.

아라의 집에서 자부심이라는 것은 그 집안의 일원임을 알리는 일종의 기호 같은 것이었다. 때문에 아라의 아버지는 자부심을 언제나 칼렌바흐답다는 식으로 말했고 그 비슷한 우스꽝스러운 표현을 사용했다.

"그런데 칼렌바흐답다는 게 뭐야?"

그후 나는 아라에게 물어보았다.

"칼렌바흐라고 불러서 특별한 사람이 되는 게 아니라 정말로 특별하기 때문이라 이거지? 그리고 어떤 일을 그냥 놔두는 것은 그게 틀렸다고 생각하기 때문이고, 그렇지 않다면 어떤 특정 가문에 속해서 그러는 거라 이거지, 그렇지 않니?"

내 질문을 들은 아라는 발끈 화를 냈다. 그녀는 아버지가 자신을 자랑스럽다고 말하는 게 좋으며 사람은 스스로에 대해 긍지를 가져야 한다고, 그렇지 않으면 부질없이 다른 사람의 마음에 들기 위해 애쓰게 된다고 반박했다. 심지어 그녀는 자기 아버지가, 그녀에게 어떤 치마가 더 잘 어울리니 그걸 입도록 하라고 권하는 것도 좋으며, 자신은 아버지를 위해서라면 그런 일쯤은 기꺼이 할 수 있다고도 했다.

"하지만 그건 정말 구식이잖아. 너를 어린애 취급하게 가만 놔둔다는 거 말이야."

내가 그녀에게 말했다.

"하지만 내가 어린애인 건 사실이잖아."

그녀는 대체 그게 무슨 이상한 논리냐는 눈빛으로 나를 빤히 쳐다보았다.

그녀의 말은 효과가 있었다. 그녀의 말에 반박할 수 있는 적당한 말을 나는 찾을 수 없었다. 나는 분명 내 생각은 그녀의 생각과 다르다는 것을 명쾌하게 전달할 수 있는 말을 하고 싶었다. 내가 무엇

에 대해 화를 내고 있는지를 콕 찍어 말하고 싶었지만 아무리 애를
써도 적당한 말은 떠올라주지 않았다.

1967년 봄, 5학년이었던 우리는 머지않아 6학년이 우리 교실을
떠나게 된다는 사실을 확실하게 깨달았다.
허구한 날 교실에 멍하니 앉아 있기만 하는 6학년 여학생은 불과
몇 명에 지나지 않았다. 나머지는 상급학교 진학을 위해 시험 준비
를 하느라 정신이 없었다. 6학년 여학생 중 절반 이상이 실업학교로
가고 나머지는 인문학교에 진학하기로 되어 있었다.
담임 선생님의 특별 지도 덕분에 아라는 중학교 진학을 위해 시
험 준비를 하는 그룹에 속하게 되었고, 그 사실은 나를 몹시 기쁘게
했다. 그녀가 가고자 하는 학교는 바로 우리 마을에 있었고 그 사실
은 곧 그녀와 내가 아주 가까운 곳에 있게 된다는 것을 뜻하기 때
문이었다.
이제부터 나는 내가 사랑하는 모든 사람을 곁에 두게 된 것이다.
오빠와 남동생 역시 가까운 곳에 있었다. 오빠 둘은 도시에 있는
학교에 다녔다. 빌렘이 다니는 학교는 고전 김나지움이었고, 마키가
다니는 학교는 레알 김나지움이었다. 나는 두 오빠의 학교가 있는
도시를 자주 가봤기 때문에 그곳이 우리집에서 기껏해야 오 킬로미
터쯤 떨어져 있어서 그렇게 먼 거리가 아니라는 것도 알고 있었다.
그렇긴 해도 매일 아침 오빠들이 전혀 다른 세상, 내가 이미 알고
있고 이따금씩 엄마와 함께 장을 보러 가기도 하는 그런 도시와는
전혀 상관없는 먼 곳으로 사라지는 것은 아닐까 하는 생각이 들곤
했다. 내가 그런 생각을 하는 이유는 물론, 오빠들이 다시는 돌아오
지 않을 여행을 떠나는 사람들처럼 매일 아침 엄마가 빵과 초콜릿,

혹은 드롭스 따위를 담아 준비한 도시락을 들고 집을 나선다는 사실과 관계가 있을 것이다.

엄마는 매일 아침 아버지 몫으로 빵에 버터를 바르지만, 우리는 그 모습을 직접 볼 수 없다. 아버지는 우리가 아직 꿈속을 헤매고 있을 이른 아침에 일하러 나가기 때문이다. 내가 볼 수 있는 것은, 아버지가 퇴근길에 들고 온, 말끔히 비워진 도시락뿐이다. 어떤 날은 도시락에 반 조각 정도의 빵이 남아 있는 경우도 있다. 그러면 엄마는, 그렇지 않아도 아버지가 우리 식구를 먹여 살리기 위해 힘겹게 일을 하느라고 살찔 틈이 없는데 점심도 남기면 어떻게 하느냐고 걱정을 한다.

아버지가 먹는 빵은 우리가 먹는 빵하고는 종류가 완전히 다르다. 나는 가끔씩 아비지가 남겨오는 빵을 먹는다. 그 빵을 먹고 나면 나는 아버지를 훨씬 더 잘 이해할 수 있을 것 같은 기분이 든다. 그런 순간의 나를 보면 아버지는 내가 당신을 얼마나 사랑하는지 눈치챌 것이다. 설령 그 음식이 썩 마음에 들지는 않아도, 다른 사람이 특별히 좋아하는 음식을 먹는 것은 그 사람을 특별히 좋아한다는 표현이기 때문이다.

말하자면 아버지가 먹는 빵은 약간 구식이다. 예를 들어 아버지는 흰 빵조각을 까맣게 탄 자리가 생기도록 구운 다음 그 위에 밀기울 빵을 한 조각 얹어 먹는 걸 좋아한다. 이 정도 가지고 특별히 구식 운운할 필요까지야 없겠고, 정말 구식이라는 생각이 들게 하는 것은 그 밀기울 빵에 버터와 시럽을 발라 먹는다는 점이다.

엄마는 언제나 할머니가 사탕무로 직접 만든 시럽을 사용한다. 아버지의 모든 형제들이 할머니가 손수 만든 시럽을 가져다 먹는데 이유는 간단하다. 세상에서 그들의 입맛에 꼭 맞는 유일한 시럽이 바로 할머니가 손수 만든 그 시럽이기 때문이다. 가게에서 돈을 주고 사는 시럽 류는 그것이 아무리 고급스러운 아펠크라우트 제품이라고 해도 아버지가 보기에는 그게 그거였다. 그러니까 할머니가 손수 만든 시럽과는 비교도 할 수 없는 공장제품에 지나지 않는다는 뜻이다.

할머니가 직접 만든 시럽만을 좋아하는 이유를 나는 아주 잘 이해할 수 있다. 그렇기 때문에 나는 아버지를 위해서라면 언제나 할머니 댁에서 시럽을 가져올 준비가 되어 있다는 사실을 자랑스럽게 표현한다. 사실 그 지역이 이제는 안전하지 않지만 말이다.

엄마보다 아버지의 마음을 사는 게 훨씬 더 어렵다. 대체로 아버지는 우리와 함께 있는 시간이 별로 없는데다가 어쩌다 온 가족이 다 모이게 되면, 그것이 곧 아버지의 행복이므로 더이상 필요한 게 없기 때문이다. 사실인지는 잘 모르겠지만, 아무튼 적어도 아버지는 그렇게 말한다.

하지만 내가 할머니 댁에서 시럽을 가져옴으로써 아버지를 기쁘게 해줄 수 있다면, 설령 자전거를 타고 스탄 삼촌의 집 앞을 미친 사람처럼 서둘러 지나쳐야 할지라도, 기꺼이 그 일을 할 수 있다. 아버지를 위해서라면, 평소의 고마움을 전하고 싶은 마음 때문에라도 무슨 일이든 다 할 수 있다.

할머니와 할아버지는 우리 마을을 에워싸고 있는 숲자락에 산다. 그곳에 가려면 나는 언제나 자전거를 타고 간다. 그렇게 하면 내 자전거를 훨씬 더 실감나게 한 마리 말처럼 상상할 수 있다. 나는 자전거 손잡이에 줄 두 개를 묶어두고, 말을 모는 데 필요한 채찍 대용으로 사용한다. 내 자전거, 아니 내 말의 이름은 퓨어리다. 퓨어리와 함께 초고속으로 할머니가 살고 있는 숲 쪽으로 달려갈 때면, 나는 페달에 놓인 내 양 발을 슬쩍 뗀 다음 뒤꿈치로 가볍게 박차를 가한다. 그럴 때면 정말로 말을 몰고 가는 듯한 기분에 사로잡힌다. 그렇게 정신없이 한바탕 달리고 나면, 나는 손바닥으로 녀석의 옆구리를 쓰윽 문질러주고 땀도 닦아준다.

그 일이 일어났을 무렵, 나는 6학년이었다. 언제나 말을 몰아 달려 내려가는 언덕길 위에는, 스탄 삼촌의 집이 있다. 사실 스탄 삼촌은 친삼촌이 아니다. 다만 그 삼촌이 우리집에 놀러 오고 아버지도 가끔 그 삼촌 집에 놀러 가고 하기 때문에 그렇게 부르게 된 것이다. 내 생각에 아버지가 그 삼촌에게 특별히 신경을 쓰는 이유는 동정심 때문인 것 같다. 삼촌은 대화하는 내용을 잘 알아듣지 못한다. 우리의 대화를 이해할 수 있을 만큼 명석하지 못하기 때문이다. 아니 명석하지 못한 정도가 아니라 어디가 좀 모자란다고 표현하는 게 더 정확하다.

이쯤에서 밝혀두자면 우리 아버지는 동정심이 많다. 그래서 누구든지 도움이 필요하면 망설이지 않고 아버지에게 도움을 청한다. 아버지는 다른 사람에게 늘 좋은 일을 많이 하는, 천사표이기 때문이다. 그래서 아버지는 정기적으로 뭐 도와줄 게 없을까 하여 스탄 삼촌을 찾아간다. 그럴 때면 엄마는 특별히 삼촌을 위해 과자를 구워서 아버지 손에 들려 보낸다. 엄마 말로는 그런 젊은이에게는 언제나 단 것이 부족하기 때문이다. 그렇게 한가족처럼 지내는 사이이기 때문에, 어느 날 스탄 삼촌이 마당에서 큰 소리로 나를 부르며 집 안으로 들어오라고 했을 때도 나는 별다른 생각을 하지 않았다.

나는 퓨어리의 안장에서 내려서 마당을 가로질러 좁고 어둠침침한 부엌으로 들어갔다. 그때 갑자기 스탄 삼촌이 뒤에서 나를 막아섰다. 그리고는 싱크대에 등을 기대고 내 몸을 삼촌의 배 쪽으로 끌어당겼다. 두려움과 수치심과 또다른 무엇, 긴장이랄까 흥분이랄까, 이를테면 죽음을 생각할 때의 느낌 같은 것 때문에 내 몸은 돌처럼 굳어졌다. 스탄 삼촌이 그런 식으로 내 몸에 밀착했을 때 내가 아무 것도 할 수 없었다는 것 자체가 이미 이상한 일이었다. 내 머리는 더이상 작동하지 않았다. 완전히 백지 상태가 되어 있었다.

그는 왼팔로 내 몸을 잡고 오른손으로는 치마를 걷어올렸다. 그리고는 그 투박한 손가락을 팬티 안으로 집어넣더니 그곳을 슬슬 쓰다듬기 시작했다.

누군가 그곳을 어루만져주는 것은 근사한 기분이었으나, 그런 행위는 금지된 것이었다.

잠시 후, 그는 내 몸 쪽으로 몸을 굽히고 하복부를 앞뒤로 움직여가며 입으로는 내 귀에 대고 이상한 소리를 흘리기 시작했다. 그제야 나는 어느 정도 정신을 차릴 수 있었다. 고양이 등허리를 쓸어줄 때 들을 수 있는 소리, 입술을 삐죽 내밀고 이빨 사이로 공기를 빨아들이는 듯한 소리였다.

그때쯤 나는 본격적으로 화가 나기 시작했다. 나는 스탄 삼촌에게서 벗어나기 위해 이리저리 몸을 빼보다가 발을 들어 뒤쪽, 그의 사타구니를 힘껏 걷어찼다. 혹시 누군가 그 순간의 느낌을 묻는다면 너무 부드럽더라고 대답해야겠지만, 그때 내가 제대로 발길질을 한 것인지는 나도 확신할 수 없었다. 저 멀리서 트랙터 소리가 희미하게 들려오기 시작했을 때에야 비로소 그는 머리를 들었고, 나는 완전히 그에게서 벗어나 밖으로 달려나갔다. 허겁지겁 달려나가면서, 할머니한테 전부 다 일러주겠다고 소리쳤다. 하지만 할머니에게 결코 그 이야기를 할 수 없으리라는 것을 나는 이미 알고 있었다.

나는 그 이야기를, 할머니뿐 아니라 다른 누구에게도 하지 않았다.

그 사실이 밝혀지면 누구보다도 아버지가 크게 실망할 것 같았다. 그런 사람을 좋은 사람이라고 여긴 당신의 판단이 잘못된 것이었다는 게 판명될 테니 말이다. 엄마는 또 엄마대로 실망이 대단할 것이다. 전혀 그럴 가치가 없는 사람에게 달콤한 것이 필요하다며 과자를 구워주었으니 말이다.

이런저런 궁리 끝에 나는 그 일로 인해 어느 누구도 상처를 받는 일이 없도록 하자고 마음을 정했다. 그리고 그 일이 그렇게 나쁜 것만도 아닐 듯했다. 사실 따지고 보면 모든 인간이 다 그 모양 그 꼴이라는 생각도 들었다. 허름한 농가에 혼자서 웅크리고 사는 농부들은 그 비슷한 만족을 얻기 위해 심지어는 동물하고도 지저분한 짓을 한다는 것을 모르는 사람은 없다. 그러니 새삼스러울 것도 없는 일을 가지고 두고두고 잊지 못하고 앙갚음할 생각을 할 필요는 없는 것이다. 그들은 원시적이고 우매하다. 그들은 아예 이성이라고는 없는 인간들이어서 경찰보다 더 멍청한, 바로 그런 인간들이다. 그들에게서는 순수한 면을 눈 씻고 찾아보려야 찾을 수 없다. 거칠고, 무례하고, 추악하고, 뻔뻔스럽고, 아무것도 믿을 수 없는 인간들인 것이다. 하지만 다 괜찮다.

가장 좋은 방법은 모든 것을 달리 보는 것이다. 예를 들어 모든 불쾌한 체험은, 그것을 거인족의 몰락과 비교해보면 전혀 다른 관점에서 볼 수 있다. 거인족이 멸망한 것은 개개인의 결함 때문만이 아니라, 천 가지쯤 되는 것들이 단 한 사람도 그 사실을 눈치채지 못한 상태에서 모두 어긋나 있었기 때문이며, 그런 상황에서 한바탕 돌풍이 몰아쳤기 때문이다.

나는 오빠들이 학교에 가면, 방금 싸우고 난 후라도 미친 듯이 보고 싶어했다. 그런 나를 보고 엄마는, 상급학교에 다니게 되면 오빠들을 그리워하고 있을 새가 없을 거라고 했다. 하지만 나는 엄마의 말을 믿을 수 없었다. 그리움은 나에게 아주 심각한 문제였기 때문이다.

예를 들어 한밤중에 혼자 있고 싶어져서 내 방으로 가도 나는 정작 혼자 있는 시간을 즐기지 못한다. 오빠들이 학교에 갔다는 사실을 알고 있을 때는 거실에서 느긋하게 텔레비전 앞에 앉아 있을 수도 없다. 빌렘과 마키가 친구 집에 간다거나 혹은 당구를 치기 위해 집을 나서면, 나는 곧 사람이 혼자서 집을 지키는 느낌은 혼자 있고 싶다는 소망과는 전혀 다른 느낌이라는 걸 깨닫곤 한다.

비슷한 방식으로 나는, 아라가 중학교에 진학한 이후, 그녀를 그리워했다. 하지만 그것은 성격이 다른 그리움이었다. 그녀가 없어도 나는 학교 생활을 잘 할 수 있었다. 수업 시간이리든가 학교 운동장에서도 그녀를 그리워하지 않았다. 내가 그녀를 그리워하는 것은 학교가 파하고 집으로 돌아와 무엇을 먹을 때였다.

식탁에 앉아 무엇을 먹고 있을 때면 오직 아라 곁에 있고 싶다는 생각만 간절했다. 우리가 모든 것을 무조건 함께 할 필요는 없었다. 중요한 것은 내가 그녀 가까이 있는 것, 그거면 족했다.

아라 어머니가 나에게 아라와 함께 놀아도 좋다고 허락하는 시간은 오후 다섯시부터였다. 학교에서 돌아오면 아라는 우선 숙제를 마쳐야 하기 때문이었다. 하지만 때로 그 시간까지 도저히 기다릴 수 없는 심정이 되고, 그러면 나는 네시 반부터 아라네 집 뒷문을 두드렸다.

아라는 학교에서 엄청난 숙제를 받아왔다. 그리고 그녀의 어머니는 그 점에 관한 한 매우 엄격했다. 아라의 어머니는 내가 정해준 시간보다 이르게 도착해 아라 있느냐고 물으면 나를 다시 집으로 돌려보낼 정도였다.

물론 나는 아라가 이미 귀가하여 제 방에 앉아 있다는 것을 알고, 삼십 분이라도 더 아라 곁에 있고 싶은 심정에서 미리 이층으로 올라가 있으면 안 될까 하고 아라 어머니에게 물었다. 하지만 아라 어머니는 잠시 망설이다가 아라가 제 방에서 숙제를 하고 있으니 이층으로 올라오라고 허락할 때까지 얌전히 기다리라고 대답했다.

아라도 무엇인가 배우는 것을 굉장히 좋아했다. 입학자격 시험에 합격했을 때 그녀는 너무나 기뻐하며 펄쩍펄쩍 뛰었다. 그건 전혀 그녀답지 않은 행동이었지만 그 거구에도 불구하고 아주 귀여워 보였다.

하지만 아라는 자신이 합격했다는 사실을 영 믿지 못했다. 그녀는 계속해서, 중학교에 갈 수 없을 거라고, 아무래도 시험 결과를 잘못 안 게 분명하며 바로 지금 이 순간 누군가 찾아와서 잠깐 실수가 있었다고, 사실은 시험에서 떨어졌다고 말할지도 모른다면서 내내 불안한 기색을 감추지 못했다. 그래서 나는 그녀에게, "아라, 너는 평균점수 3 플러스 이상을 받았을 거야. 그 점수면 합격을 하고도 남아. 뿐만 아니라 너는 중학생 전체는 물론 남녀 선생님을 모두 합해도 그들보다 백만 배 더 똑똑해"라고 정말 거짓말 하나도 안 보태고 천 번쯤 반복해 들려주었다. 그리고는 그녀에게 더욱 용기를 주기 위해, 앞으로 조금만 더 있으면 네덜란드어를 나보다도 더 잘하게 될 거라는 말도 덧붙였다. 그 사이 아라는 네덜란드어 책을 굉장히 열심히 읽고 있었다. 그녀의 아버지는 언어에 관한 한 매우 엄격한데다 올바른 표현법을 정확하게 알고 있었다.

만일 내가 아라네 아버지와 같은 아버지를 두었다면 잠시도 쉬지 않고 올바른 단어 선택법에 대한 강의를 들어야 했을 테고, 그러면 틀림없이 돌아버렸을 것이다. 이따금 아라의 아버지가 옆에 있을 경우, 나는 안심하고 입을 열 수 없다. 아라의 아버지 앞에 서면 나도 모르게 말을 잘 못 하게 되고, 그 사실을 아라의 아버지가 지적하면 나는 너무나 부끄러워 그 자리에서 딱 죽고 싶은 심정이 된다. 아라의 아버지는 내가 끔찍한 수치심에 시달리고 있다는 것을 정확하게 알아차린다. 하긴, 부끄러움을 느낄 때면 언제나 머리꼭지까지 빨개지곤 하니 그런 경우에 내 얼굴을 보면 누구라도 내 마음을 읽을 수 있을 것이다. 하지만 아라의 아버지는 내가 그런 곤경에서 편하게 벗어날 수 있게 도와주지 못한다. 그 사실이 나를 또 화나게 하기 때문에 나는 아라의 아버지를 존경할 수 없다. 내가 알기로는 어른이란, 물론 쉬운 일은 아니겠지만, 그래도 아이들에게 도움이 된다면 적당히 체념할 줄도 알아야 한다.

진심으로 존경받지 못하는 사람이 스스로에 대해 대단한 자부심을 갖고 있다는 건 좀 우스운 일이다.

매일 오후 정각 다섯시가 되면 아라 브루투스는 할 일을 모두 끝낸다. 그러면 나는 기꺼이 그녀와 함께 외출을 한다. 우리는 언제나 같은 길, 숲속을 가장 짧게 가로지르는 지름길을 따라 산책한다. 그 길에서 나는 개와 즐겁게 뛰놀던 아라를 처음으로 발견했었다. 아라는 그 길이 자신이 아는 가장 아름다운 길이며, 언제나 눅눅한 습기를 간직하고 있는 탓에 다른 사람들이 전혀 관심을 보이지 않는 길이어서 더욱 마음에 든다고 말한다. 우리 둘만의 공간이 된 그 길에 우리는 '습지'라는 이름을 붙여주기로 했다.

그 이름은 아라가 생각해낸 것이었다. 우리 마을에서는 그 땅 소유자의 이름을 따라 헤어스텔이라고 부르고 있었다. 진짜 남작의 후손인 땅 주인은 그 사이 눈이 어두워져 언제나 휠체어를 타고 다녔다. 우리 엄마의 말에 따르자면, 그 사람은 그렇게 휠체어를 타고 자기 소유의 땅을 벗어나지 않고도 벨기에까지 산책을 할 수 있다고 한다.

나는 그 숲을 아름답다고 생각해본 적이 없고, 그건 지금도 마찬가지다. 하지만 아라는 나와 달랐다. 그녀는 자연을 사랑했다. 갖가지 나무며 식물들의 이름을 줄줄이 꿰고 있는 그녀를 보면 누구라도 그녀가 자연을 정말로 사랑한다는 것을 알 수 있었다. 그녀는 또한 코끝을 살짝 들어올리고 흠흠 바람 냄새를 맡아보고는 여기 어디 근처에 박하가 자라고 있다고 말하곤 했다. 그러니까 그녀는 냄새로 식물의 위치를 알아낼 수도 있는 것이다. 그녀의 코는 정말로 특별했다. 냄새를 맡아보고 식물의 위치뿐 아니라 사람의 기분이 어떤 상태인지까지 알아맞혔다.

솔직하게 말하자면 나는 숲 따위에는, 그러니까 순전히 숲 그 자체에는 관심이 없었다. 내가 사랑하는 것은 아라와 나의 비밀 장소인 그 '습지'뿐이었다. 우리는 아라의 개와 함께 매일매일 그곳을 찾아가 두루두루 쏘다니며 우리의 땅으로 해두었던 것이다.

처음에는 나도 이따금씩, 물론 진짜 개와는 비교가 안 되지만 그래도 무언가를 움켜쥐고 가고 싶은 생각에서 내 강아지를 데리고 갔다. 하지만 그때쯤 나는 한 가지 결론에 도달해 있었다. 모든 동물은, 예컨대 개는, 숲이며 숲에 대한 지식과 마찬가지로 전적으로 아라의 소관이지 내가 관여할 바가 못 된다는 사실이다. 따라서 앞으로도 나는 절대로 식물의 이름 따위를 기억하는 일에 시간을 투자하는 일은 하지 않기로 했다. 그런 것은 아라가 하면 되고 아라가 내 곁에 있는 이유는 바로 그런 필요성 때문이었다.

사람은 모름지기 누군가를 진심으로 좋아한다면, 자신이 전혀 무지한 부분에 대해 상대방이 모든 지식을 다 드러내보일 수 있도록 기회를 주어야 하는 법이다. 그래서 나는 내 형제들에게도 그 원칙을 철저히 지키고 있다.

빌렘의 경우, 대체 어떤 분야에서 사람들이 그를 능가할 수 있을 것인가를 결정하기가 매우 어렵다. 그는 신동이기 때문이다.

빌렘이 처음으로 집에 가져온 성적표에는 최고 점수만이 기록되어 있었다. 혹시 그의 성적표에 2점 혹은 3점이라는 점수가 기록되어 있으면 그건 따로 확인해볼 필요도 없이 체육이거나 공작 과목, 즉 높은 점수를 따기 위해 머리를 쓸 필요가 전혀 없는 과목이었다. 그처럼 머리와는 상관이 없는 과목을 제외하고 나머지 과목에서 그가 받아오는 점수는 머리가 다 멍할 정도로 굉장했다.

빌렘은 정말 믿을 수 없을 만큼 머리가 좋았다. 그건 누구나 다 아는 사실이었다. 누구든 그를 척 보기만 해도 머리가 좋다는 걸 알 수 있을 것이다. 그는 다른 형제들에 비해 안색이 훨씬 더 창백하며 가르마도 나처럼 한 개가 아니기 때문이다. 빌렘의 학교 교장 선생님은 빌렘이 아홉 살이 되던 해에 이미 그가 아주 비상한 아이라는 사실을 알아챘다. 교장 선생님은 심지어 우리 엄마 아빠에게 빌렘을 한 학년 월반시키는 게 어떻겠느냐는 제안까지 했다. 하지만 엄마는 비록 빌렘에 대해 대단한 자부심을 갖고는 있었지만, 그 제안을 달가워하지 않았다. 빌렘은 반에서 생일이 제일 늦은데다, 월반을 하면 이제까지 다정하게 지냈던 좋은 친구들을 잃게 될 것이며, 저보다 나이가 많은 친구들 틈에서 제 위치를 확보하려면 마음 고생을 많이 하게 될 거라는 게 엄마의 반대 이유였다. 엄마는 빌렘에게 가장 바람직한 것이 무엇인지 잘 알고 있었던 것이다. 빌렘은 비교적 여린 심성을 지니고 있는 탓에 결코 누군가와 경쟁을 할 수 있는 성격이 못 된다.

"빌렘하고 네 성격이 바뀌었으면 좀 좋았을까."

이따금 엄마는 탄식처럼 말하곤 한다. 하지만 그런 식의 성격 교환을 하기에는 이미 너무 늦어버렸고, 실현 가능성이 없는 소망은 차라리 품지 않는 게 낫다.

진심으로 좋아하는 형제가 있을 경우, 그가 자기 분야에서 최고이기를 빌어주고, 그 분야에 관한 한 그를 앞서려는 노력 따위는 일찌감치 포기할 수도 있다. 그렇게 하면 그가 다른 분야, 예컨대 달리기 같은 것에서는 다른 형제에 비해 뒤진다는 사실을 한결 수월하게 받아들일 수 있을 테니까 말이다. 하지만 빌렘은 모든 분야에서 타의 추종을 불허할 만큼 빼어난 실력을 갖추고 있었기 때문에, 어떤 분야에서 최고의 자리를 지킬 수 있도록 도와줄 것인가를 결정하는 것은 쉽지 않았다. 그래서 나는 그에게, 모든 분야에 걸쳐 두루 아는 게 많다는 뜻으로 만물박사라는 별명을 붙여주었다. 나는 누군가 러시아의 수도가 어디냐고 물으면, 물론 나는 러시아의 수도가 모스크바라는 것을 알고는 있지만, 아무 말도 하지 않고 빌렘에게 답변할 기회를 넘긴다. 그러면 빌렘이 모든 질문에 답변을 할 수 있는 만물박사라는 사실을 만인에게 알리는 좋은 기회를 얻을 수 있을 것이기 때문이다.

마키의 경우, 문제는 한결 단순해진다. 그는 네덜란드어 점수는 별로 신통치 못하지만 무엇인가를 발명하는 데는 뛰어난 실력을 인정받고 있다. 그는 수학을 아주 잘한다. 지금 다니고 있는 학교에서도 그는 언제나 좋은 점수를 받는다. 또한 그 학교에서는 수학뿐 아니라 물리와 화학도 배우는데 그는 그 두 과목을 제일 좋아한다.

빌렘은 이 과목에서도 좋은 점수를 받는다. 하지만 마키와는 달리 무언가를 발명해내는 재능은 없다. 또한 빌렘은 손재주가 신통치 못하지만, 마키는 기술적인 재능을 타고나서 머릿속으로 생각해낸 것이라면 직접 손으로 만들어낼 수도 있다. 예를 들어 마키는 자동차를 수리하는 아버지를 도울 수 있다. 그는 오토바이를 탈 수 있는 나이가 되면 즉시 한 대 마련하겠다는 꿈을 갖고 있다. 마키가 자신 있어하는 분야는 전기와 관련된 모든 것들이다. 내 방에 전구가 나갈 경우가 있는데 그때마다 나는 전구를 갈아 끼우는 일 같은 건 도저히 생각도 할 수 없다는 듯 마키를 소리쳐 부른다. 전기만큼은 마키 고유의 권한이라는 사실을 확인시켜주는 것이다.

내 동생 크리지에로 말할 것 같으면, 기어오르기의 명수다. 뿐만 아니라 세상 어느 누구보다도 훌륭하게 사람을 끌어안고 볼을 비벼댈 수 있다. 다른 장점을 말하기에는 그애가 할 수 없는 게 아직 너무 많다.

그럼 나는 어떤가? 솔직하게 말하자면 나는 특별히 뛰어난 분야가 없다. 본래 모든 일을 쉽게 쉽게 대하고 재미있는 놀이, 이를테면 연극 놀이라든가 그림 그리는 따위의 놀이를 잘한다. 물론 네덜란드어도 잘한다. 우리 담임 선생님은 늘 내 네덜란드어 작문이 훌륭하다고 칭찬한다. 게다가 그런 작문이 수업 시간에 주어진 과제이고 점수와 연관되는 경우, 단연코 나는 우리 반에서 가장 아름다운 작문을 써서 좋은 점수를 받을 수 있다. 하지만 연극 놀이에는 점수가 매겨지지 않고, 그림 그리기 등의 예술 점수는 큰 비중을 차지하지 않는다. 그리고 글짓기 실력으로는 결코 커다란 명성을 얻을 수 없다. 글짓기는 오히려 자기 자신을 위한 일인 것이다. 글쓰기는 본래 다른 사람을 위한 일이 아니다.

내 열두번째 생일날, 학교 갈 준비를 하고 있는데 아라가 찾아왔다. 그리고 이제까지 받아본 생일 선물 중에서 단연 최고인 선물을 주었다. 그것은 천으로 만들어진 일기책으로 자물쇠까지 달려 있었다. 앞 페이지에는 '키트에게, 너의 아라가' 라고 적혀 있었다. 솔직하게 말하자면 그 일기책을 무엇과도 비교할 수 없는 최고의 선물로 만들어준 것은 바로 그 '너의 아라가' 라는 구절이었다. 아라가 나에게 준 것은 일기책이 아니라 '너의 아라가' 라고 할 때의 그 '너의' 라는 대목이라는 생각마저 들었다. 그런 표현은 누군가가 다른 사람에게 영원토록 속하리라는 것, 죽을 때까지 결코 그 사람을 떠나지 않겠다는 것을 다짐할 때만 쓰는 것이다.

그날 난생 처음으로 나는 열두 살이 된다는 게 무엇을 뜻하는지 온몸으로 느낄 수 있었다. 내 앞에는, 정확하게 이름 지을 수는 없으나 사뭇 두려움을 불러일으키는 인생의 심연이 입을 크게 벌리고 서 있었던 것이다. 오늘 이 순간부터 비로소 나는 나이를 제대로 먹게 될 것이라는 사실, 지금까지와는 달리 앞으로는 날마다 나한테 좀더 어울리는 나이를 먹게 되리라는 사실을 알았다.

허기와 갈증

거의 스무 살이 다 된 지금, 달라진 게 아무것도 없다는 생각을 점점 더 자주 하게 된다. 솔직히 말하면 약간 사기당한 느낌이다. 이전에는 그 일이 내 인생에 한 전환점이 되리라 여겼으나 정작 닥치고 보니 별것 아니었다. 다른 여자애들처럼 여자가 된다는 것에 대해 특별한 기대를 품고, 내 비망록에 큼직한 글씨로 기록해두고 있었지만 새로운 시대는 시작되지 않았다. 어떤 마력을 지닌 손이 나를 성인으로 변화시켜주리라는 은밀한 기대는 이루어지지 않은 것이다.

1

　내가 처음으로 여자가 되던 그날, 우리집 식탁에는 포테이토 칩이 놓여 있었다. 그러므로 그날은 어느 금요일이었을 것이다. 책에서 읽을 때는 여자가 된다는 것이 아름답고 근사한 무엇으로 느껴졌다. 하지만 실제로 겪고 보니 순전히 신체상의 변화일 뿐, 여자가 된다는 것에 대해 품고 있던 환상과는 전혀 거리가 먼 것이었다. 그러자 견진성사의 의미도 달라졌다.

　내 몫의 포테이토 칩을 허겁지겁 먹고 있는데 며칠 전부터 귀찮을 만큼 아프던 하복부의 통증이 한층 격렬해졌다. 난생 처음 경험하는 이상한 통증이었다. 그 걷잡을 수 없는 통증과 씨름을 하는 사이, 나도 모르게 입에서는 신음 소리가 흘러나왔고 손가락으로 집어 들었던 포테이토 칩이 접시로 툭 떨어졌다. 아버지와 남자형제들이 두 눈을 휘둥그렇게 뜨며 깜짝 놀랐지만, 엄마는 별로 놀란 표정이 아니었다. 나는 단 한 입도 더 삼킬 수 없었다. 포테이토 칩만 보면 부스러기까지 깨끗이 비워버리던 나로서는 참 이상한 일이었다.

  대체로 먹성이 좋은 편인 나에 비해 남자 형제들은 입맛이 까다
로웠다. 특히 크리지에가 그랬다. 크리지에에게 버터빵 한 조각을
먹이려면 숫제 씨름을 해야 했다. 크리지에는 빵 한 입 베어물 때마
다 우유를 반 컵쯤 마신다거나 아니면 세븐업을 벌컥벌컥 들이키곤
했다. 식사 시간이면 그애는 종종 엄마를 절망스럽게 만들었다. 채
소를 특히 싫어하는 까닭에 어쩌다 야채를 입에 대기만 해도 욕지
기를 해댔다. 엄마는 혹시 색다른 음식을 해주면 좀 먹을까 싶어서
수도 없이 별식을 만들어주었지만 그 방법 역시 별 도움이 되지 않
았다.
  나는 모든 음식이 다 맛있었다. 엄마는 언제나 내 덕분에 당신 음
식 솜씨가 꽤 쓸 만하다는 생각을 하게 된다고 말한다. 내가 모든
음식을 맛있게 먹는 이유는 바로 그 때문이다. 물론 대단한 것은 아
니지만 그래도 조금이나마 엄마에게 기쁨을 줄 수 있을 거라는 생
각 때문이다.

  "정말 지독하게 아팠어요."
  나는 멋쩍은 표정을 지으며 엄마에게 말했다.
  "혹시 키트가 맹장염에 걸린 게 아닐까?"
  아버지가 엄마를 바라보며 말했다.
  "아닐 거예요."
  엄마가 간단하게 대답했다.

  거의 스무 살이 다 된 지금, 달라진 게 아무것도 없다는 생각을

점점 더 자주 하게 된다. 솔직히 말하면 약간 사기당한 느낌이다. 이전에는 그 일이 내 인생에 한 전환점이 되리라 여겼으나 정작 닥치고 보니 별것 아니었다. 다른 여자애들처럼 여자가 된다는 것에 대해 특별한 기대를 품고, 내 비망록에 큼직한 글씨로 기록해두고 있었지만 새로운 시대는 시작되지 않았다. 어떤 마력을 지닌 손이 나를 성인으로 변화시켜주리라는 은밀한 기대는 이루어지지 않은 것이다.

다음날 아침에 눈을 떠보니 나는 여전히 열여섯 살짜리, 다만 극심한 복통에 시달리는 열여섯 살짜리 계집애였다. 단 하루 만에 나는 남은 인생 동안 내내 정기적으로 반복될, 일찍이 겪어보지 못한 이런 끔찍한 고통에 시달려야 한다는 사실과 엄마가 옳고 아라가 틀렸다는 것을 알아버렸다.

엄마는 진작부터 내가 그렇게 동경할 만한 것은 아무것도 없다고, 날마다 하나님을 기리고 찬양할 일도 없다고 반복해 들려주었다. 이미 그런 태도에 익숙해져 있으니 앞으로도 몇 년 동안 그런 부질없는 희망을 품고 살겠지만 그때 가서 후회해봤자 소용없는 일이라고 했다. 여자로서의 내 운명은 이미 결정이 나버렸으며 이제 남은 인생은 매달 동일한 리듬 속에서, 그러니까 피와 고통이 수반되는 생리라는 것을 겪어내면서 살아야 한다는 것이었다.

나는 엄마의 말을 믿지 않았다.

엄마는 매사를 비관적으로 생각하는 경향이 있다.

내가 여자로 변신하던 그 금요일, 나는 창백해진 안색으로 어딘가 불쾌하기도 하고, 무언가 축복을 받은 것 같기도 한 기분에 사로잡힌 채 침대에 누워 지냈다. 내 내면에 있는 모든 것이 질서에 따라 작동했고, 나는 이제부터 세상 여자들과 다를 게 없는 여자가 된 것이다. 하지만 몇 시간 동안 통증에 시달리고 나자, 앞으로도 수년 동안 이런 통증에 시달리게 될 거라는 생각이 들었다.

엄마는 딱하다는 눈길을 한 채 엄마가 쓰던 생리대 한 통을 침실용 탁자 위에 올려놓더니, 하필이면 엄마의 그 끔찍한 생리통을 물려받아서 안됐다고, 엄마는 나만한 나이에 생리를 시작한 이래 오늘날까지 끔찍한 생리통으로 고생을 하고 있다고 했다.

"그래, 어떤 느낌이던?"

엄마가 물었다.

"쥐어뜯는 것 같기도 하고 칼끝으로 휘젓는 것 같기도 하고 아무튼 아랫배에서 한바탕 전쟁이 난 것 같아요."

엄마는 말없이 고개만 끄덕였다.

생리를 시작한 지 이틀째 되던 날, 개수대 앞에 서 있던 엄마는 지나가는 말투로 이제부터 남자애들에게 특히 신경을 써야 한다는 걸 알고 있느냐고 물었다. 그러면서 엄마는 허리를 더 깊이 구부렸다.

"알아요."

나는 약간 수치심이 들기도 했지만 자랑스럽게 대답했다. 생리와 위험 사이에 어떤 연관이 있는 건지 상세하게 알 수는 없었지만, 엄마에게 성교육을 부탁하는 것이 예의가 아니라는 것쯤은 나도 알고 있었다. 세상에 어떻게 자기 엄마에게 그런 부끄러운 질문을 할 수 있단 말인가. 이 참에 나는 『무엇이든지 물어보세요』라는 책을 확실하게 다시 한번 읽어둬야겠다는 생각이 들었다. 그 책에는 차마 다른 사람에게 물을 수 없는 모든 것이 다 들어 있었다. 그 책은 내가 읽은 것 중에서 가장 흥미로웠지만 우리는 절대 읽어서는 안 될 것 같았다. 그 책은 내 매트리스 아래, 비망록 네 권과 함께 숨겨져 있었다. 이 조그만 책 덕분에 나는 원할 때면 언제나 다른 물건, 혹은 다른 사람의 도움을 청하지 않고도 즐거운 시간을 보낼 수 있었다.

층계 난간 역시 필요없었다.

나는 시간이 한참 흐른 후에야 비로소 책에서 발견한 그 은밀한 즐거움과 가장 신났던 신체 활동, 즉 열 살 때부터 혼자서, 혹은 이따금씩 마키와 함께 즐겼던 놀이 사이에 어떤 관련이 있다는 것을 알았다. 마키와 나는 층계 난간에 양 다리를 척 걸치고 손을 위쪽으로 뻗친 채 마른 땅에서 헤엄치는 개구리처럼 다리를 허우적거리며 미끄러져내려가곤 했다. 층계 아래까지 내려오면 층계 열 개를 밟고 단숨에 뛰어올라가 다시 시작했다. 나는 자주 그 놀이를 즐겼다. 그러나 층계에 걸친 양 다리 사이로 느끼던 야릇한 느낌이 어느 날부터인가 사라져버렸고 그날부터 나는 그 놀이를 그만두었다. 층계 난간에 양 나리를 걸치고 내려갔다 올라갔다 반복하다 보면 흥분한 우리의 얼굴은 빨갛게 물이 들곤 했다. 언젠가 나는 마키에게 이 놀이를 할 때 기분이 좋으냐고 물어본 적이 있다. 그는 그렇다고 대답했다.

미리 약속을 하지는 않았지만, 우리는 다른 식구가 마루에 나타나면 얼른 층계 아래쪽으로 내려갔다. 층계 난간을 타고 내려가는 일은 버릇없는 짓이었다. 그렇게 미끄러져내려갈 때마다 칠이 벗겨지기 때문이다. 하지만 그런 버릇없음은 아이들의 특권이고 죄를 짓는 것보다는 훨씬 나았다. 당시 우리는 그런 놀이가 죄를 짓는 짓인지 아닌지 알 수 없었지만 적어도 지나친 모험은 삼가는 것이 좋다는 것 정도는 알고 있었다.

아라 역시 나와 똑같은 이유로 고통을 겪고 있는 듯했다. 그 고통을 즐기는 것은 아니지만 그녀는 매월 완전히 자연과 하나가 된 느낌, 새롭게 정화된 느낌을 받는다고 했다. 월례 행사가 된 그 통증을 그녀가 아주 자랑스럽게 견뎌내는 이유는, 뱃살을 쥐어뜯는 듯한 그 통증은 곧 그녀의 육체가 아무 이상 없이 제 할 일을 다 하고 있다고 말해주는 것이기 때문이었다.

"난 그런 통증이 아주 아름답다고 생각해. 내 몸이 적어도 한 가지 명백한 언어로 이야기를 건네는 거니까."

그녀가 이렇게 말했다.

그녀는 또한 통증이 한 달에 일 주일씩 지속되고 그 기간만큼은 아무 죄책감 없이 무한한 식욕에 굴복한다고 했다. 그 무한한 식욕은 바로 그 통증과 관계가 있고 너무나 당연한 증상이라고 생각하기 때문이었다. 그녀가 말했다.

"통증은 공복감을 주거든."

"복통은 그렇지 않아."

마침내 기회를 얻은 내가 반박했다. 아라는 무언가 잘못 생각하고 있었다. 통증과 허기라는 두 개의 서로 다른 범주를 연결시키는 것은 순전히 그녀의 자의에 따른 것이었다. 내 경우에는 오히려 생리통이 시작되면 식욕이 사라졌다. 심할 경우 심지어 사흘 내내 제대로 된 식사를 한 번도 할 수 없었다. 그렇게 최악의 상황이 되면 엄마는 나에게 뜨거운 초콜릿을 만들어주곤 했다.

내 말을 들은 아라는 처음에는 언짢은 표정을 지으며 화를 냈다. 그리고는 볼멘 소리로 그것은 사람에 따라 다르다고, 어떤 여자는 식욕이 더 왕성해지기도 하고 어떤 여자는 식욕이 없어지기도 하는 거라고 반박했다. 그녀의 언니들 역시 생리 때가 되면 더욱 심한 허기에 시달린다고 덧붙였다.

"그럴 수도 있지."

나는 한걸음 물러났다. 더이상 그녀를 화나게 했다가는 하루 종일 나에게 한 마디도 건네지 않을까 봐 걱정이 되었기 때문이다. 하지만 머릿속으로는 대화를 계속했다. '아라 네가 화를 내는 것은 너 자신을 속이고 있기 때문이고, 그런 자기 기만에 대해 다시 변명을 하려고 하기 때문이야. 앞으로 너는 한 달에 일 주일씩 아무 죄책감 없이 먹는 일에 몰두할 수 없을걸……'

인간은 탐닉하는 행위에 대해 변명을 할 것이 아니라 그 원인을 찾아야 한다. 죄책감과 후회를 억누르기 위해 변명을 구하는 사람은 생각과는 달리 자신의 행동 동기를 따지다가 오히려 죄책감의 구렁텅이로 빠져들게 된다. 그리고 거기에서, 무지와 고통과 거짓말로 인해 암흑 천지가 된 그 기이한 장소에서 자신의 죄의식을 오히려 선명하게 깨닫게 되는 것이다. 인간은 죄책감이 아니라 인식과 더불어 사는 동물이다.

대부분의 인간은, '모르는 게 약이다', 라는 한심한 속담을 믿고 자신에 대해서도 차라리 모르는 게 낫다고 생각한다. 하지만 나를 모르면 남도 알 수 없다는 건 너무나 자명한 사실이다. 인간은 삶의 매순간을 어떤 형태로든 자기 안에 간직하는 법이다. 아니면 달리 누가 그러겠는가? 그리하여 인간은 적어도 비밀에 쌓인 한 인생, 자기 자신의 인생을 알게 되는 것이다.

삶이란, 자신에 대해 어떻게 알고 있느냐에 따라 달라진다. 많은 사람들이 자기 자신에 대해 무지하다. 그들은 유일하게 참된 지식과 유일하게 진실한 자신의 역사를 제대로 활용하지 못하고, 잘못된 장소에 보관하고 있는 까닭에 제대로 읽을 수도 없다.

죄는 기억이라는 개인 문서보관소에 잘못 보관되어 있는 자기 자신에 대한 지식이다. 문제는 죄의식이 아니라, 더이상 언어로 표현할 수 없는 무엇이다. 그렇기 때문에 사람들은 그것과 더불어 아무것도 시작할 수 없고 기껏해야 뚱뚱해지거나 우울증에 빠지거나 의욕 상실 상태에 빠지게 될 뿐이다.

지식은 정신에 속한다. 그게 아니라면 언어라는 것이 어디에 머물 수 있는지 나는 알지 못한다. 언어는 정신과 영혼, 그리고 정확히 파악할 수 없는 다른 무엇, 그것이 있는 줄은 알겠으나 볼 수 없고 볼 수 없으니 실제로 그것에 대해 말할 수 없는 것과 일치한다.

내 생각은 그렇다.

바로 그렇기 때문에 인간이 자기 자신에 대해 알아야 하는 모든 지식, 우리의 영혼 안에 보이지 않는 말이라는 형태로 머물러서는 안 되는 모든 지식들은 눈에 보이는 불쾌한 형태, 이를테면 1킬로그램의 살 같은 형태로 나타난다. 그로 인해 이따금 고통을 당하거나 아니면 영문도 모르는 채 그저 질질 끌려다니는 무엇, 그러면서도 언제나 같은 실수를 반복해서 다른 사람들의 눈에 무언가 문제가 있는 것으로 보이게 하는 형태로 나타나는 것이다.

"자기 변명으로는 아무것도 할 수 없지만 행동 동기가 있을 경우에는 달라. 어느 누구도 죄의식에 사로잡혀 있으려 하지 않는 법이니까."

나는 끝까지 내 주장을 접고 싶지 않아서 혼잣말하듯 웅얼거렸다.

아라가 고개를 획 돌리더니 화난 눈길로 내 얼굴을 빤히 들여다보다 왼쪽 눈썹을 쫑긋 세웠다. 아라가 그런 표정을 짓는 것은 이제 그만 입을 다무는 게 낫다는 신호였다.

　나는 머릿속으로 몇 시간에 걸쳐 혼자만의 대화를 계속한다. 이런 대화법은 시간을 가장 멋지게 보낼 수 있는 나만의 놀이다. 나는 삶 속에 있는 모든 것이 나름대로 무엇을 표현하기 위해 형태를 필요로 한다고 생각한다. 내 나이 스물을 바라보고 있는 지금, 모든 것을 가장 쉬우면서 동시에 가장 어려운 것으로 환원시킬 수 있는 표현 형태, 곧 언어를 해독하는 것보다 더 아름다운 게 있다고는 상상도 할 수 없다. 명료하지 않은 것을 언어를 통해 파악할 때 나는 행복과 자유를 느낀다.
　이따금 나는 내 미래를 걱정한다. 사유와 언어를 통해 구원을 얻고자 할 때 미래가 대체 어떤 모습으로 나타날지 알 수 없기 때문이다.
　때로, 큰 소리로 말하는 것이 점점 더 어렵게 느껴진다는 사실이 수치스럽고, 발언권을 쉽게 얻을 수 없다는 사실이 두렵다. 갈수록 자주 말문이 막히고, 변함없이 그것은 가장 불쾌한 순간이다.

　침묵 속에서 이어가는 나 혼자만의 대화가 점점 더 길어지고, 덩달아 내 노트에 기록되는 내용도 늘어만 갔다.
　아라에 대해서는 아직 별다른 염려를 하지 않았다. 그녀의 단호한 요구에 따라 내가 무엇인가를 설명할 경우에는 그녀가 정말로 내 이야기에 귀를 기울인다는 느낌이 들었기 때문이다.
　우리는 춥고 황량한 겨울날의 오후 시간을 내 방에서 함께 보냈다. 우리는 커튼을 내리고 촛불을 밝힌 다음 코카콜라를 마시고 토마토 케첩에 포테이토 칩을 찍어가며 먹었다.

여름이면 우리는 우리만의 공간인 습지 한가운데로 나갔다. 그곳은 조그만 섬처럼 엎드려 있어서 물이 질펀하게 고인 구덩이를 훌쩍 건너뛰어야 이를 수 있었다. 그녀는 통치마 아래 장화를 받쳐 신었고, 나는 청바지를 장화 속에 넣어서 신고 다녔다. 그 습지에 가 있으면 우리는 어느 누구에게도 들킬 염려 없이 마음놓고 우리의 미래를 설계할 수 있었다. 아라는 쓰러진 나무 둥치에 등을 기댔고 나는 그녀의 듬직한 넓적다리에 머리를 올려놓은 자세로 이야기를 하거나, 상황에 따라서는 침묵에 잠기기도 했다. 어떤 상황이건 아라는 내 머리를 어루만져주었다.

그것은 내 유년기와 청소년기를 통틀어 완전히 편안함을 느낄 수 있었던 유일한 순간이었다. 마음의 평화를 얻을 수 있는 또다른 방법, 즉 주변에 다른 사람은 없고 오직 아라만 있을 때 그녀의 무릎을 베고 눕는 방법을 그때까지는 모르고 있었다. 심지어는 집에서 커다란 안락의자에 몸을 묻고 책을 읽고 있을 때도 집안의 다른 일, 이를테면 주방에 있는 엄마라든가 혼자서 놀고 있는 크리지에, 심지어는 밖에 나가 있는 아버지며 오빠들까지, 비록 모습은 보이지 않아도 그들의 물건들만 봐도 그들 모습이 떠올라 잠깐식 신경이 쓰이곤 했다.

인생을 자기 뜻대로 살 수 있다고 생각하는 모든 사람들처럼, 나는 나중에도 아라 곁에서 느끼는 것과 똑같은 평화를 찾을 수 있을 거라고, 그녀와의 우정은 언젠가 사랑하는 사람을 만나 느낄 수 있는 친밀감을 미리 경험하는 거라고 생각했다.

아라와 함께 보낸 시간은 인생에 단 한 번뿐인 체험이며 앞으로는 두 번 다시 다른 누구하고도 그와 똑같은 시간을 보낼 수 없으리라는 것을, 그때는 몰랐었다.

아라와 나는 우리가 헤어질 수 있다는 것을 상상도 하지 못했다. 나는 어느 누구도 그녀처럼 나를 편하게 해주는 사람을 없을 거라고 말했고, 그녀는 언제나 내 말을 기억하며 살겠다고 대답했다.
내 말은 진심이었다.
그녀의 말도 대부분 진실이었다.

아라는 내가 한 말을, 한마디도 소홀히 여기지 않았다. 적절한 시간에 그녀는 내가 그녀에 대해 한 말을 상기시켜주곤 했다. 그럴 때면 그녀는 몸을 앞으로 굽히고 편안하면서도 단호한 눈빛으로 나를 내려다보며, 내 방에서 함께 지낸 날들이며 내가 입었던 블라우스와 바지를 기억하고 있는지 물었다. 우리가 처음으로 매운 맛이 나는 포테이토 칩을 먹었던 날과, 내가 그녀에게 통증과 허기를 서로 연관시키는 것은 잘못된 생각이고 그녀의 복통은 허기의 원인이 아니라 허기를 변명하기 위한 것이며, 어느 누구도 죄책감을 느끼고 싶어할 사람은 없다고 한 말을 기억하느냐고 묻기도 했다. 더러는 그때 했던 말을 다시 한번 해달라고 진지하게 부탁할 때도 있었다. 그럴 때면 그녀는 반드시 내 이름을 정식으로 불렀다.
카테리나.
그녀는 어떻게 해서든 내가 그녀의 눈길을 피하지 못하게 만들었고, 나는 그녀의 눈빛을 통해 내가 그녀의 질문에 얼마나 적절한 답변을 했는지 가늠하곤 했다. 그녀의 표정을 보면 나는 모든 것을 말할 수 있으며 아무것도 두려워할 필요가 없다는 생각이 들었다. 그런 표정은 갑자기 머릿속에서 어떤 단어가 사라졌다는 것을 발견하

는 경우에도 나타나곤 했는데 그럴 경우에는 자신의 무지에 대한
혐오감과 고통이 실리게 마련이었다.
　"그런데 대체 난 무슨 이유로 이렇게 많이 먹는 걸까, 카테리나?"
그녀는 자주 나에게 물었다.
　나는 언제나 그녀에게 똑같은 대답만 했다.

　한 소녀가 전혀 다른 인간, 좀더 성숙하고 현명한, 혹은 좀더 강인
한 인간이 되지 않고도 마음 편하게 여자가 되고 남자들과 눈을 맞
추고 순결을 잃으면서—물론 내 경우 순결을 잃는다는 것과는 전
혀 상관이 없지만—처음으로 남자와 잠을 잘 수 있다고 마음 편하
게 말할 수도 있다. 하지만 사실은 전혀 그렇지 않다. 그 소녀는 이
제부터는 전혀 다르게 느껴야 한다는 생각에서 하루나 이틀쯤 얼굴
에 광채가 돌겠지만, 그런 광채는 현실이라기보다는 상상의 산물이
다. 달라진 것이라곤 아무것도 없기 때문이다.
　나는 대체 어떻게 해야 어른이 될 수 있는지에 대해 더욱더 숙고
했다.
　나는 진심으로 어른이 되고 싶었다.
　열두 살 시절에 생각한 스무 살은, 지금 느끼는 것보다 훨씬 더
어른스럽고 지혜로웠다. 그 시절 스무 살짜리들은 대체로 약혼한 상
태이거나 결혼을 앞두고 있었다. 하지만 스무 살이 다 된 지금, 나는
결혼 같은 건 생각도 하지 않는다. 남자와 손을 잡고 거리를 활보하
는 것은 이전에 상상했던 것처럼 그렇게 근사한 일이 아니었다. 남
자들이 내 손을 잡고 거리를 활보하고 싶어 안달하는 꼴을 보면 참
우습다는 생각만 든다. 그런데도 남자들은 너나 할 것 없이 그런 한
심한 일에 목을 맨다. 뿐만 아니라 그런 남자들에게는, 인간은 서로

떨어져서 각자 자신을 위하여 달리고 싶어하며 한밤중에 술집에서 혹은 백주에 만인이 보는 앞에서 서로 껴안고 싶어하지 않는다는 사실을 납득시키는 것도 쉽지 않다.

그런 식의 키스나 포옹에 이어 무언가 다른 감정, 그런 애무 행위의 본질적인 목표에 이르고자 하는 느낌이 생겨나야 하는 게 아닌가 싶기는 하다. 하지만 한 남자와 십오 분쯤 끌어안고 키스를 하고 있어도 내 감정은 전혀 변화가 없고, 그런 행위가 몹시 지루하다는 생각을 하게 된다. 이를테면 그것은 취할 게 별로 없는 음식을 먹는 행위에 비교할 만하다. 대체 그런 영양가 없는 식사를 무슨 이유로 해야 한단 말인가?

하지만 남자들은, 그건 사랑하는 마음이 부족한 탓이라고 툴툴거리며 마음을 바꾸지 않는다. 맞는 말일 수도 있다. 하지만 나도 할말이 있다. 남자들이 나에게 키스를 하고 애무하고 품에 안으려고 하면, 난 도저히 그런 행동을 견딜 수 없다. 남자들이 은근한 눈길로 바라보거나 손만 내밀어도 내 몸은 돌처럼 굳어버린다. 어떤 경우에 일이 그 지경까지 되는지는 정확하게 말할 수 없지만 아무튼 나는 그런 일을 자주 체험한다. 어쩌다 정말 싫은 남자가 나에게 달려들어 키스를 하는 경우도 있다. 그러면 그의 옷이라든가 입 냄새가 갑자기 역겨워지면서 두 번 다시 그 남자의 얼굴도 보기 싫어진다. 당연히 내 얼굴에는 숨길 수 없는 혐오감이 떠오른다.

어쨌거나 그런 상황에 처하게 되면 나는 일 주일 내에 인연을 끊는다. 작별을 한다는 것은 결코 유쾌한 일은 아니다. 대부분의 남자들은 이별의 고통 때문에 괴로워하고 나는 어쩔 수 없이 작별 인사를 한 후에도 일 주일 가량은 그들과 실랑이를 벌이게 된다. 하지만 나는 끝까지 냉정한 태도를 잃지 않고 우리 사이가 얼마나 별볼일 없는 사이인지 그네들의 슬픔과 비탄이 얼마나 쓸모없는지를 스스로 깨닫게 해준다.

나는 언제나 똑같은 타입의 남자와 만난다. 창백하고 예쁘장한 얼굴에 날씬한 엉덩이, 말하자면 카우보이나 말론 브란도는 결코 될 수 없는 체형이지만, 자신의 세계고를 슬픈 노랫말에 담아 무심한 부모와 슬픈 사랑과 알코올 중독으로 인한 고통 등을 위로하는, 우울한 분위기의 블루스 가수 같은 성격을 지닌 유형을 나는 좋아한다. 그들은 언제나 기타를 치고, 영어로 시를 쓰고, 요컨대 '우울한' 분위기를 풍기며, 결코 오토바이는 타지 않는다. 한마디로 그들은 차마 고뇌 따위를 안겨줄 수 없는 유형이다.

지금까지 내가 한 남자와 가장 오래 만난 기간은 한 달 반이다. 어느 누구와도 그 이상의 만남은 견딜 수 없었다. 매번 나는, 두 번 다시는 새로운 만남을 시작할 수 없을 거라고, 한 남자에게 속하고 싶지 않다고 생각한다. 하지만 한두 달 사이에 나는 다시 누군가와 사랑에 빠지고 이번에 시작한 사랑은 너무나 큰 사랑이어서 이 남자를 소유하기 전에는 결코 마음의 평화를 누릴 수 없을 거라고 초조해한다. 나는 이 특별한 사랑조차도 좀더 세월이 흐르고 나면 그런 류의 이야기에 따라다니기 마련인, 세상에서 가장 아름다운 추억거리로나 남게 되리라는 사실과, 한 남자에게 정복당함으로써 결국은 자신의 가장 아름다운 것을 강탈당한다는 사실도 늘 잊는다. 하지만 그런 사실을 열 번쯤 분명하게 되새겨도 아무짝에도 쓸모 없기는 마찬가지다. 열애의 감정은 또다른 열애의 감정을 불러일으키기 때문이다.

내 생각에 사랑이란, 욕망 자체를 없애지 않고 충족시킬 수 있을 때 비로소 제 기능을 발휘한다.

대부분이 그 일에 실패한다.

아라만이 예외이다.

내가 여자가 된 이래 사랑은 신, 행복, 아라, 그리고 죽음과 마찬가지로 즐겨 사색하는 주제가 되었다. 사랑에 관한 한, 나는 어딘가 이상한 데가 있는 게 아닐까 두려웠다. 다른 여자들은 남자들에게 나보다 훨씬 더 우호적인 태도를 보였기 때문이다.

나는 타고난 말솜씨 덕분에 중학교에 입학한 해부터 매년 학급 대표로 선출되었다. 학급 대표가 하는 일은 교과서를 나눠 준다거나 학급 친구들의 문제를 해결하도록 거드는 일이었는데 대체로 반 친구들이 내게 들고 오는 이야기는, 특히 여학생일 경우 80퍼센트가 사랑의 고뇌에 관한 것이었다. 이렇게 해서 적어도 나는 대부분의 여자들이, 나와는 달리 한 남자와의 관계를 가능하면 오래 지속하고 싶어한다는 사실을 알게 되었다. 그들은 한결같이 한 남자와 영원히 하나가 되고 싶어했고 그를 위해서라면 무슨 일이든 할 각오가 되어 있었다. 반 친구가 처음으로 나에게 아무래도 자신이 임신을 한 것 같다는 이야기를 털어놓았을 때 나는 너무나 놀라 거의 기절할 지경이었다. 그 말은 곧 그애가 어떤 남자와 그렇고 그런 짓을 했다는 뜻이고, 게다가 그애는 기껏해야 열네 살 정도로 나보다 나이가 어렸던 것이다.

게다가 나는 그런 식의 사랑의 고뇌에 전혀 흥미가 없었다. 근본적으로 그런 류의 이야기는 모두가 어슷비슷하기 때문이었다. 어떤 여자애가 어떤 남자에게 반했을 경우 어떻게 해야 그 남자의 마음을 살 수 있는지에 대해 나는 아는 바가 없었고, 어떤 여자가 어떤 남자에게 버림을 받았을 때 앞으로 남은 인생을 어떻게 살아가야 하는지에 대해서도 아는 바가 없었다.

사춘기라는 것은 너무나 극적이어서 어느 십대의 인생을 완전히 망치는 수도 있는 법이다.

하지만 뭐니뭐니 해도 날 가장 당혹스럽게 만든 것은 우리 반 친구들이 그런 유치한 사춘기적 행동을 할 수도 있다는 사실 그 자체였다. 그들은 자신들이 청소년 대상의 한심한 책들에서 그럴 듯하게 묘사해놓은 사춘기 특유의 상황에 처해 있다는 사실에 대해 조금도 생각하지 않았다. 까다로운 부모와 부딪치지 않고, 신과 세계에 대해 당당하게 저항할 수 있으며 사랑의 고뇌 따위로 괴로워하지 않는 누군가를 만나려면 정말 오랜 시간을 투자해야 하는 모양이었다.

우리집에서는 사춘기 행세를 하며 공연히 유난을 떠는 사람은 아무도 없었다.

따라서 우리집에서는 사랑의 고뇌 따위로 괴로워하는 사람도 없었다.

엄마는 우리에게 무엇보다도 사랑에 대해 너무 많은 것을 기대해서는 안 된다고 틈만 나면 강조했다. 아예 사랑 따위에는 신경을 쓰지 말고 누군가에게 목을 매게 되기 전에 오래 시간을 두고 생각해볼 것이며 가능한 한 오랫동안 자유를 즐기라고 권했다.

우리는 엄마의 충고를 따랐다.

큰오빠는 이미 스무 살이 넘었지만 아직 확실한 관계를 약속한 애인은 없었다. 혹시 애인을 만들지 않은 게 엄마를 기쁘게 해주기 위해서가 아닐까 생각할 수도 있겠지만 사실 그렇지도 않았다. 엄마는, 어떻게 된 게 제 친구들은 모두가 진작부터 확실한 여자친구를 사귀고 있는데도 우리집 아들들은 예쁜 여자애들에게는 관심도 없는 것 같다면서 연신 한숨을 내쉰다.

"어째서 난 이렇게 별난 아들을 두었지?"

엄마는 정말 궁금하다는 표정을 지으며 탄식하듯 묻곤 했다.

주말이 되어 집에 돌아온 빌렘과 마키의 가방에서 꾀죄죄한 빨랫 감을 끄집어낼 때면, 엄마는 우리집 아들들이 여자친구 한 명 없는 게 이상할 것도 없다며 다시 한번 한숨을 내쉰다. 얼굴의 반은 가리는 긴 머리, 꾀죄죄한 청바지에 헐렁한 티셔츠를 아무렇게나 걸치고 다니는 그런 남자애들에게 대체 어떤 여자가 관심을 두겠느냐는 게 엄마의 생각이었다. 그새 내 머리칼도 어깨까지 자라 있었다. 그래 서 나는 엄마에게 드디어 나도 긴 머리를 할 수 있게 되었다는 것 과 사람들은 머리가 긴 남자를 히피로 여기며 더 좋게 봐줄 거라는 사실을 일깨워주었다. 오빠들은 대학 도시에 살면서 친구들에게 따 돌림당하지 않으려고 그런 머리 모양을 하고 다니는 것이고 행여 오빠들이 따돌림당하는 처지가 되면 아마 엄마는 지금보다 걱정거 리가 백 배는 더 늘어날 거라고 말해주었다.

"듣고 보니 네 말이 옳구나."

엄마가 맞장구를 쳐주었다. 우리 엄마하고는 무슨 이야기든 다 할 수 있다. 그리고 그 말이 타당성이 있을 경우 엄마는 얼마든지 더 나은 걸 배우려고 한다.

엄마는 우리 형제가 대체 누구에게서 독서욕과 지식욕을 물려받 은 건지 모르겠다고 혼잣말처럼 묻곤 했다. 아빠는 전혀 그런 것과 는 상관이 없고 엄마 역시 아빠와 다를 게 없기 때문이다. 결혼 이 후 엄마 아빠가 손에 잡은 책이라고는 기도서뿐이다. 그렇다고 두 분이 책을 하찮게 생각하는 것은 아니다. 어린 시절에는 엄마 아빠 도 책읽기를 즐겼으며, 두 분의 다른 형제자매들이 그랬던 것처럼 오로지 더 배우고 싶다는 열망뿐이었다. 하지만 그 많은 형제들 틈에서는 책을 읽고 공부할 수 있는 시간과 공간을 가지려야 가질 수 없었던 것이다.

"너도 그런 소망은 처음부터 품지 않는 게 차라리 나을 거야. 공연히 괴롭기만 할 테니까."

엄마가 한숨 쉬듯 나에게 말했다.

맞는 말이다. 나도 그렇게 생각한다.

나는 분명 우리 부모님의 애물단지지만 남자형제들에 비하면 그래도 나은 편이었다.

"우리 키트에 대해서는 전혀 걱정할 필요 없어요."

엄마가 아버지에게 말했다. 그러자 아버지는 얼른 엄마 말에 동의를 하고, 키트는 우리집의 태양이라고 한마디 덧붙인다. 우리집의 태양이라, 그런 역할을 맡는다는 건 생각만 해도 참 근사한 일이다. 가족 중에 사사건건 힘들게 하는 사람이 있다면, 그와 반대되는 성향을 지닌 사람이 한 명쯤은 있어야 한다. 그렇지 않으면 그 집안은 매사에 되는 일이 없을 테니까.

엄마 말에 따르면 여자들이 남자들에 비해 성공적인 인생을 이끌어갈 확률이 크다. 남자는 반드시 여자가 필요하지만, 여자는 남자 없이도 잘 살 수 있다는 것이다.

우리 마을에는 인생의 반려자를 먼저 보내고 홀로 남게 된 홀아비며 과부들이 꽤 있다. 아내를 잃은 남편은 한 달도 채 못 되어 파삭 쪼그라든다. 하지만 그와 달리 남편을 잃고 혼자된 여자는 날이 갈수록 환하게 피어올라 마침내 자기 자신의 삶을 살기 시작한다.

엄마는 당신 입장에서 보면 아이들을 무조건 대학 교육까지 시켜야 한다고 생각하는 건 무리일지도 모른다고 했다. 다른 부모들, 아주 평범한 자식을 둔 부모들이라면 부모 노릇 하기가 한결 수월할 터이긴 했다. 아이들이 직업학교를 마치면 얌전한 옷차림을 하고 생계비를 벌어들일 것이고, 그렇게 되면 흔히 부모가 자식에게 하기 마련인 기대를 걸 수도 있을 테니 말이다. 하지만 우리집 자식들은 한결같이 책에다 코를 박고, 보통 사람들은 이해도 할 수 없는 것들을 읽어대는 까닭에 머리에 허황된 생각만 가득하다. 그런 점에서 엄마와 아빠는 특히 내가 유감스럽다고 했다.

요즘 세상에 부모 노릇을 한다는 것은 정말 쉬운 일이 아니다.

우리 부모는 전쟁과 춥고 배고픈 시절을 겪었으며 어린 시절에는 제대로 아이 대접도 받지 못하고 자란 세대다. 그러면서도 우리 가정을 반듯하게 꾸려나가 한번 잘 살아보기 위해 안간힘을 썼다. 그런데 갑자기 20세기에 좋은 아버지 혹은 좋은 어머니 노릇을 한다는 것은 불가능하다는 결론에 이른 것이다. 우리 부모는 프로이트의 책을 단 한 줄도 읽은 적이 없지만 그 모든 것을 알게 되었다.

"우리는 부모 노릇을 제대로 못 했지, 그래서 언제나 죄책감을 느낀단다."

엄마는 당신의 운명을 그렇게 간단명료하게 요약했다.

나는 부모님 곁에 잠시 더 머물러 있기로 했다. 확실한 남자친구를 만들고 부모님을 위해 대학 졸업장을 받는 일에 몰두할 것이며 타이트 스커트를 입어보기로 작심했다.

그래서 지금 나는 교육 대학에 다니고 있고 마티아스와 함께 지낸다. 타이트 스커트를 입은 상태에서는 행동이 자유롭지 않기 때문에 일요일에 한해서는, 별로 유행하는 스타일은 아니지만 주름치마를 입기로 했다.

2

배움에 관해 말하자면 이제야 비로소 나는 그 즐거움을 맛보기 시작했다고 할 수 있겠으나, 사랑에 관해서는 아직도 할말이 별로 없다.

몇 가지 전공과목은 나에게 정말로 중요한 것이 무엇인지 감잡을 수 있는 계기를 주었지만, 교육대학에서의 과정은 무의미한 것들을 공부해야 한다는 단점이 있다. 그런 쓸데없는 것들을 위해 내 머리를 내준다는 것이 나로서는 심히 유감스럽다. 내가 정말 중요하게 생각하는 것은 교육학과 심리학—그리고 이 과목을 강의하는 강사들 중의 한 사람이다. 심리학 강사는 페어크뤼세라고 하는데, 직접 본 적이 없는 사람도 심리학을 전공했다고 하면 대충 상상할 수 있는 그런 인상을 하고 있다.

페어크뤼세는 우리 과 조교다. 그는 나를 처음 보았을 때 열아홉이라는 매력적인 나이의 젊은 아가씨가 어떻게, 프로이트를 제대로 이해했다는 것을 말해주는 그런 고등학교 성적을 받았느냐며 놀라워했다. 그리고 그 한 가지 사실만으로도 최고의 찬사를 받을 수 있는 자격이 충분한데, 그 힘든 교육 단과대학을 선택했으니 참으로 장하다며 칭찬을 아끼지 않았다.

그 점에 대해 나는 가능하면 정확하게 설명하려고 애를 썼다.

내 말을 들은 그는, "정말 먼 길을 택한 거군요, 부츠 양"이라고 말했다. 그의 어조에 조금도 조롱하는 기색이 느껴지지 않아서 나는 얼굴을 붉혔다. 게다가 그는 내 쪽으로 바짝 다가서며, 겸손은 인간의 미덕이긴 하지만 이제 그런 겸손은 그만두고 이 년쯤 후에 본격적인 학문을 시작해보는 게 어떻겠느냐고 권했고, 그 바람에 내 얼굴은 더욱 빨갛게 달아올랐다.

인간이 인간에게 큰 기대를 건다는 것은 좋은 일이라는 생각이 들었지만 한편으로는 그런 태도가 마음에 들지 않았다. 무엇보다도 이 년 후에 과연 내가 무엇을 하고 있을지 나 자신도 전혀 감을 잡을 수 없었다. 그런 문제는 접어두고라도, 사람들은 흔히 누군가 다른 사람에게 약간의 호감을 보이는 눈치면 머지않아 그 사람에게 정신없이 빠져들 것이라고 생각하는 경향이 있는데 그건 정말 대단한 착각이 아닐 수 없다.

그것은 다만 호르몬과 관계가 있는 것이다

예컨대 누군가 사춘기 특유의 행동을 하고 싶지 않다고 해도 그만한 나이가 되면 본인의 의지와는 무관하게 호르몬 분비가 왕성해지는 법이다.

내가 그에게 한 설명은 물론 나 자신과는 상관없는 것이었다. 나는 우선 배우는 방법을 배워야 한다고 그에게 말했다. 그 말은 몇 년 전 중학교 때 네덜란드어를 가르치셨던 바르텐 선생님이 한 말 그대로였다.

그는 내가 8학년을 다시 한번 다녀야 했던 그해, 우리 마을에 있는 중학교에 부임해왔다. 아라는 이미 9학년이었고, 나는 숙제하는 시간에 아라의 외국어 공부를 도와줄 수 있었다. 아라는 수학, 물리, 화학 과목에 비해 외국어를 훨씬 더 어려워했다. 그럴 수밖에 없는 것이, 그녀는 글자를 읽을 수 없었고 어떤 단어를 사용하려면 우선 누군가 그 단어를 발음하는 것을 듣고 먼저 익혀야 했기 때문이다.

'내가 말하고 쓰는 모든 단어들은 일단 내가 개인적으로 먼저 익

혀야 해. 나와 아무 관계도 맺지 않은 단어는 도대체 어떻게 접근해
야할지 몰라서 두렵거든."

나는 그녀에게, 너는 틀림없이 어느 누구도 따를 수 없는 대단한
기억력을 가지고 있으며, 네가 아는 모든 단어들은 네 머릿속에 저
장되는 게 분명하다고 말해주었다. 아라와 비슷한 사람으로는 우리
오빠 빌렘이 유일하지만, 그는 단어들을 따로 익힐 필요가 없다. 기
억력이 비상해서 모든 것을 마치 사진으로 촬영해놓은 듯 기억해내
기 때문이다. 그는 어떤 단어든 한 번만 읽으면 평생토록 그 단어를
잊는 일이 없을 것 같았다.

아라는 자신을 빌렘과 비교한 것을 매우 마음에 들어했다. 그녀는
내가 곁에 함께 있거나 그런 말을 해주면 자신이 똑똑해지는 것 같
다고 말했다. 나는 그 말을 듣고 너무나 기뻐 그녀가 있는 곳이면
언제 어디서나, 학교에서 수업중이거나 학교가 파한 후에도 항상 곁
에 있겠다고, 그녀가 아직 모르고 있는 단어를 귓속말로 일러주고
날마다 새로운 단어를 몇 개씩, 머릿속에서 유령이 되어 빠져나가는
일이 없을 만큼 완전하게 익힐 수 있도록 도와주겠다고 다짐했다.

그녀는 진지한 표정으로 나를 바라보더니, 내 제안이 마음에 들기
는 하지만 우리의 인생을 그런 식으로 흘러가게 할 수는 없다고 말
했다.

"왜 안 돼?"

나는 화가 나서, 한편으로는 호기심에서 그녀에게 물었다.

"언젠가 너는 나를 떠나게 될 테니까."

그녀의 어조는 단호했다.

바르텐 선생님의 수업 시간에 쓴 내 작문은 2 플러스를 받았다.

선생님은 나에게 내 작문을 우리 반 학생들 앞에서 큰 소리로 읽어 보라고 했다. 나는 선생님의 제안을 거절했다. 내가 그 작문을 쓴 것은 오로지 선생님 한 사람만을 위해서였다.

선생님은 수업이 끝난 후 나와 면담을 하고 싶다고 말했다. 그래서 나는 수업 시간 사십오 분 내내 단 한 마디도 못 하고 말았다. 그와 단둘이 있게 되면 그에게 직접 내 작문을 훌륭하게 여기는 이유를 들을 수 있을지도 모른다는 생각이 들었고, 그런 생각에 나는 몹시 흥분된 상태였기 때문이다.

작문은 다음의 세 가지 주제 중에서 하나를 선택하는 것이었다. 자기만의 방, 아무도 나를 이해하지 못한다, 이별은 죽음 같은 것. 나는 세번째 주제를 선택하기로 했다. 내 특기인 상상력을 최대한 활용하여 아주 세세한 묘사를 통해 주제를 드러내는 게 좋을 것 같았다. 즉 나를 사랑하는 사람들이 모두 내 곁을 떠나버리고 나 혼자 죽음을 맞아야 하는 상황에 치하게 되면 어떤 느낌일까를 적어보기로 한 것이다.

그것은 고도의 상상력을 필요로 하는 작문이었다. 끊임없이 나는 실제로 그러한 죽음의 길로 다시 돌아가야 했다. 그 길은 내 방을 벗어나 우리들의 습지로 이어졌고 다시 거기에서도 점점 더 멀어지다 마침내 거대한 무(無) 가까이 다가가기에 이르렀다. 그러자 나는 아무도 존재하지 않는, 심지어 나 자신조차 사라지고 없는 상황에 대해서도 생생하게 떠올릴 수 있었다. 마지막 상황에 대해서는 더이상 상상력을 확장시킬 수 없었다. 혹시 내가 돌아버릴지도 모른다는 두려움 때문이었다. 그런 이유로 나는, 인간은 살아 있는 동안에는 아주 잠깐 동안이라고 해도 결코 죽음에 대해서 생각할 수 없다, 왜냐하면 그럴 경우 생각이 지나쳐 결국 돌아버릴지도 모르기 때문이다, 라는 내용으로 작문을 끝냈다. 작문을 할 때는 반드시 주제가 있어야 하는 법이다.

바르텐 선생님은 학생들이 모두 나갈 때까지 참을성 있게 기다려주었고, 우리의 대화에 끼이고 싶어서 내 책상 주변을 서성거리고 있는 미에케 토이니쎈에게 미안하지만 면담이 진행되는 동안 문 밖에서 기다려주면 좋겠다고 부탁했다. 마침내 선생님과 나 둘만이 남았다. 나는 너무나 긴장되고 당황한 탓에 입이 딱 얼어붙어 한 마디도 할 수 없게 될까 봐 몹시 걱정되었다. 그러다가 갑자기 선생님과 나누는 대화가 내 작문에 관한 것이 아니었으면 좋겠다는 생각이 들었다. 내가 그런 작문을 지었다는 사실이 몹시 부끄러웠다. 그래서 나는, 대체 그런 내용의 작문을 써서 바르텐 선생님에게 무얼 얻으려 한 거지, 하고 따지듯 나 자신에게 물었다.

교탁은 조그만 교단 위에 서 있었다. 바르텐 선생님은 그 아래로 내려서서 책상 앞줄 쪽으로 다가가더니 의자 하나를 빼내며 나에게 옆자리에 앉으라는 신호를 보냈다.

나는 진작부터 선생님은 선생님이라는 바로 그 한 가지 사실만으로도 충분히 매력 있는 존재라고 생각하고 있었는데, 그날 바르텐 선생님은 특별히 멋있어 보였다. 그는 젊고, 좀 야위었다 싶게 날씬하고, 키가 크고, 단정한 머리에 등은 약간 구부정하며, 그래서 어딘가 연민을 불러일으키는 모습을 하고 있었다. 가까이 다가간 그의 몸에서는 시가 냄새가 났다. 나는 그가 집에서 자유로운 시간을 보낼 때면 어느 누구에게도, 물론 그의 아내에게조차도 보여주지 않는 시를 홀로 짓는 사람일 거라고 짐작했다.

그의 얼굴 표정은 부드럽고 다정했다. 그렇다고 여자 같은 인상은 아니었다. 하지만 그의 얼굴에는 남다른 특징이 있었다. 그것은 그의 두 눈이었다. 그의 눈은 정말 특별했다. 그말고 그렇게 독특한 눈을 가진 사람을 본 것은 꼭 한 번, 헨드리크뿐이었다.

그런 눈을 두고 사람들은 사색적인 눈이라고 말하는 게 아닌가 싶다. 어딘가 아시아 사람을 연상시키기도 하는 그 눈매에, 투명한 눈동자를 절반쯤 가릴 정도로 긴 속눈썹은 또 얼마나 멋있던지. 그런 눈매를 한 사람들은 식자우환이라고, 바로 그 많은 지식 때문에 고통스러워하는 사람이라는 인상을 준다.
바르텐 선생님이 바로 그런 사람이었고, 헨드리크 역시 그랬다.

열두 살이 되던 해부터 나는 매해 여름이 되면 여학생 클럽에 들어가 캠프 여행을 해도 좋다는 허락을 받았다. 헨드리크는 바로 그 여름 캠프에서 만나 알게 된 사람이었다. 그는 아르바이트로 우리를 지도하기 위해 참석한 참이었고 매사에 다루기 힘든 우리들과 씨름을 했다. 1970년 여름, 그는 다른 청년들과 함께 자원 봉사자로 농장 일을 거들러 나왔다. 우리들 역시 지도교사의 인솔하에 열세 명씩 무리를 지어 그곳에서 봉사 활동을 하고 있었다.
그를 처음 본 순간 제일 먼저 눈에 띈 것은 바로 그 독특한 눈이었다.
우연한 사고로 그가 내 손에 붕대를 감아준 이후 나는 그와 사랑에 빠졌다.
캠프 기간 동안은 아침에 눈뜨는 시간부터 잠자리에 들 때까지 여러 가지 놀이와 야외 활동으로 하루가 어떻게 지나가는지 모를 정도로 바쁘게 돌아가게 마련이다. 캠프 생활을 시작한 지 사흘째 되던 날, 어스름녘에 우리는 그룹을 나누었다. 그런 다음 그룹별로 정해진 시간 내에 완수해야 하는 과제를 받았다. 내가 속하게 된 네 번째 그룹의 과제는 작업일지 작성이었다. 농장은 마을 외곽에 위치해 있었고, 농장에서 제일 가까운 집이 이삼백 미터쯤 떨어져 있었다. 우리 그룹은 농가로 우르르 달려갔고, 나는 새로 포장한 농장의 진입로에서 비틀걸음을 하다가 넘어지고 말았다. 얼떨결에 손으로 땅을 짚으며 일어서보려고 애를 쓰던 나는 저만큼 앞서 달려가고 있는 친구들을 소리쳐 불렀다. 그리고는 가물거리는 정신을 가다듬고 친구들이 되돌아와주기를 기다렸다. 통증이 지독했다. 찢어진 손에서는 피가 흐르고 손바닥에는 여기저기 자잘한 돌들이 박혀 있었다.

헨드리크가 부상당한 나를 꼼꼼하게 보살펴주었다. 우선 나를 주방으로 데리고 간 그는 비상약품통을 꺼내더니 내 손을 잡고 핀셋으로 손바닥에 박힌 돌들을 일일이 집어냈다. 행여 통증을 더할세라 조심조심 돌을 골라내는 그의 손길은 한없이 부드러웠다.

응급 처치 시간은 아주 길었다.

하지만 나로서는 너무 빠르게 지나간 시간이었다.

그 다음날 나는 하루 종일 그의 주변을 맴돌았다.

그러다가 나는 헨드리크가 다른 남자와 그 짓을 하고 있는 장면을 목격했다.

하지만 나는 별로 놀라지 않았다. 빨간색 표지의 내 조그만 책에서 이미 읽은 바가 있었다. 그 책에는 그런 행동, 그러니까 남자끼리 그런 짓을 하는 것은 지극히 정상적이고 흔히 일어나는 일이라고, 심지어 인구의 이십 퍼센트 정도가 그런 행위를 일상적으로 한다고 적혀 있었다. 그 책을 읽을 당시에는 차마 그 사실을 믿을 수 없었다. 그럴 수밖에 없는 것이 우리 마을이라든가 학교에서는 그런 사람을 한 번도 본 적이 없었기 때문이다.

헨드리크와 그 젊은 남자는 굉장히 놀란 표정이었다. 잠시 침묵을 지키던 그가, 이런 행동을 나쁘게 생각하느냐고 물었다. 나는 나쁘다고는 생각하지 않았지만 약간 당혹스러웠고, 진작부터 내 취향에 맞지 않는다는 생각은 하고 있었다.

"오, 아뇨."

잠시 후 나는 대답했다.

"전혀 아니에요."

헨드리크는 성큼성큼 다가오더니 나를 번쩍 안아들고 부엌으로 갔다. 그리고는 내가 넘어진 날부터 늘 그랬던 것처럼 손에 감았던 붕대를 풀고 옥도정기를 묻힌 솜으로 상처를 닦아주었다. 언제나 그랬듯이 아프지 않느냐고 물었고, 다른 날보다 더 자주 웃는 얼굴로 나를 바라보았다. 소독이 끝나고 나자 잠시 내 얼굴을 빤히 들여다보던 그가 내 입술에 대고 부드럽게 입맞추었다. 우리는 이렇게 비밀을 나누어 갖게 되었구나, 하고 나는 생각했다.

바르텐 선생님은 단도직입적으로 내 작문을 읽었을 때의 느낌을 말했다. 그런 작문을 쓴 사람이라면 당연히 한 학년을 다시 다니는 일은 거의 없을 거라는 생각이 들었다고 했다.

나는 갑자기 대화의 주제가 바뀐 사실에 당황하여 내가 유급을 한 것은 너무나 당연한 논리적 귀결이라고 대답했다. 나는 숙제라는 것을 단 한 번도 해본 적이 없는데다 시험 공부도 전혀 하지 않는 아이였기 때문이다.

우리의 대화가 나의 사유방식이나 죽음에 관한 것이 아니었고, 그가 나에게 삶에 대해 어떻게 생각하느냐고 묻지 않았기 때문에 나는 약간 실망했다. 나는 작문을 하는 것과 다른 과목의 성적이 좋은 것에는 대체 무슨 상관이 있는 걸까 궁금하기도 했지만 그렇다고 바르텐 선생님에게 그 둘 사이의 상관관계를 설명해달라고 부탁할 자신은 없었다. 그는 내가 숙제를 게을리 하고 시험 공부를 열심히 하지 않는 이유가 무엇인지 알고 싶어했다.

"게으르거나 멍청해서겠죠?"

나는 질문하는 듯한 어조로 대답했다.

"그렇게는 생각할 수 없는걸, 키트. 네가 그런 학생이라면 이렇게 훌륭한 작문을 지을 수 없을 테니까 말이다. 혹시 학교 생활이 지루하고 재미없는 건 아니니?"

그가 내 말에 반박했다.

과연 그 질문에 정직하게 대답을 해야 하는지 어떤지 판단이 서지 않아 나는 잠시 망설였다. 학생에게 수업 시간이 죽을 것처럼 지루하다는 말을 들은 선생님은 얼마나 괴로울 것인가. 그것은 곧 학교가 마음에 들지 않으며 선생님이 하품이 날 정도로 따분하다고 말하는 것과 마찬가지 얘기다. 그러면 선생님은 그 사실을 교장선생님에게 일러바칠지도 모를 일이며, 그렇게 되면 다른 애들은 다 집에서 노는 토요일에 나 혼자 학교에 나와야 할지도 모른다.

"가끔 그럴 때도 있어요."

나는 지혜롭게 대답했다.

그런 다음 나는 그것이 학교나 선생님 탓은 아니라고 말했다. 네덜란드어는 정말 재미있으며 수업 시간이 가끔 지루한 것은 쉽게 싫증을 내는 내 성격 탓이라고 했다. 게다가 아라의 숙제를 도와주느라고 8학년 책을 이미 읽어본 탓에 더이상 공부할 필요가 없다고 생각하기 때문이라고, 시험을 잘 보려면 당연히 더 열심히 공부를 해야 하는데 그렇게 하지 않은 내 탓이라고 설명했다.

"아라라면 바르바라 칼렌바흐를 말하는 건가?"

"네, 그애가 제 친구거든요."

갑자기 생기를 되찾은 나는 아라가 얼마나 특별한 애인지, 그애의 머릿속에는 얼마나 근사한 단어들이 들어 있는지 신이 나서 설명했다. 아라가 말하기를 9학년 교실에서는 생물 시간에 마레스 선생님으로부터 정말 재미있는 것을 배운다던데 그 수업에서는 아직 태어나지도 않은 아기가 파란색 눈동자인지 갈색 눈동자인지도 미리 알 수 있다고 하더라고, 그런데 과연 내가 9학년이 될 수 있을지 모르겠다고 했다.

"유전학을 말하는 거구나. 그러니까 너도 생물학은 지루하다는 생각이 안 든단 말이지?"

잠자코 내 이야기를 듣고만 있던 바르텐 선생님이 말했다.

"아니, 그런 건 아니에요. 시물은 제가 즐겨 그리는 대상이긴 하지만 일반적인 의미의 생물은 역시 재미없어요. 생물 점수도 4점밖에 못 받아요. 하지만 그 유전학이라는 건 정말 재미있을 것 같아요."

"그것 말고 또 재미있는 건 뭐지?"

"체조, 그림 그리기, 문학, 외국어, 보고서 작성, 학교신문 만들기, 종교 등등이요."

단숨에 말하고 나서 나는 다시 덧붙였다.

"하지만 본질적으로 모두 무용한 과목들이지요."

"공부하는 방법 역시 배울 수 있단다, 키트."

내 말이 끝나기가 무섭게 바르텐 선생님이 말했다.

다음날 그는 나에게 논문철을 건네주었다. 그리고는 웃는 얼굴로

이 논문을 읽어보라고 주는 건 허영심에서가 아니라 나를 신뢰하기 때문이며 그 논문은 지난해, 그러니까 1964년에 교육대학에서 교육학 졸업 논문으로 선생님이 작성한 것이라고 설명했다.

그는 또한 논문 사이사이 내가 흥미있어할 장에 종이를 끼워두었으니 나머지는 구태여 읽어볼 필요가 없을 거라고 했다. 혹시 논문의 내용을 이해할 수 없으면 자신에게 물어보고, 다 읽은 후에 그 논문을 주제로 이야기를 나누자고 했다.

"제목만 보고 미리 겁먹을 것 없어."

그는 등을 돌리고 저만큼 걸어가면서 한마디 덧붙였다.

학교에서 나는 그 사실을 누구한테도, 심지어 아라한테도 말하지 않았다. 일단 집으로 돌아온 후에야 엄마에게 그 사실을 털어놓았다. 우리 학교에 계신 바르텐—새로 온 네덜란드어 담당이고, 우리 학교에서 제일 멋있는—선생님이 나에게 아주 특별한 관심을 보여요. 여기 이 장밋빛 서류철 안에 선생님의 졸업 논문이 들어 있는데 다른 사람한테는 절대 보여주지 말고 나 혼자서 읽어야 해요. 논문을 통해 무언가를 배워야 하거든요. 그래서 지금 당장 내 방에 가서 읽기 시작할 거예요.

그전까지 나는 식사 시간 삼십 분 전에는 주방에 들어가, 수프를 끓이고 채소를 씻는 엄마를 지켜보거나 불 위에서 지글거리고 있는 고기에 버터가 녹아 들어가며 풍기는 냄새를 코를 킁킁거리며 맡아보곤 했었다.

나는 늘 배가 고팠다.

나는 침대에 배를 깔고 엎드린 자세로 깔끔하게 타이핑된 논문의 잉크 냄새를 깊이 들이마신 다음 첫 페이지부터 읽기 시작했다. 그러자 거짓말처럼 더이상 허기가 느껴지지 않았다. 심지어는 엄마가 층계참에서, 식사 준비가 다 됐다고 소리를 칠 때도 위장에서는 아무 반응도 보이지 않았다. 그래서 읽던 논문을 접어두고 아래층으로 내려가기까지는 약간의 노력이 필요했다.

"아무래도 그 논문 안에 특별한 게 들어 있는 모양이구나. 네가 먹을 걸 다 마다할 정도니 말이다."

엄마가 말했다.

"맞아요, 엄마."

"그래 그 논문 제목이 뭐니?"

"문제아"

나는 얼른 덧붙었다.

"하지만 긍정적인 의미예요."

논문의 내용은 정말 긍정적이었다. 그래서 나는 바르텐 선생님이 논문에서 서술하고 있는 아이들과 나 사이에 어떤 공통점이 있다고는 생각할 수 없었다. 매 장마다 바르텐 선생님은 논문을 쓰는 동안 한 학교에서 학습 장애아와 나누었던 면담 내용을 구체적으로 소개하고 있었다. 논문에서는 그런 학습 장애아동을 사례라고 표기하고, 그 단어 앞에 어떤 소녀나 소년의 성을 붙여놓았다. 그것은 수업 시간 내내 지루하다는 생각만 하고 있는 아이들의 이야기였다. 바르텐 선생님에 따르면 그들이 지루해하는 것은 수업 내용이 너무 어려워서가 아니라 오히려 그들의 수준에 비해 너무 쉽기 때문이었다. 그런 아이들 중에는 실제보다 멍청해 보이려고 의도적으로 애를 쓰는 경우도 있었는데, 그것은 그렇게 하지 않을 경우 학급이나 가정에서 따돌림을 당할까 두려워서였다.

　그런 류의 두려움이라면 나하고는 전혀 상관이 없는 것이었다. 그리고 수업이 어려우냐 쉬우냐 하는 문제 역시 나와는 상관이 없었다. 나는 다만 수업이 아무 의미도 없다는 것을 이미 알아버렸기에 그저 지루하게 여겼을 뿐이었다. 대체 어느 누가 머릿속에다 유고슬라비아의 수도인 베오그라드는 위도 몇 도에 위치해 있으며 딴꽃가루받이가 무언지 기억해두고 싶어한단 말인가? 그런 쓸데없는 것을 기억해두는 것은 한계가 뻔한 내 두뇌를 소모하는 것이라고 생각한다. 그리고 바르텐 선생님의 논문에는 자신의 두뇌 용량의 한계를 두려워하는 아이들에 대한 사례는 실려 있지 않았다.

　어쩌면 그런 내용이 실려 있을지도 모를 일이긴 했다. 바르텐 선생님이 특별히 나에게 권해준 4장과 5장은 아직 읽어보지 않은 상태였다. 4장과 5장에는 '밖'과 '안'이라는 표제가 붙어 있었다. 그리고 바르텐 선생님이 넣어둔 쪽지에 따르면 5장에서 사례를 든 자니라는 아이의 이야기가 나와 비슷한 경우일 거라고 했다.

　거기에는 그 이상의 내용이 들어 있었다. 문제아에 관한 5장의 내용을 다 읽고 나니 거의 가슴이 찢어지는 듯한 통증이 일었다. 도저히 이루어질 수 없는 소망, 내가 1962년에 학습 장애를 가진 문제아였으면 얼마나 좋았을까 하는 간절한 바람이 생겼기 때문이었다. 그리고 정말로 내가 자니라는 애와 닮은 구석이 있어서 다루기 어려운 아이였더라면 싶기도 했다. 그랬더라면 바르텐 선생님은, 모든 걸 다 이해한다는 듯한 눈길로 나를 바라보던 그 순간부터 앞날이 뻔한 나를 구원해주기 위해 온갖 노력을 다 기울였을 테니까 말이다.

　자니는 나보다 훨씬 더 독특한 상황에 있었다. 그럴 수밖에 없는

184

몇 가지 이유가 있다. 자니의 엄마는 술을 많이 마시고 아버지는 집에 있는 날이 드물다. 그래서 자니가 집에서 아버지의 역할을 하기도 한다. 그는 남동생과 여동생을 돌봐준다. 이 대목은 정말 감동적이다. 바르텐 선생님에 따르면, 자니는 다른 학생들보다 영리하기 때문에 수업 시간에 지루함을 느낄 뿐 아니라 집에서 늘 느끼는 긴장감을 그리워하고, 그 때문에 수업에 집중할 수 없다는 것이다.

그 모든 것이 나하고는 다르다. 나는 우리 반에서 나보다 영리한 애들의 이름을 단숨에 열 명쯤은 댈 수 있으며, 우리집은 모든 게 정상이다. 엄마의 주량은 기껏해야 섣달 그믐날이면 계란 크림을 섞은 리큐어를 한 잔 마시는 게 고작이고, 아버지는 잠깐씩이긴 하지만 매일 얼굴을 볼 수 있다.

하지만 자니와 나에게는 공통점도 있었다. 우리 둘 다 작문을 굉장히 좋아한다는 점이다. 자니는 손가락에 마디가 생길 정도로 글쓰기를 좋아하고, 바르텐 선생님은 그와 아주 친하게 지내서 그의 일기책까지 볼 수 있었다. 하지만 나로서는 누군가에게 내 일기를 보여준다는 것은 생각도 할 수 없는 일이다. 혹시 누가 내 일기를 보게 되면 아마도 나는 너무나 부끄러워 죽고 싶은 심정이 될 것이다.

어쩌면 나는 바르텐 선생님에게 그의 논문에 적혀 있는 '안'과 '밖'이 무엇을 뜻하는지 이해했다고, 그 말의 좀더 어려운 단어, 내적 동기와 외적 동기라는 말도 알고 있다고 말해야 할지 모르겠다. 그 점에 대해서는 그가 전적으로 옳다. 자니와 똑같이 나도 무엇을 위한 것인지 정확하게 알지 못하면 절대로 손가락 하나 까딱하지 않는다. 그리고 대체 어떻게 하면 그런 논문을 쓸 수 있느냐고 반드시 물어보고 싶다. 그 논문은 정말로 흥미진진했다. 하지만 나는 그가 어떤 대답을 할지 이미 알고 있다. 그러니까 그의 논문식으로 말하자면 그것은 외적 동기와 관련되는 무엇이다.

좀체 잠이 오지 않았다. 오랜 기다림 끝에 잠이 찾아오기 시작하는 순간, 아무래도 바르텐 선생님에게 하고 싶었던 이야기를 모두 할 수는 없을 거라는 생각이 스쳐갔다.

3

처음에는 불규칙했던 생리가 일 년이 지나자 아예 중단되어 버렸다. 1974년 11월, 열아홉번째 생일을 며칠 앞둔 어느 날, 열한시 정각에 나는 마을 병원에서 반 달프젠 박사의 내시경에 의해 순결을 잃었다. 내시경은 약간 미지근했다.

세상에는 그런 일로 나보다 더 심각한 충격을 받는 소녀들도 있다. 그때까지 이끌어온 삶을 통해 나는 그 과정이 나하고 잘 어울린다고 생각했다. 어떤 이유에서인지 자연스럽게 이뤄져야 할 것들이 내 경우에는 그렇지 않았던 것이다.

"이제는 아프지 않니?"

엄마가 이따금 지나가는 말투로 그렇게 물었다.

"네, 이젠 괜찮아요."

나 또한 별 생각 없이 그렇게 대답했다.

"그래, 정말 다행이구나."

나는 통증뿐 아니라 생리 자체가 없어졌다는 사실은 말하지 않았다.

　내가 엄마에게 그 사실을 말한 것은, 엄마가 어딘가 이상하다는 표정을 지으며 생리대가 필요하지 않으냐고 물었을 때였다. 나는 이젠 필요없게 되었다고, 완전히 풀려났다고 대답했다.

"뭐, 풀려나?"

"생리가 없어졌어요."

"언제부터?"

"잘 모르겠어요, 한 일 년 된 것 같아요."

　주치의는 수술을 하지 않았다. 그저 나에게 처방전을 써주었을 뿐이다. 그 약을 먹으면 모든 것이 다시 시작될 것이라는 진단이었다. 안에서는 아무것도 진행되는 게 없었지만, 겉으로는 오히려 더 많은 게 진행되었다. 잠깐 사이에 내 몸무게는 4킬로그램이 늘었다. 우연히 쇼 윈도에 비친 내 모습을 보았을 때 나는 깜짝 놀랐다. 거기에는 조그만 방울새가 날아가버리고 대신 내가 알지 못하는 투실투실한 괴물이 있었다. 내 머릿속에서 나는 아직 47킬로그램이었고, 쇼 윈도에 비친 괴물은 47킬로그램의 이미지와는 전혀 어울리지 않았다.

　의사는, 몸매가 변할 정도로 살이 찐 것은 호르몬 이상 분비 증상 때문이라고 말한 후 다시 두번째 처방전을 써주었다.

"내가 보고 싶은 소녀는 이런 게 필요없는 소녀입니다."

　그는 나에게 처방전을 건네주며 이렇게 말했다.

　다시 생리 없이 두 달이 지나고 난 후 몸무게를 재어보니 53킬로로 늘어나 있었고, 주치의는 결국 나를 병원에 입원시켰다. 한 달 동안 만나지 못했던 사람들과 다시 만나게 된 순간, 나는 몹시 부끄러웠다.

반 달프젠 박사가 내가 아직 순결한 소녀라는 사실을 알았다면 그는 나를 아주 조심스럽게 다루었을 것이고, 남자 인턴 세 명이 나를 검진하게 하지 않았을지도 모른다. 그 사실을 조금이나마 눈치챈 사람은 내 머리맡에서 이따금 이마에 흐르는 땀을 닦아주던 간호사뿐이었다. 나는 그 간호사가 단박에 마음에 들었지만 다음날 거리에서 만난다 해도 그녀를 알아볼 수는 없을 것 같았다.

사람들은 거기에 정말 우스꽝스러운 자세로, 아주 불편해하며 누워 있었다. 나는 은밀하게 나의 처녀성이 유린당하는 상황을 즐기기로 작정하고, 지금은 내 인생에서 아주 중요한 순간이며 어떻게 되든 그건 전혀 중요하지 않다고 나 자신을 타일렀다. 간호사는 나를 여느 환자와 마찬가지로 아주 고통스럽게 다룸으로써 이 특별하고도 은밀한 성년식의 즐거움을 숨길 수 있도록 도와주었다.

고통스러운 상황에 처해 있는 사람에게 그와 고통을 함께 나누고 어떤 방법으로든 돕고 싶다는 마음을 전할 경우, 상대방은 그런 고마운 사람을 위해 무엇이든 다 해주고 싶다는 생각을 하게 마련이다. 그리고 누군가 바로 나처럼 속수무책으로 가만히 누워 있을 수밖에 없는 상황이라면 그 무력감은 일종의 사랑으로 변하게 마련이다.

누군가를 제대로 사랑하려면 불행한 상황을 함께 체험한다거나 아니면 사방 일 미터짜리 공간에 갇혀 반쯤 미친 사람에게 볼모 잡힌 신세가 되면 된다. 조그만 보트 안에 무릎을 맞대고 앉아 폭풍에 휩쓸려가게 되면 심지어 기적도 일어날 수 있다. 그렇게 되면 단 일 초도 함께 있어본 적이 없는 사람이라 할지라도 그와 사랑에 빠질 수 있을 게 분명하다. 설령 완전히 이성적인 상태이고, 목숨이 위험한 상황이 아니라 해도 결과는 마찬가지다.

사랑과 두려움은 동전의 양면처럼 서로 떼려야 뗄 수 없는 관계다. 그렇기 때문에 내 생각으로는 함께 바다를 항해하다 결혼이라는 항구에 이르게 되면, 일단 한 배를 타고 항해를 하게 된 이상 혼자서만 슬그머니 배에서 내리는 일은 있을 수 없고, 또 그런 식으로 서로에게 의지하다 보면 사랑이 싹트는 게 당연하다.

내 양 다리가 양쪽으로 쫙 벌려지는 듯한 느낌은 별로 불쾌하지는 않았지만, 말 위에 걸터앉아 몇 시간 동안 달리기를 계속하는 듯한 기분이 들었다. 의사는 일단 나를 의자에 앉게 한 다음 진료 카드를 작성한 후에야 옷을 갈아입어도 좋다고 허락했다. 그가 진료 카드를 작성하고 있는 사이, 내 머릿속에는 팬티를 안 입었다는 생각뿐이었다. 그리고 나는 내 처녀성을 빼앗아간 남자와 사랑에 빠지고 싶은 생각이 약간은 남아 있어서 그의 질문에 어떤 식으로 대답을 해야 할지 쉽게 결정을 내릴 수 없었다. 사실은 무슨 질문을 하는지도 귀에 들어오지 않았다. 그는 내 손을 잡고는, "축축하군" 하고 중얼거리더니 진료 카드에 무엇인가를 기록했다. 그는 질문을 했고, 내가 아무 대답이 없자, 아래쪽에는 아무 이상이 없으니 동료 의사에게 위쪽에 무슨 이상이 있는지 알아봐달라고 의뢰를 해야겠다고 혼잣말하듯 웅얼거렸다.

나는 그가 하는 말을 이해하지 못했다.

내 머릿속은 폭풍우를 만난 전깃줄처럼 윙윙거려서 아무것도 느낄 수 없었다. 그래도 주치의가 기뻐할 만한 진찰 결과가 나왔다.

"다행스럽게도 뇌에는 아무 이상이 없군요"라고 말한 주치의는 바로 그렇기 때문에 안쪽을 한번 진찰해봐야겠다고 덧붙였다. 그 말을 들은 나는 당황하지 않을 수 없었다. 그 말은 뇌 검사와 별도로 내부 검진이 필요하다는 뜻이었기 때문이다. 그때 나는 어떤 기구를 안으로 깊숙이 밀어넣어 내 머릿속에 있는 뇌가 어떻게 작용하는지를 알아보는 식의 진찰 방법이 있다는 것은 상상도 못 하고 있었다.

옷장 앞에 서서 옷을 갈아입고 있는데, 누군가 조용히 문을 두드리더니, 내가 대답을 하기도 전에 문을 열었다.

"이게 필요할 것 같아서요."

간호사가 나에게 생리대를 내밀었다.

맞는 말이었다. 나는 생각도 못 하고 있었다.

엄마는 노란색 타일이 깔린 복도의 나무 의자에 앉아 나를 기다리고 있었다. 이전에도 이후에도 엄마가 그렇게 부드러운 눈길로 나를 바라본 적은 없었다. 그 눈길을 마주 본 순간 나는 엄마가 나를 측은하게 여기고 있다는 것을 알았다. 예기치 못한 상황에 직면한 내 눈에서 나도 모르게 눈물이 흘렀다. 나 때문에 엄마가 걱정을 하다니, 그건 내가 원한 일이 아니었다. 하지만 엄마가 나를 불쌍하게 여길 필요가 전혀 없으며 내가 흘리는 눈물이 엄마가 생각하는 것과는 다른 이유 때문이라는 사실을 설명하려면 너무 복잡할 것 같았다.

"자, 가자. 이제 제과점에 가서 맛있는 과자를 먹자꾸나."

엄마가 다정한 목소리로 말하고 나에게 손을 내밀었다.

나는 행복감에 목이 멘 채 엄마 곁으로 다가갔다. 의사와 그의 내시경과 간호사, 그리고 무엇보다도 여기 병원 의자에 앉아 나를 기다려주고 또 그런 애틋한 눈길로 나를 바라보는 엄마에 대해 이루 말로 표현할 수 없는 고마운 마음이 들었다. 그 순간 한 가지 유감

스러운 것은 바로 그런 사실 때문에 행복하다는 사실을 엄마에게
말할 수 없다는 점이었다.

　엄마는 담당 의사가 정신과 의사의 진찰을 받아보자고 했다는 말
을 듣고는 몹시 놀랐다.
　"그래, 이 모든 게 아무래도 다 내 잘못이지 싶구나."
　엄마를 안심시키고 싶은 마음에 나는 정신과 진료는 순전히 형식
적인 절차이니 엄마는 전혀 걱정할 필요가 없다고, 우리는 엄마를
정말 훌륭한 분이라고 생각하며 엄마와 아빠 같은 분이 우리 부모
라는 사실을 기쁘게 생각한다고 말했다. 엄마 아빠는 우리를 위해
모든 것을 다 해주는 분들이었고, 비록 우리가, 특히 오빠들이 그
사실을 말로 다 표현하지는 못해도 모두 두 분에게 진심으로 고마
워하고 있었다. 오빠들이 그렇게 다정다감한 성격은 아니지만 그래
도 좋은 아들들인 건 분명했다. 비록 지금은 약간 지나치다 싶을 정
도로 머리를 길게 기르고 다니기는 하지만 마약을 한다거나 그 비
슷한 불량한 짓은 하지 않으며, 게다가 주말이면 꼬박꼬박 집으로
온다. 그것은 흔한 일이 아니다. 다른 가정 같으면 집 밖에 나가 생
활하는 자식들이 그렇게 믿음직스럽게 행동하고 규칙적으로 집에
온다는 것은 아마 생각도 못 할 테니 말이다.
　"그래, 내가 너희들을 너무 곱게만 키운 게 아닌가 싶구나."
　잠자코 듣고만 있던 엄마가 마침내 입을 열었다.

　병원에서 돌아오니 내 방에는 아라가 보낸 아네모네 꽃다발이 기
다리고 있었다. 꽃병 옆에는 편지봉투가 놓여 있었다. 나는 엄마가
내 방에서 나갈 때까지 기다렸다가 그 안에 든 카드를 꺼내들었다.

"사랑하는 키트. 의사가 너를 너무 아프게 다루지 않았기를 빈다. 그건 견딜 수 없는 일이니까. 난생 처음 인위적인 방법을 체험하는 것은 아름다운 체험이 아닐 거야. 하지만 사실은 그게 더 아름다워. 나는 하루 종일 너를 생각해. 아라."

아라는 잘못 생각하고 있었으나, 그건 중요한 게 아니었다. 나는 인위적인 방법보다 자연스러운 방법을 더 좋아하는 게 아닐까 하는 의혹이 들었고, 어쩌면 이런 생각을 하는 내가 이상한 것인지도 모른다는 생각이 들었다.

"그래, 그애는 정말 사랑스러운 데가 있어, 이따금씩은."

내가 다시 아래층으로 내려가자 엄마가 말했다. 하지만 내가 외투를 걸치고 아라를 만나러 가기 위해 외출 준비를 하자 엄마는 약간 기분이 상한 듯했다. 우리 모녀가 특별한 오후 시간을 체험한 터였기에 엄마는 좀더 나와 함께 있고 싶은 모양이었다. 엄마는 이제 당신의 위치가 나에게 만족스럽지 못하다고 생각하고 있었다.

"아라, 아라, 언제나 넌 아라 타령이구나."

엄마가 언짢은 기색으로 말했다.

"그앤 그저 쓸데없는 이야기를 털어놓기 위해 네가 필요한 거야. 그런데도 넌 완전히 푹 빠져 있구나. 넌 언제나 그애 뒤꽁무니만 따라다니잖니. 상대방에게 허점을 보이면 안 되는 거란다."

나는 엄마가 병원 복도에 앉아서 나를 기다리던 모습을 생각하고 엄마 말이 옳다고 결론을 내렸다.

하지만 엄마가 옳다고 내 생각을 바꿀 수는 없었다. 아라는 나보다 자제력이 강했다. 자존심과 독립심도 강했다. 그 동안 나는 끔찍할 정도로 아라에게 의존적이었다는 생각이 든다. 엄마 말에 따르면 나는 너무 한 사람에게만 집착하고 언제나 아라만 생각하며, 그녀 때문에 다른 여자친구들은 별로 필요하지 않다는 것을 너무 노골적으로 드러낸다는 것이다.

언제부터인가 나는 내가 교육대학에서 일찍 돌아오고 아라 역시 집에 있다는 것을 뻔히 알면서도, 어디 이번에는 아라가 먼저 나를 찾아오는지 시험해보자 하는 마음에서 한 시간씩이나 기다리는 경우가 있었다. 그녀도 나를 그리워하고 있을 것이며, 각자 집에 틀어박힌 채 둘이 함께 보내야 할 시간을 그런 식으로 낭비하고 있다는 것은 정말 못 견딜 일이라고 생각하고 있으리라는 것을 정확하게 알면서도 그랬다. 하지만 모두 소용없는 일이었다. 아라는 오지 않았다. 한 시간쯤 지나고 나자 나는 더이상 견딜 수 없어서 약간의 모욕감을 안은 채 그녀의 집으로 찾아갔다. 그리고는 다짜고짜 따지듯 물었다.

"왜 우리집에 안 왔어?"

"무슨 소리야?"

"난 벌써 한 시간 전부터 집에 있었단 말이야."

"나도 알아."

"그런데 왜 우리집에 안 왔어?"

"네가 오리라는 걸 아니까."

아라는 간단히 대꾸하고는 신비한, 어딘가 위압적으로도 느껴지는 미소 띤 얼굴로 나를 바라보았다.

"그럼 넌 나를 빨리 보고 싶은 생각이 안 들었단 말야?"

"아니, 난 그렇게 무조건 아무 때나 너를 보러 갈 필요가 없어. 넌 언제나 나와 함께 있으니까."

그녀는 눈썹 하나 까딱하지 않고 천연스레 대답했다.

이것이 바로 내가 아라에게 감탄하는 이유였다. 그녀는, 눈썹 하나 까딱하지 않고 혹은 조금도 얼굴을 붉히지 않고, 스스로 생각하기에 너무 유치하다거나 아니면 지나치게 낭만적이라고 여겨져서 차마 말할 수 없는 것도 아무렇지 않게 말할 수 있다.

"그냥 집에 있을래요."
나는 입었던 외투를 다시 벗으며 엄마에게 말했다. 갑자기 심한 피로감이 엄습했다. 속이 약간 메스껍기도 했다. 이런 증상은 동시에 두 가지 일을 하고 싶은데 어떻게 해야 할지 모를 때 종종 체험하곤 한다.
"잘 생각했다, 아가야. 다른 사람 뒤꽁무니 따라 다닐 필요가 전혀 없단다. 다른 아이들이 너에게 다가올 때까지 마음 편하게 기다리렴. 여기 잠깐 있거라, 우리 따끈한 커피 한잔 마시자꾸나. 아니면 따뜻한 초콜릿을 만들어줄까? 냉장고에 저칼로리 식품이 들어 있을 거야. 엄마 다이어트용이지만, 먹고 싶거든 그걸 먹어도 좋고."

다이어트를 시작하고부터 내 머릿속에는 온통 음식 생각뿐이다. 음식을 생각하기 시작하면서부터 내 몸무게는 점점 더 늘어간다. 그 사이 나는 비스킷 한 조각, 빵 한 조각, 훈제 혹은 구운 고기 일 그램, 야채 및 감자 약간, 과일 한 조각, 초콜릿, 파이 등등 모든 음식의 칼로리 함유량에 대해 알게 되었다.
우선 모든 음식의 칼로리 수치를 계산해봐야만 나는 비로소 그 음식을 입에 넣을 수 있다.
나에게 필요한 일일 섭취량의 수치를 모를 경우 나는 감히 음식을 먹을 용기가 나지 않는다. 그러니까 이 음식을 먹으면 내가 섭취하는 칼로리가 얼마나 되는가를 계산해본 후에야 비로소 나는 음식을 입에 넣을 수 있는 것이다.

크리지에는 마요네즈를 듬뿍 찍은 감자 튀김 세 접시에 엄청나게 큰 만두(적어도 천육백 칼로리)를 먹고도 군살 한 점 없는데, 나는 한 움큼 분량의 포테이토 칩을 마요네즈 없이 먹고 돼지고기 소시지 대신 오이 피클을 먹고 내가 먹는 게 감자 튀김인지 뭔지 분간할 수 없을 정도로 이것저것 섞어 먹어도 체중 감량에는 별 도움이 되지 않았다. 마침내 나는 무엇이 잘못된 것인지 알았다. 차갑게 식어버린 남은 만두를 먹어치운 후 한 시간쯤 지나고 나서 비로소 나는 오빠들이 집을 나간 후에도 엄마가 여전히 예전과 같은 분량의 음식을 준비하고 있다는 것을 알았던 것이다.

이미 비만 상태가 아닌 사람은 아무리 먹어도 살이 찌지 않는다.

그러니까 물만 먹어도 체중이 불어나는 것은 먹는 음식 탓이 아니라 스스로 부과한 금기 때문이다.

그러므로 나는 끊임없이 떠오르는 금지된 음식 생각만 중단하면 될 일이었다.

하지만 그것은 이미 때를 놓친 깨우침이었다.

그후 일 년 동안 음식에 대해 생각하지 않고는 아무것도 먹을 수 없었다. 그렇다고 이 음식이 맛있는가 맛없는가를 따져봤다는 게 아니다. 이 음식이 얼마나 좋은 음식인가 하는 생각을 이 쾌락의 칼로리는 얼마나 될까 하는 식으로 바꿔 생각했다는 말이다.

음식에 책임을 전가시키는 일을 그만두고 나자 칼로리를 따져보는 일도 그만두게 되었다

음식은 아무 죄가 없다.

죄는 인간만이 지을 수 있는 것이다.

그러나 한 가지, 음식을 '먹지 않을 때'에도 음식 생각을 해서는
안 되는 것인지는 알 수 없었다. 요리하는 법을 생각하고, 양념 구
입 및 그 재료들을 결합하는 방법을 생각하고, 눈앞에 있는 음식을
씹는 즐거움을 고대할 수는 있지만 음식 자체는 생각하면 안 되는
것인지도 모를 일이었다. 음식을 먹지 않을 때에도 음식 생각만 한
다는 것은, 탐닉과 집착의 본질적인 요소에 속하는 것임은 알고 있
었다. 그러나 보다 정확하게 안 것은 어느 날 내가 학자로서 나의
집착과 탐닉의 정체를 밝히게 되었을 때였다.

아라는 내가 다이어트를 통해 뚱뚱해지는 것과 금지된 음식에 대
해 생각하는 것이 어떤 상관관계가 있는가를 설명해주자, 황당한 표
정을 지으며 물었다.
"그럼 넌 전에는 음식에 대해 생각한 적이 없단 말야?"
"전혀. 난 음식에 대해 생각하지 않았어."
그녀는 다섯 살 때부터 하루 종일 음식만 생각했으며, 다른 사람
역시 끊임없이 음식만 생각하는 줄 알았다고 했다.
"아침에 눈을 뜨면 제일 먼저 떠오르는 걱정거리는, 과연 오늘은
나를 제대로 통제할 수 있을까, 과식하지 않고 하루를 무사히 넘길
수 있을까 하는 거였어. 하지만 아침 식탁에서 이미 나는 빵 한 조
각을 더 먹고 그런 식으로 하루 종일 과식을 하게 되는 거야. 다시
빵 한 조각을 더 먹고, 그 다음에는 달걀을 먹어대고 이런 식으로
말야."
처음으로 나는 아라와 나 사이에 결정적인 차이가 있다는 사실을
깨달았다. 아라가 요령부득의 말을 늘어놓을 때마다 전에 내가 말한
것들이 결코 근본적인 해결책이 될 수 없었을 거라는 사실이 일종

의 회오리바람처럼 머릿속을 휘젓고 속을 뒤집어놓았다. 아라가 이제 자신의 일상이 되어버린, 음식과의 투쟁에 관해 이야기했을 때 나는 문득 음식에 관한 그녀의 생각은 내 생각과 정반대라는 것을 깨달았다. 그리고 나중에는, 원인 및 영향에 대해서도 대부분 정반대의 생각을 갖고 있다는 사실도 알았다.

나는 잠시 망설였다. 방금 뇌리를 스쳐간 그러한 깨우침은 곧이곧대로 이야기하기에는 아직 정리가 덜 된 게 아닌지, 그러므로 좀더 시간을 두고 심사숙고해본 다음 그녀에게 이야기하는 편이 나은 게 아닐지 얼른 판단이 서지 않은 까닭이었다. 아라 곁에서 무슨 생각을 머릿속에만 간직하고 있다는 것은 사실 그대로 전달하는 것이나 다름없는 일이긴 했다. 그녀는 내가 그녀에 대해 무엇인가를 생각하고 있을 경우 그것을 감지해냈으며, 설령 그 내용에 대해서는 정확하게 알지 못한다 해도 내가 저를 생각하고 있다는 사실 자체만으로 자랑스럽고 행복하게 생각했다.

"음식은 너에게 세상에서 가장 사랑스러운 적이야, 아라."
그날 밤 나는 노트에 그렇게 적었다.
"너는 음식을 불쾌하고 예측할 수 없는 무엇, 어딘가 네 손이 미치지 않는 곳에 숨어서 너를 위협하고 유혹하는 무엇으로 여기고 있어. 네가 통제할 수 있고, 네 내면의 욕구에 따라 원하거나 거부할 수 있는 무엇이 아니라, 너에게 권력을 행사하고 너를 지배할 수 있는 무엇으로 여기는 거야. 그래서 너는 적군을 물리치듯, 너와는 무관한 무엇인 듯 음식과 맞서 싸우는 거지. 하지만 중요한 건 바로 그 점일 거야. 어쩌면 음식은, 내면에 속하는 무엇을 외부에 존재하는 것처럼 만드는 역할을 하는 건지도 몰라.

(이건 좀 이상한 소리처럼 들릴지도 모르겠어.)

만일 네가 무엇을 대상으로 싸운다면, 너는 지거나 이기겠지. 그렇다면 너는 음식이 이길 거라고 생각할 거야. 하지만 내가 생각하기에 음식은 바로 너 자신의 한 부분, 날마다 새롭게 승리를 거두는 내면의 적인 거야. 그 적의 정체를 나는 몰라. 너 역시 모를 것 같아 걱정이야."

"얼마 전까지만 해도 나는 음식 생각을 전혀 하지 않았어."
그날 오후 내가 말했다.
"음식을 생각할 필요가 없다면 얼마나 좋을까."
그녀가 말했다.
"그래, 그럴 수 있으면 정말 좋을 거야."
나도 맞장구를 쳤다.

4

정신과 의사를 만나는 일은 상당히 흥분되는 일이었다. 사실 나는 누군가 내 개인 신상에 대해 이런저런 질문을 하면 불편하고 어색하다. 그래서 아라조차도 그런 질문은 자주 하지 않는다. 아라와 나는 굳이 상대방에 대해 이런저런 질문을 하지 않아도 서로에 대해 잘 알고 있다고 생각한다. 그래도 어쩌다 아라가 나에 대해 무언가 질문을 할 경우가 있다. 그러면 나는 너무 당황한 나머지 대체 무슨 답변을 어떻게 해야 할지 몰라 몸둘 바를 모른다. 그런 점에서 나는 참 한심한 데가 있다. 다행히도 그녀는 나보다 용기가 있어서 우리

둘의 관계를 말로 표현해주고, 덕분에 모든 것이 다 정상으로 돌아
간다. 그러면 나는 정말로 행복한 느낌에 젖는다. 게다가 그런 쉽지
않은 대화는 매번 우리가 서로를 얼마나 좋아하는 사이인지를 확인
하는 순서로 끝나게 마련이어서, 나는 내 인생에서 우리의 우정이
가장 아름다운 체험이라는 사실을 그녀에게 솔직하게 말할 수 있는
용기도 얻게 된다. 때로 나는 그녀를 만나지 못했더라면 아마 내 평
생 친구를 단 한 명도 갖지 못했을 거라는 말을 할 때도 있다. 그게
지나친 과장이 아닐까 싶은 생각도 들지만 한 가지 확실한 것은 인
간이 행복에 겨워하다 보면 다소 과장도 할 수 있다는 점이다.

아라는 근본적으로 나보다 스스럼없는 성격이다. 그녀는 눈썹 하
나 까딱하지 않고, 우리가 서로에게 속한 사이이며 이 세상 어느 누
구도 그 사실을 바꿔놓을 수 없다는 말도 할 수 있다.

"우린 서로에게 운명 같은 존재야." 아라가 말한다.

나 역시 우리가 운명 같은 사이라는 걸 믿는다. 그리고 무엇보다
도 아라를 실망시키고 싶지 않고, 우리의 우정에 관한 한 내가 중요
하게 여기는 만큼 정확하게 표현하고 있으므로 그녀의 말을 어느
정도 인정은 한다. 그러나 솔직하게 말하자면 그녀의 말을 있는 그
대로 동의할 수는 없다. 복잡한 내 머리가 나는 본질적으로 아라와
는 다르게 생각하고 있다는 것을 지적해주고 있기 때문이다.

내가 아라에게 말한다.

"그래, 나도 우리가 서로에게 운명이라고 생각해. 하지만 우리의
운명은 일종의 논리야."

"그게 무슨 말이야, 키트?"

아라가 의아한 표정을 지으며 묻는다.

"넌 의식적으로 선택된 운명이라는 거지."

정말로 운명인 것은 자신의 가족뿐이다.

그 외에 다른 모든 사람은, 설령 혈육 이상으로 인생에서 모든 것을 함께 하는 사람이라 할지라도 운명이 아니라 자유로운 선택이다. 모든 선택은 고유의 역사와 논리를 가지고 있다. 비록 그 선택의 상당 부분이 지극히 개인적이고 헤아리기 어렵고 때로는 더이상 실감나게 체험할 수 없는 것이라 해도 그렇다.

논리 없는 운명은 인간이 자유의지로 반복하다가 스스로 가족을 이룰 때까지 삶에서 멀리 떨어져 있게 마련이다. 그러나 엄밀하게 말하면 나는 그것을 원하지 않았다.

나는 그 사실을 정신과 의사에게도 말했다.

그는 나에게 혹시 일 년 전에 무슨 일이 있었느냐고, 그 일 때문에 생리가 중단된 것은 아니냐고 물었다.

나는 정신과 의사에게 내가 너무나 간절히 원했기 때문에 생리가 중단된 것 같다고 설명했다. 정신이란 무엇인가를 간절히 소망할 경우 심지어 육체까지도 변화시킬 수 있을 만큼 강한 것이다.

일 년 전에 나는 우리집 주치의를 찾아갔었다. 엄마와 의논하지 않고 나 혼자 결정한 일이었으므로 대기실에 앉아서 차례를 기다리던 나는 혹시 아는 사람이 나타나 병원에서 나를 보았다는 사실을 엄마에게 알리면 어쩌나, 하고 내내 불안에 떨었다. 내가 생각하기에 우리 부모님은 당신네 딸이 석녀가 되고 싶어한다는 사실을 알고 좋아라 할 분들이 아니었다.

우리집 주치의는 병원에 입원할 수 있도록 소견서를 써달라는 내 부탁을 듣고 약간 웃었던 것 같다. 하지만 나는 절실했다. 자궁을 들어내지 않고는 아무것도 시작할 수 없을 것 같았다. 나는 다시 한번 확신에 찬 목소리로, 난 정말로 아이를 원치 않는다고 설명했다. 그러므로 매월 그런 끔찍한 고통을 겪는다는 것은 나에게 아무 의미도 없는 일이었다. 필요하다면 물론 고통을 참는 것도 그렇게 나쁜 것만은 아니지만 나중에라도 자궁 따위가 필요없다고 확신한다면 차라리 지금 제거해버리는 편이 훨씬 낫다. 그렇게 되면 육체로부터 자유로워질 것 같았다.

나는 한 달에 일 주일 가량을 당혹스러운 상태에서 지내야 했다. 그중에서 꼬박 이틀은, 통증이 너무 심한 탓에 달리거나 자전거를 탄다는 것은 상상도 못 하고 꼼짝없이 누워 지내야 하는 형편이었다. 그건 오로지 내 육체가, 나는 결코 원치 않는데도 어쩔 수 없이 복종해야 하는 법칙에 굴복하고 있기 때문이었다. 그러므로 이 모든 것이 전혀 쓸데없는 것이었다. 생리라니, 그건 나에게 일종의 코미디 같은 것이었다.

"나는 내 손으로 직접 학생을 이 세상에 나오게 만든 사람입니다."

의사가 말했다. 의사가 그런 감상적인 발언을 한다는 게 부당하다는 생각이 들었다. 내 문제점을 그에게 좀더 확실하게 이해시킬 필요가 있었다. 자궁에 관한 내 생각은 정말로 진지한 것이므로 조금이라도 나를 의심할 여지를 주어서는 안 될 것 같았다. 그래서 나는 냉정한 태도로, 별로 기억하고 싶은 이야기는 아니지만, 아무튼 그런 이야기를 듣긴 들었다고 말했다. 그리고 내가 지금 의사 선생님을 찾아온 이유는 내 인생을 끝내달라는 부탁을 하기 위해서가 아니라, 전혀 쓸모가 없으면서 공연히 고통만 주는 자궁에서 자유로워지고 싶어서라고 대답했다.

　내 말을 들은 의사는 대체 무슨 근거로 아이를 원하지 않을 거라는 걸 그렇게 확신하느냐고 물었다. 나는 이미 그런 질문을 예상하고 있었으므로 마치 수업 시간인 것처럼 미리 준비해둔 답변을 술술 풀어놓았다. 의사와 한동안 논쟁을 벌이던 나는, 혹시 나중에 마음이 변해 아이를 갖고 싶다는 생각을 하게 될지도 모르지만 그래도 아무 문제 없다고 했다. 주변에는 불행한 아이들, 부모만 있으면 얼마든지 행복해질 수 있는 아이들이 차고 넘치니 그런 애들 중에서 양자를 삼으면 해결될 일이었다. 한동안 내 말을 듣고만 있던 의사가 더는 못 참겠다는 듯 한마디 했다.

　"나이를 좀더 먹게 되면 아이를 갖는다는 것에 무언가 다른 의미가 있다는 것을 알게 될 겁니다. 인간이 자식을 낳는 것은 자기 스스로 작품을 만들었다는 성취감을 얻기 위해서이기도 하니까요. 인간은 자신의 2세를 통해 자기 인생을 계속해서 살아가는 겁니다."

　"하지만 바로 그런 생각이 너무 이기주의적인 거예요."

　나는 사뭇 분노한 목소리로 반박했다.

　나는 바로 그런 인간들, 아무 대책도 없이 종족 번식이라는 어리석은 본능에 맹목적으로 복종하여 부탁도 하지 않은 한 생명을 세상에 내보내는 인간들을 혐오했다. 인간은, 거의 모든 부모, '그리고' 자식은, 설령 그들이 서로 사랑하는 사이라 해도 근본적으로는 서로에게 고통과 짐이 될 뿐 서로를 행복하게 해주기는 정말 힘든 법이다. 나는 그 모든 사실을 끔찍하게 이기적이라고 생각했다.

　"인간의 본성이 본래 이기적입니다. 혈통 역시 제 길을 가게 되어 있지요."

　의사가 침착한 표정으로 말했다.

　그 말을 들은 나는, 인간은 본능에 거역해서 살 수도 있는 것이며 혈통의 법칙에 무조건 복종할 필요는 없다고 했다. 아이에 대한 걱정과 염려의 마음으로 자기 자신을 돌보는 게 차라리 바람직하고, 부모는 아이를 방치해도 상관없으며 일단 방치된 아이에 대해 죄책감을 가질 필요도 없다. 그런 아이의 삶이 오히려 더욱 풍요로울 수도 있다. 무언가 다른 것을 통해 자기 인생을 보다 풍요롭게 살아가고 싶다면 구태여 아이를 낳아 기르는 방법말고도 얼마든지 다른 길이 있지 않은가.

"이를테면 어떤 방법?"

의사가 여전히 침착한 어조로 물었다.

"예를 들면, 예술이요."

"책이나 그림은 살아 있는 존재와는 다른 겁니다."

"마찬가지예요. 살아 있는 존재 역시 인간의 불행을 막아줄 수는 없잖아요."

"대체 지금 몇 살인가요?"

"열여덟 살이요."

의사는 앞에 놓여 있던 진찰 카드를 옆으로 비켜놓았다. 첫번째 심리(審理)에서 패했구나 하는 생각에 머리가 혼란스러워져서, 나는 마지막 변론을 어떤 말로 마무리해야 할지 정신을 집중시킬 수가 없었다. 의사는 나에게, 네덜란드에는 특별한 의학적인 변고가 없는 한 열여덟 살짜리 소녀에게 불임수술을 해주어 몇 년 후에 완전히 다른 인생을 살 수 있게 해줄 의사가 없으니 앞으로도 몇 번쯤은 이런 문제로 더 고민을 겪어야 할 것 같다고 최종 결론을 내렸다.

의사와의 면담을 마치고 나니 몇 시간 동안은 그래도 마음이 한결 홀가분했다. 일단 수술을 받을 필요가 없었던 것이다. 그러나 오후 늦게 내 노트를 마주 대하자 그제서야 걷잡을 수 없는 분노가 밀려들었다. 그래서 나는 아름다운 표현을 통해 위로를 구하기로 하고 내 자궁을 내 의혹의 기관이라고 바꾸어 부르기로 했다.

그날 오후, 나는 카렐 때문에 유쾌하지 못한 사건을 겪었고 과연 이 문제를 내 정신과 의사에게 이야기해야 하나 어쩌나 한동안 망설였다.

카렐은 둘째오빠 마키의 친구였다. 마키가 대학에 다니기 위해 도시로 옮겨가기 전 그들은 밴드를 조직해 악기를 연주했고 툭하면 마키의 방에 틀어박혀 몇 시간씩 음악 감상에 몰두하곤 했다. 그들은 끊임없이 블루스를 듣거나 연주했고, 잭 케루악*의 책을 읽었으며, 여름이면 유럽 횡단 도보 여행을 즐겼다. 그러나 나는 카렐이 나를 사랑하고 있는 줄은 꿈에도 몰랐다. 내가 생각하기에 오빠 친구들이 나를 사랑한다는 것은 있을 수 없는 일이었다. 우리집 울타리에 들어서면 오직 한 집안의 딸이자 오빠들의 누이동생만이 존재할 뿐, 사랑의 대상이 될 수 있는 소녀는 존재하지 않기 때문이다. 따라서 내가 오빠 친구들을 여느 남자들과 동일하게 생각하는 것 역시 생각할 수 없는 일이었다. 내 눈에는 그들이 오빠의 친구로만 보였던 탓이다. 그런 이유에서 나는 그들을 나와 연관시켜 생각한 적이 단 한 번도 없었다.

---

* 미국의 시인·소설가. 비트 운동의 지도자 겸 대변인. 비트 운동이라는 단어를 만들어냈고, 일련의 소설을 통해 이 운동의 규범인 가난과 자유를 찬미했다. 『길 위에서 *On the Road*』(1957)는 이 계열의 첫 소설로, 가장 유명하다. 비트 운동은 1950년대 시작된 미국의 사회문화 운동으로 보헤미아 예술가 그룹들이 중심이 되었다. 일반적으로 정치 사회 문제에는 관심을 두지 않았으며, 마약, 재즈, 섹스, 선불교의 수양 등으로 생기는 고도의 감각적 의식을 통한 개인의 해방·정화·계시를 주창했다.

그런데 몇 달 전에 카렐은 나에게, 혹시 자기의 여자친구가 되어주지 않겠느냐고, 이미 몇 년 전부터 나를 사랑하고 있었다고 털어놓았다.

언젠가 나는 내 방 옷장 뒤에서 엄청나게 살진 거미 한 마리를 발견한 적이 있다. 거미를 발견한 순간 나는 속이 다 메스꺼울 정도로 놀랐다. 하지만 내가 그렇게 놀랐던 것은 거미 자체가 두려워서라기보다는 나 모르게 몇 달 동안 거기 숨어서 나를 훔쳐보고 있었구나 하는 생각 때문이었다.

카렐의 고백을 듣는 순간 내가 느낀 감정이 바로 거미를 발견했을 때의 기분 그대로였다. 사랑의 고백을 들었음에도 불구하고 그럴 경우에 기대함직한 무언가 달콤한 기분이 아니라 분노가 치솟았다. 배신당한 느낌, 사면의 벽으로 가려진 내 방에서 은밀하게 관찰당한 불쾌감은 견디기 어려웠다. 그러니까 그는 친구의 누이동생인 나를 한 여자로 보았던 것이다. 그는 나의 단호한 거절의 말을 듣고 몹시 슬퍼했으나, 나는 눈곱만큼도 미안한 마음이 들지 않았다.

그가 나에게 프로포즈를 한 이후 마키가 집으로 돌아오는 주말이 되면 일단 나는 집을 피했다. 그가 우리집에 나타났다 싶으면 나는 가능한 한 빨리 집을 빠져나가곤 했다.

주치의를 방문하고 돌아와 내 방에 앉아 노트를 꺼내들었을 때 누군가 방문을 두드렸다. 집에는 엄마와 크리지에만 있는 줄 알고 있었으므로 나는 펼쳤던 노트를 조용히 덮어 교과서 밑에 밀어놓은 다음 대답했다.

"들어오세요."

문을 열고 나타난 얼굴을 보고, 나는 그만 기절할 듯 놀라고 말았다. 창백한 얼굴, 빨갛게 충혈된 눈, 땀으로 범벅이 된 이마, 반쯤 정

신이 나간 듯한 표정, 문가에 모습을 드러낸 사람은 다름아닌 카렐
이었다. 그 사이 그는 수염을 기른 모양이었다. 평소 나는 콧수염 기
른 남자에 대해 우호적인 편이었다. 하지만 턱이며 양 볼까지 지저
분하게 기른 수염은 딱 질색이었다. 그런데 카렐이 그런 수염을 기
르고 있었다. 더부룩하게 수염을 기른 카렐이 입술을 떨어가며 마지
막으로 나를 한번 만나고 싶었다고, 나 아닌 다른 여자는 결코 사랑
할 수가 없으며 몇 달 전부터 심각한 우울증에 시달리고 있다고 했
다. 의사의 치료를 받고 진정제며 수면제도 삼켜보았지만 다 소용없
는 일이었으며 이번에도 다시 거절당한다면 어떤 짓을 할지 자신도
잘 모르겠다고 더듬더듬 털어놓았다.

"지금 여기 약을 가지고 있어."

그가 마지막으로 이렇게 덧붙이며 떨리는 손으로 호주머니에서
조그만 통을 끄집어냈다.

나는 책상 앞에 앉아 있던 터여서 적당히 몸을 피하기도 어려웠
고, 더군다나 등이 무방비 상태로 노출되어 있었다. 나는 벌떡 일어
서며 그에게 창문을 가리켰다. 그러나 카렐은 미처 사태를 파악하기
도 전에 와락 달려들어 나를 끌어안더니 내 어깨에 얼굴을 묻고 흐
느끼기 시작했다. 까슬한 그의 턱수염이 내 뺨을 콕콕 찔러댔다. 내
한쪽 귀가 그의 눈물과 침으로 축축하게 젖어들었다. 그는 펑펑 울
면서, 제발 나 좀 살려줘, 나를 사랑해줘, 너는 세상에서 가장 사랑
스러운 여자야, 이제 너 없이는 살 수가 없어, 너도 나를 좀더 알게
되면 나를 사랑하게 될 거야, 너는 그렇게 까다로운 아라 같은 애하
고도 친구가 될 수 있는 아이잖아, 하면서 애원했다.

나는 아무 말도 할 수 없었다.

손가락 하나 꼼짝할 수 없었다.

그가 혐오스러웠다.

엄마가 문을 두드리고 습관처럼 잠시 내 응답을 기다리다가 문을 활짝 열고 안으로 뛰어들었다. 한눈에 상황을 판단한 엄마는 잠시 근심 어린 눈길로 나를 바라본 후 카렐의 어깨를 잡아당겼다.

엄마는 누군가를 포옹하거나 누군가가 포옹해주는 걸 좋아하는 사람이 아니었다. 나는 평소 엄마의 그런 성격을 잘 알고 있던 터라, 카렐이 엄마에게 매달려 애원하기 시작하자 그가 더욱 혐오스러워졌다. 엄마는 울며불며 애원하는 카렐의 어깨 너머로 나를 향해 고개를 끄덕였다. 그리고는 두어 번 이마를 찡그려 무슨 사정인지 다 알았다는 표정을 지어 보이며 차라리 내가 방을 빠져나가는 게 낫겠다는 눈짓을 보냈다.

혹시 카렐이 엄마에게 해코지를 하면 어쩌나 싶은 생각에 처음에는 나 혼자 빠져나갈 엄두가 나지 않았다. 하지만 엄마가 어서 나가지 않고 무얼 꾸물대느냐는 듯 성난 표정을 짓는 바람에 어쩔 수 없이 문 밖으로 나섰다. 허겁지겁 방을 벗어났을 때 등뒤로 엄마의 목소리가 들려왔다. 엄마는 너 같은 남자라면 얼마든지 훌륭한 여자를 만날 수 있을 거라며 카렐을 달래고 있었다. 엄마가 카렐을 위로하기 위해 하는 그 말은 나도 이미 천 번쯤 들은 말이기도 했다. 그 말을 들을 때면 언제나 화가 나곤 했으나 지금 이 순간만큼은 오히려 감동적이었다.

아래층으로 내려온 나는 거실에서 엄마가 내려올 때까지 기다렸다. 초조한 마음을 달래며 엄마를 기다린 시간은 십 분쯤. 그 사이 나는 피가 나도록 손톱을 잘근잘근 씹고 있었다. 우리집 식구들은 엄마를 빼고 모두가 손톱을 깨무는 나쁜 버릇이 있다. 다만 마키만이 기타를 배우고 나서부터 그 버릇을 반쯤 고친 상태다. 그러니까 마키는 오른쪽 손톱만 질겅거린다. 엄마는 절대 손톱을 깨물지 않는다. 아마 이전에도 엄마는 그런 나쁜 버릇이 없었을 것이다.

나는 정신과 의사에게 이야기를 시작했다.
"그 모든 일이 무슨 상관이 있는 건지는 잘 모르겠지만, 선생님께 그냥 한번 말씀드려보겠어요."
"그건 분명 중요한 의미가 있습니다."
정신과 의사가 내 손에 시선을 던지며 그렇게 말했다.
"혹시 여자가 된다는 것에 대해서 심한 거부감을 가지고 있는 거 아닙니까?"
나는 그가 무슨 말을 하고 있는지 이해할 수 없었다.

"네가 보기에도 내가 여자가 되는 것에 대해서 거부감을 갖고 있는 것처럼 보이니?"
그날 오후 내가 아라에게 물었다.
아라는 나보다 아는 게 훨씬 많았다. 특히 여자에 관해서라면 말이다. 아라에 따르면 그런 일은 여자라면 누구나 겪게 마련이므로 지극히 당연한 현상이며, 육체와 관계가 있는 것이라고 했다. 몸치장에도 신경을 많이 쓰는 아라는 향수와 화장품, 특히 눈 화장품을 많이 사용한다. 그녀는 윗눈꺼풀에 아이라이너로 굵직하게 검은 선을 그린다. 선명하게 그려진 검은 선은 관자놀이 위쪽으로 가늘게 이어져 눈 밑에 그린 선과 눈꼬리에서 서로 연결된다. 그런 식의 눈 화장은 클레오파트라의 화장법에서 힌트를 얻은 것이라고 했다. 하지만 내가 보기에 그녀의 눈 화장법은, 그녀의 방 거울 위쪽에 걸려 있는 소피아 로렌을 흉내낸 것 같았다. 심지어 아라는 자신의 얼굴이 약간 소피아 로렌을 닮았다고 생각하는 눈치지만, 내 눈에는 아무리 봐도 닮은 구석이 전혀 없다. 물론 그런 생각을 아라에게 말하지는 않는다.

아라는 화장도 너무나 자연스러운 여자의 특권이라고 생각한다. 그녀는 내가 관심이 있다면 마스카라 칠하는 법을 가르쳐주겠다고 제안한다. 하지만 나는 아라처럼 눈 화장을 하고 싶은 생각이 없다. 처음으로 그녀의 도움을 받아가며 화장을 하던 날 내 모습이 얼마나 기괴하던지, 그녀는 차마 웃지도 못했다. 아라가 화장을 하면 영화 속의 주인공처럼 멋있어 보이는 데 비해 내가 화장을 한 모습은 어색하기 짝이 없다. 하긴 내 얼굴 자체가 우아함 따위하고는 거리가 멀기 때문에 어찌 보면 당연한 결과인지도 모른다.

아라가 눈가를 시커멓게 그리고 다니기 시작한 이후부터 나는, 그녀의 화장법에 관해 다소 내적 갈등을 겪었다. 그런 내적 갈등 상태에서는 자신의 의견을 표현하는 게 쉽지 않다. 두 가지 사실을 동시에 말하느니 차라리 입을 다물고 있는 게 낫다. 이럴까 저럴까 마음을 정하지 못한 상태라면 확실한 판단이 설 때까지 좀더 시간을 두고 생각해보는 편이 바람직하다.

혹시 누군가 모든 사물은 두 가지 측면을 갖고 있는 법이라는 식으로 이야기를 시작하면 나는 당장 자리를 박차고 일어선다. 그런 식의 진부한 말을 듣는 순간 갑자기 배가 요동을 치기 시작하는데 살다 보면 그런 식으로 배 아프게 하는 말을 자주 듣게 마련이다. 대개 사람들은 무언가 시간을 두고 오랫동안 생각해오던 일, 그러니까 한 일 년쯤 곰곰이 생각하던 끝에 나름대로 깨우침을 얻은 일을 다른 사람에게 믿게 만들고 싶을 경우, 모든 일에는 두 가지 측면이 있다라는 식의 이야기를 한다. 하지만 그런 식으로 말하는 사람은,

알고 보면 별로 깊이 생각을 하지 않는 사람이어서 자기 나름의 뚜렷한 입장 같은 것은 없기 십상이다. 모든 사물에는 두 가지 측면이 있기 마련이라는 것은 두 살짜리 꼬마도 아는 사실이니 그런 말은 하나 마나가 아니겠는가. 중요한 것은 사물의 어떤 측면을 바라보느냐이고, 사물의 어떤 측면을 더 아름답고 가치 있는 것으로 볼 것이냐는 순전히 개인이 선택할 문제이다.

사실은 나 역시 한 가지 사실에 대해 두 마음이 오락가락하는 경우가 종종 있다. 아라가 그렇게 눈에 띄는 화장을 하는 것이 마음에 들면서도 또 한편으로는 혐오스럽다는 생각이 드는 경우가 한 예다. 쉽게 결론을 내릴 수 없는 경우를 만나면 늘 그런 것처럼 나는 그 문제에 대해 좀더 시간을 두고 곰곰이 생각해보기로 한다.

혐오스러울 정도의 짙은 화장을 좋아하는 사람도 있을 수 있고, 분명 그보다 더 혐오스러운 사람도 있다. 나는 한 가지 사물에는 두 가지 측면이 있다는 식의 한심한 주장을 혐오하는 것처럼, 아무 말 없이 그저 조용히 있거나 두 가지 사실을 동시에 주장하는 사람은 더 끔찍하다고 생각한다. 이를테면 그런 사람은 쓸데없이 생각만 많이 하는 까닭에 결국은 뚜렷한 자기 입장을 정하지 못하고, 불안한 마음으로 앞으로 가야 할지 뒤로 가야 할지 몰라 제자리에서 맴을 돌게 마련이다.

누군가 갑자기 앞으로 달리면서 동시에 뒤로 달리라는 요구를 받을 경우 그런 일이 생긴다는 것을 나는 교육대학에서 알게 되었다. 물론 그건 불가능하다.

교육대학 수업에 참석한 첫날 나는 결코 선생이 될 수 없는 인간이라는 것을 알았다. 하지만 난생 처음 무언가 내 인생을 걸 수 있는 일을 발견했다는 기분이 들기도 했다. 교수법과 교육학은 전혀 흥미를 느낄 수 없었으나 그것말고 제법 흥미를 자극하는 과목도 몇 개 있었다. 예를 들어 발전심리학은 정말 대단한 학문 같았다. 하지만 그 분야의 관련 도서는 심지어 도서관에서도 거의 찾을 수 없었다. 얼마 되지 않는 참고 도서를 뒤적이다가, 모든 사물에는 두 가지 측면이 있다는 식의 진술을 들었을 때의 짜증스러움에서 나를 구해줄 수 있는 단어를 발견했다.

그 단어를 발견한 순간, 나는 너무나 충격을 받은 나머지 잠시 독서를 중단하지 않을 수 없었다. 세상에 이런 단어가 존재하다니, 달리 수식어가 필요없을 만큼 정말 행복했다. 미친개처럼 방 안을 이리 뛰고 저리 뛰고, 춤추듯 책 주위를 맴돌다가 흥분 상태가 좀 가시고 나서야 가까스로 책을 다시 펼칠 수 있었다. 책장을 펼치고 나서도 이건 나에게 과분한 깨우침이라는 생각을 접을 수 없었다.

아주 오랜만에 그 속수무책의 허기가 느껴지지 않았다.

그 순간의 충격에 대해 내가 최초로 털어놓은 상대는 아라였다.

나는 아라에게 새로 발견한 단어를 통해 단숨에 아주 많은 것을 깨우쳤다고, 그 순간 너무나 행복해 숨도 제대로 쉴 수 없었으며 뱃속이며 머리가 한꺼번에 난리를 치는 바람에 인간이란 행복하다는 이유로 잠시 정신이 나갈 수도 있다는 것을 알았다고 말했다.

아라는 내가 하는 말을 단박에 알아들을 수 있는 유일한 친구이다. 그래서 나는 내가 새롭게 깨달은 것을 오직 그녀에게만 이야기한다. 아라가 누군가의 이야기에 귀를 기울일 때면 그녀가 지닌 최고의 장점이 유감없이 드러난다. 부드럽고도 무언가 고마워하는 듯한 느낌이 실린 눈길, 정말 단 일 초도 눈을 떼지 않고 이야기하는 사람의 눈을 똑바로 바라보는 그 눈길을 마주 보고 있노라면, 약간의 지식을 전해주는 것만으로도 다른 사람을 행복하게 해줄 수 있다는 것을 온몸으로 감지할 수 있다.

아라는 지적 욕구가 매우 강하지만 책 한 권을 읽으려면 다른 사람에 비해 다섯 배의 시간과 노력이 필요하다. 그런 이유에서 그녀는 자신이 직접 책을 읽는 것보다는, 내가 책에서 발견한 지식을 그녀에게 말로 전해주는 방법을 더 좋아한다. 아라는 내가 새롭게 발견한 지식들의 대부분이 그녀에게 너무나 자명한 사실로 보일 때 가장 흥분한다.

내가 생각하기에, 그녀는 원래 지혜롭고 나는 그렇지 못하다. 아라는 세계와 인간을 잘 파악하지만 나는 아니다. 나는 보도 블록의 선을 벗어나지 않기 위해 애쓰지 않을 경우에도 반드시 땅바닥을 응시해야만 걸음을 옮길 수 있기 때문에 길바닥에 떨어져 있는 동전을 심심찮게 발견하기는 하지만, 내 주변에서 무슨 일이 일어나고 있는지에 대해서는 전혀 깜깜하다. 그녀는 동물에 대해서 아는 게 많고 나는 그럴 듯한 이론을 많이 알고 있는 까닭에 우리는 아이들이 수학의 원리를 깨치는 방법에 대해 이야기할 때가 있다. 그럴 때면 아라는 돼지를 예로 들어 설명한다. 그러니까 돼지 새끼가 어미 돼지의 젖꼭지를 찾는 방법이 아이들이 수학의 원리를 터득하는 방법과 비슷할 것이라는 설명이다. 물론 그런 식의 설명이 언제나 내 생각과 일치하는 것은 아니다. 하지만 아라는 자기 눈으로 직접 본 것을 이해하고, 이미 알고 있는 지식을 다른 것과 결합하여 사물을 파악하는 데 정말 뛰어난 능력이 있다.

나는 동물에게 별다른 애정이 없으므로, 뱀장어, 쥐, 침팬지 따위가 비교의 대상이 될 수 없다는 것을 알게 되면 내심 기쁘다. 비교는 인간만이 하거나 할 수 있는 무엇이기 때문이다.

'딜레마'라는 것은 철저히 인간적이다. 동물은 결코 딜레마에 빠지지 않는다. 그런 까닭에 당시 내가 아라에게 딜레마의 의미와, 내가 평생토록 그녀 때문에 고통받을 거라고 생각한다는 점을 세세하게 설명했을 때 정말 즐거웠다.

"난 알아, 너는 여자가 되고 싶어해. 하지만 대부분의 여자들과는 달리 정신적인 여자가 되고 싶어하는 거야."

아라가 침착한 어조로 말했다.

이런 말을 하는 게 바로 아라다운 면이다. 그녀는 한바탕 회오리바람 속을 헤치고 나온 후 자신이 생각한 바를 정확하게 말로 표현하고 정신과 의사와는 다른 무엇을 이야기하고 싶어한다. 내 욕망과 육체에 대해 아주 오래 생각해본 듯 그녀의 견해는 진지하다. 그리고 그녀의 견해는 내 마음에 든다. 그녀가 그런 말을 할 수 있는 것은 언제나 나를 생각하기 때문이고, 내가 그녀에게 제일 마음에 드는 연구 대상이기 때문이다. 아라의 말에 따르면 나는 이 세상 어느 누구와도 비교할 수 없을 만큼 특별한 데가 있어서 그녀가 오랫동안 생각하고 깨우친 바를 이야기할 수 있는 유일한 친구다. 아라는 나하고 있을 때와 달리 직장 동료와는 끊임없이 갈등을 빚는다고 한다. 그녀가 너무 무뚝뚝해서 자신도 모르는 사이에 동료들을 화나게 하는 말을 하기 때문이라는 것이다.

"난 정말 정중하게 부탁하거든."

그녀는 나에게 정말 알 수 없다는 표정을 지으며 한 가지 사례를 들려주었다. 언젠가 술집에서 자리를 좀 내주겠느냐고 물었더니 상대방이 그녀에게 욕을 하며 등을 돌리더라는 것이었다. 그 말을 듣고 나는 속으로 생각했다. '그 사건이 있던 날도 오늘처럼 시커멓게 눈 화장을 하고 상대방을 똑바로 쳐다보았다면 상대방은 네가 공갈 협박하는 줄로 알았겠지. 설령 입으로는 공손한 말을 한다 해도 그 눈만은 당장 살인이라도 저지를 것 같은 인상을 주었을 테니까.'

딜레마에 대해 알게 된 나는 아라에게, 자신도 모르게 상대방에게 모욕감을 주는 그녀의 행동에 대해 훨씬 잘 설명해줄 수 있었다.

아라는 딜레마 이론에 대해 나만큼 깊은 영향을 받지는 않은 듯했다. 아무튼 나로서는 딜레마 이론을 몰랐다면, 결함을 지적하고 동시에 찬사를 보냄으로써 상대방을 총체적인 곤경에 처하게 할 수도 있다는 점에 대해서 적절한 예를 들어가며 설명할 수 없었을 것이다.

그후 일 주일 동안 그녀는 나에게 한마디도 건네지 않았다.

5

한 어머니가 어린 딸에게 줄 선물을 사들고 집으로 돌아온다. 빨간색 스웨터와 연두색 스웨터. 선물을 받아든 어린 딸은 너무나 행복해하며 제 방으로 뛰어가 빨간색 스웨터로 갈아입고 나서 다시 아래층으로 내려온다. 그리고는 그 스웨터가 얼마나 잘 어울리는지 어머니에게 보여준다. 어머니가 묻는다.

"연두색은 싫으니?"

이 이야기는 정말 가슴 아픈 예였다. 그래서 나는 아라에게 열띤 어조로 말했다.

"정말 안됐다는 생각 안 들어?"

별다른 내색을 하지 않는 아라에게 내가 물었다.

"어린아이로서는 정말 감당하기 어려운 일이라구."

나는 다시 한번 힘주어 말했다.

"하지만 그애는 연두색 스웨터도 마음에 들지만 빨간색 스웨터가 위에 들어 있었다고 말할 수도 있잖아."

아라는 약간 화난 표정을 지으며 여전히 메마른 음성으로 말했다.

"그렇다면 불행은 이미 시작된 거지 뭐."

나는 맥빠진 어조로 덧붙였다.

사람들은 내가 요요 같다는 말을 자주 한다. 극에서 극으로 치닫는 내 정서 때문이다. 정신없이 깔깔대고 웃다가도 단번에 눈물을 줄줄 흘리며 울 수 있으니 어찌 보면 사람들이 그렇게 말하는 게 당연할 수도 있다. 하지만 그게 다는 아니다. 맹세코 나는 까다로운 아이가 아니다. 하지만 그런 식의 몇 미디에 나는 완전히 무너져 내릴 수 있다. 반면에 누군가 예기치 못했던 친절을 베풀면 나는 버터처럼 부드러워질 수도 있다.

아라는 그녀가 나와 같은 방법으로 사물을 이해할 수 없다고 생각할 때, 혹은 내가 어떤 특정 사물에 대하여 그녀에 대한 내 사랑을 능가할 만큼 열광하는 모습을 보일 때, 몹시 괴로워한다. 나는 그런 일이 발생하지 않도록 대체로 그녀를 배려하는 편이지만 때로는 그녀 때문에 몹시 실망할 때가 있다. 예컨대 내가 든 예를 그녀가 제대로 파악하지 못하고 대수롭지 않다는 반응을 보일 때가 그렇다.

"넌 아무것도 이해하지 못해."

나는 상심한 채 무언가 좀더 적절한 예를 찾기 위해 한동안 고심해야 했다.

"내가 무엇을 이해하지 못한다는 거야, 카테리나?"

"드라마. 넌 모순의 드라마를 이해하지 못해."

어쩌면 아라는, 잘못된 설명이 정말로 나를 슬프게 한다는 점을 눈치챘는지도 모르겠다. 내 슬픔 따위에 별로 신경을 쓰지 않는 그녀지만, 그래도 대개의 경우, 그녀는 내 고뇌를 견딜 수 없다고 말한다. 이번에도 그녀는 자신의 분노를 억누르고 나에게 이야기하고 싶은 기분을 만들어주기로 마음먹은 모양이었다. 그녀는 이론 자체는 아주 잘 이해하겠다고, 그토록 심오한 결론을 내리기까지의 과정이 틀림없이 나에게 큰 즐거움을 주었을 것이며 그 점까지도 그녀의 마음에 든다고 말했다.

그녀의 말이 즉각 나에게 영향을 미쳤다.

나는 고마운 마음으로 그녀에게 딜레마 이론에 대해 읽었을 때의 행복감이며 단어 하나가 나에게 선사하는 충족감, 새로운 아이디어와 통찰력이 주는 즐거움을 이야기했다. 찾고 있던 단어를 발견한 날은 하루 종일 배고픈 줄도 모르고 그 단어에 몰두한다고, 그러니까 어느 순간 한 단어, 한 문장, 한 마디의 올바른 견해로 능히 인생 자체를 변화시킬 수도 있을 거라는 깨우침에 대해 이야기했다.

"바로 그런 점 때문에 나는 네가 부러워. 너는 생각하는 일 자체를 즐기잖아. 그래서 언제나 너 자신에 대해 만족스럽게 생각하고 말야."

아라가 말했다.

나는 아라에게 참으로 적절한 예를 든 것 같다고 말해주었다.

그녀는 얼음처럼 싸늘한 눈길을 나에게 고정시킨 채 종이봉지에서 땅콩 한 움큼을 꺼내 한 입에 털어넣었다.

"구십 칼로리."

얼떨결에 나는 그렇게 말하고 말았다.

그 이후 아라는 일 주일 동안 나에게 알은체도 하지 않았다.

우리를 다시 화해시킨 사건 덕분에 나는 처음으로 도취 상태를 맛보았다.

아라와 나는 같은 술집에 가는 일이 드물었다. 그녀는 나와는 전혀 다른 부류들과 어울리기 때문이었다. 그녀는 내 친구들을 좋아하지 않았고 나는 그녀의 친구들과 어울릴 수 없었다. 그녀는 내 친구들이 겉멋만 잔뜩 들어 부자연스럽고 재미없다고 생각했다. 아라는 내 주변에 모여드는 남자들이 한결같이 허풍쟁이이거나 엉터리 예술가 행세를 한다고 했다. 나는 그녀의 남자친구들이 굼뜨고 게으르고 멍청하고 재미없는 인간들이라고 생각했다. 그들은 모두가 오로지 한 가지 특징, 다시 말해 아라에게 홀렸다는 한 가지 특징을 지니고 있었으며 무비판적으로 아라를 숭배했다.

물론 나도 아라를 숭배하지만, 그렇다고 무비판적인 것은 아니다.

예를 들어 아라가 남 보기 민망할 정도로 짙은 화장을 하고 거리로 나가 뭇 남자를 유혹하여 몇 달쯤 제 마음대로 여기저기 끌고 다닐 때가 그런 경우다. 그녀는 저를 따라다니는 남자들에게 끊임없이 그녀가 그들한테 매료당했다는 착각을 하게 만든다. 그렇게 되면 딱한 남자들은 다음번에도 그녀와 데이트를 즐길 수 있으리라는 기대감을 안고 집으로 돌아간다.

그런저런 이유에서 아라와 나는 주말 저녁이 되면 같은 술집에 죽치고 앉아 있는 일은 서로 삼가자고 무언의 약속을 해두었다. 그녀가 속없어 보이는 남자들, 이를테면 아이큐 육십짜리 여자의 꼬임에도 넘어가게 생긴 남자들과 수작하는 모습을 보면 나는 하늘이 노래질 만큼 화가 나기 때문이다. 그녀는 결코 남자를 유혹하기 위해 안달인 여자처럼 보이지 않는다. 그녀는 자신이 던진 미끼를 누가 무는가는 별로 중요하게 여기지 않는다.

혹시 어떤 남자가 단 일 초 동안만이라도 그녀에게 눈길을 준다면 그녀가 그에게 특별한 눈길을 줄 수 있는 이유는 충분하다. 상대가 설령 빨강 머리에 곱사등을 한 사십대 남자, 모든 여자의 눈길에 반응하는 남자라 해도 전혀 상관없다. 그녀는 다만 그런 은밀한 눈맞춤이 이루어지면 그 사실만을 자랑스러워한다.

그녀가 그저 바라보기만 해도 그 딱한 남자는 하루 저녁을 고스란히 그 시선에 사로잡혀 다른 일은 생각도 할 수 없게 되어버리고, 그저 그녀의 눈길이 머무는 곳만 바라볼 수밖에 없다. 그럼에도 그 남자는 결코 그녀의 곁으로 가까이 다가갈 수 없다. 아라는 바로 그런 눈길로 남자들과 거리감을 유지하기 때문이다.

나는 아라가 다른 남자와 눈을 맞추는 모습을 이제는 그만 보고 싶다. 계속해서 그런 모습을 보게 되면 나는 정말로 그녀를 약간 미워하게 될 것 같았다.

"바라보기는 내 교제 방법이야."

아라는 내 말을 듣고 이렇게 간단하게 대답한다. 말로 남자들을 유혹하는 여자들과 달리 그녀가 눈으로 유혹하는 것은 그게 입으로 하는 것보다 더 대담한 표현을 할 수 있기 때문이라고 한다.

"너는 네 언어가 있지만 나는 없어."

그녀가 말한다.

그녀는 그저 한참 동안 바라보고만 있더니 자신은 언제나 잘못된 생각을 할까 봐 두렵다고 말한다. 모든 단어들이 잘못된 장소에 숨어 있어서 적절한 때에 끄집어낼 수 없거나 올바른 결합을 할 수 없다고, 혹은 말하고자 하는 문장에 딱 어울리게 ‘문화적(kulturell)’이라는 단어를 사용한 것은 기억이 나는데 다시는 그 단어를 적절하게 사용할 수 없는 경우가 있으며, 그러면 에라 될 대로 되라 하는 심정이 되어 ‘범죄적(kriminell)’ 혹은 ‘자연스러운(naturell)’ 같은 말들을 아무렇게나 내뱉어버린다고 한다. 그런 말을 들으면 나는 그녀에 대한 연민과 동정심에 사로잡히게 되고 나 자신을 마구 저주하게 된다. 내가 보기에는 우습고 불쾌한 행동이지만 그런 행동을 하는 그녀로서는 그럴 수밖에 없는 이유가 있다는 것을 있는 그대로 받아들이지 못한 내가 못마땅하기 때문이다.

나는 그녀의 말을 믿기 위해 이런저런 노력을 하지 않을 수 없다. 최근 몇 년 사이 우리는 그런 문제로 말다툼을 자주 했다.

그녀는 내가 다른 사람들에게 뻐꾸기 새끼 같은 효과를 미칠 수 있으며 그런 모습을 지켜보기가 괴롭다고 말해서 나를 당혹스럽게 한다.

"넌 입을 여는 순간, 상대방으로 하여금 무언가 주고 싶고 자신의 날개 밑으로 불러들여 보호해주고 싶다는 생각이 들게 하거든."

나로서는 전혀 모르고 있던 일이다.

나는 스스로를 잘 보살필 수 있다고 생각해왔다.

"어떻게 그런 일이 가능하지?"

"사람들은 널 보면 네가 매우 심한 허기를 느끼고 있다는 것, 다른 사람의 관심이라든가 접촉 아니면 사랑 같은 것에 대한 무한한 동경을 가지고 있다는 걸 알 수 있어. 네 눈에는 고뇌가 가득하거든. 그걸 본 사람은 결코 그냥 지나칠 수 없지. 나를 보고서는 어느 누구도 그런 생각을 하지 않아, 키트. 나는 전혀 그렇게 보이지 않으니까. 사람들은 나 같은 인간을 보면 다른 사람이 전혀 필요하지 않다고 생각하거든. 그리고 그런 인상을 준다는 것은 본질적으로 멋진 거라는 생각이 들어."

아라는 몹시 신중한 어투로 그런 말을 한다. 그래서 나는 그녀가 나를 화나게 하기 위해, 혹은 전혀 근거도 없으면서 오직 나를 당혹스럽게 만들겠다는 생각에서 일부러 그런 말을 하는 거라는 인상은 받지 않는다. 그렇지만 뻐꾸기 새끼 효과라는 표현은 영 마음에 들지 않는다.

아라 역시 우리가 함께 외출하지 않고 각자 다른 사람을 만나는 자리에 끼지 않는 게 최선이라고 생각한다.

"난 너에게 유일한 존재이고 싶어. 우리가 함께 나눈 것을 네가 다른 사람과 공유한다면 난 분명 기분이 안 좋을 거야."

아라가 말한다. "

그래, 나 역시 그녀가 나와 공유하고 있는 무엇을 다른 사람과 함께 나눈다면 정말 끔찍하다는 느낌에 사로잡힐 것이다. 하지만 그녀가 그런 일을 할 때 조금이라도 걱정을 할지는 알 수 없다. 교육대학에 다니기 시작하면서부터 나 역시 마르가레타 같은 여자친구들을 만나기는 하지만, 아라만이 이 세상에 둘도 없는 내 친구라는 것은 세상 사람이 다 아는 사실이다. 심지어 이제는 자신이 언제나 제2바이올린 주자여야 한다는 사실을 불만스러워하는 마르가레타조차 아라에 대한 내 우정을 있는 그대로 인정한다. 전혀 의심의 여지가 없다는 것을 알기 때문이다. 세상에서 나와 아라의 우정을 의심하는 사람은, 오직 아라뿐이다.

사랑하는 사람에게 끊임없이 그 사실을 확인시켜줘야 한다는 건 정말 맥빠지는 일이다.

하지만 증거에 대한 증거까지도 요구하는 게 인간이므로 대부분의 사람들은 상대방이 대수롭지 않게 여긴다는 느낌을 받지 않도록 배려하거나 혹은 그런 생각이 전혀 잘못된 것이라는 것을 확인시켜주며 살아간다.

물론 세상에는 타인의 사랑을 못 미더워하는 특이한 인간이 있다. 우선 우리 엄마만 해도 그런 부류에 속하는 사람이다. 아라와 꼭 마찬가지로 엄마는 끊임없이 사랑을 퍼부어야 하는 밑 빠진 독 같아서 누군가 사랑을 담아준다 해도 금세 다시 채워줘야 한다. 엄마는 전부터 열등감에 시달려왔다고 한다. 열등감. 이런 단어는 우리 엄마 같은 사람이 사용할 경우에나 참아줄 만하다. 엄마가 이런 유행어를 알게 된 것은 지난해 『리벨레』라는 잡지에서 열등감을 테마 기사로 다룬 적이 있기 때문이다. 그 기사를 읽은 후 엄마는 갑자기 당신의 삶에 대해 무엇인가를 선명하게 깨닫게 되었고, 그 사실을 정말로 기뻐했다. 덕분에 나는 세상에는 우리 엄마를 행복하게 해줄 수 있는 말도 있다는 것을 알게 되었다. 하지만 그 외의 경우 나는 이 단어를 싫어한다. 자신이 열등감에 시달린다는 식으로 엄살을 부리는 사람 치고 훌륭한 사람이 없기 때문이다. 게다가 모두가 그런 식으로 열등감을 표현한다면 그 이면에 다른 무엇인가가 숨어 있을 수도 있으며, 그럴 경우 또다시 별 괴상한 것이 다 유행하게 될 게 뻔하기 때문이다.

나는 내가 사랑하는 사람이 불행에 처해 있거나 자신을 무용지물이라고 생각하는 것을 견딜 수 없다. 엄마는 바로 나의 그런 점을 몹시 안타까워한다. 하지만 엄마와 아라가 또다시 그들에 대한 내 사랑을 의심하는 기색을 보인다면, 그런 불신에 대해 정말로 후회할

날이 반드시 올 것이다.

　나는 교육학 책들을 통해 어린이에게 사랑이 어떤 중요성을 갖는지 알고 싶었다. 하지만 사랑이 어린이에게 역기능을 할 수도 있으며 어쩌면 사랑보다 더 중요한 것은 이 무한하고 조건 없고 무력한 사랑, 부모가 자식에게 거저 주는 사랑을 제대로 감지하고 인식하고 받아들이는 것이라는 말은 교육학 책 어디에도 적혀 있지 않았다.

　내가 처음으로 완전히 몰아 상태에 빠지는 기쁨을 맛본 것은 디스코테크 '싱크'에서였다. 사흘 동안 침묵을 지킨 후 나는 아라에게 전화를 걸어 '드 셰르프'에 함께 가지 않겠냐고 물었다.

　'드 셰르프'는 우리 마을에서 얼마 떨어지지 않은 항구에 위치한 카페다. 그곳은 아라와 내가 함께 출입하는 유일한 술집이다. 우리 친구들 중 그곳을 아는 사람이 없고, 혹시 누군가 아는 친구가 있어도 절대로 그곳에 갈 일이 없기 때문이다. 그곳에서 만나는 사람들이라고는 늙은 뱃사공이라든가 거친 손마디의 어촌 남녀들뿐이다. 그들은 아코디언 소리에 맞춰 춤을 추고 아라의 그 독특한 눈길이라든가 내 뻐꾸기 새끼 효과에도 별다른 반응을 보이지 않는다. 그곳에는 김빠진 맥주 냄새가 진동을 하고 테이블 위에는 길고 두꺼운, 마치 카펫 같은 빨간색 테이블 보가 덮여 있다. 아라와 나는 예전에 습지의 땅으로 숨어들었던 것처럼, 그곳을 우리 둘만의 은밀한 장소로 만들어 다른 곳에서는 절대 불가능한 우리만의 은밀한 대화를 나누곤 했다.

　그곳은 또한 아라가 다른 곳에서라면 결코 할 수 없는 행동을 마음놓고 할 수 있는 독특한 장소이기도 했다. 다른 곳에서라면 차마 입에 올리기도 어려운 내용의 대화를 마음놓고 할 수 있는 곳이라는 것을, 그녀는 문턱을 넘어서는 순간 거의 본능적으로 감지했다.

나는 엄마와 거실에서는 결코 할 수 없는 이야기를 주방에서 나누곤 한다. 아버지와 그런 특별한 대화를 나눌 수 있는 공간은 자동차 안이라든가 주차장이고, 얼마 전부터 아라와 나는 그런 특별한 장소로 이 술집을 선택했다.

그녀는 저녁에 다른 계획이 있다며 작별 인사를 하고는 수화기를 내려놓았다.

언제부터 이런 식의 고통을 가슴속에 묻어두기 시작했는지 정확하게 기억할 수는 없지만 아라가 내 부탁을 거절한 횟수가 헤아릴 수 없이 많은 것만큼은 확실하다. 우리가 함께 드 셰르프에 간다는 것은 나에게는 특별한 의미가 있는 일이다. 물론 그녀가 내 제안을 거절하는 것은 충분히 있을 수 있는 일이긴 하다. 하지만 그녀는 사과하고 해명할 기회와 내 마음의 평온을 부당하게 앗아갔다. 그녀는 내 얼굴에서 분노를 읽고서, 잘못하다가는 그 동안 나에게 마음대로 휘두르던 힘을 상실할지도 모른다는 위기감을 느끼고 나를 향해 다정하면서도 조롱하는 듯한 미소를 지을 수 있는 기회를 외면한 것이다. 요컨대 그녀는 나를 괴롭히고 싶어서 의도적으로 나를 불확실한 상태에 빠뜨린 것이다.

나는 불확실한 상태에 있는 것을 견딜 수 없다.

몹시 불쾌해진다.

나는 머릿속으로 이런 식의 불쾌함을 느꼈던 순간을 하나하나 헤아리기 시작했다. 비난, 불평, 고통, 불만의 불협화음 속에서 나는 카렐의 지루하기 짝이 없는 허튼 소리를, 속수무책인 엄마의 하소연을, 무엇보다도 지루하고 냉정하고 무례한 기색이 느껴지는 아라의 목소리를 들었다. 그 모든 것을 단번에 잠재우기 위해 나는 그들을 향해 길고, 의미 없고, 들리지 않는 모놀로그, 단 한 번뿐일 모욕적인 말들로 그 동안 감쪽같이 숨기고 있던 내 분노를 마음껏 드러냈다.

나는 모놀로그를 이렇게 끝맺었다.

"맘대로 해보라지!"

그런 다음 서둘러 이를 닦고, 까만 바지를 주름을 잡아 다림질한 다음 오토바이를 몰고 중심가를 향해 달렸다. 마르가레타를 찾아서, 귀가 멍하도록 소울 뮤직을 크게 틀어놓고 달렸다. 나의 사유와 사랑을, 다른 사람이 나를 마음대로 휘두르는 힘을 가지고 있다고 생각하는 나의 의존성과 괴로운 자의식을 없애버릴 수 있는 방법을 찾고 싶었다.

음악은 아주 독특한 것이다. 음악은 70년대 말부터 도시를 두 개의 진영으로 나누었다. 한쪽에는 소울 뮤직, 다른 한쪽에는 로큰롤. 소울 뮤직을 좋아하는 사람은 동시에 로큰롤과 블루스를 좋아할 수 없다. 재즈, 컨트리 송, 클래식은 이야기할 가치도 없다. 왜냐하면 재즈는 지식인과 괴짜들을 위한 음악이고 컨트리 송은 보수적인 성향의 농부들을 위한 것이며 클래식은 부유한 친구들의 부모 세대를 위한 음악이기 때문이다.

아라는 자니 캐쉬와 웨일런 제닝스의 레코드를 마음껏 듣는다. 그녀는 "하이데그릴렌"의 최신곡에 맞추어 춤을 추며 크리스마스 이브에는 마할리아 잭슨의 가스펠 송을 듣는다. 그녀가 컨트리 뮤직은 보수적이라는 이유로 천시받는다는 사실을 알고 있는지 모르겠다. 하지만 나는 그 사실을 말하지 않는다. 다른 사람들이야 좋아하든 말든 아라가 컨트리 송을 실컷 듣게 놔두고 싶기 때문이다. 나는 정말 너무나 동정심이 많다.

마르가레타는 소울 뮤직 팬이다. 소울 뮤직 팬인 사람은 그냥 청바지를 입고 디스코테크에 가지 않는다. 왜냐하면 리바이스 청바지는 블루스에 속하고, 탐블라 모타운에는 빳빳하게 줄 세운 검은색 바지에, 플란넬 천으로 만든 빨강 혹은 청색 체크 무늬 블라우스 대신 하늘거리는 개버딘 블라우스가 더 어울리며, 비스듬한 굽이 달린 야생 동물 가죽 부츠라든가 카우보이 부츠가 아니라 부드러운 가죽의 뾰족 구두가 더 잘 어울리기 때문이다.

나는 특별히 좋아하는 음악이 없다.

나는 심지어 프레디 퀸을 좋아한다.

오빠들에 따르면 나는 음악에 관한 한 특별한 취향이 없다. 제임스 브라운이나 엘비스 프레슬리는 좋아할 수 없다, 프레디 퀸은 헤르만 반 벤이나 에디트 피아프에 버금가는 사람이다, 샤워기 아래서 〈산 퀜틴 나는 네 모든 것을 미워해San Quentin I hate every inch of you〉를 목청껏 불러젖히는 사람이라면 계엄령이라도 내려 당장 시형에 처하는 게 바람직하다, 오빠들은 그렇게 생각한다.

그런 심정을 나도 이해는 하지만, 사실 그런 건 아무래도 상관없다. 내가 평소 음악에 별다른 취미가 없는 것은 정말 나다운 반응이라고 생각한다. 확실한 취향을 지니게 되면 우리 마을에서 갈 수 있는 디스코테크와 술집 중에서 절반 정도는 문턱도 넘어설 수 없으며 청바지 외에 다른 바지는 절대 입을 수 없다. 그랬다가는 마르가레타와 아라가 주말이면 춤추러 가는 술집에서 쫓겨날지도 모른다.

고상한 취미를 지니고 사느니 나는 차라리 자유를 누리고 싶다.

나는 마르가레타가 '싱크'에 있다는 것을 알고 있었다.

마르가레타는 언제 봐도 멋지다. 그녀는 자신에게 무엇이 어울리는지 정확하게 안다. 여자친구들을 보면 그애가 자매가 있는지 없는지 알 수 있다. 언니가 있는 아라가 그렇듯이 마르가레타 역시 화장법, 화장품, 남자를 유혹하는 방법 등에 대해 잘 알고 있다.

하지만 아라와 마르가레타가 나를 좋아하는 이유는 각기 다르다. 그 사실을 알기 때문에 나는 마르가레타를 만나면 아라를 만났을 때와는 전혀 다른 성격의 대화를 나눈다. 마르가레타를 만나서 내가 읽은 책이라든가 혹은 오랫동안 곰곰이 생각한 후에 얻은 결론 등에 대해 이야기하면, 그녀는 너무 수준이 높아 잘 이해할 수 없으며 아무래도 나를 따라가기가 어렵다고 말한다. 그녀는 아주 진지한 선생이 되고 싶어한다. 그녀의 어머니가 초등학교의 교장 선생님이며 그녀의 언니들 중 두어 명 역시 몇 년 전부터 아이들을 가르치고 있다.

그녀는 우리가 읽어야 하는 문학 서적들을 대체로 지루하고 재미없어한다. 다만 『유랑』이라든가 『위니 더 푸우』 같은 어린이 책은 예외인데 그런 책은 아직도 그녀의 마음을 사로잡기 때문이다. 하지만 그녀의 마음을 가장 끄는 책은 정말 가슴 아픈 사랑 이야기가 담긴 연애 소설이다. 그녀는 낭만주의자인데다 몽상가이기 때문이다. 그녀는 아주 솔직하게 모든 것을 털어놓는다. 내가 생각하기에 바로 그런 면이 그녀의 독특한 매력이다.

마르가레타는 내 손금을 보며 미래를 점친다. 그러면서 나를 '달링'이라고 부른다. 사실 마르가레타는 나하고는 영 딴판이다. 지금도 그렇고 앞으로도 그럴 것이다. 그리고 그녀가 특별히 좋아하는 것들은 많든 적든 나에게는 금지되어 있다. 나는 그런 것들이 피상적이고 중요하지 않을 뿐더러 비과학적이라는 것을 오빠들을 통해 알고 있었기 때문이다.

소울 뮤직을 좋아하는 사람은 옷 상표와 몰루카 제도에 대해 많은 것을 알아야 한다. 나는 그 두 가지에 모두 무지하기 때문에 '싱크'에 갈 때면 언제나 불안하다. 그곳에는 몰루카 제도 출신이 많아서 그곳에 어울리는 복장을 하고 있는지 아닌지 금방 눈에 띄기 때문이다.

바에 서 있던 마르가레타는 나를 발견하자마자 내게 달려와 목을 끌어안고 양 볼에 키스를 했다. 그러면서 아주 노련한 손짓으로 입술 선을 다시 그렸다.

아라와는 달리 마르가레타는 어조가 빠른데다 말도 많은 편이다. 내가 '싱크'에 나타나자, 그녀는 이제부터는 이야기할 친구가 생겨서 얼마나 좋은지 모르겠다는 말을 적어도 열 번쯤 반복했다. 그녀는 한 팔을 내 허리에 두른 채 음악이 있는 곳으로 나를 이끌었다. 마스, 슬라이, 아니스 등등의 남자들이 그녀를 에워쌌고, 그녀는 그들을 향해 내가 그녀의 친구이며 나와 함께 있게 되어 정말 행복하다고 자랑스럽게 말했다.

언젠가 그녀는 내 손금을 본 후 환각제 같은 것에 쉽게 혹하는 형이니 조심하는 게 좋겠다고 말한 적이 있다. 그 말을 들었을 때 나는 정말로 이미 오래 전부터 내게 그런 면이 있었다는 생각이 들었다. 열두 살 되던 해부터 나는 오빠나 아버지처럼 담배를 피우기 시작했으며 단 한 번도 담배를 끊어야겠다는 다짐을 해본 적이 없다.

마르가레타는 근심 어린 눈길로 나를 바라보더니, 그녀가 내 손금에서 읽은 것은 그런 류의 탐닉이 아니라 그보다 더 나쁜 것이라고 덧붙였다.

"넌 절대 그 끔찍한 하얀 물체에 손을 대면 안 돼. 그것 때문에 인생 망치는 남자들을 여럿 봤거든."

그녀의 표정은 매우 진지했다. 그녀가 그토록 나를 염려해준다는 사실에 나는 몹시 감동했다. 하지만 그녀는 나에게 그런 충고를 할 필요가 없었다. 나는 마약을 아주 싫어한다. 언젠가 나는 한 술집에서 수상한 담배를 피우고 있던 빌렘의 머리채를 잡아 끌어낸 다음 길거리에 세워놓고 앞으로는 조심하라고, 그런 위험한 물건에는 두 번 다시 손도 대지 말라고 단단히 주의를 준 적이 있다. 그 술집에 앉아 있는 남녀를 웃음거리로 만드는 것은 나로서는 별로 어려운 일도 아니었고 그런 내 태도는 빌렘에게 영향을 주었다.

한결같이 허튼 소리나 떠들어대면서 마리화나나 나눠 피우고 집단 혼미 상태에 빠져 있는 무리들과 이야기를 나누다 보면 뇌연화증에 걸려 끔찍한 고통에 시달리게 되리라는 것은 불을 보듯 뻔하지 않은가. 멍청한 히피와 대화를 나눠보겠다고 한 시간 이상 헛된 노력을 기울이다 보면 누구라도 바보가 될 수밖에 없다는 것도.

마르가레타는 모여든 친구들에게 술을 한 잔씩 돌리겠다고 제안했고, 모두가 약속이라도 한 듯 쿠바 리브르를 주문했다.
"그게 뭐야?"
내가 그녀에게 물었다.
코카콜라를 섞은 것으로 마시면 약간 취한다면서, 그녀는 내 몫까지 포함해 주문했다.
그때까지 나는 술집에 들르면 언제나 토마토 주스나 물을 마시곤 했다.
그날 밤 마르가레타는 나의 가장 사랑스러운 적을 소개시켜준 셈이었고, 그녀가 내 손금에서 읽은, 조심해야 할 탐닉의 대상은 바로 알코올이었다.

쿠바 리브르를 한 잔 마신 후 나는 이미 감지했다. 술은 나를 몽롱하고 경박하고 수다스럽게 만들었다. 터무니없이 너그럽고 용감하고 뻔뻔하고, 매사에 시큰둥해지게 만들었다. 그때까지 나를 지탱해왔던 모든 것이 단 한 잔의 술에 기분 좋게 용해되었다. 나는 제임스 브라운의 노래에 맞춰 마르가레타와 함께 춤을 추었다. 나에게 키스하는 슬라이를 그냥 내버려두었고 내 가슴을 더듬는 아니스의 손길을 뿌리치지 않았다. 그 사이 내가 한 일이라고는 쿠바 리브르를 한 잔 더 마신 것뿐이었다.

처음 피운 열 개비 포장의 담배 맛을 전혀 알 수 없었던 것과 마찬가지로 처음으로 맛본 알코올 역시 아무 맛도 알 수 없었다.

중요한 것은 알코올 자체가 아니라 술을 마신다는 행위가 내게 미치는 영향이었다.

나는 계속해서 마시고 싶었다. 아직 약간 남아 있는 맑은 정신을 완전히 놓아버리고, 뻔뻔함과 무관심의 극단에 이를 때까지 마시고 싶었다. 그 순간 내가 명료하게 의식하고 있는 것은 단 한 가지, 이 세상 어느 누구도 나의 술 마시는 행위를 저지할 수 없으리라는 것뿐이었다. 정녕 이 세상 어느 누구도 하염없이 마시고 싶은 내 욕구, 갈 데까지 가보자는 내 바람을 억누를 수 없었다.

어느 누구도 참견할 수 없을 거라는 느낌, 완전히 독립했다는 느낌이 들었다. 자유롭고 신처럼 고독하다는 느낌이 들었다.

머릿속에서 아우성을 치던 모놀로그가 일시에 입을 다물고 오직 한 마디 "맘대로 해보라지!"만이 분명하게 들렸다.

마르가레타가 주변에 있던 남자아이들 몇 명을 불러 모았다. 나는 일종의 수면 상태에 빠져 있었다. 근심 어린 마르가레타의 목소리, 다급하게 문 두드리는 소리가 꿈속인 듯 아련히 들려왔으나 도저히 눈이 떠지지 않았다.

나중에 마르가레타가, 그날 널브러져 있던 내 모습은 전혀 재미있는 풍경이 아니었다며 이야기를 꺼냈지만, 나는 자세한 내용을 듣고 싶지 않았다. 내가 기억할 수 있는 것이라고는 화장실에 가서 어떤 자세를 취하는 게 나을까 하는 문제, 그러니까 변기에 걸터앉아 아래쪽 볼일을 먼저 봐야 하나, 아니면 변기에 몸을 굽히고 토하는 일부터 해야 하나 하는 문제로 씨름을 했었다는 것, 그리고 끝내 그 문제를 해결할 수 없었다는 것 정도였다.

아라가 '싱크'에 들어서던 모습만은 선명하게 기억난다.

마르가레타는 마스, 슬라이 그리고 아니스에게 나를 부축해서 무대 가장자리에 마련된 소파 쪽으로 데려가게 한 다음 아라에게 전화를 걸었다.

아라에겐 자동차가 있었다.

아라는 우리가 꿈꾸는 모든 것을 현실로 만들었다. 우리는 자동차를 꿈꾸었지만 그 꿈을 현실로 만들자면 돈이 많이 필요한 까닭에 그저 꿈으로만 간직하고 있었다. 그러나 아라는 나와 달랐다.

"내 꿈은 돈이 들고, 네 꿈은 네 영혼이 필요해."

언젠가 아라가 그렇게 말한 적이 있었다.

디스코테크의 어둠침침한 불빛 속에서 나는 문득 아라의 실루엣을 발견했다. 저만큼 떨어진 곳에서 그녀가 나에게 시선을 고정시키고, 나를 향해 다가오고 있었다. 그녀의 의연한 모습을 보는 순간,

곧 토할 듯 메슥거리던 증세가 눈 녹듯 사라져버렸다. 나로서는 차마 감당하기 어려운 사랑의 느낌이 온몸을 휘감았다. 그 상황에서 적절하게 사용할 수 있는 말, 그녀의 등장을 반기는 인사말을 하고 싶어 애써 정신을 가다듬었다. 하지만 나는 딱 한 마디, "아라"라는 말밖에 할 수 없었다.

아라, 아라, 아라.

그녀는 내 앞에 무릎을 꿇고 두 손을 내밀어 아무렇게나 얼굴을 가리고 있던 머리칼을 정성스레 쓸어넘겼다. 그리고는 입가에 미소를 띤 채, 근심 가득한 눈길로 나를 들여다보았다.

"키트, 대체 무슨 일이야?"

웃음 반, 놀라움 반인 목소리로 마침내 그녀가 입을 열었다.

"아라."

나는 다시 한번 아라를 불렀다.

6

마티아스와는 아무것도 되는 일이 없었다. 그것은 순전히 나 때문이었다.

세상에는 모든 것을 자기 탓으로 돌리는 데 익숙한 인간, 그리고 스스로를 실패자로 여기는 인간이 있다. 하지만 물론 나는 그런 인간이 아니다. 뿐만 아니라 나는 그런 인간을 전혀 신뢰하지 않는다. 매를 맞기도 전에 미리 바닥에 쓰러지는 사람은 말 그대로 겁쟁이다. 그런 겁쟁이라면 실패할 만한 일은 시도조차 할 수 없다. 실패라는 것은 무엇인가를 시도해본 사람만이 체험할 수 있는 것이고 무엇인가를 시도해보려면 용기가 필요하기 때문이다. 자칭 실패자 운운하는 사람들은 바로 그 용기가 부족한 법이다. 다만 그런 사실을 소리내어 말하지 않을 뿐.

하지만 마티아스와의 문제는 정말로 내 탓이다. 공연히 동정을 사기 위해 하는 말이 아니다.

내 몸에 자꾸만 손을 대려는 그를 견딜 수 없었던 것이다.

그는 내 말을 믿지 않았다. 술집과 디스코테크에서 이 남자 저 남자의 손길에 내맡겨져 있는 나를 보았기 때문이다. 나는 만인이 보는 앞에서 그런 짓을 하는 것은 그와 단둘이 있을 때의 신체 접촉과는 전혀 성질이 다른 것임을 그에게 납득시킬 수 없었다.

디스코테크와 술집은 무엇보다도 나에게 그런 이상한 신체 접촉을 견딜 수 있는 인내심을 가르쳐주었다.

나는 그런 행위들이 단지 장난으로 오가는 것들이고 그 이상으로 진전되지 않는 한, 포옹이라는 것도 제법 참을 만하다고 생각한다. 하지만 누군가와 단둘이 있을 때 그가 아주 진지한 표정으로 내 몸을 애무하면, 나는 완전히 공포에 빠져버리고 그런 공포감 때문에 내 몸은 돌처럼 굳어버린다. 그렇게 되면 이러한 신체 접촉은 접촉 자체가 목적이 아니라 무언가 다른 것, 말하자면 그런 접촉을 통해 내가 무언가를 느끼거나 행동에 옮기기를 바라는 것이라는 생각이 든다. 하지만 정작 내가 유일하게 느끼는 것은 불안감이고, 그 불안감은 마티아스의 곁에서는 전혀 해소되지 않는다.

그는 정말 괜찮은 남자다. 하지만 나는, 오직 부모의 마음에 들기 위해 한 남자와 관계를 시작할 수는 없다는 생각만 확실해졌을 뿐이다. 그런 관계를 계속하려면 정말 너무나 많은 어려움이 따른다.

상대방 남자 역시 그런 것을 감지할 것이다.

내 몸을 마비시키지 않고 내 몸에 손을 댈 수 있는 사람은 딱 한 사람, 아라뿐이다. 그녀는 신체 접촉에 관한 한 내겐 참으로 독특한 데가 있다고, 마치 학대당한 짐승 같다는 생각이 들 정도로 겁에 질린 표정을 짓는다고 말한다.

"하지만 내 인생을 통틀어 매를 맞은 적은 단 한 번도 없는데."

나는 반박했다.

"하지만 네 인생을 통틀어 따뜻한 스킨십을 받아본 적도 없을걸. 자연스러운 스킨십을 베풀어주지 않는 것 역시 일종의 학대에 속하는 거야."

아라가 조용한 어조로 말했다.

아라는 '잘못 다루다, 학대하다'라는 의미의 "미스한들룽(Miss-handlung)"을 발음할 때 악센트를 틀리게 말했다. 그녀는 '잘못'이라는 뜻을 가진 "미스"를 힘주어 발음함으로써 그 단어에서 정말 중요한 게 무엇인가를 간접적으로 표현하고자 했던 것이다. 그녀는 진작에, 그러니까 우리가 처음으로 알게 되었던 초등학교 시절에 이미 그런 사실을 눈치챘다고 했다. 한번은 그녀가 갑자기 내 배에 손을 얹었는데, 그녀의 손길이 닿는 순간 내가 뱃가죽의 충격을 견디지 못해 삼십 분쯤은 몸을 떨었다는 것이다.

아라는 또한 자주 어루만져주는 소가 우유를 더 많이 생산한다고 했다. 고양이 새끼는 태어난 지 여섯 주가 지나도록 안아주는 사람이 없을 경우 평생토록 소심하고 위축된 삶을 살아가며 사람의 손길을 허용하지 않는다고도 했다.

"넌 분명 엄마 젖을 충분히 먹지 못했을 거야."

그녀는 놀리듯 덧붙였다.

아라의 말은, 꺼려하는 엄마를 졸라 자주 들었던 이야기와 유사한 데가 있었다. 나를 낳은 직후 엄마는 건강 상태가 나빠져서 나에게 젖을 먹일 수 없었다고 했다. 나중에 건강이 좋아져서 젖을 물려보았더니 내가 젖을 빨려고 하지 않더라는 거였다.

"배가 몹시 고팠을 텐데."

이야기 끝에 엄마는 덧붙이곤 했다.

"앙앙 울던 너는 내가 가슴을 헤치고 네 곁으로 다가가기만 해도 금세 울음을 그치고 야무지게 입을 다무는 거야. 그렇게 어린것이 젖을 먹으면 엄마가 아플 거라는 것을 아는 것 같았어. 엄마는 바로 그런 네 모습 때문에 더 슬펐단다. 아무래도 어미 노릇을 제대로 할 수 없을 것 같다는 생각이 들었거든. 게다가 그 시절은 오늘날과는 사정이 아주 달랐지. 요즘이야 여자들이 아이에게 젖을 먹이지 않는 게 일종의 유행같이 되었다만 당시만 해도 젖을 먹이지 않는 아기 엄마는 계모 취급을 받았으니까."

나는 아라에게 마티아스와 한 침대에 누워 어떻게 일을 치렀는지 설명하기 위해, 먼저 엄청난 심리적인 부담감을 극복해야 했다. 마티아스와 그 일을 시작하기 전에도 그런 부담감 때문에 미리 지쳤었다.

나는 내가 그토록 수치스러워한다는 사실이 또한 수치스러웠다.

나는 그녀에게, 알몸 상태가 된다는 것이 나를 굉장히 당혹스럽게 만들며, 그와 내가 알몸으로 있다는 것이 몹시 부자연스럽게 여겨지고, 누군가 나에게서 어떤 감정 부드러움 혹은 흥분 같은 것을 기대한다는 사실을 도저히 견딜 수 없다는 것만 이야기했다.

"하지만 넌 자주 흥분하잖아."

아라가 확신에 찬 어조로 말했다.

"대체 무얼 보고 그런 소리를 하는 거야?"

나는 웃음을 터뜨리며 되물었다. 그러자 아라가 가볍게 대꾸했다.

"척 보면 알지. 사람들을 보면 한눈에 알 수 있어, 키트. 특히 내가 잘 아는 사람일 경우에는 더 쉬워."

"그래, 맞는 말이야. 난 머릿속으로는 언제나 끔찍할 정도로 흥분을 잘해."

나는 얼굴을 붉히며 인정했다.

아라는 내가 나 자신의 육체에 대해 수치스러워한다는 사실을 좀체 믿으려 들지 않는다. 그녀는, 뚱뚱하고 정말 비정상적인 몸매를 가진 사람은 바로 자신이라고, 그러니 신체 조건에 대해 수치심을 느낄 사람이 있다면 그건 내가 아니라 바로 그녀라고 말한다. 나는 지극히 정상적인 육체, 아름답고 조그맣고 멋진 몸매를 지니고 있으며 따라서 내 육체에 대해 전혀 수치심을 느낄 필요가 없다는 것이다.

"그런 것하고는 전혀 상관이 없는 거야. 그런 수치심은 알몸 상태가 너무 자연스럽지 않아서 생기는 거라구."

나는 그녀에게 설명하기 위해 애를 쓴다.

"무슨 소리야, 알몸이야말로 세상에서 가장 자연스러운 거지."

천만에, 나는 전혀 그렇게 생각하지 않는다.

물론 육체 그 자체는 세상에서 가장 자연스러운 것이다. 하지만 옷을 입고 있을 때만 그렇다. 아라는 세계를 육체와 정신, 자연과 문명으로 나누고 그중에서 육체와 자연은 자기 몫으로, 정신과 문명은 내 몫으로 넘겨주었다. 그런 식의 명백한 분류는 내 성질에 딱 맞는다. 불필요한 허세를 부릴 필요가 없기 때문이다. 우리 사이에 누가 무엇을 가장 잘할 수 있는가 따위의 질문은 필요없다. 아라는 본래 실제적인 일을 해결하는 데 능하고, 나는 내 미숙함에 기대어 휴식을 취할 수 있다는 데서 행복을 느끼는 성격이다.

아라의 어머니가 최소한 열 군데쯤 되는 잡다한 클럽에 드나들기 시작한 이후, 나는 자주 아라네 집에서 아라와 단둘이 식사를 한다. 그녀는 냉장고에 있는 모든 재료를 다 끄집어내어 요리를 하고 식탁 가득 음식을 차려놓는다. 식사를 끝내고 나면 그녀는 식탁을 정리하고 설거지를 하고, 나는 책읽기에 빠져든다. 우리집에서도 대체로 나는 책읽기에 몰두하는 편이지만 이따금씩 마음이 불편할 때가 있다. 엄마가 우리에게 집안 일을 시키지 않는 탓이다. 엄마는 항상 혼자서 요리하고 청소하고 설거지하고 빨래를 한다. 남자형제들과 나는 설거지 정도는 우리가 하겠다고 한 백 번쯤 자청했지만 엄마는 언제나 같은 소리를 하며 한사코 우리의 청을 받아주지 않았다. 절대 그럴 필요가 없으니, 차라리 그 시간에 편안하게 텔레비전을 보든지 아니면 각자 방으로 가서 공부를 하는 게 낫다는 게 엄마의 한결같은 주장이다.

아라네 집에서는 조금도 불편하지 않다. 그녀가 설거지를 하고 있으면 나는 소파에 길게 누워 눈앞에서 벌어지고 있는 장면을 구경하거나 책을 읽거나 무엇인가를 기록한다. 그녀의 집에서는 나 자신의 존재가 무용지물이라는 사실을 즐길 수 있다. 그녀는 구체적인 영양 섭취를 해결하는 데 뛰어난 솜씨가 있으며, 나는, 그녀의 표현을 빌자면, 정신적인 영양 섭취에 뛰어난 재능이 있다.

최근에 들어서야 나는 아라의 그런 이분법적인 구분이 모든 영역에서 통용되는 것은 아니라는 생각을 한다. 아라는 나는 물론이고 그녀 자신이나 다른 사람에 대한 통찰력이 부족하다는 사실을 도무지 인정하지 않는다.

이따금씩 나는 아라에게, 사실 나는 좌절 따위를 하는 인간이 아니지만 그녀에게 더러 좌절한 것 같은 인상을 주는 것은 전혀 좌절할 필요가 없는 일, 그러니까 사람들이 알몸 상태를 자연스럽게 생각할 때뿐이라고 말한다. 그럴 경우 '자연스럽다'는 것이 갑자기 자명한 것, 정상적인 것과 동일한 의미가 되기 때문이라는 것을 애써 설명한다.

"좌절은 정신에서 비롯되는 거야."

아라가 말한다. 나는 그녀의 말이 옳다는 것을 알지만 그런 식의 심리적인 압박감이 부자연스럽거나 터무니없는 것이라고 생각하고 싶지는 않다. 대체 정신이 자연이 아니고 뭐란 말인가? 정신이 달리 무엇으로 이루어져 있단 말인가?

답답하여 거의 숨이 막힐 지경에 이른 나는 아라에게, 예를 들어 옷은 내 입장에서 보자면 제2의 자연이지만 어쨌거나 자연으로 간주할 수 있다고 설명한다. 다양한 옷차림이며 유행 같은 것은 편안하게 문화로 받아들일 수 있다.

아라는 흥미롭다는 듯 내 설명에 귀를 기울이지만 그녀의 이마에는 주름이 잡혀 있다. 어떤 방법으로도 나는 그녀의 이마에 잡힌 주름을 펴줄 수 없다. 이런 주제로 이야기를 나누기 시작하자마자 갑자기 나는 말을 더듬고 허둥거린다. 나는 그런 내가 못마땅하다. 언제나 명료하게 설명하여 상대방을 이해시킬 수 있도록 최선을 다하고 싶은 것이다.

그걸 말로 설명하기가 그렇게 힘든 이유는 생각이 아직 무르익지 않은 탓이고 따라서 충분히 생각하지 않은 탓인 것 같다. 충분히 생각도 하지 않은 주제를 입에 올리는 것처럼 멍청한 짓은 없다는 생각이 들자, 아직 덜 익은 생각을 설명하려고 한 나 자신에 대해 견딜 수 없는 혐오감이 든다.

"난 좌절하고 싶지 않기 때문에 자연과 문명의 차이점을 무시할 수 없는 거야."

나는 고집스럽게 이야기를 끝맺는다. 그러자 아라가 웃음을 터뜨린다. 이번 토론에서 졌으면서도 고집을 부리는 내가 우습다고 생각하기 때문이다.

"이리 와."

그녀가 킥킥거린다. 이럴 경우 팽 토라진 표정을 한 채, 마지못해 그녀 곁으로 가까이 다가가는 시늉을 하면 문제는 간단하다. 나는 상처받은 사람이고, 상처받은 사람은 의기소침하여 더이상 상처받을 위험에서 벗어나게 된다는 장점이 있다. 그렇게 되면 나는, 정작 어린 시절에는 단 한 번도 그래 본 적이 없지만, 심술궂고 고집불통에다 모든 것을 제멋대로 하는 어린아이가 된 듯한 느낌에 젖는다. 마키처럼 말이다. 일단 토라져버린 그의 마음을 돌려 화해를 하고 다정한 모습을 보려면 각고의 노력을 기울여야 한다.

아라는 내 머리를 앞쪽으로 돌린 다음 목덜미를 가만가만 쓸어준다. 나는 나도 모르는 사이에 배를 깔고 바닥에 길게 눕는다. 그녀는 내 스웨터를 걷어올리고 등허리를 쓸어준다. 어느새 나는 잠이 든다.

아라는 정말 나에게 그녀가 원하는 모든 것을 할 수 있다.

말로 설명하는 것보다 이런 다정한 손길이 훨씬 효과적일 때가 종종 있다는 것을 나는 진작부터 알고 있었다. 아라는 내 몸이 아름답다는 말을 백 번쯤 반복했지만, 그래도 내 수치심은 줄어들지 않았다.

나는 비정상적으로 거대한 그녀의 몸 역시 아름답다고 생각한다. 하지만 그런 생각을 소리내어 말하지는 않는다. 사랑과 역사만이 인간이 아름다움을 보느냐 아니냐에 관심을 기울인다. 아름다움은 인간의 작품이다. 인간관계의 산물이고, 그녀와 나의 관계 역시 거기에 속한다. 아라가 나 아닌 다른 사람에게 수작을 거는 것을 보면 나는 그녀를 조금 미워하게 되고 그런 그녀가 매우 귀찮고 추하게 여겨지기도 한다.

자연은 아름답거나 추하지 않다. 좋거나 나쁘지도 않다.

혹시 누군가 책보다 버들가지가 더 아름답다고 생각한다면, 암소보다 돼지가 더 추하다고 생각한다면, 다람쥐보다 독수리가 더 성질이 고약하다고 생각한다면, 그것은 모두 인간과 관계가 있는 것이다. 인간이 사물을 바라보는 시선의 역사와 책들, 그림 및 영화와 관계가 있는 것이고, 언어와 형상, 인간이 자연에 대해 세운 입장과 과거로부터 현재까지 인간이 자연을 모방해온 방법과 관계가 있는 것이다.

내가 생각하기에 아라는 이 세상에서 가장 아름다운 여자다.

한 살 두 살 나이를 먹어감에 따라 그녀의 얼굴은 점점 더 각이 지고 강고해지고 그러면서도 이전에 비해 훨씬 더 사랑스럽게 변해간다. 스물한 살이라는 나이에 이미 그녀의 귀밑머리는 하얗게 세기 시작했으며 그 모습이 아주 환상적이기까지 하다. 흰머리 사이로 언뜻언뜻 드러나는 검은 머리칼이 더욱 찬란하게 빛나기 때문이다. 그녀는 몇 년 전부터 흰 머리칼을 쭉 빠진 목덜미를 반쯤 가릴 정도로 길게 기르고 다니는데, 보기 좋게 뒤로 빗어넘긴 그 머리칼은 일부러 짜맞춘 틀처럼 그녀의 얼굴을 묘하게 에워싼다.

아라는 얼굴이 단순히 아름답기만 한 것이 아니다. 얼굴 전체가 한마디로 개성덩어리라는 것을 누구라도 인정할 수 있을 만큼 그녀의 얼굴은 개성이 강하기도 하다. 그녀는 체중이 십 킬로그램 정도 늘었지만 얼굴에서는 전혀 그런 흔적이 보이지 않는다. 툭 튀어나온 광대뼈와 아래턱이, 열여덟 살 이후 젖살이 빠지면서 나타나기 시작한 강직한 면모를 여전히 간직하고 있는 탓이다. 그녀 자신은 더이상 체중을 견딜 수 없어 몸무게를 다시 줄여야 한다고 주장하지만, 내 눈에는 그녀가 전혀 뚱뚱해 보이지 않는다.

아무래도 나는 현상을 보는 안목이 없는 것 같다. 아라는 내가 뢴트겐 같은 눈을 가졌다고 말한다. 그녀가 그런 말을 하는 것은 내가 주변에서 일어나는 사건이라든가 사람들의 외양을 보는 것이 아니라 다른 사람이 무슨 생각을 하는지 알아맞힌다는 점을 지적하기 위해서다.

그 말은 틀리다.

나는 다른 사람이 무슨 생각을 하는지 알 수 없다.

맹세코 아니다.

그러나 나는 아라가 나에 대해 그렇게 생각해준다는 사실이 썩 마음에 든다. 그래서 그녀의 생각을 구태여 바로잡으려고 하지 않는다. 그녀의 몸무게가 몇 킬로그램이나 불어났는지 내가 알아채지 못할 경우에 그녀가 항상 좋아하는 것만은 아니라는 사실을 나는 눈치채고 있었다. 그래서 그녀가 그런 식으로 내 안목을 인정해주는 게 그나마 다행이었다. 이런 내 태도 때문에 그녀는 내가 그녀에게 거의 신경을 쓰지 않는다고, 그녀가 무엇을 하고 어떻게 행동하며 심지어는 어떤 옷을 입는지조차 전혀 모른다고 생각한다.

하지만 그런 생각 역시 옳지 않다. 나는 많은 것을 본다. 다만 보는 방법이 다를 뿐이다. 이를테면 나는 그녀의 목소리에 담긴 뉘앙스가 어떻게 변하는지 민감하게 알아차린다. 그녀가 독일식 작별 인사 '취스(tschüs)' 대신 이탈리아식 작별 인사 '차오(ciao)'라고 말할 때의 차이점이라든가, 아버지의 이야기를 할 때면 왼쪽 눈꺼풀이 파르르 떨리기 시작하고 그때마다 엉덩이에 오 센티미터씩 살이 붙는다는 것도 알고 있다.

어쩌다 아버지 이야기를 꺼낼 경우 아라는, "그건 일종의 시간외 근무 같은 것"이라고 말하곤 한다. 아라의 아버지는 삼 년 전부터 다른 도시에서 젊은 여자와 살고 있다. 아라의 부모는 공식적으로는 이혼한 사이가 아니지만 아라는 두 번 다시 아버지를 만나고 싶어 하지 않는다. 아라는 지금 어머니와 단둘이서 살고 있다.

아라는 어머니 때문에 괴로워한다. 아라의 어머니는 남편, 그러니까 아라의 아버지에게 언제나 완벽한 아내이고자 했고 바로 그 때문에 인생을 망친 셈이 되고 말았다. 이미 오래 전부터 아라의 어머니는 지나칠 정도로 청소에 몰두하는 경향이 있었다. 지금은 자신의 육체며 피부를 다시 깨끗하게 만들고 싶어서, 집 안을 청소하던 그 열정으로 닦고 문지른다.

"머지않아 우리집 유리창도 나달나달 해질 거야. 날마다 박박 밀어대는 바람에 하루하루 얇아지고 있거든."

그런 비극적인 상황에 대해서도 짐짓 농담을 할 수 있는 아라, 그게 바로 그녀의 장점이기도 하다.

자동차를 타면 나는 즐겨 아라 곁에 앉았다. 그녀의 향기로 가득 찬 자동차에서, 왼쪽으로 시선을 돌리면 꽉 찬 느낌을 주는 그녀의 듬직한 체구가 눈에 들어왔다. 그러면 나는 다시 의자에 등을 기대고 한껏 편안한 자세로 앉았다. 이제부터는 그녀를 보기 위해 눈길을 옆으로 돌릴 필요가 없었다. 이따금 고개를 돌리면 핸들 앞에 꼿꼿한 자세로 앉아 있는 그녀를 볼 수 있었고 그럴 때마다 나는, 이렇게 우리가 함께 나란히 앉아 있다는 것이 얼마나 행복한가, 인간은 행복하기 위해 많은 게 필요한 것은 아니구나, 하는 생각을 하곤 했다. 그녀는 그러한 내 눈길을 결코 무시하지 않았다. 내 시선이 느껴질 때면 그녀는 매번 거리를 바라보고 있던 시선을 거두어 나와 눈을 맞추고 미소지었다.

아라의 미소를 보면 그녀 역시 행복하다는 것을 알 수 있었다.

아라는 정말이지 내 몸을 부드럽게 다룬다. 그녀가 그런 행동을 그렇게 자연스럽게 잘 할 수 있는 것은 동물을 다루는 데 익숙하기 때문인 것 같다. 아라는 심지어 성난 황소도 무릎을 꿇릴 수 있을 것이다.

1976년부터 우리는 함께 여행을 다니기 시작했다. 당시 스물두 살이었던 아라는 가족을 떠나 혼자서 외국 여행을 한 적이 없었다. 어머니와 함께 가까운 곳으로 단거리 여행을 떠나곤 했던 것이 전부였다. 함께 외국 여행을 가면 우리는 반드시 텐트를 치고 잠을 잤는데, 다음날 아침 눈을 떠보면 비쩍 마르고 꾀죄죄한 개떼들에게 둘러싸여 있곤 했다. 개들은 텐트 주변을 맴돌며 한바탕 소동을 피웠고 아라가 손을 내밀어 개들의 머리를 톡톡 두들겨주거나 꼬리를 어루만져주면 그제서야 조용해졌다.

텐트 밖에서 어슬렁거리는 개떼에게 하듯 아라는 나를 어르고 달렸다.

그런 이유로 우리 텐트 주변을 맴도는 지치고 굶주린 이 끈질긴 개떼는 시간이 흐름에 따라 나의 정신에도 영향을 미쳤다.

개들은 가는 곳마다 있었다. 스페인이든 프랑스든 혹은 그리스든 여행 첫날 아침이 밝아오면, 어김없이 우리는 텐트 주변을 맴돌며 쿵쿵거리는 개들의 기척에 눈을 뜨곤 했다.

아라와의 첫 여행에서 그 사실을 발견하고 나는 깜짝 놀랐다. 나는 우리 주변에 모여든 이 개들이 이미 저 멀리서부터 아라의 마력에 이끌려 동물 여인인 그녀에 대한 그리움에 밤새 흐느끼다 날이 밝기가 무섭게 이곳으로 찾아온 걸 거라고 생각했다. 두번째 여행 길에서야 비로소 나는 아라가 텐트를 치기 전에 거리를 배회하고 있던 개들에게 먹이를 주어 사로잡았다는 사실을 알게 되었다.

텐트를 치는 일은 나로서는 엄두도 못 낼 일이다.

아라가 텐트를 치고 있는 동안 나는 야영장에 있는 카페에서 책을 읽었다.

어머니와 작별을 고하는 것이 아라에게 얼마나 힘든 일인가를 깨달은 것은 우리가 처음으로 볼보를 타고 스페인으로 여행했을 때였다. 그때 나는 아라가 생각보다 훨씬 의존적이라고 느꼈다. 하지만 내 짐작이 전적으로 옳다고 생각하게 되면 상황이 훨씬 복잡해질 것 같았다. 그래서 그런 생각을 접어버리고 차라리—그 편이 훨씬 견디기 수월할 것 같았으므로—어머니와 작별을 고할 때 그녀는 누군가 목을 조르는 듯한 심정을 맛보았을 터이고 그래서 이제는 홀로 된 어머니를 보호하기 위해 눈을 더 크게 뜨고 살기로 마음먹은 탓일 거라고 생각하기로 했다.

아라가 불안해한다는 것, 혼자 하는 여행을 두려워하고 어머니에게 의존적이라는 것은 상상도 할 수 없는 일이었다.

아라는 결코 그런 사람이 아니다. 아라는 누구에게도 의존하지 않는다.

나는 그녀가 화를 내거나 불안해하거나 혹은 일 처리에 서툰 모습을 본 적이 없다.

툭하면 화를 내고 누군가에게 집착하고 매사에 서툴기 짝이 없는 인간은 바로 나다.

7

1977년 가을 나는 스물한 살이 되었다. 그리고 스물한번째 생일은 아라와 내가 그 어느 때보다도 격렬하게 싸우게 된 동기가 되었다.

나는 싸우는 데도 영 재주가 없다. 하지만 『누가 버지니아 울프를 두려워하랴』를 읽은 후에는 잘 싸우지 않는다는 게 좋은 징조가 아니라는 생각을 하게 되었다. 아라와 나의 우정이 진짜이고 그래서 모든 문제를 다 극복할 수 있다면, 게오르게와 마르타가 그러는 것처럼 마음껏 욕설을 퍼붓고 필요하다면 서로의 뺨도 칠 수 있을 만큼 열정적으로 싸울 수 있어야 했다. 밤낮으로 나는 근사한 절망을 꿈꾸었다. 목청 높여 서로에게 상처를 주고 마음껏 상대방을 비방하고, 그래서 오히려 역설적으로 친밀감이 입증되는 싸움을 꿈꾸었다.

그렇게 꿈으로만 간직하고 있던 격렬한 싸움을 우리는 마침내 실현했다. 내 생일 다음날 있었던 싸움은 다른 무엇보다도 나를 행복

244

하게 해주었다.

진정으로 사랑하는 사람의 행동에서 저열한 동기를 의심하는 것은 쉬운 일이 아니다.

나는 아라가 무언가 나쁜 의도가 있어서 내 생일 파티에 참석하지 않는다고는 차마 생각하지 못했다. 그녀의 결정은 무언가 선한 의도에서 비롯된 것이고, 내 성격을 잘 알고 있기 때문이라고 철석같이 믿었다. 그래서 내 생일 파티에 무조건 참석해달라고 고집을 부리는 것은 옳지 않다고 생각했다.

하지만 나는 진심으로 그녀를 내 주변 사람들에게 알리고 싶었다. 내 남자친구에게도 보여주어 그녀가 얼마나 특별한 여자인지 확인시켜주고, 그 특별한 여자가 특별히 좋아하는 사람이 바로 나라는 사실을 다시 한번 자랑스럽게 확인하고 싶었다. 무뚝뚝하고 과묵하고 붙임성 없는 그녀의 성격이 나에게는 오히려 장점이 되었다. 누가 보더라도 그녀가 나를 꽉 쥐고 있다는 사실, 그리고 그녀에게는 나만이 알고 있는 어느 한 면이 있다는 것을 알 수 있을 것이기 때문이다. 나는 그녀에게 월계관을 씌워주고 싶었다.

아라는 나를 훤히 꿰뚫어보았다. 그녀는 내가 원하는 것들을 간청하고 재촉하면 심지어 무언가 이기적인 욕심이 들어 있는 경우일지라도 특별히 생색을 내거나 드러내놓고 나를 비난하는 일 없이 내 요구대로 해주었다. 그녀는 나를 잘 알고, 게다가 나의 단점에 대해서도 많이 알고 있었으나 결코 나를 나쁘게 생각하는 일이 없었다. 나는 특히 그 점을 늘 고마워했다.

"난 있는 그대로의 너를 소비할 뿐이야."

아라는 종종 이렇게 말했고 나는 그 말을 들을 때마다 소리내어 웃었다.

그녀는 자신이 잘못된 단어를 사용한다는 사실을 알고 있다. 하지만 그렇다고 그것을 일일이 고친다는 것은 때로는 정말 고통스러울 것이다. 그녀가 사용하는 단어는 이미 오래 전부터 그녀가 뜻하는 바를 제대로 표현해내지 못한다. 누구보다도 아라 자신이 내가 말해준 올바른 단어를 사용하고 싶어 한다. 하지만 그녀에게는 매끄럽게 발음할 수 없는 단어, 그래서 영 친해질 수 없는 단어가 있다는 게 문제인 것 같다. 다만 이런 경우는 예외다. "나는 있는 그대로의 너를 소비해." 그런가 하면 이런 말도 한다. "난 있는 그대로의 너를 흡수해." 그녀는 그렇게 말해놓고 제 말에 웃음을 터뜨린다. 그래서 나는 이따금 혹시 그녀가 나를 웃기기 위해 일부러 잘못된 단어를 사용하는 게 아닐까 의심을 품기도 한다.

그녀는 이번에는 정말로 참석하겠다고 철석같이 약속했었다. 내 생일 날 저녁에 내가 초대한 몇몇 남자친구들과 인사를 나누겠다고 거듭거듭 다짐했었다. 스물한번째 생일 파티는 정말 특별한 의미가 있는 거라며 먼저 흥분한 기색을 보이기도 했다. 개인적으로 홀수를 싫어하기 때문에 스물하나라는 숫자를 특별한 숫자로 꼽는 게 유감스럽기는 하지만, 어쨌든 스물한번째 생일이라는 것은 특별한 의미가 있는 것 아니겠느냐면서 말이다.

"너도 한번 그 점을 주의해 봐. 모든 홀수는 사람을 찌를 것처럼 보여. 하지만 짝수는 부드럽고 둥글게 보여서 그런 느낌을 주지 않아."

아라가 말했다.

그녀가 가장 싫어하는 홀수는 7이라고 했다. 마치 사방에서 사람을 자해하는 것처럼 보이기 때문이라는 것이다. 3은 그녀가 생각하기에는 8자를 갈라놓은 것이나 마찬가지다. 한번은 내가 홀수와 짝수가 합쳐져서 만들어진 숫자도 있지 않느냐고 지적하자 그녀는 그렇게 짝을 지어 이루어진 숫자는 서로를 부드럽게 만들어주므로 문제될 게 없다고 했다.

숫자를 바라보는 그런 시각에 따라 그녀는 둘이 짝을 이루는 것은 모두 아름답다고 여겼다. 그녀는 인간의 육체 역시 그렇게 좌우대칭을 이루어 구성되어 있으며, 그래서 사람은 오른쪽에 지니고 있는 것이라면 무엇이든 왼쪽에도 지니고 있다고 했다.

"그렇다면 네 한쪽 심장은 어디 있지?"

내가 물었다.

1977년 그 특별한 날 이른 아침, 침실 창문을 두드리는 소리에 나는 눈을 떴다. 창 밖에는 가을날의 아침 안개에 갇싸인 채 이라가 한아름 꽃을 들고 서 있었다. 그녀는 내 방 창문에 돌을 던졌다. 새벽 여섯시였다.

"정말 축하해, 꼬마야."

그녀는 아주 조그맣게 속삭였지만 나는 그녀가 하는 말을 선명하게 들을 수 있었다.

저녁이 되자 초대받은 친구들이 모두 모였다. 아라만 제외하고. 밤 열시경 그녀는 전화를 걸어 아프다고 말했다.

그녀를 알게 된 이후 처음으로, 나는 그녀를 믿지 않았다.

그녀는 거짓말을 한 것이다.

나는 그 자리에 모인 친구들에게 아라가 아프다고, 그래서 오늘

이 자리에 참석할 수 없게 되었다고 전했다. 그 친구들 중에 아라를 직접 본 사람은 거의 없었으나 그 동안 나에게 수도 없이 이야기를 들었던 터라 아라가 누구인지는 다 알고 있었다. 학교 구내 식당에서 나는 점심 시간 내내 아라 이야기를 했다. 나는 늘 아라 이야기를 하고 싶은 충동, 그녀의 특별함을 자랑하고 싶은 충동에 빠지곤 했다. 그런데 정작 내 생일 파티가 열리고 있는 자리에서 나는 더이상 그녀의 이야기를 할 수 없었다.

"신경 쓸 것 없다."

음식을 가지러 주방으로 들어가는 내 뒤를 따라오며 엄마가 말했다.

"언제나 네 마음만 아프게 하는 아라하고는 이제 그만 어울리렴."

"여기 올 수 없는 이유가 있을 거예요."

나는 볼멘 소리를 했다.

"그래, 사람들은 그런 걸 이유라고 부르지."

엄마는 노여움이 깃들인 목소리로 내 말을 가로막았다.

"자세히 들여다보면 순전히 질투 때문이지만 말야."

밤이 깊어서야 내 방으로 들어온 나는 이른 새벽에 아라가 안고 와 건네준 꽃다발을 다시 한번 바라보다가 새삼스레 그녀의 선물이 얼마나 진부한가를 깨달았다. 나는 창문을 활짝 열고 그 멋없는 꽃다발을 이웃집 정원을 향해 힘껏 던져버렸다.

어디 맘대로 해봐라.

나는 사흘 동안 아무 소식도 전하지 않는 신기록을 세웠다. 내 노트는 아라에 대한 온갖 저주와 비난의 말로 가득 채워졌다.

어느 정도 마음이 가라앉고 나자 나는 내 불만을 하나하나 헤아리기 시작했다. 다시 아라를 만나게 되면 전혀 나답지 않은 행동을 보여주리라 마음먹었다. 숫자 헤아리기는 열일곱에서 중단되었다.

나흘째 되던 날 아침 그녀가 전화를 걸어 오늘 저녁 자기 집으로 저녁 먹으러 오지 않겠느냐고 물었다. 나는 가능한 한 퉁명스러운 목소리를 내려고 애를 쓰며 마지못해서인 듯 동의를 했고, 그녀는 반쯤만 성공한 내 시도, 나중에는 킥킥거리는 웃음에 가려진 내 답변을 듣고는 발끈 화를 내며 미처 작별 인사를 하기도 전에 수화기를 내려놓았다.

『누가 버지니아 울프를 두려워하랴』에서처럼 싸운다는 것은 실로 끔찍한 일일 뿐더러 전혀 쓸데없는 짓이었다.

아라의 집을 방문한 다음날, 나는 전날 내가 무슨 말을 했는지도 거의 기억할 수 없었다. 어째서 내가 아직 식사중인 그녀를 놔두고 자리에서 벌떡 일어나서 그녀로 하여금 깜짝 놀라 덩달아 일어서 주먹을 움켜쥐고 어깨를 쾅쾅 두들기게 만들었는지, 어째서 내가 외투도 걸치지 않고 집으로 달려왔는지, 그 이유를 알 수 없었다. 그동안 헤아려놓은 열일곱 가지 불만 중에서 겨우 세 가지밖에 꺼내놓지 않았는데 말이다.

나는 그녀에게 이렇게 말했다. 그 동안 나는 네 잔꾀에 지쳤어. 너는 나에게 거짓말을 했고 마치 강아지를 길들이듯 상벌을 번갈아 주어가며 나를 훈련시켰던 거야. 그런데도 나는 아무것도 모르고 있었지. 하지만 나는 그런 식으로 잔재주를 가르칠 수 있는 네 강아지가 아냐. 난 단 한 번도 먹을 것을 보고 침을 흘리는 개가 된 적이 없어.

더이상은 필요없었다.

집에서 침대에 누워 있는 나에게는 오직 한 장면만이 떠올랐다. 아라가 음식을 먹어치우는 장면, 분명 그날 오후 내내 공들여 만들었을 음식을 예쁘게 식탁 위에 차려놓는 모습. 말린 오얏 열매를 얹어 뭉근한 불에 오래 익힌 토끼 요리는 내가 제일 좋아하는 음식이었다. 그녀는 그 요리에 녹색 종이로 예쁘게 주름을 접어 장식까지 했었다.

그녀가 내 접시를 당겨 토끼 요리를 퍼 담는 순간, 나의 자제력은 끝이 났다. 나는 결정적으로 그녀를 화나게 만들었다. 단 한 입도 떠넣지 않았던 것이다. 접시에는 손도 대지 않았다.

나는 결국 내 앞에 놓인 토끼 요리 접시와 녹색 종이 주름 장식을 가당치 않다는 눈길로 바라보다가 사랑이 결여된 그 음식을 단호하게 거부하기로 했던 것이다.

그날 밤, 물 한 모금 제대로 삼키지 않은 탓에 속이 텅 빈 상태였음에도 불구하고 나는 세 번이나 토해야 했다. 세번째, 그러니까 마지막으로 토할 때는 노란 물만 쏟아졌다.

다시 침대로 기어들어가 눈을 감고 누웠으나 쉽게 잠이 오지 않았다. 나는 참담한 심정이 되어 이런저런 기억들을 떠올렸다. 모두가 먹는 것과 고통과 관련된 슬픈 기억들뿐이었다.

그 동안 모르고 있었으나 그런 종류의 기억이 꽤 많다는 사실을, 나는 새롭게 깨달았다.

마키와 나는 종종 할머니 댁의 헛간에서 논다. 헛간은 본채에서 이십 미터쯤 떨어진 곳에 있다. 할머니는 키가 작고 연로하시다. 그런 할머니가 슬리퍼를 끌고 가쁜 숨을 몰아쉬며 언덕을 오른다. 할머니 손에는 하얀 빵 두 조각이 들려 있다. 버터와 시럽을 발라 구운 빵이다. 할머니는 마키와 나에게 한 조각씩을 내민다. 하지만 마키는 먹고 싶지 않다고, 버터를 발라 구운 빵은 특히 싫다고 말한다. 내가 얼른 나서며 나는 버터와 시럽을 바른 빵을 좋아하니 두 조각을 다 먹겠다고 말한다. 십 분쯤 후 나는 마키의 머리칼을, 별로 힘도 주지 않고 잡아당긴다. 놀랍게도 내 손에는 머리칼이 한 움큼 잡혀 있다.

집에 돌아온 빌렘이 학교 식당에서 세상에서 제일 맛있는 음식을 먹었다고 말한다. 인도식 쌀 요리. 그 다음주 주말 빌렘이 집에 돌아오자 엄마는 온 가족이 깜짝 놀랄 요리를 준비한다. 인도식 쌀 요리. 엄마는 요리책을 한 권 샀다. 갖은 양념도 사들였다. 엄마는 각기 다른 부위의 고기를 마리나데 소스(어육, 야채를 담그기 위해 초, 포도주, 식용유, 향유 등을 섞어 만든 소스—옮긴이)에 하루 동안 담가두었다가 잘게 썬 다음 약한 불에 오래 끓였다고 했다. 엄마는, 아주 기이한 냄새, 곰팡내 같기도 하고 생선 비린내 같기도 한 냄새가 나서 그 요리가 맛있을 거라는 기대를 할 수 없다고 말한다. 식탁에는 음식 담긴 접시가 놓여 있다. 요리는 어쨌거나 엄마가 사들인 요리책에 실려 있는 그림과 똑같다. 엄마가, 이제 우리 가족은 저녁 내내 기분좋게 식탁에 둘러앉을 수 있게 되었다고 말한다. 삼십 분이 채 안 되어 모든 요리가 동이 난다. 오빠들이 〈스포츠 스튜디오〉라는 텔레비전 프로를 봐도 좋겠느냐고 묻는다.

내가 아버지 몫의 버터 발라 구운 빵을 절반 가량 먹어치우고 나자 아버지는 당신 빵이 내 빵보다 맛이 좋기 때문이라고 생각한다. 그때부터 아버지는 날마다 당신 점심으로 싸간 빵 중에서 절반을 남겨온다. 저녁에 내가 맛있게 먹는 모습을 지켜보기 위해서다. 그런 아버지에게 나는 아버지가 남겨온 빵을 먹고 싶지 않다는 말을 차마 할 수 없다. 마침내 엄마가 그 사실을 알아채고 아버지가 우리를 생각해 음식을 아끼는 것이라고 말한다. 비로소 나는 아버지에게, 엄마 말이 옳다고, 그러니 나를 위해 점심을 남겨오는 것보다는 아버지가 다 먹는 게 낫겠다고 말한다.

이웃집 여자가 버찌를 얹어 팬케이크를 구웠다. 그녀가 우리집 문을 두드리고 엄마에게 두툼한 팬케이크가 담긴 접시를 내민다. 나는 그 자리에서 한 입 떼어 맛을 보고 싶지만 엄마가 눈짓으로 그런 짓을 해선 안 된다고 신호를 보낸다. 이웃집 여자가 떠나고 나자 엄마는 팬케이크 접시를 쓰레기통 앞으로 들고 가 깨끗이 비워버린다. 그러면서 이웃집 여자는 위생 관념이 없다고 한마디 한다. 나는 이웃집 여자에게 빈 접시를 돌려주러 가야 한다. 이웃집 여자에게 팬케이크가 정말로 맛있더라고, 심지어는 우리 엄마가 구운 것보다 더 맛있을 정도였다고 사뭇 열띤 어조로 찬사를 보낸다.

처음으로 나는 성찬식을 하지 않는다. 집으로 돌아온 나는 아버지와 엄마에게 그 사실을 말한다. 그리고는 이따금 성당에 나가지 않으면 안 되느냐고 묻는다. 엄마는, 내가 성당에 나가지 않는다면 몹시 섭섭하기는 하겠지만 성당에 나가고 말고 하는 것은 전적으로 내 선택에 달린 것이며, 당신은 자식들의 신앙생활을 강제할 생각은 없다고 대답한다.

그러자 아버지가, 앞으로 살다 보면 언젠가는 네가 세상 천지에 의지할 사람이라곤 하나도 없이 완전히 혼자가 되는 순간을 맞게 될 텐데, 당신은 그런 일은 생각만 해도 견디기 어렵다고 덧붙인다. 나는 아버지에게, 그런 문제라면 걱정할 필요가 없다고, 내가 하나 님이신 면병을 더이상 꿀꺽 삼켜버릴 수 없는 것은 신앙이 아니라 오히려 그 표현 방식과 관계가 있는 거라고 말하고 싶다. 하지만 그 것을 부모님께 설명하자니 너무 복잡할 것 같았다. 나는 이내 그런 생각을 포기하고 두 분에게 나에 대해 너무 걱정하지 말라고만 말 한다.

아라와 싸우고 난 날 밤에 나는 그녀와 부모님, 그리고 우리 마을 을 떠나는 게 어떨까 생각해보았다. 페어크뤼세의 충고에 따라 대학 에서 새로운 학문을 시작하는 것도 괜찮을 것 같았다. 그러자면 일 단 도시로 옮겨가는 게 좋을 듯했다. 무엇보다도 나는 가족들에게서 멀리 떠나고 싶었으므로 오빠들이 살고 있는 대학 도시로 가서는 안 될 것 같았다.

나는 당분간 이 계획을 아무에게도 알리지 않기로 한다.

잠들기 전, 나는 생각을 바꾸어 앞으로 반 년 정도 시간을 두고 아라와 부모 형제에게 작별 준비를 하리라 다짐했다. 그 정도의 시 간이면 족할 것 같았다.

나는 확고하게 마음을 다졌다.

아무도 내 결심을 흔들지 못할 터였다.

아라도.

어느 누구도.

이곳을 떠나기로 마음을 정한 그 주 내내 나는 제대로 잠을 잘 수 없었다. 이따금 실신 상태에 빠지기도 했고, 자꾸만 속이 뒤집혀 수시로 화장실을 들락거리느라 마음 편히 침대에 누워 있을 수도 없었다.

다른 일은 아무것도 하지 못한 채 이 끔찍한 이별의 고통을 끝장 내야겠다는 생각을 하고 지내던 중 문득 내가 비겁하다는 생각이 들었다. 폭풍을 만나 침몰하고 있는 배, 위험에 빠진 이들을 외면하고 자신의 안전만을 구하는 배신자처럼 일말의 죄책감마저 들었다. 크리지에가 성장하는 모습을 더이상 지켜볼 수 없다는 것, 부모님에게 감사의 뜻을 전하고, 엄마를 행복하게 해주고, 나를 못 미더워하는 아라에게 확신을 주고, 마티아스의 애인이 되고, 정말로 몰두하고 싶은 전공 과목을 결정하고, 그리고 젊은이들에게 어떻게 살아야 하는가를 가르쳐주고 싶었던 계획에 이르기까지, 그 모든 것을 다 포기해야 한다고 생각하니 머리가 아득해졌다.

무엇인가를 깨뜨리고, 가능하면 멀리 떠나 새로운 것을 발견하고, 학문에 전념하면서 도시생활이며 독신생활을 즐기고, 더이상은 사랑에 빠지지 말자는 다짐을 하다 보면 가슴이 설레지만, 그 설렘은 이내 부끄러움으로 변한다. 여기에 남아 있을 사람들, 혼자서는 제대로 일 처리를 하지 못할 그들에 대한 연민이 고문하듯 나를 괴롭힌다.

어느새 우리집 냉장고마저 나를 괴롭히기 시작한다. 늘 깔끔하게 모든 것을 정리해두는 엄마 덕분에 냉장고는 언제나 청결하다. 채소 칸을 생각하면 더 괴롭다. 아버지가 좋아하는 햄, 빌렘이 좋아하는 소시지, 마키가 좋아하는 구운 소시지, 크리지에가 좋아하는 훈제 햄을 꺼낼 때면 나는 매번 의혹에 빠지며, 과연 내가 이들 곁에 영원히 머물러서는 안 되는 걸까, 하고 자문한다.

그 동안 머릿속에서만 그려왔던 내 계획을 드디어 엄마에게 털어
놓기로 한 날 아침, 전에도 종종 그랬던 것처럼 나는 훌쩍이는 엄마
의 모습과 마주친다. 식탁에 앉아 있던 엄마는 마른행주에 얼굴을
묻는다. 엄마의 오른쪽 눈에는 핏발이 서 있고, 눈두덩은 수북하게
부어 있다. 눈 밑에는 검푸른 원이 그려져 있다. 엄마는 잠시도 마음
을 놓지 못한다. 매일 밤 잠자는 시간은 고작 서너 시간. 내가 주방
으로 들어서자 엄마는 별로 부드럽지도 않은 마른행주로 얼굴을 연
신 문질러가며 한숨을 내쉰다.

"무슨 일이에요, 엄마?"

"아니, 아무것도 아냐. 모두가 이 끔찍한 두통 때문이지 뭐."

엄마는 간단히 대꾸하고 입을 다물어버린다. 몇 시간이고 소리내
어 울고 싶은 심정이라는 것을 나는 알아차린다.

"맘놓고 울어버려요."

엄마는 마음을 정한 듯 식탁 의자로 다가간다. 나는 언제나 그랬
듯이 맞은편 의자에 자리를 잡고 앉는다. 나는 엄마 곁으로 다가앉
아 목에 팔을 두르고 혹은 엄마의 등을 쓸어주며 위로하고 싶지만
그렇게 하지 못한다. 엄마가 그런 행동을 싫어한다는 것을 잘 알고
있기 때문이다.

"그래 대체 크리스마스 선물은 언제 줄 생각이니?"

엄마가 묻는다. 하지만 그 질문은 내 답변을 기대하는 질문이 아
니다.

나는 우리가 이런 식의 비참한 대화를 지속할 필요가 없다고 생
각한다. 책임은 언어에 있다. 언어라는 것은 오해를 불러일으키게
마련이고 이런 식의 오해는 인간을, 엄마를 말할 수 없이 불행하게
만든다. 선물과 행복은 서로에게 속하는 단어가 아니다. 발견과 행

복도 마찬가지다.

언제나 행복을 기대하는 인간은 그것을 얻기 위해 단 한 번도 노력한 적이 없는 무엇을 기다린다. 행복이란 인간의 발치께에 놓여 있는 게 아니다. 그것은 삶이 모든 인간을 위해 은밀하게 간직하고 있다가, 마치 인간에게는 당연히 그럴 권리가 있다는 듯, 적절한 순간을 골라 건네주는 신비스러운 선물이 아니다. 세상에 행복을 누릴 권리를 가진 인간은 아무도 없다.

십오 분쯤 시간이 흐르고 난 후 나는 어느 정도 엄마를 안심시킨다. 그 사실이 굉장히 기분좋다. 인생에 비현실적인 기대를 걸어서는 안 되며 행복이라는 것은 어딘가에서 인간을 기다리고 있는 게 아니라는 식의 위로는, 시시한 말로 엄마의 고통을 완전히 몰아낼 수 없을 때 효과가 있다. 나는 정기적으로 우리, 남자형제들과 나를 저울질해본다. 대체 무엇 때문에 엄마는, 부모를 그토록 사랑하는 우리, 당신의 재산인 우리를 제대로 알아보지 못하는 걸까. 우리 형제들 중 마약 따위에 손을 대는 사람은 한 명도 없다. 그만하면 엄마는 훌륭한 자식을 둔 게 아닐까?

"하지만 난 너희들이 불행하다는 걸 알아. 공연히 그럴 듯한 말로 위로하려고 애쓸 필요없다."

엄마가 섬뜩할 만큼 진지한 표정으로 말한다.

맞는 말이다. 나한테는 그런 재주도 없다.

나는 시험이 끝나는 즉시 집을 떠나려는 계획에 대해서 잠시 침묵을 지키기로 한다. 어쩌면 나는 이사 자체를 포기하고 이곳에서 그리 멀지 않은 어느 마을에서 선생 자리를 구하게 될지도 모른다. 그렇게 되면 엄마는 적어도 자식 한 명쯤은 가까이 두고 살게 되는 것이고, 그 일은 엄마에게 어느 정도 위로가 될 것이다.

내 모든 계획을 제일 먼저 듣게 된 사람은 아라였다. 우리는 '드 셰르프'에 앉아 있었다. 나는 내 생일 날의 사건 때문에 여전히 화가 나 있는 상태였고, 그녀는 그런 나를 별로 불쾌하게 여기지 않았다. 하지만 나는 이 모든 것에서 도망치고 싶었다.

"나는 별 문제 없어. 우리 사이에 무언가 석연치 않은 점이 있다면 넌 너 자신을 직시할 수 있는 용기가 필요해."

그녀가 말했다. 나는 그녀가 옳다고 시인했다.

"대체 그런 걸 어떻게 알았어? 인간 사이에 그런 미묘한 감정이 있을 수 있다는 것에 대해서 말야."

내가 물었다.

"느낌이 그래. 난 내 느낌을 믿어."

우리의 싸움을 떠올리자 새삼 아쉬운 생각이 들었다. 진작부터 그녀의 말에 반박할 수 있었으면 얼마나 좋았을까. 나는 언제나 머릿속으로만 그런 생각을 했고, 그녀가 직관과 본능에 대해 이야기할 때 나는 언제나 분석과 사유에 대해서 이야기했던 것이다. 마치 심장 따위가 아예 없는 인간처럼.

심장이란 대개의 경우 우리 몸의 근육을 밀가루 반죽하듯 주무르고 가공하고 으깨어 거짓된 느낌을 갖게 한다. 우리가 살고 있는 이 세기에 우리의 몸에 기만과 거짓된 사상을 주입시키는 기관이 있다면 그것은 바로 이 심장일 것이다. 나는 여자들이 타고난 감성과 직감에 대해 자랑스럽게 여기는 이유를 이해할 수 없다. 그건 무언가 명백하게 표현할 수 있고 설명할 수 있는 의무를 스스로 외면하고 싶은 욕구를 달리 표현한 것에 지나지 않는 것이다. 인간을 매개할 수 없는 인식이 대체 무슨 의미가 있단 말인가? 인간이 스스로 파악한 '무엇'을 다른 사람에게 설명할 수 없다면 어찌 그것을 인식했다고 말할 수 있을까?

심장과 머리는 서로 연결되어 있음이 분명하다. 인식이 고통스러우면서도 동시에 감동스럽고, 사랑이 보다 큰 통찰력의 시작이 될 수 있는 걸 보면 그렇다. 하지만 그 통찰력이 근육과 두뇌 사이의 결합을 끊어버렸고 사실은 존재하지도 않는 독립성을 심장에 부여하고, 거기에 더하여 온갖 미사여구로 아름답게 치장한 다음 여자들만의 전용물로 만들어버렸다. 나는 바로 그 점을 즐거워할 수 없다.

나는 절대 그럴 듯한 말로 누군가를 구슬리지 않는다.

누군가 나에게 매우 감성적이라고 말하면 나는 그 말을 결코 칭찬으로 여기지 않는다.

심장을 자발적이고 완고한 자기 고집이 있는 것으로 여기는 순간, 인간은 더이상, 엄격하고 어찌됐든 아주 개인적인, 이른바 격정이나 강렬한 감정 뒤에 숨어 있는 논리를 볼 수 없게 되는 법이다. 심장과 이성은 동전의 양면과도 같은 것이다. 감정은 이성적이고 사유는 다감하다.

아라가 이런 사정을 깨닫지 못하고 계속해서 그녀의 심장이 가장 믿을 수 있는 조언자라고 생각하는 한, 그녀는 그녀 자신의 드라마와 행복에 담긴 무자비한 논리를 포착할 수 없을 것이다.

나는 입을 다문 채 고개만 주억거렸다. 그녀는 내가 화를 풀었고 앞으로는 의견 차이로 인해 싸움을 거는 일 따위는 없을 거라는 것을 감지했다. 하지만 그녀는 그 점에 대해 나에게 고마움을 표하지는 않았다. 그녀는 그저 눈썹을 쫑긋 세웠을 뿐이고, 나는 못 본 체했다. 나는 그녀에게서 멀리 떠날 예정이며 그것도 여기서 가까운 도시가 아니라 아는 사람이라고는 단 한 명도 없는, 아주 멀고 낯선 도시로 옮겨가 공부를 계속할 생각이라고 차분하게 설명하고 싶었다.

하지만 나는 갑자기 걷잡을 수 없는 충동에 사로잡혀, 내가 다른 도시로 옮겨갈 생각을 하게 된 것은 순전히 그녀 때문인 듯 사뭇 드라마틱하게 과장된 어투로 설명했다. 그리고 내가 떠남으로써 이제 우리 둘 사이의 우정도 어쩔 수 없이 끝나게 될 거라는 암시를 주었다. 다른 사람들과의 관계처럼, 그녀와의 관계를 유지하는 것은 오해와 몰이해와 무능 때문에 너무나 고통스러워 감당하기 어려웠다는 이야기도 덧붙였다.

사실은 그렇지 않았다.

나의 사랑스러운 적, 쿠바 리브르를 알게 된 이후 처음으로 나는 다시 한 잔을 더 주문했다. 연거푸 석 잔을 마시고 나서야 나는 그녀에게, 앞으로 다른 여자친구를 만드는 일은 없을 거라며 그녀에 대한 내 사랑을 털어놓았고 내가 멀리 떠날 수밖에 없는 사정을 설명했다.

"그래, 넌 멀리 떠나야 해. 언젠가는 이런 날이 올 줄 알고 있었어."

그녀가 별로 놀라는 기색도 없이 말했다.

정말로 내가 집을 떠날 것이라는 것을 알게 된 이후, 아버지는 책상과 책꽂이를 만들었고 엄마는 내게 필요한 잡다한 물건을 사들였다. 냄비, 프라이팬, 손수건, 침대 커버. 모두가 값비싼 물건들이었다.

"싸구려는 사지 않았다. 넌 언제나 최고만 사야 해. 난 항상 그렇게 했다. 비싼 물건이 오래가니까."

엄마는 웃는 얼굴로 짐을 꾸린다.

"넌 아무래도 결혼을 할 애 같지 않아. 그래서 네 아버지와 난 이 걸 네 혼수품 장만하는 심정으로 마련했다."

엄마는 혼수품이라는 말을 하며 당신이 먼저 웃음을 터뜨린다. 엄마는 혼수품 따위는 나하고 전혀 어울리지 않는다고 생각한다.

엄마가 웃는 모습은 언제 봐도 기분이 좋다. 날 위해 이것저것 준비해준 엄마에게 나는 고마움을 전한다.

"그래 너희들은 부모에게 고마워해야 할 게 많지. 어린 시절 나는 누군가 나를 돌봐주는 사람이 있으면 얼마나 좋을까 하는 생각을 하며 지냈다."

마지막으로 엄마는 내 생각을 돌려보기 위해 다시 한번 부질없는 애를 쓴다. 엄마는 내가 실습을 나갔던 반 아이들에게서 수없이 많은 감사편지를 받은 걸 보면 반드시 훌륭한 선생님이 될 수 있을 거라고 말한다. 우리 마을에 있는 학교의 교장 선생님이 공석이 생겼다며 언제 내 공부가 끝나는지 묻더라는 이야기를 전한다. 여자 직업으로 학교 선생만한 게 없는데 어째서 만족하지 못하고 구태여 대도시로 나가 공부를 더 하고 싶어하는지 엄마나 아빠 같은 사람은 이해하기 어렵다고 말한다. 물론 엄마도 공부를 더 하고 싶다는 소망쯤은 이해가 가지만 하필이면 여기서 이백 킬로미터씩이나 멀리 떨어져 있는 도시에서 공부를 하기로 결정한 것은 아무래도 이해하기 어렵다고 한다. 그러면서 여기서 가까운 도시, 오빠들이 공부를 하고 있는 곳으로 옮겨가면 한결 안전한 환경에서 서로 도와가며 살 수 있지 않겠느냐고 권한다. 엄마가 하고 싶은 말을 다 하고 사는 것 같지만, 우리들이 엄마 말을 따르지 않고 마음대로 행동하기 때문에 사실은 그렇지도 않다고 한다.

이삿날 아침, 아라가 또 유리창에 돌을 던져 아직 자고 있던 나를 깨운다.

"정말 떠나는구나."

그녀는 입을 거의 움직이지 않고 조그맣게 속삭인다. 하지만 나는 그녀가 무슨 말을 하는지 다 알아들을 수 있다. 내가 뒷문을 열어주자, 그녀가 안으로 들어선다. 잠시 마주 보고 서 있던 우리는 어느 순간 힘껏 끌어안는다.

"잘된 일이야."

그녀가 말한다. 그녀의 목소리가 예전과 같지 않다는 것을 감지한 나는 고개를 들고 그녀를 올려다본다. 그녀의 눈가에 이슬이 맺혀 있다. 그제야 나는 이제껏 아라가 우는 모습을 단 한 번도 본 적이 없다는 사실을 깨닫는다. 그런 아라가 눈물을 보이다니, 그 사실이 나를 화나게 하고 동시에 자랑스럽게 만든다.

"하지만 우린 언제나 함께 있을 거야."

마침내 내가 조심스럽게 말한다.

"그래. 나도 알아."

그녀가 여전히 가라앉은 목소리로 말한다.

그녀는 깊이 숨을 들이쉰 다음 다시 한번 힘주어 나를 끌어안는다.

"조심해야 돼, 꼬마야. 문 밖을 나서면 정글이나 다름없거든."

"걱정하지 마. 난 맹수과에 속하잖아."

일과 사랑

열애라는 것은 인간을 지난 시절의 드라마
로 돌아가게 유인한다. 모든 드라마는 결합
의 드라마다. 갑자기 나는 내가 왜 그 동안
현명하게도 사랑을 멀리하고 살아왔는지
깨달았다. 사랑은 고통, 불안, 불신, 혼란,
무의미한 죄책감, 무기력감, 수치심, 그리
고 나 아닌 다른 사람에 대한 소모적인 동
정심의 장(章)에서 제시되는 것이다.

1

　나는 서른 살이 되었고 아직까지 이른바 사랑의 고뇌라는 것을 체험하지 못했다. 그거야 물론 이제까지 내가 제대로 된 사랑을 해본 적이 없기 때문이다. 나는 그런 관계를 원할 수 없었다. 내 나이 열 살 되던 해부터 나는 언제나 나만을 위한 누군가가 곁에 있다고 믿었고, 그건 바로 아라였다.
　나는 이제 한꺼번에 여러 가지 일이 벌어지는 인생에 익숙하지 않다. 나에게는 인생이라는 게 그리 변화무쌍한 것일 필요가 없다.
　나는 그런 류의 모험 같은 연애사건에서 아무것도 취할 게 없다.
　지난 십 년 동안 나는 이중 창이 내려져 있는, 가로 3미터 세로 6미터 크기의 이층 방에 처박혀 전화나 신문도 없이 오로지 책들과 더불어, 말 그대로 책 속에 묻혀 살았다. 내가 체험한 모든 변화와 모험은 이 사면의 벽 안에서 이루어졌다. 이 방에서 나는 남자친구 몇 명을 알게 되었고, 이따금 덧없는 짓을 했다. 그리고 십 년 동안

한 남자와 연인관계로 지냈다.

지금은 아니다.

그는 일 주일 전에 나를 떠났다. 그는 우리가 친구 사이로 남기를 원했다. 그에게 새로운 여자, 결혼하고 싶은 여자, 그러나 그녀와 결혼을 하려면 다른 여자와 더이상 잠자리를 같이 하지 않겠다는 약속을 해야만 하는 여자가 생겼기 때문이다. 나는 이제야 비로소 나도 사랑의 고뇌라는 것을 겪게 되나 보다라고 생각했다. 하지만 예상과 달리 나는 기분이 좋았고 한 번쯤 버림받은 여자가 된다는 것은 짜릿한 흥분거리가 된다는 사실을 새롭게 발견했을 뿐이다.

나는 브루노와 헤어졌다는 소식을, 우리 가족만 제외하고 내가 아는 모든 사람에게 알렸다. 속으로는 은근히 낯선 고통이 찾아오기를, 잃어버린 사랑 때문에 비극적인 슬픔을 맛보고 그 고뇌를 통해 날씬한 몸매의 아름다운 여자, 지금의 나와는 다른 여자가 되기를 간절히 빌었다.

브루노와 헤어졌다는 이야기를 마치 나 복권에 당첨됐어, 하듯 말한다는 아라의 지적을 듣고서야 나는 비로소 인간은 고뇌를 통해 무엇인가를 이룰 수 있는 존재가 아니라는 것을 알았다.

나는 사랑 때문에 가슴앓이를 하지 않았다.

나는 브루노로 인해 사랑을 얻었고 브루노로 인해 사랑을 잃었다. 하지만 사랑이라는 것은, 그가 나를 정말로 버릴 수 있다는 것을 뜻할 만큼 대단하지는 않았다.

아라가 보기에 브루노는 내 애인이었다. 내가 그를 처음 본 것은 십 년 전, 그러니까 1978년 가을 어느 날, 내가 이사를 한 직후 그동안 아라와 계획했던 파리 여행을 실행에 옮긴 날이었다. 우리는 폭스바겐을 빌려 타고 부아 드 불로뉴로 달려가 그곳에 텐트를 쳤다.

유아기를 벗어난 이후 처음으로 아라의 체중이 십 킬로그램이나 줄었다. 내 이사 일정이 확정된 후, 몇 달 동안 우리는 그 어느 때보다도 많은 시간을 함께 보냈다. 그녀는 나와 함께 있을 때면 허기를 느끼지 않는다고 했다. 음식을 생각하기만 해도 속이 뒤집히는데다 음식 생각이 나는 순간 내 얼굴을 바라보며 내 이야기에 귀를 기울이다 보면 어느새 허기 따위는 말끔히 사라진다는 것이었다.

"아마 우리가 이렇게 언제나 함께 있을 수만 있다면 나는 군살을 완전히 뺄 수 있을 거야."

아라는 이렇게 말하기도 했다.

아라가 체중이 줄기 시작한 이래 나는 종종 그녀에게 화가 나곤 했다. 처음에는 대수롭지 않게 여겼으나 시간이 지날수록 살이 내린 그녀의 모습을 보고 있는 게 견디기 어려웠다. 무엇보다도 그녀의 얼굴, 목덜미, 어깨가 끔찍할 정도로 야위어 있었다.

그 사이 아라에게는 틈틈이 손가락으로 제 몸 여기저기를 더듬는 새로운 버릇이 생겼다.

함께 앉아 있으면, 그녀는 목을 길게 늘이고 근육을 이리저리 움직여서 목의 힘줄이며 뼈 따위가 불거지게 만드는가 하면 콧날개를 아래쪽으로 찡그리고 어깨를 앞으로 구부리기도 하면서 살이 빠져 움푹해진 목덜미를 더욱 깊이 패게 만들고 홀쭉해진 얼굴을 더욱 핼쑥해 보이게 하곤 했다. 그리고 나서는 더욱 도드라지게 각이 진 턱뼈를 손가락으로 슬슬 쓰다듬었다.

그녀는 여러 해 동안 살에 푹 파묻혀 있던 뼈가 드러나게 된 사실을 마냥 즐거워했다. 처음에는 그런 아라를 지켜보며 제 손가락으로 살 내린 감촉을 확인한다는 것이 참 근사한 기분이겠다며 내심 이해하기도 했다. 하지만 이제는 아니었다. 저런 즐거운 표정을 언제나 그만두려나 조바심이 일었다. 하지만 아라는 한사코 그만둘 기세가 아니었다.

그녀가 그런 식으로 얼굴을 찡그리기 시작하면 더이상 정상적인 대화를 나눌 수 없었다. 그렇게 일그러진 얼굴 모양을 하자면 이리저리 얼굴 근육을 움직여야 했고, 그러려면 그녀는 내 이야기에 집중할 수가 없었다. 그녀가 힘주어 목을 늘이면 덩달아 입 모양도 일그러지면서 그녀의 얼굴 전체가 아주 험상궂게 변했다. 나는 그 모습이 영 마음에 들지 않았다. 근육을 긴장시키고 손으로 만져보는 그녀의 행동은 시간이 흐를수록 더욱 우스꽝스러워 보였고, 그럼에도 불구하고 그런 모습을 계속해서 지켜봐야 한다는 것이 내겐 일종의 고문이었다. 하지만 나는 감히 그런 사실을 그녀에게 말할 용기가 없었다. 그녀는 배에 난 깃털을 뒤로 젖힌 흉물스러운 까마귀처럼 보였다. 하지만 정작 아라 자신은 그런 자신의 모습을 아름답다고 생각하고 있다는 것, 따라서 그런 환상을 깨뜨리게 되면 그녀의 자존심은 심각한 상처를 받게 되리라는 것을 나는 잘 알고 있었다. 우리가 부아 드 불로뉴의 나무들 사이에서 브루노를 처음으로 보았을 때도 그녀는 역시 그 가늘어진 목을 길게 늘이고 있었다.

나는 한 살 두 살 나이를 더 먹을수록, 어떤 남자를 보고 한눈에 반하는 일은 없을 거라는 생각을 점점 더 자주 하게 되었다. 하지만 브루노의 경우는 달랐다. 아라를 처음 보았을 때 그랬던 것처럼 그를 처음 본 순간 나는 말 그대로 한눈에 반하고 말았다. 대체 그에게 어떤 매력이 있어서 내 눈을 멀게 했는지에 대해서는 설명할 길이 없다.

　한참 후에 아라는, 내가 사랑하는 남자들은 점잔빼는 태도라든가 성실한 태도에서 어딘가 내 오빠들과 닮은 데가 있고, 정확하게 말로 설명하기는 어렵지만 이따금 눈을 위로 치뜬다거나 턱을 움직이는 모습 혹은 달리는 자세 등 외모까지도 어딘가 닮은 데가 있다고 말했다. 아라는 오빠들의 그런 모습을 어느 틈에 눈여겨본 모양이었다. 하지만 나는 전혀 모르고 있었다. 세상에는 이렇게 혼자서는 알 수 없는 것이 있다. 인간이란 평생을 살아도 자기 자신에 대해 모든 것을 다 알 수는 없는 존재라는 것, 그 새삼스러운 깨우침이 나는 두려웠다.

　브루노는 우리가 타고 온 폭스바겐에서 십 미터쯤 떨어진 곳에서 동행으로 보이는 한 남자와 함께 텐트를 치고 있었다. 아라와 나는 갓 구운 바게트를 살 요량으로 캠핑 장소에 있는 가게로 달려가다 그들 곁을 지나게 되었다. 누군가 네덜란드어로 말하고 있었고 우리는 소리나는 쪽을 바라보았다. 거기에는 사십대로 보이는 두 남자가 접의자에 마주 앉아 이야기를 나누고 있었다. 두 남자 모두 두툼한 울 내의를 입고 있었다. 아마빛 머리칼에 수염을 기른 남자는 키가 아주 컸으며 이야기는 주로 그 남자가 했다. 다른 남자는 그 키 큰 남자가 하는 이야기를 주로 듣고만 있었다.

　돌아오는 길에 키 큰 남자가 우리에게 쾌활한 목소리로 말을 건넸다. 프랑스어였다. 네덜란드 사람이라면 절대 그런 식으로 발음할 것 같지 않은 억양이라, 아라와 나는 웃지 않을 수 없었다. 그가 이상한 억양으로 우리에게 커피를 권했다. 우리는 사들고 오던 바게트를 나눠 주었다. 그의 이름은 핌, 그리고 다른 남자는 브루노였다.

　그로부터 이틀이 지난 후, 한밤중에 나는 남자들의 텐트로 기어들었다. 핌과 아라는 산책을 나가고 없었다. 나는 브루노의 품으로 파고들었다. 그는 팔을 벌려 나를 감싸안더니 두어 번 등허리를 토닥인 다음 다시 잠이 들었다. 나는 놀라지 않을 수 없었다. 그의 품에 안긴 채 나는 이름 모를 흥분과 평온을 동시에 느끼고 있었다. 그리고 이 남자야말로 불안과 수치심과 죄책감에서 벗어나 난생 처음 그 일을 시험해볼 수 있는 남자라는 것을 깨달았다.

그가 브루노였다.

그것은 시험이었다.

그는 마흔한 살, 결혼을 했으며 두 아이의 아버지였다. 오케스트라 단에서 트럼펫을 불었으며 나와 가까운 곳에 살았다.

1979년 1월 그가 비로소 나를 방문했다. 방문 이유는 아무리 애를 써도 나를 머릿속에서 몰아낼 수 없었기 때문이라고 했다. 그 말이 나를 행복하게 했다. 나 역시 파리에서 그와 작별을 고한 후 끊임없이 그를 생각하고 있었고 사랑에 빠진 여자의 그 감질나는 갈망으로 그를 그리워하고 있던 참이었다. 그에게 편지를 쓴다거나 전화를 거는 일 따위는 차마 할 수 없었다. 그는 결혼한 남자였기 때문이다.

그는 밤마다 나를 찾아왔고 그렇게 내 연인이 되었다. 그는 거짓말을 할 수 없는 남자였기에 우리의 관계를 아내에게 말했다. 그의 아내는 삼 년 동안 그런 대로 살아보려고 애를 썼으나 마음대로 되지 않았고 이 년간 더 헛수고를 한 끝에 그를 떠났다.

브루노의 이혼은 결코 내가 원한 일이 아니었다.

아내와 헤어진 후 브루노가 나를 찾는 횟수는 더욱 잦아졌다. 그를 처음으로 만나고 한 해 두 해 세월이 흐를수록, 그에 대한 내 요구도 덩달아 늘어만 갔다. 그의 얼굴을 마주하는 순간 내 무릎은 가볍게 떨리기 시작했다. 내 두 발이 어떤 식으로든 바닥에서 떨어지고 나서야 비로소 그 떨림은 멈추었다. 시간이 기냐 짧으냐, 우리가 함께 눕는 장소가 어디냐 하는 것은 전혀 문제가 되지 않았다.

내가 한 여자가 될 수 있다는 사실, 내 안에 이는 욕망을 감지하고 누군가에게 그 욕망을 맡길 수 있다는 사실이 나는 언제나 자랑스러웠다. 인간이 그 외에 달리 자랑스러워할 일이 뭐가 있을까 하는 생각마저 들었다.

아내와 헤어지고 나서 일 년쯤 시간이 흐르고 나자 브루노의 태도가 달라지기 시작했다. 그는 집에 혼자 있다는 사실이 끔찍하다고 하소연했다. 나는 그런 브루노의 말을 좀체 이해할 수 없었다. 나는 가능하면 혼자 있는 생활을 원했다.

그는 넓은 집을 마련해 함께 살자고 제안했다. 나는 그에게 그러고 싶지 않다고, 누군가와 한 공간에 산다는 깃은 생각도 해본 일이 없다고 말했다. 누군가의 아내가 되는 것은, 설령 그 누군가가 브루노 당신일지라도 원하지 않는다고, 언제나 당신의 연인, 정부 노릇을 하는 것으로 만족하며 이런 내 생각은 결코 변하지 않을 것이라고 했다.

"당신의 정부, 영원히 당신의 정부로 남고 싶어요."

나는 힘주어 말했다. 언제나 그를 그리워하며 살겠지만 언제라도 떠나겠다면 말릴 생각은 없으며, 원한다면 언제든지 다시 받아들일 것이라고 했다.

그는 나를 사랑한다고 말했다.

나도 그를 사랑한다고 말했다.

그리고 나는 그에게, 당신이 집에 혼자 있는 것을 견딜 수 없다면 가정을 지킬 수 있는 아내감을 다시 찾아보라고 조언했다.

그런 여자를 그는 작년에 발견했다.

일 주일 전에야 나는 확연하게 깨달았다. 그가 그 여자와 함께 살고 싶어하기는 하지만 사랑하지는 않을 거라고 내가 굳게 믿고 있었다는 것을 말이다. 함께 사는 것과 사랑이 마치 필연적으로 서로 분리되는 무엇이기라도 한 듯.

사랑에 관한 한 아라와 나는 어느 정도 같은 생각을 하고 있었다. 내가 서부 지역으로 이사를 가야겠다는 말을 하고 한 달쯤 지났을 무렵 아라는 그녀에게 충성을 다짐하던 한 무리의 남자들 중에서 빙이라는 남자를 선택했다. 아라와 빙은, 비록 방법은 달랐지만 오랫동안 브루노와 나 같은 관계를 유지했다.

빙은 각진 얼굴에 말을 더듬는, 네덜란드에서 태어난 중국인 2세였다. 그는 아라보다 머리 하나쯤 키가 작았다. 언제나 머리를 짧게 깎고 다녔으며 웃는 모습이 아주 독특한 남자였다. 그는 남쪽 도시에 개업한 한 외과의사의 아들이었다. 아라는 그를 동물 보호소에서 알게 되었다.

빙은 수의사가 되고 싶어했다. 하지만 그는 영원히 학생 신분으로 머물러 있으라는 팔자를 타고난 듯 거의 모든 시험에서 실패했다.

그럼에도 불구하고 아라는 그를 천재라고 생각했다. 내가 보기에 빙의 지능은 평균 수준이었다. 그는 비교적 영리한 편에 속했지만 나는 그를 실패를 두려워하며 전전긍긍하는 인물, 기껏해야 아라에 대한 사랑에서만 특별한 면모를 보이는 남자라고 생각했다. 그렇긴 해도 그를 알게 된 순간, 그가 아라를 사랑하는 방법만큼은 단박에 마음에 들었고, 그런 생각은 오늘날까지 변함이 없다. 하지만 그뿐, 달리 마음에 드는 구석은 찾을 수 없었다. 아라의 말로는 재능이 많은 남자라지만, 아쉽게도 내 눈에는 그 재능이 보이지 않는다.

"잠재적인 재능."

아라는 그를 그렇게 부른다. 그래, 나는 그녀를 이해한다. 서로 사귀다 보면 상대방에게 어느 정도 존경하는 마음을 갖게 된다는 것도 안다. 하지만 특별한 무엇을 읽어낼 수 없는 누군가를 그런 식으로 부르는 것에는 좀 화가 난다. 잠재적인 재능은, 좌절한 천재처럼 별 의미가 없는 법이다.

재능은 밖으로 드러나야 진짜 재능인 것이다.

재능을 드러내려면 어떤 능력을 표현하고 싶다는 소망이 전제되어야 한다. 잠재해 있는 것은 아직 드러낼 준비가 덜 된 것이다.

아라는, 빙의 삶은 나처럼 그렇게 갈등 없이 흘러가는 게 아니라는 말을 자주 한다.

"뭐가 갈등 없이 흘러가?"

나는 언짢은 기색을 감추지 않고 묻는다.

"모든 게. 안 그래, 키트?"

아라가 약간 자신 없는 목소리로 되묻는다. 그리고는 얼굴을 찡그리며, 내가 그 점을 명료하게 인식하지 못하고 있다는 사실을 차마 믿을 수 없다는 듯 놀란 눈길로 나를 바라본다.

"너는 매사에 자신이 넘치고, 원하는 것은 무엇이든 손에 넣을 수 있잖아."

하지만 행복한 느낌을 단숨에 사라지게 만드는 그런 식의 가정이 나를 화나게 한다. 그렇다고 그녀에게 그 동안 수도 없이 해온 말을 다시 반복할 수는 없다. 빙과 나의 비교를 무시하기 위해 나는 훨씬 비겁한 수단을 동원한다. 아라에게 빙과 그녀의 유사점이 무엇인지 말해주는 것이다.

나는 침착한 어조로, 빙과 아라는 실패에 대한 두려움을 지니고 있기 때문에 어떤 상황에 처하더라도 서로를 알아볼 수 있는 사이라고 설명한다.

"맞는 말이야."

뜻밖에도 아라가 순순히 동의한다. 나는 내친 김에 한 걸음 더 나아간다. 가능한 한 평온한 표정을 유지하려고 애를 쓰며, 실패에 대한 두려움이 사실은 그녀의 자만심과 관계 있는 것이라고 설명한다.

"그럴 수도 있지."

아라가 또 별다른 이의 없이 동의한다. 그녀의 분별력이 내 분노를 누그러뜨린다. 나는 한결 부드러운 어조로 정당성을 확보하기 위해 노력하며, 실패에 대한 두려움과 교만이 동전의 양면 같은 것이라는 점을 일깨워주고자 한다. 아라와 빙은 모험에 맞설 용기가 부족한데도 그녀는 자신이 남다른 데가 있다는 착각 속에서 그를 자기 집으로 불러들여 서로 견딜 수 있다는 것을 입증해 보이고자 부질없는 노력을 하고 있는 것이라고, 하지만 그런 식으로 외부 세계에 맞설 용기는 없다고 말해버린다. 내가 한 말이 아라를 슬프게 한다. 그래도 그녀는 내 말에 반박하지 않는다. 그러다가 마침내 그녀가 말한다.

"그런데 모든 사람이 너를 특별하다고 생각하는 이유를 난 모르겠어. 나를 그렇게 보는 사람은 없는데 말야. 하지만 나도 어딘가 특별한 데가 있잖아. 너말고는 그렇게 생각해주는 사람이 없기는 하지만."

"그런 건 나한테 아무 의미도 없어. 다른 사람이 나를 어떻게 생각하는가 따위는 나하고 아무 상관도 없다구."

아라와 나 사이의 해묵은 논쟁. 그런데 아직도 나는 내가 옳다는 것을 그녀에게 확신시키지 못했다. 그런 이유에서 나는 침묵했고, 그 침묵이 나 자신을 경멸스럽고 동시에 냉담하게 만들었다. 언제나 나와는 다른 입장인 그녀를 납득시키고 새로운 입장을 설명하는 게 쉽지 않다. 그녀가 선물로 여기거나 외부에서 받은 것 중의 하나로 여기는 것, 따라서 받아들이거나 거절할 수 있는 것으로 여기는 것이 나에게는 인간이 스스로 성취할 수 있는 것, 개인사와 관계되는 것으로 생각되는 것이다.

행복, 재능, 특별함 등을 선망하는 태도는 동기, 이유, 원인이 있다. 그런 것들은 오랜 시간을 두고 간절히 원할 경우 얻을 수 있는 것들이다. 재능은 일종의 필요인 것이다.

'행운아'라는 단어를 나는 더이상 듣고 있을 수 없었다.

누군가 복권에 당첨되면 그 사람이 곧 행운아다.

갑자기 이유를 알 수 없는 화가 치미는 순간이면 나는 침묵한 채 생각했다. 그래, 너는 아무것도 이해하지 말고, 단 한 번도 곰곰이 생각하지 말고 그저 뚱뚱한 몸이나 유지하며 살아라, 나는 속으로 그렇게 말했다.

아라가 없다면 빙과 나는 단 한 시간도 둘이서만 시간을 보낼 수 없을 것이다. 나와 단둘이 있게 되면 그의 말더듬증은 아라와 있을 때보다 훨씬 심해진다. 나 역시 빙이 말을 더듬을 때 아라가 하는 대로 행동을 할 수도 있겠지만, 나는 그럴 용기가 없다.

빙은 단어의 의미에 집착한다. 그리고 아라는 말을 더듬는 사람과 대화를 할 경우 어떤 점을 배려해야 하는지 따위에 대해서는 까맣게 잊은 채, 적절한 말을 찾아내기 위해 고심하며 시간을 끌고 있는 빙 곁에서 한숨을 들이쉬고 내쉬며 안달을 한다. 그가 '고생'이라는 의미의 "플라커라이(Plackerei)"라는 단어를 말하기 위해 P라고 발음하면 채 일 초도 지나지 않아 아라가 냉큼 나서며 "플라커라이"라고 채워준다. 그러면 빙은 그 단어를 건너뛰고 서둘러서 다음 단어를 발음하기 위해 더욱 허둥거린다.

빙은 중국인이니 충분히 있을 수 있는 일이긴 하다. 하지만 그는 언제나 아라의 참을성 없는 태도를 웃음으로 받아넘긴다. 두 사람은 마치 무슨 놀이를 즐기듯 서로 협력하여 대화하는 법을 익혀갔고, 그래서 빙이 혼자 이야기하는 것을 들을 수 있는 기회는 점점 더 줄어들었다. 그가 하고자 하는 이야기의 삼분의 일 정도는 아라가 알아서 채워주는 것이다. 내가 함께 있으면 그녀는 나를 위해 빙이 사용하는 단어들을 매번 바로잡아주려고 애를 쓰고, 어떤 경우에는 서로 고친 단어를 또다시 고치느라 수선을 떨 때도 있으며, 그러다 보면 대체 우리가 무슨 이야기를 하고 있었는지 까맣게 잊고 마는 경우도 종종 있다.

빙은 결코 나를 방해하지 않는다. 그는 같은 공간에 있는 사람조차도 그의 존재를 감지하지 못할 정도로 조용히 움직인다. 우리는 정기적으로 셋이 함께 여행을 떠나곤 한다. 그렇게 셋이 하는 여행은 정말 멋지다. 우리 주위를 맴돌던 빙은 갑자가 어디론가 흔적도 없이 사라졌다가 음료수며 과일이며 과자 따위를 들고 나타나 우리를 놀라게 만든다. 그는 들고 온 것들을 손만 앞으로 뻗어 우리에게 건네고는 다시 혼자서 산책을 하거나 그저 어디론가 사라진다. 우리 세 사람은 별로 크지 않은 텐트에서 함께 잠을 잔다. 아라가 한가운데 누워 자리 대부분을 차지한다. 그녀에게는 바닥에 등을 대고 길게 누워 사지를 활짝 펼치고 잠을 자는 버릇이 있는 탓이다. 그녀를 가운데 두고 양 옆으로는 빙과 내가, 자리를 조금만 차지하려고 가능한 한 몸을 웅크린 자세로 눕는다.

아라는 빙이 다른 남자들과는 다르다고 말한다. 나도 그녀와 같은 생각이다. 내가 아라 곁에 모습을 드러내면 빙은 소리없는 웃음으로 나를 맞아주고 우리끼리 편안히 지낼 수 있도록 배려한다. 때로 그는 방 한구석에 물러나 앉아 우리를 그저 바라보고만 있을 때도 있다. 아라의 말에 따르면, 그는 내가 아라에게 얼마나 소중한 친구인지 잘 알고 있으며 우리가 이런 특별한 우정을 나눈다는 점을 아주 마음에 들어한다고 했다. 우리의 이런 관계를 마음에 들어하다니, 그게 바로 그의 특별한 점이다.

나는 빙을 시기한 적이, 단 일 초도 없다.

나는 지난 십여 년간 중요하다고 생각하는 것은 다 소유했다. 일은 너무 많았고, 사랑은 터무니없이 부족했으며, 나의 가장 사랑스러운 적과 함께 보내는 시간은 점차 많아졌다.

내가 감당해야 하는 최소한의 사랑과, 그 사랑을 늘 명료하게 의식하지 않도록 도와주는 데 필요한 최소한의 알코올 사이에 어떤 연관이 있다는 것을 파악하는 것 역시 내 일에 속한다.

사 년 전에 나는 심리학 공부를 마쳤다. 그로부터 이 년 후 철학 공부도 마쳤으며 일 년 반 전부터 심리학과 조교로 일하고 있다. 내 시간의 팔 할은 그곳에서 학위 논문을 준비하는 데 사용되고, 나머지 이 할은 강의를 해야 한다.

처음으로 강의를 하던 날은 몹시 힘들었다. 정해진 시간에 특정 장소에 모습을 나타내야 한다는 것은 차치하고라도 몇 시간에 걸쳐 이야기를 계속해야 한다는 것은 정말 피곤한 일이었다. 무엇보다도 집중적으로 나를 바라보고 있는 학생들의 시선을 견디기가 힘들었다.

학문의 가장 큰 장점은 원하지 않는 사람들 틈에 끼여 있을 필요가 없다는 점이다.

내가 함께 있고 싶은 사람들은 극히 드물었다.

강단에 서서 오전 시간을 보내고 나면 내 집의 어두움, 적요, 고독이 못 견디게 그리워졌다.

전화국에서 내가 신청한 날짜에 맞춰 전화를 가설하겠다는 연락을 받던 날, 나는 십 년 전부터 살고 있던 집 주인에게서 보수 공사를 하게 되었으니 한 반 년쯤 가까운 곳에 임시 거처를 마련해 생활하거나 아니면 아예 다른 거주지를 마련하라는 연락을 받았다.

석 달 이내에 나는 어디론가 옮겨가야 했다.

나는 포도주를 한 병 땄다.

그때까지 내가 거주지를 옮겨본 경험은 이 마을에 있는, 내가 태어난 집을 떠나본 것이 다였다. 이사를 하기 몇 주 전부터 나는 새로운 환경에 대한 기대와 두려움이 뒤섞인 흥분 상태에 빠져 있었다. 그 동안 무심하게 보아온 마을 풍경에, 숲의 아름다움에 새삼 감탄했다. 부모 형제들이 갑자기 내 인생에서 가장 소중한 사람들로 여겨졌으며 아라가 없는 곳이라면 결코 발을 들여놓을 수 없을 것만 같았다. 결국은 어느 누구도 우리의 우정을 계속해서 지켜볼 수 없게 되리라는 것, 도시에서 새롭게 만나는 사람은 이제 스물두 살짜리 여자인 나를 알게 되는 것일 뿐, 내 사춘기 시절의 이야기는 아무것도 공유할 수 없을 거라는 생각을 하고 있자니 끔찍한 공포가 밀려들었다. 게다가 나는 오래 살 것 같지도 않았다. 할망구가 되어 있을 내 미래를 상상할 수 없었다. 그 시절 나는, 기껏 더 살아야삼 년, 그러니까 스물다섯만 되면 구원과도 같은 죽음, 아주 꼬마였을 때부터 그토록 생생하게 그려보던 바로 그 죽음을 맞게 되리라는 것을 믿어 의심치 않았다.

터무니없는 감상은 싫었지만 그것을 저지할 수 있는 어떤 행동도할 수 없었다.

나는 젊고, 경험이 부족하고, 어느 정도까지는 낭만적이었다. 그리고 그 시절, 나는 아직 모르고 있었다. 죽음에 대한 환상이, 사실은 이루지 못한 꿈과 고통스러운 불안과 의무 등이 진실하다는 것을 입증하고 싶은 소망이며 동시에 거기서 놓여나고 싶은 소망의다른 모습이라는 것을 말이다.

꿈을 현실로 입증해 보이는 순간, 그 꿈을 꾸던 사람은 더이상 낭만주의자가 아니다. 하지만 그때는 그런 걸 몰랐다. 이루지 못할 무엇을 꿈꾸게 하는 충동이 얼마나 속수무책으로 막강한 것인가를, 나는 아직 모르고 있었던 것이다.

작별의 날이 다가올수록, 무언가 부질없는 것으로 시달림을 당하고 있다는 느낌, 나는 자진하여 파라다이스에서 추방당한 몸이라는생각이 점점 더 강해졌다.

그리고 그것은 제대로 된 느낌이었다.

파라다이스는, 그곳을 떠나는 순간, 혹은 그곳에 발을 들여놓기직전에만 존재한다. 지옥과 마찬가지로 자신이 처해 있는 현실의 공간에서 파라다이스를 발견하는 것은 거의 불가능하다. 파라다이스는 언제나 피안에 존재하는 법이다. 파라다이스는 그곳에서 영원하며, 그곳에서만 완성되는 것이다. 완성과 현실은 결코 오래 지속되거나 공존하는 법이 없다. 설령 그런 일이 일어난다 해도 아주 잠깐 동안뿐이다. 그 둘은 서로를 파괴한다.

이상, 그 이상적인 공간조차도 이상으로부터 현실을 만들어내려는 다양한 기획, 소망 등을 자극하기 위해 존재한다. 이상이 현실이 되는 순간, 이상은 더이상 이상이 아니다.

리브르 두 잔을 연거푸 마신 후 가위를 찾아든 나는 그 동안 길게 늘어뜨리고 다니던 머리칼을 싹뚝 잘라냈다. 그리고 그날 밤 아라에게 편지를 썼다.

아라, 나는 방금 머리칼을 잘랐어. 그러니 멍청해 보일 거야. 나는 지금 제정신이 아냐. 변화의 시간이 다가오고 있다는 것을 감지하기 때문이지. 아라 너는 내가 얼마나 변화를 두려워하는지 잘 알 거야.

그 편지에 적은 내용 모두가 진실은 아니었다.

그 동안 아라는 내가 어느 날 갑자기 백팔십도 달라진 모습을 보이게 될까 봐 두렵다는 말을 자주 했었다. 이를테면 화창한 어느 날 오후 문득 그녀의 집 문가에 나타나 외국으로 가겠다고 혹은 철학자가 되겠다고, 그녀로서는 아무 짝에도 소용없다고 생각하는, 따라서 상상도 할 수 없는 그런 짓을 하겠다고 결심하는 날이 올까 봐, 어쨌거나 일단 어떤 장소로든 옮겨가긴 하겠지만 너무나 정신적이어서 그녀로서는 결코 따라올 수 없는 장소로 옮겨가게 될까 봐 두렵다고 했었다.

아라에게 보내는 편지에 이사 가는 게 싫다고 쓴 것은 아라의 두
려움을 배려해서였다. 같은 이유에서, 내 인생에서 이 순간은 그 동
안 칩거해 있던 동굴 같은 곳에서 빠져나가는 데 결코 부적절한 시
기가 아니며, 그 동안 그토록 자주 꿈꾸었던 소망, 더 나은 현실에
대한 소망을 따르는 데도 결코 부적절한 시기가 아니라는 사실을
밝히지 않았다.

2

이사하던 날 아라와 빙이 도와주었다. 두 사람은 그런 일에 익숙
했다. 아라는 이미 세 번 이사한 경험이 있었고 세번째 이사 때 빙
과 합쳤다. 한 육 년 전부터 그들은 아라의 어머니가 살고 있는 곳
에서 아주 가까운 남부의 한 작은 농가에서 살았다. 농가에서 사백
미터쯤 떨어진 곳에 동물 보호소가 있으며 아라는 그곳의 주인이
되었다. 혹시 자동차를 타고 가다 가스를 넣어야 할 경우 그녀는 내
새로운 거주지의 문 앞에서 두 시간쯤 머물 수 있는 여유가 있었다.
  빙은 그녀에게 고용된 사람처럼 집안 일을 모두 도맡아 했고 덕
분에 아라는 경찰견이며 맹인 안내견 조련에 전념할 수 있었다.
  그녀는 그런 일을 잘 해냈다.

아라가 주말에 실시하는 훈련에 나도 이따금 따라가곤 한다. 경찰
서의 남녀를 다루는 그녀의 태도는 여느 사령관과 구분이 가지 않
을 정도로 거칠었지만 맹인을 대하는 그녀는 부드럽고 다정하다. 나
는 어떤 경우든 즐거운 마음으로 지켜보지만 그녀가 맹인을 대하는

모습을 보고 있으면 무언가 특별한 감정이 끼어든다. 혹시 이게 질투의 감정이 아닌가 싶기는 하지만 맹인을 심각하게 질투할 수는 없을 것 같고, 그래서 나는 내가 감지한 느낌이 질투보다는 편안한 형태, 아라에게 말로 표현하는 순간 나 자신도 웃을 수밖에 없는 그런 감정일 것이라고 생각한다. 그런 식으로 한순간 내가 눈이 머는 이유는, 누구라도 아라 가까이에 있으면 갑자기 손에 넣을 가치가 있는 대상으로 여겨지기 때문이다.

내가 아라를 따라 나섰던 어느 토요일, 그녀는 늘 하던 대로 맹인 보호소에 들렀다. 맹인들을 차에 태우고 동물 보호소 곁에 있는 풀밭, 그러니까 그녀가 맹인들에게 개 다루는 법을 강의하는 곳으로 데려가기 위해서였다. 이번에는 남자 두 명에 여자 한 명이었다. 그들은 식당에서 그녀를 기다리고 있었다. 나는 차에서 먼저 내려 건물 입구에서 걸음을 멈추었다. 나는 맹인과 어떻게 교제해야 하는지 아직 모르는 상태였으므로 맹인들에게 시선을 둔 채 망설이며 한동안 서 있었다. 잠시 후 나는 내가 미처 모르고 있던 사이, 맹인들이 그녀 특유의 무거운 발소리를 감지했다는 것을 알았다. 머리 셋이 일시에 한 방향으로 향했던 것이다. 나는 그 세 얼굴에 어린 행복감을 보았다. 잠시 후 아라가 안으로 들어서자, 그들은 머리를 비스듬히 기울이며 어루만져줄 손길을 기다리는 자세를 취했다. 그들의 기대는 곧 충족되었다. 아라의 얼굴에 좀처럼 보기 힘든 표정, 그들과 함께 있을 때면 나타나는 표정, 하지만 연약해 보이는 표정이 떠올랐다. 하지만 한순간 복잡하고 변덕스러운 표정은 모두 사라지고 오로지 한 가지 표정, 부드럽고 연민 가득한 표정만 남았다.

"차라리 장님이면 좋겠다."

그날 저녁 나는 아라에게 말했다.

"그건 왜?"

그녀가 어이없다는 듯 웃으면서 물었다.

"장님이 되면 원하든 원치 않든 누군가를 전적으로 '신뢰해야만' 하잖아."

개를 키우는 사람들이 그녀의 동물 훈련 과정에 대해 점점 더 많은 문의를 해왔다. 그녀는 그즈음 책을 한 권 써보고 싶다는 이야기를 자주 했다. 개를 훈련시키는 방법에 대해 아주 많은 것을 알고 있기 때문에 조그만 책 한 권쯤은 능히 쓰고도 남을 거라는 아주 자신감 있는 말투였다.

그녀의 태도는 신중했다. 그런 이야기를 듣고 내가 어떤 반응을 보일지 분명 잘 알고 있었기 때문이다. 그러면서도 그녀는 틈만 나면 그 책 타령이었다. 그런 식으로 나에게 자신의 계획이 농담이 아니라는 것을 확인시키고 싶었던 모양이다.

아라가 나에게 그 계획을 처음 말했을 때 나는 하마터면 화를 낼 뻔했다. 나는 당장이라도 폭발할 듯한 분노를 안으로 꾹꾹 눌러야 했다.

이사를 한 후 나는 매주 그녀에게 편지를 보냈으나, 그녀는 곧 숨 넘어갈 듯 절박한 심정으로 보낸 편지에나 겨우 반응을 보였을 뿐 좀체 답장을 쓰지 않았다. 그러면서 글쓰기에 대한 두려움을 호소하는 까닭에 나는 그녀의 게으름을 마음놓고 비난할 수도 없었다. 그래 놓고 갑자기 책을 쓰겠다니 글쓰기에 대한 두려움이 갑자기 어디로 사라진 걸까, 나는 비아냥거리며 따지듯 그녀에게 물었다.

그녀는, 책을 쓴다는 것은 편지를 쓰는 것과는 완전히 다른 것이라고 반박했다. 편지를 쓸 경우 잘못된 문장을 바로잡아줄 교정원의 도움을 받을 수 없기 때문에, 그녀가 나에게 편지를 보내면 자신의 추하고 불완전한 면을 드러낼 게 분명한데, 세상에 그런 불완전함을 드러내는 것보다 더 사적인 일이 어디 있겠느냐는 게 그녀의 주장이었다.

"하지만 바로 그렇기 때문에 중요한 거야."

내가 말했다.

"난 내 불완전함이 싫어."

아라가 말했다.

그녀는 이제까지 단 한 번 편지를 써보았다. 그녀의 아버지가 일주일 동안 외국에서 열리는 회의에 참석하기 위해 집을 떠나 있을 때였다. 그때 그녀는 열네 살이었다. 그녀의 아버지는 집으로 돌아오는 길에 딸의 편지를 고쳤다. 그는 일단 편지 내용의 독창성을 칭찬한 다음, 빨간 펜으로 잘못된 표현을 모두 수정했다.

"마치 피바다 같았어."

아라가 말했다.

"끔찍하군."

나는 아라에게 자주 그 이야기를 청해 들었고, 매번 탄식하듯 이렇게 내뱉었다.

나는 언제나 그 일을 생각했다. 그녀에게서 답장을 받고 싶다는 기대가 좌절될 때마다 그 일을 기억하며 나 자신을 달랬다. 이미 한 번 겪은 일인데 어느 누가 똑같은 잘못을 반복하며 자존심 상하는 경험을 하고 싶겠는가?

아무튼 나는 그녀에게, 지난 이십여 년 동안 독특한 편지, 편지라고도 할 수 없을 정도의 간단한 답장밖에 받지 못했다는 것 때문에 몹시 불행하다는 사실, 그녀의 아버지처럼 다른 의도를 숨긴 채 그녀의 편지를 기다린 적이 없다는 사실을 전하고 싶었다. 편지를 보내놓고도 아무런 답장을 받을 수 없어 몹시 슬프다는 이야기도.

사실 답장 없는 편지를 하염없이 보내는 일은 정말 자존심 상하는 일이었지만, 나는 아무런 내색도 하지 않고 담담한 어조로 말했다.

아라는 침착하게, 거의 당당하게 반응했다. 그녀는 내가 그녀를 위해 편지를 쓰는 게 아니라 편지 쓰는 행위 그 자체를 즐기기 때문에 편지를 쓰는 거라고 생각했다는 것이었다.

물론 나 역시 그 점을 아주 부인할 수는 없었다. 그렇다고 전적으로 옳은 이야기도 아니었다. 나는 심호흡을 한 후 물었다.

"그렇다면 내가 쓴 편지가 너를 위해 쓴 게 아니라고 생각하는 거야?"

"아니, 물론 그렇다는 건 아냐. 그 편지는 분명 나를 위해 쓴 거였어. 하지만 네 편지를 보면 반드시 답장을 해야 한다는 생각은 안 들던걸."

그 점에 대해서는 나도 반박할 여지가 없었다.

하지만 그녀가 내 편지에 답장을 하지 않는 바에야, 그녀가 어떤 내용의 답장을 썼을지 내가 어찌 알 수 있단 말인가?

우리는 그 문제에 대해 더이상 이야기하지 않았다.

대학 시절 나는 모든 학과의 강의를 듣는 게 습관이 되어버렸다. 어떤 통로를 발견할 수 있을지도 모른다는 기대 때문이었다. 나와 전공이 다른 학생을 만날 때마다 나는 그를 붙들고, 어떤 강의를 주로 듣는지, 타과생이 끼어들면 다른 사람이 금방 알아볼지, 강의는 언제 어디에서 하며 어떤 주제를 다루는지 물어보았다. 내가 흥미를 느낄 수 없는 주제인 경우는 드물었다.

어떤 경우에는 여덟 시간 동안 단 한 마디도 하지 않고, 강의실에 앉아 그저 듣고 필기만 하는 날도 있었다. 쉬는 시간에는 다른 강의를 듣기 위해 자전거를 타고 달려가기 바빴다. 그렇게 해서 나는 같은 날, 의과대 학생들과 함께 신경학 강의를, 인류학과 학생들과 비밀결사체에 대한 논문 강의를, 생물학과 학생들과는 진화론 강의를 들을 수 있었다.

그래도 나는 만족할 수 없었다.

강의에 몰두해 있다가도 문득문득 두려움에 사로잡히곤 했다. 나는 지금 내 인생에서 가장 행복한 시간을 보내고 있는 건지도 모른다, 앞으로도 하루 종일 강의실을 옮겨다니며 공부하는 이 순간처럼 만족스럽고 자주적인 시간은 없을 것이다, 편견에 사로잡히지 않고 오로지 더 알고 싶다는 끝없는 지적 허기를 달래는 일에만 몰두하는 일은 없을 것이다, 하는 생각 때문이었다.

아라는 내가 생물학 강의를 듣기 시작했다는 것, 심지어는 그 과목을 부전공으로 선택했다는 말을 듣고 정말 놀란 표정을 지었다.

"너 정말 많이 달라졌구나, 키트. 전에는 인간의 본성 같은 것에는 전혀 관심이 없었잖아."

"그건 지금도 마찬가지야. 그러니까 난 본성을 사랑하지 않는 생물학도인 거지. 인간의 본성 같은 건 날 감동시키는 구석이 전혀 없거든. 금작화의 봉오리라든가 막 피어나기 시작하는 야생 전호(前胡:미나리과에 속하는 다년초―옮긴이) 같은 걸 봐도 난 아무 감흥도 일지 않아. 시냇물, 나무, 꿀벌 등등은 예나 지금이나 지루하기는 마찬가지이고. 하지만 이 학문은 나를 흥분시키는 데가 있어. 동물들이 먹이를 찾아 사냥을 하고, 짝짓기를 하는 방법, 종족을 보존하기 위해 번식을 계속하는 행위, 혹은 새끼를 보살피거나 외면하는 방법 등을 알 수 있거든. 이 모든 강제성이 나를 고무시켜. 내가 동물을 공부하는 것은 인간에게서 동물성을 제거해버리면 순수하게 인간적인 것으로 남게 되는 것이 무엇인가를 알아보기 위해서야. 넌 특별히 생각나는 거 없어?"

"네가 이미 다 말했어. 넌 애니미스트구나."

아라가 사용한 애니미스트라는 단어가, 그녀가 실수를 할 때면 늘 그랬던 것처럼, 나를 감동시켰다. 그녀는 분명 애니미즘이 동물과 관련 있으며 인간은 동물적인 것을 혐오한다고 생각하고 있었다. 그녀의 말을 정정해주지 않고 한동안 침묵을 지키던 나는 그녀가 옳다는 것, 나는 애니미스트이며 그런 단어가 설마 나에게 사용될 줄은 꿈에도 생각지 못하고 있었다는 사실을 깨달았다.

무언가 새로운 사실을 깨닫게 될 때면 나는 종종 가슴의 지독한 통증을 느끼곤 했다. 그것은 한 단어와 열애에 빠진 듯한 느낌 혹은 그런 것이 존재하고 있었다는 사실에 대한 감사 같은 것이었다. 일종의 행복감, 평온 상태에 이른 느낌, 표현 가능한 인식이라기보다는 일종의 예감이었다.

그 단어는 나에게 잘 어울리는 단어였다. 아라가 일종의 오해로부터 무언가 아름다운 것, 나로 하여금 더욱 많은 것을 깨닫게 해주는 무언가를 말했다는 느낌이 들었다. 나는 그녀에게 애니미즘은 그녀가 생각하는 것과는 다르다는 것을 설명하지 않았다. 그냥 두 팔을 크게 벌려 그녀를 끌어안았다.

사실 부전공까지 학점을 이수하는 것은 두 분야의 관계를 테마로 삼으면 그렇게 어려운 일이 아니었다. 나는 그렇게 테마를 정했다. 때로 나는 전공과 부전공의 두 가지 논문을 동시에 쓰기도 했다. 내 책상 왼쪽에는 심리학 논문의 초고가 놓여 있고, 오른쪽에는 철학 논문 초고가 놓여 있다. 나는 왼쪽 논문을 '허기'라고, 오른쪽 논문을 '욕구'라고 부른다.

그것은 중요한 문제다.

허기와 욕구는 내가 두 가지 사유 방식을 비교하는 척도다. 나는 허기와 갈증을, 수시로 변하기 때문에 구체적으로 파악하는 것이 어려운 영혼이나 정신의 욕구를 대신 보여주는, 육체의 대응물로 파악했다. 나는 그 둘을 조화롭게 하나로 연결하고 싶었다. 내가 보기에 심리학사나 철학사는 그 두 가지를 서로 구분하는 것이 얼마나 중요한가를 보여주는 데 치중해왔다.

때로 나는 나 자신이 매우 영리하다고 생각했다.

어떤 주제를 구체적으로 정하고 모든 것을 하나로 연결할 수 있는 이론적인 입장을 견지할 수만 있다면 원하는 대로 다양한 분야의 학업 과정을 마칠 수 있다. 동일한 주제를 갖고 각 전공 분야에 맞게 변화를 주면 되기 때문이다. 이때 매번 변화를 주어야 하는 것은 관찰 각도뿐이다.

나는 아라에게 이 점을 분명하게 설명하고 싶었지만 대학 학문 같은 것에 대한 그녀의 경외심이 약간 줄어들까 봐 그런 사실에 대해 마음껏 조롱할 수 없었다. 그래서 나는 어휘에 약간씩 변화를 주어 신학, 사회학, 생물학, 역사학, 언어학의 졸업 논문을 쓸 수도 있다고만 말했다.

아라는 내 말을 믿지 않았다.

하지만 그건 사실이었다.

공부하여 새롭게 발견한 내용을 아라에게 설명할 수 없을 경우, 나는 결코 만족할 수 없었다. 그녀에게 새로운 이론을 설명할 수 있게 되면 그때야 비로소 내 이론에 입각하여 논문 한 편을 쓸 수 있겠다는 자신감이 생기곤 했다. 무언가 복잡하고 지루하기 짝이 없는 책들을 고생스럽게 읽고 난 다음에는 그것을 가능한 한 단순하고 재미있게 재구성하는 일이 습관이 되었다. 책을 읽는 과정에서 이미, 아라에게 말로 설명해줄 수 있을 만큼 간단명료하게 정식화할 수 있어야 비로소 그 책을 제대로 이해했다는 판단이 들었던 것이다.

나는 무슨 책이든 읽고 나면 그 내용을 아라에게 말해주었다.

그리하여 철학에서는 고상하게, 심리학에서는 복잡하게 과장하여 표현한 내용들을 탈신화화하고 단순화시키고 평범하게 만들어내는 것이 나의 제2의 천성이 되기에 이르렀다.

"철학은 간단하게 말해 일종의 광고 팜플렛으로 생각하면 돼. 수세기 전부터 철학자들이 한 일이란 정신적인 상품—진, 선, 미—을 선전하는 일이었어. 그들은 광고쟁이들과 똑같은 짓을 했지. 철학자들은 무엇인가를 약속해. 이를테면 좀더 행복하게 해주겠다, 뭐 그런 약속을 하는 거야. 사랑, 진리, 선이라는 상품을 위해서는 세속적인 상품 이상의 광고를 하지. 다만 철학자들은 다른 대가를 원해. 행복은 사고 팔 수 있는 게 아니니까. 엄밀히 말하자면 철학자들이 원하는 대가란 언제나 똑같아. 통찰력과 자기 인식."

아라는 내 말을 듣고 어떻게 하면 통찰력과 자기 인식을 얻을 수 있느냐고 물었다.

나는 그녀에게, 그런 것들은 반성을 통해서 얻을 수 있다고 생각
하며, 인간은 그런 반성을 통해서 사물을 바라보는 자신의 시각에
만족하지 않고 이 시각은 어떤 근거에서 비롯된 것일까, 사물과 인
간에 대한 입장은 어디서 온 것일까, 누구 혹은 무엇을 통해 자신의
고유한 사고 방식과 느낌이 규정되는 것이며 영향을 받는 것일까
등등을 질문할 수 있게 된다고 말했다.

"그렇다면, 인간이 그 모든 것을 다 알게 되면, 날씬해지고 행복해
지는 걸까?"

이렇게, 나로서는 도저히 답변할 수 없는 질문을 할 수 있다는 것
이 아라의 매력이다.

나는 아라에게 인생이라는 것이 선은 상을 받고 악은 벌을 받는
것이면 좋겠지만 삶이 과연 그런 것인지는 나도 확신할 수 없다고
말했다. 그 말을 하고 나니 왠지 맥빠지는 듯한 느낌이 들었다. 그건
결코 내가 원한 게 아니었다. 그래서 나는 인간이 초콜릿 한 상자든
아니면 열정이든 무엇인가를 소유하고 싶을 때 그 동기를 파악하면
그런 욕망에서 자유로워지는 데 도움이 되며, 내가 생각하는 자유란
어떤 유혹을 물리치는 능력이라고 덧붙였다.

가끔은 아라에게 대학 학문의 위상을 폄하해서 이야기하고 싶다
는 생각이 들 때도 있었지만, 한편으로 나는 어느 시대나 가장 골치
아픈 주제였던, 육체와 정신의 결합이라는 문제에 사로잡혀 있었다.

"본래 너는 우리 두 사람 몫을 공부하는 거야."

이따금 아라는 이렇게 말했다.

제법 기분이 괜찮은 상태이고, 더구나 그녀의 마음에 들고 싶다
는 생각이 들 때면 나는 순순히 그녀의 말에 동의를 표한 후, 사실
내가 그토록 공부에 몰두하는 건 우리의 우정을 다지기 위해서라고

말했다. 하지만 기분이 별로 좋지 않을 경우에는, 이제 그런 식으로 우리의 차이점이나 역할에 집착하는 일은 그만두라고, 어린 시절에는 제법 유용하기도 했고 재미도 있었지만 이제는 의미가 없는 일이라고 말했다.

"넌 우리 둘 사이의 차이점이 아니라 일치점을 찾아내는 일을 더 잘할 수 있을 거야. 그렇게 되면 우리는 우리 자신을 더 잘 이해할 수 있게 될 거고 말야."

내가 아라에게 말했다.

발목에 붕대를 감은 채 아라와 함께 보낸 어느 주말, 비로소 나는 내 생각을 그녀에게 어느 정도 설명할 수 있었다.

나는 아라에게, 술 마시고 넘어지던 순간의 내 모습을 아주 정확하게 기억할 수 있다며 이야기를 시작했다. 그런 다음, 술을 너무 많이 마시게 되면 어떤 일이 벌어지는가를 내 경험에 근거하여 분명히 얘기해주었다.

나는 과음한 상태에서 자전거를 타고 집으로 간다. 자전거는 무리 없이 잘 굴러간다. 밤늦은 거리를 질주하는 자동차 사이를 뚫고 나아가는 데도 아무 문제 없다. 나는 직선으로 달린다. 적어도 생각으로는 그렇다. 하지만 그것은 술에 만취한 사람들의 공통된 생각이니, 다시 거론할 여지가 없다. 문제는, 내가 잘 알고 있는 거리로 접어들어 언제나 자전거를 세워두는 곳까지 무사히 도착한 순간, 그리고 자전거 바퀴가 서서히 멈추는 그 순간이다. 갑자기 나는 곧 죽을 듯 피곤해진다. 자전거가 벌떡 일어선다. 지금도 희미하게 기억한다. 나는 아무 탈이 없길 바라고, 그러자면 중요한 조치를 취해야 한다. 하지만 그 중요한 조치가 무엇인지 모르겠다. 아무 생각도 나지 않고 갑자기 견딜 수 없는 오한이 밀려든다. 자전거 바퀴가 완전히 멈추는 순간, 나는 엎어진다. 그 다음에 어떻게 해야 할지 모르기 때문이다. 아찔한 통증, 문득 생각이 떠오른다. 일단 자전거에 올라타면 적당한 시간에 다시 내려서야만 한다. 발작 같은 웃음이 터져나오고, 그 웃음 때문에 나는 아무것도 할 수 없다.

아라가 근심 어린 눈길로 나를 들여다보았다. 내가 기대한 것은 그런 눈길이 아니었다. 나는 내가 겪은 일이 세상에서 가장 재미있는 사건인 것처럼 이야기하려고 애를 썼었다.

이 이야기에 어떤 결론을 내려야 하나, 아무래도 좋은 생각이 나지 않았다. 아라의 눈빛에는 동정이 실려 있었다. 동정이라니, 나는 당혹스러워졌다. 내 발목의 인대가 파열된 것에 대해 아무리 둘러대봤자 그녀의 동정심을 불러일으키는 진실을 부인하는 것밖에 안 될 것 같았다. 나는 그 진실을 견딜 수 없었고 따라서 알고 싶지도 않았다. 물론 나도 그 진실에 대한 호기심은 있었다. 그러나 내 호기심을 충족시키는 것보다는 아라에게 진실을 남겨두고 싶은 마음이 더욱 간절했다. 아라는 진실을 확신하고 남용하지 않을 것이기 때문이었다.

아라는 분명 나에 대해, 나 자신도 모르는 많은 것을 알고 있었고 그것은 곧 우리 우정의 한 면모였다. 그녀는 나 자신도 모르는 나에 대하여, 그리고 나는 그녀 자신도 모르는 그녀에 대하여 인식하고 있었다. 이러한 인식, 자기 자신의 인격보다 상대방의 인격을 더 잘 파악하는 우리의 인식, 그녀와 나 외에 어느 누구도 소유할 수 없는 재산인 그 인식이 우리를 결합하는 끈이었다.

게다가 이러한 자기 자신에 대한 무지는, 우리 각자가 언제나 약간의 불안감을 안고 살아야 하는 근거가 되었다. 그것은, 그녀 혹은 내가 어떤 근거로 서로에 대한 인식을 얻게 되었는가를 알게 되고 그리하여 그 인식 자체를 부인하게 되는 날 우리의 우정이 결국 끝 장이 나고 말 거라는 두려움이었다.

"이 이야기를 어떻게 끝내야 될지 모르겠어, 아라."

내가 말했다.

"상관없어, 꼬마야."

아라가 말했다.

내가 알기로 탐닉은 언제나 감성과 오성 사이의 균형과 관계되는 개념이다. 정신을 잃을 정도로 술을 많이 마시는 사람은 그로 인해 육체의 통제력마저 상실하게 마련이다. 조금만 생각해보면 육체란 그저 먹이고 입히고 씻기기 위한 것만이 아니라는 것을 알게 될 것이다. 그렇다고 육체에 대해 지나치게 많은 생각을 하다 보면 육체로 인한 즐거움과 쾌락을 제대로 누릴 수 없게 된다.

육체를 이루는 구체적인 것들—물, 피, 뼈—을 제외하면 육체는 개인이 사용하는 단어와 마찬가지로 일종의 언어적인 표현 수단이다. 자신의 육체를 상징으로 생각하지 않는 사람들은 육체와 더불어 대화를 나눌 수 없거나 아니면 어떤 이유에서든 육체와의 대화를 금기시한다. 그들은 이러한 금기를 깨뜨리기 위해, 지나치게 엄격한 탓에 불안을 야기시키는 정신을 침묵시키고 마침내 육체에게 스스로를 표현할 수 있는 기회를 주기 위해, 술을 마시기 시작한다.

술꾼들은 그들의 깨어 있는 육체가 행하는 거짓말을 증오한다. 그러한 거짓 언어, 발화된 언어, 미소, 육체에 담긴 저지된 욕망과 배반을 못 견뎌한다.

탐닉은 금지된 언어의 표현이다. 그리고 탐닉 자체가 언어인 이상, 그것은 일종의 계시, 앞으로 해독해야 할 상징이다.

술에 만취한다는 것은 뚱뚱해지는 것과는 다른 문제다.

나는 깊이 생각함으로써 나 자신의 행위를 파악할 수 있으나, 아라는 깊이 생각함으로써 오히려 혼란 상태에 빠진다는 것을 나는 알았다. 그러나 아라는 자신이 어떤 행동을 했는지 안다고 주장했다. 그때까지 내가 필기 시험을 위해 준비한 테제는 이렇다. '나에게 당신의 탐닉에 대해 말하라, 그러면 나는 당신의 금지된 언어를 읽을 수 있게 해주겠다.' 하지만 과연 그 금지된 언어를 활용할 수 있을지는, 나는 본래 그런 말을 싫어하므로, 잘 모르겠다. 하지만 동시에 나는 그 말이 무언가를 대신하는, 그래서 좀더 깊이 생각해보아야 할 의미심장한 말이라는 것을 알고 있다.

아라는 자신이 내가 생각만 하는 모든 것들을 실제로 해결하는 해결사라는 것을 잘 알고 있었다. 나는 그녀와 함께 그녀의 허기, 그녀의 음식, 그녀의 부풀어오른 육체, 그리고 거기에 그녀 스스로 보탠 고통을 설명하기 위해 신중한 노력을 기울이기 시작했다. 우선 나 자신이 나의 가장 사랑하는 적인 술과 어울리는 일을 피하고 전혀 마시지 않거나 혹은 정도껏 마실 수 있을 때에만, 그 일이 나와 관련되는 무엇이라는 것을 의식하지 않고도 탐닉에 대해 깊이 생각할 수 있었다.

내가 담배를 피우고 손톱을 깨무는 것은 나쁜 습관이다. 자칫하면 그러다가 목숨을 잃을 수도 있고 손 모양이 볼품없어지기도 한다. 하지만 그것은 탐닉과는 상관없는 일이다.

아라는 탐닉한다.

음식에 대한 탐닉, 탐식.

나는 아라에 대해 곰곰이 생각했다.

그녀의 고통에 대해 생각하느라 오랫동안 나는 나 자신의 고통을 돌아볼 여지가 없었다. 나는 모르고 있었으나 그녀의 존재, 그녀의 행복, 그녀의 충동이 내 인생에 영향을 미쳤던 것이다. 덕분에 나는 육체가 겪는 격정의 고통을 모르고 살 수 있었다. 적어도 토마스를 만나기 전까지는, 아라가 동경에 대한 통찰을 언어로 표현해주기 전 까지는 그랬다.

3

토마스를 처음 본 순간 나에겐 아라가 떠올랐다. 그는 그녀의 몸 집, 그녀의 키, 그녀의 아름다움을 지니고 있을 뿐 아니라, 지금으로 부터 이십여 년 전 우리 마을 초등학교 운동장에서 내가 아라를 처 음 본 순간 느꼈던 것과 똑같은 느낌을 주었다. 온몸이 마비된 듯한 느낌, 갑자기 벙어리가 된 듯 아무 말도 할 수 없었던 그 순간, 나는 아라를 바라보며, 아 저애는 내 운명이구나 평생토록 내 인생에 영 향을 미치겠구나 생각했었다.

나는 이제 어린애가 아니었고, 운명에 대해서도 어린 시절과는 다르게 생각할 줄도 알게 되었다. 하지만 토마스를 처음 본 순간 내 머릿속에는 '운명적'이라는 단어가 떠올랐고, 그후 행여 어디론가 사라질세라 수도 없이 그 말을 반복했다.

나는, 심리학은 내 개인적인 운명을 확고하게 해줄 학문으로, 철 학은 내 개인적인 운명을 다른 사람과 공유함으로써 그것을 극복할

수 있게 도와줄 학문으로 받아들였다. 그리고 그 두 학문은 나에게
어느 정도까지는 운명에서 자유로워질 수 있도록 도와주겠다는 약
속을 담고 있으며, 그 두 학문의 매력은 바로 그 점에 있다고 생각
했다.

때로 제어하기 힘든 소망, 무엇이든 상관없이 그저 그 모든 것으
로부터 벗어나고 싶다는 간절한 소망에 사로잡히는 날이 있었다.

어린 시절과 사춘기를 거치는 동안 나는, 회전목마처럼 돌아가는
내 운명에서 한 번쯤 뛰어내릴 수 있게 도와달라고 신에게 간청했
었다.

"날마다 그렇게 핑핑 돌아가며 살아야 한다면 인간은 분명 미쳐
버릴 겁니다."

나는 신에게 애원했다.

나에게 가장 자신 있는 일, 혹은 하고 싶은 일은 그 두 학문의 세
계관을 연결해주는 중매쟁이 역할을 하는 것이었다. 나는 철학자들
이 관념이라고 부르는 것과 심리학자들이 감성이라고 부르는 그 두
가지를 나란히 놓고 이해하고 싶었다.

토마스를 알고 난 후에야 비로소 나는 그 동안 내가 그 문제에
그렇게 집착한 이유를 깨달았고, 처음으로 논문 초고의 몇 장을 내
인생과 결부시켜 읽을 수 있었다. 그러자 그 동안 내가 써놓은 논문
에 대해서도 사실은 아는 게 전혀 없었다는 깨우침이 왔다. 그런 사
실도 모르고 있었는데 어찌 내 논문을 읽고 이해할 수 있었겠는가.

열애라는 것은 인간을 지난 시절의 드라마로 돌아가게 유인한다.
그리고 모든 드라마는 결합의 드라마다. 갑자기 나는 내가 왜 그 동

안 현명하게도 사랑을 멀리하고 살아왔는지 깨달았다. 사랑은 고통, 불안, 불신, 혼란, 무의미한 죄책감, 무기력감, 수치심, 그리고 나 아닌 다른 사람에 대한 소모적인 동정심에 관한 장(章)에서 제시되는 것이다.

우리의 다양한 기억들은 감성으로 잘못 포장되어 있고 감정에 가려진 채 거기에 매여 있다. 인간은 고통이나 불안을 원하지 않을 경우, 기억, 통찰력, 인식 등을 얻을 수 없다. 그리고 바로 이러한 것들이 인간의 행복을 위한 도구인 것이다.

내가 토마스를 만나지 못했다면 평생토록 사랑이라는 감정을 체험할 수 없었을 것이라는 점을 명백히 깨우쳐준 사람은 아라였다.

그녀는 내가 토마스와의 체험을 통해 그녀의 금지된 언어를 파악할 수 있는 통찰력을 얻을 수 있을 것이고, 그로 인해 우리의 우정이 변하게 될 것이라는 암시를 주었다.

토마스는 신장 1미터 93센티미터에 체중이 115킬로그램, 나이는 53세. 머리가 희끗희끗했으며 짙은 눈썹 아래 연회색 눈동자가 아주 인상적이었다. 그를 보면 누구라도 한눈에, 그가 어두운 분위기를 지니고 있다는 것을 알 수 있었다. 그의 얼굴에는 그 동안 그가 고통보다는 불신과 편협함의 세월을 살았다는 것이 고스란히 적혀 있었다. 그러나 그의 눈은 달랐다. 토마스를 가장 토마스답게 해주는 부분이 바로 눈이었다. 그리고 그의 눈을 본 순간, 나는 그 눈에 담긴 의미를 단박에 읽어버렸다.

그것은 불안이었다.

그는 일련의 광고대행사들을 위해 기획 및 광고 문안 작성 일을 하고 있었다. 그는 집에서 혼자 편안하게 일했다. 그에게서 느껴지는 어딘가 수도승 같은 분위기는 아마 그런 작업 환경과 관련이 있

을 터였다. 하루에 다섯 시간 이상을, 단 한 마디도 하지 않고 일하
는 사람이라면 누구라도 당연히 그런 분위기를 풍길 게 분명했다.

토마스가 맡은 광고 일을 끝내자 헨드리크가 조그만 축하 파티를
마련했다.
여러 해 동안 나와 친하게 지내온 헨드리크는 날마다 나를 위해
요리를 해주었다.
십 년 전까지만 해도 나는 달걀 반숙하는 방법은 물론이고 감자
요리하는 법에 대해서도 전혀 아는 바가 없었다. 음식을 준비하는
것은 엄마의 고유 영역이었고 나는 감히 엄마의 영역을 침범할 엄
두를 낼 수 없었기 때문이다. 아마도 우리를 위해 요리를 하는 것은
어느 누구에게도 양보할 수 없는 엄마 나름대로의 사랑법이었다.
나는 나를 위해 요리하는 방법을 재빨리 익혔다. 하지만 집에 손
님이 온다거나 빨리 식사를 준비해야 할 경우가 생기면 난 말 그대
로 속수무책이 되었고 그럴 때면 언제나 헨드리크를 불렀다. 헨드리
크는 매일 저녁 여섯시만 되면 집에 와서 고기 경단이라든가, 특별
한 일품 요리, 흐늘거리는 푸딩 따위를 열심히 만들어냈다.
그를 알게 된 이후, 나는 어느 날 갑자기 그가 나라는 존재를 짐
스러워하고, 시장을 보러 간다거나 두 번 다시 우리가 먹을 음식을
요리할 기분이 아니라는 말을 할까 봐 거의 날마다 마음을 졸이며
살았다. 하지만 그런 날은 아직 오지 않았다. 헨드리크는 언제나 새
로운 기분으로 주방에 들어섰고 변함없이 환한 눈빛으로 나를 맞아
주었다.

헨드리크가 나에게 토마스를 소개해주었다.

헨드리크를 나에게 소개해준 사람은 아라였다.

"이 아가씨는 나의 제일 친한 친구, 그리고 여기는 토마스 헤어스텔."

헨드리크가 한 팔을 내 허리에 두른 채 소개의 말을 했다.

"제일 친한 친구도 이름은 있겠지?"

토마스가 손도 내밀지 않고, 입속말 하듯 웅얼거렸다.

토마스의 슬쩍 꼬는 듯한 말투는, 이미 이십여 년 전부터 어떤 경우에는 매력으로 어떤 경우에는 괴팍한 성격의 소유자임을 알려주는 징표로 여겨졌다. 나는 그런 말을 들을 때면 언제나 당혹스럽고 어색했다.

"난 어느 누구도 너만큼 사랑해본 사람이 없어."

이리는 어째서 전혀 알지도 못하는 사람들에게 그렇게 무뚝뚝하게 대하느냐는 내 질문에 정색을 하고 대답했다.

"그건 사랑과는 아무 상관도 없는 거야. 나는 인간을 그렇게 단순하게 사랑하지 않아. 모든 인간을 사랑해야 한다는 식으로 말하는 사람은 나도 싫어해. 하지만 이건 태도의 문제잖아."

내가 말했다.

"그렇다면 내가 그렇게 성실하지 못하다는 거야?"

"그래, 넌 약간 그런 면이 있어."

"난 솔직해. 난 마음에도 없는 친절을 베푸는 짓은 할 수 없어. 그런 연극은 마음에 들지 않거든. 할말이 없으면 그냥 아무 말도 하지 않아. 친절할 이유가 없으면 친절하게 대하지도 않고. 사람들은 모두 머릿속에 특수 장치가 달려 있어서 버튼만 눌러주면 즉각 필요한 동작을 할 수 있는 모양이지만 말야."

아라가 반박조로 말했다. "

아라가 연극이다, 겉과 속이 다르고 위선적인 행동이다라는 이유로 나를 책망하는 횟수가 잦아질수록, 나 또한 그녀의 행동, 나로서는 결코 인정할 수 없으나 그럼에도 불구하고 속으로는 찬탄하며 질투하는 그녀의 행동을, 감정을 상하게 하긴 하지만 반박할 수 없는 주장으로 판단하고 싶은 소망이 간절해졌다.

"넌 집착이 심해. 누구라도 너한테서 그런 걸 느낄 거야. 이제 한 번쯤 너와 거리를 두고 싶어."

아라가 말했다.

"하지만 마음대로 안 될걸. 거리를 유지하기 위한 이상적인 방법은 모든 사람에게 친절하게 대할 때, 서로에게 속하는 것 같은 행동을 취할 때, 그리고 상대방에게 어떤 기분 상태인지를 드러내지 않을 때 가능한 거야. 자신이 지금 어떤 기분인지를 드러내는 것은 친밀감의 다른 표현이거든."

그녀는 놀란 눈길로 나를 바라보았다. 내 얼굴에는 분명 화를 꾹꾹 눌러 참고 있는 흔적이 역력했을 터였다.

"그래, 그래서 너는 다른 사람에게 그렇게 이상하게 키스하는구나."

그녀는 자신에게 질문하는 듯한 어조로 그렇게 말했다. 그리고 나서 다시 덧붙였다.

"상대방이 미처 받아들이기도 전에 너는 이미 등을 돌리고 멀어지잖아. 그러면 그 사람은 아무 감정도 느낄 수 없고 말야."

"맞는 말이야. 우습군. 그걸 이제야 알게 되다니."

내가 이겼다는 생각이 드는 순간 나는 그녀의 허리께에 몸을 기댔다.

그녀는 내 목덜미를 드러나게 하고 등허리를 쓸어주었다. 그런 행동이 나를 몹시 행복하게 해준다는 것을 그녀는 잘 알고 있었다.

토마스와 인사를 나누고 나서 채 오 분도 지나지 않아 우리는 심각한 논쟁에 빠졌다.

나는 그에게 그의 성(姓)인 '헤어스텔(Herstael)'을 'ae' 라고 쓰는지 물어본 후, 내 고향 마을의 숲을 소유하고 있는 남자 역시 당신과 같은 성인데 혹시 그의 가족이 아닌가 싶어서 그런다는 설명을 덧붙였다.

"난 가족이 없소."

그가 내 질문이 미처 끝나기도 전에 불쑥 대답했다.

"가족이 없는 사람은 없어요."

나는, 어느 부모의 딸 혹은 아들이 된다는 것은 그것 자체로 좋은 일이라고, 그건 거저 얻은 인생에 제법 의미를 부여해주는 것이기 때문이며 게다가 그 의미라는 것은 별도의 대가를 지불할 필요도 없고 결코 잃어버릴 수도 없는 것이라고 반박했다.

그가 대체 무슨 말이 하고 싶은 거냐고 물었다. 그제야 비로소 그는 내 눈을 정면으로 바라보았다. 그 눈에는 약간 놀랐다는 듯 희미한 미소가 실려 있었다.

일 년 동안 무인도에서 홀로 살면서 책을 한 상자쯤 읽어치우고, 혼란스러운 사유 과정을 거쳐 새로운 세계관을 정립한 사람의 흔들림 없는 단호함으로 나는 그에게 그 동안 기록해두고자 했던 내용을 설명했다. 그의 얼굴이 점점 더 부드러워지고, 나를 바라보는 눈길도 대담해졌다. 나도 덩달아 그에게 점점 빠져들었다. 갑자기 나

에게 그를 다시 만나게 되리라는 것, 어쩌면 그는 내가 사랑하게 될
바로 그 남자일지도 모른다는 생각이 들었다.

　행동과 감정에 대한 심리학 이론은, 사람을 가차없이 가족에 대한
기억으로 이끌어간다. 게임 규칙을 모르는 놀이를 즐기기 위해 카드
를 뒤섞던 시절, 그렇게 자신도 모르는 채 자기 인생의 게임 규칙을
만들기 시작한 어린 시절로 말이다.
　심리학자가 다른 사람에게 말할 수 있는 가장 멋진 내용은, 사실
은 자기도 아무 목표를 설정할 수 없었다는 것, 그 역시 아무것도
원하지 않고 따라서 순수한 시절이 있었다는 것, 다만 그와 함께 놀
이에 참여한 사람들에 대해 좀더 잘 알고 싶은 게 유일한 소망이던
시절이 있었다는 고백이다.
　죄 지은 부모가 죄 없는 아이들을 세상에 내보내지만, 때가 되면
그 죄 없는 아이들 역시 죄 있는 부모가 되는 법이다. 영원한 반복.
죄와 죄 없는 영원한 결합. 이브가 먹을 것 때문에 유혹당하여 남자
를 완전히 무죄한 인간으로 만들고 자신은 자유를 잃어버리게 된
그때까지, 죄인과 정당한 변명의 연쇄고리는 하염없이 이어진다. 남
자는 창세 이후 스스로 죄를 짓는 최초의 행위를 통해서가 아니라
다만 한 여자에게 유혹당하여 죄를 지은 인간이 되었기 때문이다.
　이 이야기가 그렇게 오래도록 호응을 얻는 걸 보면 아주 막강한
위력을 지니고 있는 게 분명하다.

　20세기는 무죄 판결의 시대, 희생양의 시대, 죄의 터부화를 선언
한 시대이다. 교회와 심리학자의 면담실은 이제 성인들만을 위한 자
유 공간이 아니다. 죄의식에서 벗어난 상태를 즐기고 조건 없는 축

복을 다시 요구할 수 있는 유일한 공간도 아니다. 이미 반세기 전부터 세계 전체가 바로 그런 공간이 된 탓이다.

살인자조차도 일종의 희생양이다. 사람들은 그에게 질문만 할 수 있으며 그는 그럴 듯한 이유를 대기만 하면 된다.

금세기 후반에 신앙, 도덕, 법률, 규범 및 제의로 구분되는 공동체가 생겨났고, 이 공동체는 불의, 질병, 경멸과 멸시 등을 통해 서로 결합되어 있다고 느끼는 공동체로 대체되었다. 즉 희생양의 공동체가 생겨난 것이다.

범죄자는 다른 공동체에 속한다.

이것은 사유의 오류다. 죄 없는 세계에서는 유감스럽게도 범죄자도 없고 희생자도 없기 때문이다. 하지만 희생은 어쩔 수 없이 범죄자를 필요로 한다. 끊임없이 새로운 범죄자가 생겨난다는 사실은 누구나 죄 없는 것으로 여겨지는 세기의 한 모순이다.

나는 애매한 것, 모호한 것, 비논리적인 것이 인간을 병들게 할 수도 있다고 생각한다.

오늘날 인간은 개인적인 능력에 근거해 자신을 다른 사람과 구분하는 수단과 방법을 구하는 게 아니라, 날이 갈수록 공동의 상처와 복종, 공개적이며 공통으로 간직하고 있는 불일치를 추구하고 그리하여 한 공동체에 속하기 위한 전제조건인 종교를 구하는 데 집착하는 것처럼 보인다. 금세기를 살고 있는 인간은, 집단 결함을 견딜 수 없고 그런 이유로 동정을 받거나 차별 대우를 받게 될 경우 홀로 존재하게 된다. 역사에는 여자들이 혹시 추방당하는 것은 아닐까, 이전에 아버지에게 학대를 당한 것은 아닐까 하는 의혹에 빠져 고민하는 특별한 시기가 있다. 이 모든 것이 히스테릭한 질투, 어떤 의미를 부여하는 공동의 운명에 대한 동경에서 생겨난 것이다.

그게 사실일지도 모른다.

어쩌면 20세기 후반은 우리의 세기가 만들어낸 희생의 공동체에 대한 끔찍한 질투로 채색되어 있는지도 모르겠다. 대중의 운명에 대한 질투로 말이다. 대중은 그들의 기호에 따라 결합되어 있다.

만일 그게 사실이라면 생각만으로도 끔찍하다.

내가 보기에 무죄를 숭배하는 태도는 책임감을 회피하기 위한 시도, 그러니까 한 사람을 다른 사람과 구별하고 그리하여 그에게 유일무이한 존재 의미를 부여하는 데 따르기 마련인 책임감을 피하려는 비겁한 시도에 지나지 않는다.

차별은 의미를 부여하기 위한 전제조건이다.

두 인물간에 차이점이 없다면 그 두 사람은 서로를 위해 존재하는 것이 아니며, 차이를 만들 수 없다는 것은 곧 무관심으로 이어진다.

사랑의 반대말은 증오가 아니라 무관심이다.

희생자라는 자신의 위치를 유지함으로써 생겨나는 의미는 거저 생기는 의미다. 그를 위해 인간은 특별한 노력을 기울일 필요가 없다. 책임질 것도 없다.

죄에 대하여 아무것도 반론하지 않는 사람은 철학자뿐이다. 철학자의 경우, 어떤 태도를 이해한다고 해서 그것을 좋게 여긴다는 뜻은 아니다.

우리는 좋다 나쁘다 식의 가치 평가를 점점 기피한다.

철학자는 일종의 원고(原告)다. 그런 이유에서 철학은 무죄한 아이들을 위해서는 아무 의미가 없다. 사유와 자기 인식에 대한 모든 이론은 어른들을 위한 것이다. 철학은 인간이 선택하고 자신의 의지

를 관철시키고 권력을 소유하고 종 혹은 주인이 되고 책임을 지고
다른 사람을 시험하고 판단하고, 그리하여 스스로 죄 짓는 위험을
피할 수 있을 때 시작된다.

나는 심리학의 인내심을 좋아하지만, 철학의 무자비함이 없다면
인생에 의미를 부여할 수 없다. 인간이 자신의 삶에 아무 죄가 없다
면 다른 무엇에도 죄가 없다는 게 내 생각이다.

철학이 인정하는 유일한 운명은 신의 존재, 언어라든가 정신, 생
산관계, 죽음이나 관념처럼 인류 역사에서 별로 중요하게 기록되지
않은 전능한 힘의 존재이다. 철학은, 인간은 인간적이고 신(神)과 관
념을 가진 동물이며 신이 그렇게 창조했기 때문에 혹은 오성(悟性)
이라는 것이 그렇게 기능하기 때문에 그렇게 생각할 수밖에 없다는
것을 인정할 때만 면죄부를 내주는 선생이다. 하지만 인간은 멸망한
적이 없으므로, 단 한 빈도 정신분열증에 걸린 어머니 혹은 전쟁에
서 적(敵)과 연합하는 아버지를 가진 적이 없다. 철학은 이에 대해
흥분하지 않는다.

나는 토마스에게, 인류를 일종의 언어로 상상할 때 그 모든 것을
가장 잘 이해할 수 있다고 말했다. 한 단어만으로는 아무 의미도 전
달할 수 없다. 한 단어에 의미를 부여하고 해석하는 것은 그 단어가
다른 단어들과 서로 연결될 때 비로소 가능하다. 이처럼 인간 역시
다른 사람과의 상호의존적인 관계 속에서만 의미를 가질 수 있다.
우리는 어떤 대상이나 인간, 가족, 친구, 연인, 그리고 세계와의 관계
를 통해 의미를 획득한다. 나는 모두가 동의할 수 있는 인간관계는
자신의 삶을 의미 있는 것으로 보느냐 혹은 무의미한 것으로 보느

냐에 따라 결정된다고 생각한다. 한 여자가 아이를 낳음으로써 어머니가 되는 것처럼, 인간관계라는 게 그렇다. 인간은 연인을 통해 연인이 되는 것이고 친구를 통해 친구가 되며 독자를 통해 작가가 되는 것이다. 이것이 곧 의존의 드라마다. 이에 대항할 수 있는 것은 아무것도 없다.

"뻔한 이야기를 하고 있군."
그가 말했다.
"무슨 말이죠?"
"아주 진부하게 들리거든. 당신은 오래 전에 한물간 것, 이미 다 지나간 이야기를 하고 있단 말이오."
그 말을 듣는 순간 아라가 떠올랐다. 나는 그에게, 내 말이 구식일 수도 있고 어떤 해석은 시간이 흐르면 구식이 되는 것도 있지만 탐닉처럼 영원히 현대성을 지니는 것도 있다고 말했다. 나는 다른 무엇보다도 탐닉의 의미를 이해하고 싶으며 아무래도 그 탐닉이라는 것이 의존의 드라마와 의미를 추구하려는 욕구와 관련이 있는 것 같다고 했다.
그때 헨드리크가 음식 접시를 들고 나타났다. 접시에는 호밀 빵과 소시지, 크래커가 담겨 있었다.
헨드리크가 음식 접시를 내밀자 줄곧 나를 바라보고 있던 토마스의 눈길이 잠시 옮겨갔다. 나는 크래커 하나를 집어들었다.
"난 다이어트중이라서……"
토마스가 무뚝뚝한 어조로 말했다.
"뚱뚱한 사람들은 모두가 다이어트를 하죠."
내가 크래커를 입으로 가져가며 한마디 했다.

밤이 깊어질수록 나는 점점 더 취해갔고, 그만큼 내 통제력도 줄어들었다. 나는 부끄러운 줄도 모르고 나의 직관이 속삭이는 소리, 네가 하는 이야기보다 토마스를 더 즐겁게 해줄 수 있는 것은 없을 거라는 소리를 듣고 있었다. 나는 그의 취향에 맞는 이야기를 꺼냈다. 의미와 행복과 사랑과 음식과 술에 대한 견해를 안주처럼 풀어놓고, 엉망이 된 그의 가족관계와 관련이 될 만한 이야기를 곁들였다. 더이상 나 자신을 통제하려는 헛된 노력은 하지 않기로 했다. 눈치채지 못하고 있었으나 이미 오래 전부터 내 얼굴에 고정되어 있던 그의 은밀한 눈길, 어느새 피곤함이 깃들인 그의 눈길을 구태여 피하려고도 하지 않았다.

갑자기 그가, 우리 춤춥시다, 하고 제안했을 때 나는 흠칫 놀랐다.

춤을 추는 동안 나는 아무 말도 하지 않았다. 그는 나를 꼭 끌어안은 채 빙글빙글 잘도 돌았다. 어느 순간 나를 번쩍 들어올리며 웃음을 터뜨리기도 했다. 그의 손길을 의식하고 나서야 비로소 나는 나한테도 엉덩이가 있다는 사실을 깨달았다. 그리고 그가 춤추는 것을 보고 나서야 그가 멋진 남자라는 것, 거칠고 무례하고 약간 무심하기도 한 연인감이며, 그런 유형의 남자는 바로 나에게 필요한 남자라는 것을 알았다.

그의 몸과 밀착된 상태에서 무시로 내 목덜미를 찾아드는 그의 무례한 입술을 느끼는 사이 내 몸은 점점 흥분되어갔고, 나는 이제 우리 사이에 필요한 것은 작별 인사가 아니라 바로 오늘 밤 함께 머물며 그 동안 우리 둘이 서로 떨어져서는 할 수 없었던 무엇인가를 시작해야 한다는 것임을 깨달았다.

4

　토마스와 나 사이의 격정과 놀라움은 하루 스물네 시간씩 일 년 간 지속되었다. 그리고 그해, 그를 알게 된 순간부터 나는 나의 가장 사랑하는 적과 계약을 맺었다.

　알코올과 사랑, 달리 적당한 이름이 생각나지 않아 사랑이라고 부를 수밖에 없는 그것은 서로 짝을 이루는 것이었다.

　토마스와 사귀게 된 이후, 이를테면 전화를 기다리기 위해 외출을 삼가는 등 내가 얼마나 달라졌는가를 알아차린 순간, 나는 다시는 지난 시절로 돌아갈 수 없다는 사실을 두려울 정도로 명백하게 깨달았다. 나와 한 남자의 결합, 나와 알코올의 결합은 폭력적으로만, 그러니까 나 자신에게 폭력을 가함으로써만 해결될 수 있는 것이었다.

　그러한 변화는 첫째 주부터 위력을 휘두르기 시작한다. 나는 더이상 나 자신조차 알아보지 못하고 이 낯선 여자, 약간의 자기 만족감과 약간의 경멸감을 지닌, 그러면서도 이 진부함을 재미있어 하는 여자에게 인사를 건넨다. 이제 나는 다른 여자들, 한 남자를 알게 되는 순간 태도가 돌변하는 여자들, 멍청한 거위가 되어 그 남자의 행복과 관심만을 가슴에 품고 사는 여자들, 나로서는 전혀 이해할 수 없었던 그 여자들과 조금도 다를 게 없는 여자가 되고 만다.

　이제 나는 그 여자들의 마음을 이해한다.

　나는 그 여자들과 다를 게 없다.

　내가 바로 그런 여자다.

처음으로 나는 저녁에 기다리는 사람도 없는데 포도주를 산다. 바로 나 자신을 위해 산 것이다. 그리고 처음으로 혼자서 포도주를 마신다.

일 주일쯤 지나고 난 후, 아침 열시 반에 나는 책상 앞에 앉는다. 책상 위에는 포도주 잔이 놓여 있고 내 앞에는 의미를 파악할 수 없는 편지, 아라에게 쓰다 만 편지, 그게 내가 쓴 글씨인지 알아볼 수도 없는 편지가 놓여 있다. 날개 달린 듯 이리저리 뻗쳐나간 글씨들, 그 글자를 읽으려면 아라가 고생깨나 하겠구나 싶은 편지다.

하지만 그런 내 글씨체는 달라지지 않는다.

아라가 근심 어린 목소리로 하소연한다. 어떤 때는 이게 무슨 뜻일까 싶어 몇 시간 동안 헤맬 때도 있어. 단어 하나의 뜻을 몰라도 전체 문장의 의미를 파악할 수 없게 되고, 그렇게 되면 답답해 미칠 지경이 된다니까.

몸이 너무나 나른하여 반듯한 글자를 쓰기 위해 신경 쓸 여유가 없는 날이면 나는 타자기 앞에 앉아 그녀에게 편지를 쓴다. 거칠고 빠른 손길로 자판을 두들긴다. 오타투성이인 편지를 받은 아라가 나에게 전화를 걸어 놀란 목소리로 묻는다.

"이게 네가 보낸 편지란 말이지? 어떻게 이런 편지를 쓸 수 있어?"

나는 언제나 틀린 글자가 없는 편지, 잘못된 글씨를 아무렇게나 직직 그은 다음 다시 고쳐 쓴 흔적 따위를 남기지 않는, 말 그대로 한 점의 오점도 없는 편지를 쓰는 사람이었다.

나는 그런 사람이었다. 하지만 그렇게 깔끔 떨던 나는 이제 사라지고 없다.

밤이면 꿈속에서, 배 가른 돼지떼가 좁고 험한 길을 달려와 내 곁을 지나친다. 날이 밝아도 여전히, 사실주의 기법으로 그린 그림처럼 생생하게 눈앞에 나타나는 그 기괴한 돼지떼가 나를 괴롭힌다. 결코 원하지 않고 부탁한 적도 없는 돼지떼가 낮이면 불안감이 되어 나를 따라다닌다.

대체 이게 무슨 꿈인가, 나는 알 수 없다.

나는 도살이 행해지던 달에 세상에 태어났다. 아버지의 아버지, 그러니까 내 할아버지는 열두 명의 아이들에게 돼지 반 마리씩을 선물했다. 아버지는 당신의 형과 돼지를 반 마리씩 나눠 가졌다. 매년 내 생일이 되면 우리집 마당에서 돼지를 잡았다. 그건 분명 즐거운 추억이 아니다.

창문을 통해 나는 마당 한가운데에서 발버둥치는 돼지, 머리에 총을 맞고 도살당하는 돼지를 바라보곤 했다. 돼지 주변에는 모든 것이 준비되어 있었다. 길고 날카로운 칼이 돼지 목덜미를 꿰뚫었다. 곁에서 지켜보고 있던 한 여자가 분수처럼 솟구치는 피를 양동이에 받기 시작하면 곧이어 다음 순서가 뒤따른다. 돼지 피를 넣은 순대와 판하스(Panhas : 순대국과 잘게 저민 고기와 메밀가루로 만든 베스트팔렌 지방의 요리―옮긴이). 내가 익히 알고 있는 음식들이 만들어진다.

나는 그 두 가지 음식을 먹지 않았다.

당시 나는, 인간은 피로 음식을 만들어서는 안 된다고 생각했다. 하나님이 자신의 피로 포도주를, 자신의 육신으로 빵을 만들었기 때문이다. 따라서 인간이 피를, 입 속에 넣고 씹어먹는 다른 무엇으로 바꾸는 일은 가당치 않다.

언젠가 나는 엄마에게 그 점을 설명하려고 애쓴 적이 있다. 나는 언제나 판하스나 돼지 피를 넣어 만든 순대 앞에서 코를 찡그리며 외면했고, 엄마는 그런 내 모습을 못마땅해했다. 더군다나 그 음식은 할아버지의 선물이었으므로 우리 가족 모두가 감사한 마음으로 맛있게 먹어야 하는 음식이었다. 엄마는, 하나님을 돼지와 비교하는 것은 말도 안 되며 돼지 피는 성당에서 신부님이 마시는 포도주와는 전혀 다른 것인데 쓸데없이 유난을 떤다며 나를 타일렀다.

신학적인 논쟁은 언제나 엄마를 긴장시켰으므로, 나는 하나님의 피가 돼지 피 순대에 들어 있을 거라는 논제에 대해 더이상 언급하지 않기로 했다. 그리하여 이십대가 끝나갈 무렵 나는 처음으로 판하스에 손을 댔다. 그때쯤에는 하나님과의 관계가 어린 시절과는 전혀 달라졌다는 사정이 있기도 했다.

도살당한 돼지를 칼로 찌르기 전에 팔팔 끓는 물을 그 위에 쏟아붓고 털을 뽑아낸다. 그러면 돼지는 갈고리에 다리를 늘어뜨리고 걸려 있는 끔찍한 몰골로 변한다.

난도질당한 돼지를 더이상 바라볼 수 없어 나는 질끈 눈을 감곤 했다. 얼마쯤 시간이 흐르고 난 후 눈을 떠보면 도살당한 돼지는 양쪽으로 짝 갈라져 갈고리에 걸려 있었다.

이상하게도 그렇게 배가 갈려 둘로 나뉜 채 하늘을 향해 다리를 뻗치고 있는 돼지는, 온전한 모습을 갖추고 있을 때보다도 더 인간과 닮아 보였다.

내 꿈속에 나타난 돼지는 어린 시절에 보았던 바로 그 모습, 양쪽으로 배가 갈린 채 트럭에 실려 흔들리며 마을을 빠져나가던 모습이었다.

나는 토마스에게 그런 꿈 내용에 대해 아무것도 이야기하지 않는다. 하루 종일 울며 지내는 날도 있고, 그렇게 울음으로 내 안에 숨죽이고 있던 슬픔을 자유롭게 풀어준다는 이야기, 그 슬픔 때문에 아무것도 시작할 수 없으나 어찌해볼 수 없는 속수무책의 그 슬픔은 이미 오래되고 심각한 것이라는 이야기도 하지 않는다. 그 막막한 슬픔이 떠올라도 나는 그 문제로 그를 괴롭혀서는 안 된다는 것, 그것은 절대 부당하다는 생각밖에는 할 수 없다.

그건 전적으로 나에게 속하는 슬픔이다.

내가 그를 만난 것은, 기껏해야 그 슬픔이 숨어 있던 덮개를 열어젖혀줄 사람 하나를 만났다는 정도의 의미가 있을 뿐이다. 내 열애, 사랑에 대한 내 열망은 지식욕에 가려져 있다.

문제는 토마스가 아니다. 토마스를 탓하다니, 차라리 그를 욕하는 게 낫지.

그때까지 관찰한 바로는, 토마스는 사랑을 하고 싶어하면서 동시에 사랑하고 싶어하지 않는 남자였다. 그런 이중적인 태도는 사랑과 고통을 위한 유일한 전제조건, 어느 누구도 예외가 될 수 없는 조건이었다.

전화는 이제 고문 기구가 된다. 나는 매일 그의 전화를 기다린다. 그가 나에게 전화를 걸어, 우리 오늘 밤은 이렇게 보내자고, 저녁 먹으러 오지 않겠느냐고 초대해주기를 기다린다. 토마스는 요리가 취미다. 레인지 앞에 서 있는 그, 채소를 씻어 칼질하는 그, 샐러드를 만들기 위해 재료를 섞는 그, 고기를 굽는 그. 그런 다양한 모습의 그를 바라보고 있는 것은 정말 환상적이다. 거구인 그의 신체가 모든 것을 압도한다. 그가 분주하게 움직이며 요리를 하고 있는 주방은 꼭 장난감 주방 같다. 음식을 만들고 있는 그를 바라보고 있으면 그 엄청난 손으로 어떻게 그렇게 멋진 요리를 할 수 있는지 전혀 믿어지지 않는다. 재료를 잘게 썰고 한데 섞는데 몰두한 그는 어린 사내아이 같다.

날마다 나는 그의 어조에 민감하게 반응한다. 그가 나를 위해 함께 있는 것인지, 아니면 그저 한바탕 사랑놀음을 위해 있는 것인지, 나는 그의 어조를 통해 감지할 수 있다.

그가, 난 변덕이 심한 놈이오, 라고 말한다. 그는 자신이 원하는 건 바로 이런 사랑이라고 했다가, 두 번 다시 이런 사랑을 반복하고 싶지 않다고 말한다. 차라리 나 아닌 다른 신부감, 그러니까 그의 고독과 꿈과 더불어 사는 게 좋겠다고도 한다. 하지만 내가 그에게 무슨 꿈을 꾸느냐고 물으면, 그는 지금 자신이 꿈꿀 수 있는 건 오직 당신뿐이라고 대답한다. 아무것도 하지 않고, 오직 나와 함께 있고 싶고, 내 곁에, 내 안에 있고 싶다고 말한다.

"당신과 함께 있으면 난 나 자신을 잃어버려."

그가 말한다. 그리고는 그런 자신이 신기하지만 동시에 두렵기도 하다고 덧붙인다.

"하지만 당신은 당신을 잃어버리면 안 돼요. 그렇게 되면 내가 사랑할 수 있는 남자가 사라지는 거잖아요."

그와 내가 가장 좋아하는 것은 한 침대에 나란히 누워 있는 것이다. 나는 이제껏 모르고 지냈던 이기심이 무엇인가를 비로소 체험한다. 토마스 곁에 있으면 모든 게 다 잘될 것 같은 느낌에 사로잡힌다. 이 알 수 없는 육체를 완전히 알고 있는 것 같고, 그의 육체를 즐겁게 해줄 수 있는 방법에 대해서도 정확하게 알고 있는 것 같다.

갑자기 그가 내게서 몸을 휙 돌릴 때가 있다. 나는 별로 놀라지 않는다. 그저 가만히 누운 채 이 갑작스러운 몸짓이 무슨 뜻이냐고 그에게 묻는다. 놀랍게도 나는, 그가 지금 질투 때문에 거의 제정신이 아니라는 것을 알게 된다. 대체 언제, 어디서, 누구에게, 남자의 육체를 즐겁게 해주는 법을 배운 거냐고 묻는 그의 목소리를 듣는다.

나는 할말을 잃는다. 누군가 나에게 질투심을 느낄 수도 있다는 것은 꿈에도 생각지 못한 일이다.

나는 어떤 여자에게 배운 거라고, 그에게 말해준다.

아라가 날마다, 어떤 날은 밤에도, 전화를 한다.

수화기 저편에서 그녀가, 내 기분이 안 좋은 모양이라고, 그녀는 느낄 수 있다고 말한다. 나는 울면서 불안한 마음으로 그녀의 전화를 받는다.

그녀는 처음부터, 내가 그녀에게 토마스의 이야기를 시작했을 때부터, 이번에는 무언가 다르다는 것, 달라야만 한다는 감을 갖고 있었다고 말한다.

"이번에는 같은 실수를 반복하면 안 돼."

그녀가 힘주어 말한다. 그녀가 무엇에 빗대어 하는 말인지 나는 정확하게 알 수 없다. 하지만 대충은 이해한다. 그녀는 토마스가 어떤 남자인지 짐작할 수 있으며 내가 그를 만나기 시작한 이후 그와 내가 어딘가 닮은 데가 있다는 느낌을 받았다고 말한다.

"그건 정말이지 특별한 일이야."

그녀가 강조한다.

나는 그녀에게 어떻게 해야 한 남자와 제대로 사랑을 나누는 건지 모르겠다고 말한다.

그녀가 말한다.

"그와 함께 살고 싶어져야 해."

"네 눈에 보이는 현실을 그대로 인정해야 돼. 도망가면 안 되는 거야."

"그는 널 원할 거야. 그런 식으로 널 원하는 남자는 세상에 둘도 없을걸."

"난 잘 알아. 너와 함께 있는 게 얼마나 근사한 일인지 난 잘 안다구."

때때로 그녀는 이런 말을 하면서 눈물을 흘린다.

나는 그녀가 한 말을 가슴에 새긴다. 하루 종일 그 말이 망치질하듯 내 머리를 때린다. 개중에 어떤 말을 골라 큼직한 글자로 종이에 기록한다.

그와 함께 살고 싶어져야 해.

시간이 흐를수록 그녀가 나를 이 사랑으로 이끌어가고, 나는 그녀 없이 이 사랑을 이룰 수 없으며, 이 사랑이 나를 죽일지도 모른다는 느낌에 사로잡힌다.

알코올에 취해도 그런 느낌이 찾아온다.

알코올과 죽음과 사랑이, 나로서는 이해할 수 없는, 아니 어쩌면 이해하고 싶어하지 않는 연대를 맺은 건지도 모른다. 그래서 나는 술을 마신다. 이 복잡하게 얽히고 설킨 것들을 풀어내고 싶지 않아서, 모든 것을 알게 되면 이 사랑을 잃을까 두려워, 자꾸만 술을 마신다.

토마스와 함께 지내기 시작한 이래 내가 확실하게 알 수 있는 것
은 오직 한 가지, 앞으로는 결코 혼자 있을 수 없으리라는 것뿐이었
다. 그전에는 이 새로운 형태의 무기력감, 더이상 홀로 있을 수 없다
는 게 무슨 뜻인지 미처 몰랐었다. 나는 지금 누군가와 결합하려는
것이 아니라 옛 결합에서 풀려나고 싶어하는 것이라는 인식에 이르
기 위해 나는 자꾸만 술을 마셨다.
　나는 알코올 덕분에 내가 용기가 없다는 것, 누군가와 다시 한번
결합한다는 것이 곧 지옥과도 같다는 생각을 잠시 잊는다.

5

　하루 종일 나는 토마스와 아라와 술을 생각한다. 만취한 상태가
아닌 이상, 나는 이 술 마시는 행위에 대해 곰곰이 생각할 수 있고
그 점을 글로 써보기 위해 노력할 수 있다.
　가장 중요하게 생각하는 것, 무엇보다도 보호하고 싶은 것, 오랫
동안 간절히 원하다 보니 나를 압도하게 된 것, 그것은 바로 내 논
문이다. 토마스의 소식을 기다리고 그와의 약속이 주는 평온을 기다
리느라 더이상 논문 쓰는 일에만 정신을 집중할 수 없다는 것을 알
게 된 순간, 나는 그런 나 자신에게 화를 낸다. 마음을 진정시키고
책상 앞에 앉아 있기 위해 안간힘을 쓴다. 하지만 너무 힘들다. 몇
시간 동안 나는 이런저런 혼잣말을 웅얼거리며 내가 하고 싶은 일
을 하기 위해, 잠시라도 무기력감과 우유부단함에서 벗어나고자 노

력한다.

현실과 나의 논문 주제가 서로 얽혀 점점 더 나를 심한 혼란 상태에 빠뜨린다. 때로 나는 내가 먹는 것과 마시는 것을 억지로 구분지으려는 것이 아라와 나 사이의 일치점보다는 오히려 차이점을 찾아내기 위해서이고 이런 식으로 우리 우정의 토대를 쌓으려는 속셈때문이 아닐까, 하고 나 자신을 의심한다.

나는 우리의 우정, 아라의 음식, 나의 술과 토마스의 연인 역할이 서로 하나로 연결되어 있다는 사실을 아직은 인정하고 싶지 않다.

나 자신을 박사학위논문과 연관짓지 않는 한 논문 쓰는 일은 점점 더 어려워진다. 나는 아직 이 세상에 존재하지 않는 독특한 장르, 완전히 다른 성격의 책을 쓰고 싶은 생각이 간절하다. 이것은 육체에 대한 갈망과 토마스가 늘 곁에 있으면 좋겠다는 간절함과 비교할 수 있는 유일한 소망이다.

아라는 이제 하루에도 몇 번씩 전화를 건다. 그리고는 이 전화 통화가 무언가 위험한 것이라는 느낌이 든다고 말한다.

"아무래도 내 비밀을 떠벌리게 될 것 같아. 생각해봤어. 이 모든 것을 다 알게 되면 네가 과연 그 사실을 견딜 수 있을까, 당장 나한테 등을 돌리지는 않을까 하고 말야."

그녀의 이야기가 나를 완전히 당혹스럽게 만든다. 하지만 그녀가 아무 말도 하지 않으면 나는 아무것도 할 수 없다.

전화 통화는 줄곧 같은 식으로 이어진다. 우선 내가 아라에게, 토마스가 무슨 말을 했고 어떤 행동을 했으며 나를 화나게 하고 속상하게 하는 게 무엇인지 말한다. 그러면 아라는 제 나름대로의 의견과 비유와 충고와 해석을 섞어 이야기한다. 갑자기 온몸이 나른해진다. 더이상 그녀의 이야기에 집중할 수 없다. 나 역시 지금 무언가 끔찍한 일이 벌어지고 있다는 예감에 사로잡혔기 때문이다.

아라는 마치 제 이야기를 하듯 토마스에 대해 이야기한다. 나는 점점 더 그 두 사람을 구별하는 게 어려워진다. 그러면서도 한편으로는, 내 마음을 몹시 불편하게 만드는 무엇, 내 힘으로는 쉽게 풀어 버릴 수 없는 그물, 결합이라는 그물에 얽혀들고 있다는 느낌에 더욱 강하게 사로잡힌다.

불안한 마음을 달래볼 양으로, 어디 이 모든 일이 일어나도록 그냥 내버려둬보자, 그러다 보면 나중에는 자연스럽게 모든 것을 이해하게 되겠지, 하고 나 자신을 타이른다.

내가 아라에게 비밀로 하는 유일한 것은 바로 이 불안감이다. 토마스와 함께 있을 때, 그와 더불어 사랑을 나누고 그에게 육체적인 쾌락을 선사할 때, 그녀와 함께 있을 때보다 더 많은 것을 느낄 수 있다는 이야기를 할 수 없다. 그리고 그 짜릿한 육체적 쾌락으로 인해 토마스가 나에게 매이게 되리라는 것을 알고 있다는 이야기도 할 수 없다.

나는 토마스와 한 달을 함께 지냈고 그 동안에 그를 아라에게 소개했다. 그가 거실 문을 열고 들어섰을 때, 아라는 이미 도착해 편안한 자세로 그를 기다리고 있었다. 하지만 그를 맞이하기 위해 자리에서 일어서는 순간, 그녀는 어딘가 긴장한 모습이었다. 아주 예의 바른 태도로 의자에서 몸을 일으킨 그녀는 그를 향해 달려가 자신을 "토마스"라고 소개했다.

"토마스는 나요."

토마스가 웃으면서 말했다.

토마스와 인사를 나눈 후부터, 아라는 나와 통화를 할 때 종종 '우리'라는 표현을 썼다.

"넌 정말 알 수 없는 데가 있어, 키트. 우리는 늘 네가 어느 날 갑자기 사라질 것 같아 두려워. 넌 다른 사람이 도저히 흉내낼 수 없는 무엇을 지니고 있어. 우리는 그 점을 견딜 수 없고. 우린 너에 관한 한 모든 것을 다 알고 싶거든. 우린 네가 쓴 글이라면 토씨 하나 안 빠뜨리고 모조리 찾아 읽을 거야. 논문 초고는 물론이고, 하다못해 네 머릿속에 들어 있는 단어 하나까지도. 하지만 이건 끔찍한 일이야. 도대체 무슨 이유로 너에 대한 그리움 때문에 그토록 괴로워하는 한 남자와 함께 살 수 없는 거지? 넌 그걸 견딜 수 없을 거야. 그래서 우리는 다시 원점으로 돌아갈 거야. 우리는 우리 자신을 통제할 수 있는 힘을 원해."

"넌 걱정할 것 없어. 그는 널 원해. 난 그걸 알아. 난 너와 함께 있는 게 어떤지도 잘 알지. 넌 정말 우리를 행복하게 해주거든. 일단 너한테 사로잡힌 사람은 결코 너를 벗어날 수 없어. 아무리 간절히 원해도 말야."

"우린 처음부터 확실하게 알았어. 무슨 말인지 알겠니? 넌 척도야. 더이상은 불가능해. 상상도 할 수 없어. 넌 사람을 꼼짝달싹 못 하게 하고 집착하게 만들어. 그렇지 않았다면 우린 진작에 도망쳤겠지. 하지만 이제 그럴 수도 없어. 너는 까다롭고 요구사항도 많고 제멋대로인 데가 있지만 토마스 역시 이제는 네게서 도망칠 수 없어.

‘초조하다’는 표현이 맞을까? 그래, 넌 초조해하고 있어. 그리고 그 사실은 우리에게 도움이 되지. 네 곁에 있으면 우리는 치유받았다는 느낌을 받아. 하지만 머지않아 네가 떠나고 나면 우리는 다시 병들게 될 테고, 그러면 이런 감정 역시 사라지겠지. 그 때문에 우리는 이렇게 행동하는 거야. 넌 또 그 때문에 우리가 잠시 네 곁을 떠나 있다가 다시 너에게 다가가면 우리를 끊임없이 다른 사람이라고 생각해. 그렇게 되면 우리는 우리 자신을 의지하게 되고 우리가 너에게서 떠나온 시점보다 더 하찮은 인간이 되는 거고.

토마스 역시 대체 어떻게 이런 일이 가능할까 생각을 많이 해. 너와 함께 있을 때도 이런 문제를 생각해야 하지만 때로 우리는 그렇게 하고 싶지 않을 때가 있어. 우리는 머릿속에서 네 모습을 완전히 지워버리고 차라리 지방 덩어리로 꽉 채워버리고 싶을 때가 있거든. 너무 둔해서 차라리 아무 일도 할 수 없게 되기를 바라는 심정인 거지.”

“이제 내가 너를 떠날 때가 된 것 같아. 그건 정말 끔찍한 일이지만, 어쩔 수 없다는 생각도 들어.”

“그는 네 안에서 나를 느껴. 그 사실을 그는 견딜 수 없어해.”

“넌 언제나 우리 같은 인간을 원해, 키트. 무감각한 인간들 말야. 넌 네 앞에서 아부하는 인간을 좋아하지 않지. 넌 다른 사람에게 일을 시키고 싶어해. 우리 곁에서 넌 그 일을 할 수 있어. 우리가 원하는 것이고 네 마음에 들 수 있는 유일한 일이니까. 하지만 언제나 그런 것은 아냐. 우리가 감당하기에는 너무 벅찬 일일 경우가 있으니까. 네가 우리에게 너무 벅찬 존재일 때도 있고."

"어떤 충동에 사로잡혀 너를 찾아가면 안 된다는 것 나도 알아. 모든 사람들이 너를 찾아가지. 그 사람들을 너는 결국 싫증을 내고. 네가 날 찾아오는 이유는 내가 널 찾아가지 않아서, 혹은 너에게 아부하지 않아서가 아냐. 넌 네 자유를 누리고 싶어서 날 찾아오는 거야. 내가 널 그렇게 만들었다는 생각이 들기도 해. 토마스 역시 그런 느낌이었을 거야."

"솔직하게 말하면 난 네가 정말로 다른 사람에게 인정받고 싶은 욕구를 가지고 있다고 생각한 적 없어, 키트. 네가 언제나 내 생각만 하고 있을 거라고 생각했지. 때로 그 사실이 유감스럽다는 생각이 들기도 해. 그러고 나면 우리 사이를 다르게, 좀더 나은 모양새로 만들 수 있는 기회를 놓쳤구나 싶어서 아쉬워지고 말야."

토마스와 함께 석 달 동안 미국 여행을 하기로 결정할 때까지, 나는 아라와 나눈 대화를, 그녀의 지지성 발언을 곱씹었다. 나는 하루도 빠짐없이 그녀가 나를 고무했던 이야기, 그녀 자신과 토마스에 대한 이야기, 그리고 그 이야기를 듣고 내가 무기력감에 빠져야 했던 이유 등을 생각했다.

하지만 나는 여전히 아무것도 알 수 없었다.

여전히 나는 그 대화에 대한 기억이 훗날 나에게 그토록 끔찍한 분노를 불러일으키게 될 줄은 까맣게 모르고 있었다.

토마스는 계속해서 망설이는 태도였지만 나는 개의치 않고 대학 당국과 합의하여 그와의 미국 여행을 준비했다. 그는 큰 광고사와 계약을 맺었고 그래서 뉴욕에 거주지와 별도의 작업실을 마련할 수 있었다. 그는 나에게, 함께 여행을 하고 싶다가도 갑자기 하기 싫어지기도 한다고 말했다. 나는, 무엇이든 원하는 대로 하고, 함께 있고 싶은 심정을 그에게 말해주라고, 그렇게 하지 않으면 절대로 그는 그런 내 마음을 알지 못할 거라는 아라의 조언을 따르기로 했다.

나는 곰곰이 생각한 끝에, 토마스가 뾰로통하여 나하고는 말도 하지 않고 눈길 한 번 주지 않을 때면 늘 그랬던 것처럼, 단순하게 처리하기로 했다. 일단 그런 상황이 되면 그는 내가 그의 집에서 나가주길, 그의 인생에서 영원히 사라져주기를 원했다. 하지만 나는 그의 소망대로 하지 않았다. 아무 말 없이 그의 침실로 들어가 침대로 기어들었다. 몇 시간쯤 지나고 나면 그가 다가와 내 품으로 파고들었다.

언제나 같은 식이었다. 그의 거대한 체구가 침실에 나타난다. 그는 침대 곁에 서서 나를 내려다보고, 나는 그를 올려다본다. 마침내 그의 입가에 미소가 떠오른다. 그러면 나는 이렇게 침대에 누워 그를 기다려주는 행동이 그에게 위로가 된다는 것을 알아차린다. 잠시 후 그는 내게 미안하다, 아무것도 믿지 못하는 인간처럼 행동해 정말 미안하다, 하지만 당신이 고집스럽게 이렇게 변덕맞은 놈과 함께 있고 싶어하다니 정말로 고맙다고 말한다.

"난 지금 만나*를 받은 게 분명해." 그가 말한다.

그는, 난 누군가에게 헌신할 수 없는 놈이오, 라고 말한다.

나는 그가 하는 말을 정확하게 이해한다. 나는 그 그리움, 그 관념

---

* manna. 모세의 인도로 이집트를 빠져나와 고향으로 돌아가던 이스라엘인들이 시나이 사막에서 여호와로부터 받았다는 음식물.

을 진작부터 알고 있다. 하지만 나는 이미 그런 것들을 머릿속에서 몰아낸 후다.

나는 그에게 '헌신하다'라는 단어에 대해 설명한다. 나는 그 단어를 '페스트'라는 단어처럼 점점 더 싫어하게 되었으며 사람들이 그 말을 할 때는 무언가 육체적인 것, 아름답고 환상적인 것, 나로서는 아무것도 보탤 수 없는 무엇을 의미한다는 생각이 들고, 그래서 그 단어가 나를 화나게 만든다고 말한다. 세상에는 사랑을 오염시키는 단어들이 있으며 '헌신하다'는 바로 그런 단어들 중에 하나라고 말한다. 그런데 내 머리 한구석을 차지하고 들어앉아 벌써 몇 주일 동안 나를 괴롭히고 있는 단어가 또 있다. 그것은 '친밀감'이라는 단어다. 하지만 나는 감히 그 단어를 입 밖에 낼 용기가 없으며 심지어 내가 그 단어를 발견해낸 것을 나 스스로도 인정할 수 없다.

그 사실이 너무 슬프다.

나는 그 단어에 너무 집착하기 때문에 머릿속에서 쉽게 지워버릴 수가 없다. 그래서 술을 마신다. 친밀감이라는 것은 20세기가 추구하는 상품이며, 내가 생각했던 것처럼, 그러니까 특별하게 육체적인 것, 서로 뒤섞이는 것, 죽음 같은 무엇으로는 결코 존재하지 않는다는 것을 인정하느니 차라리 술에 취해 이성을 잃고 싶다.

술을 덜 마시고, 그리하여 나 자신의 무능함에 대해 벌주는 행위를 그만둘 때, 이것은 무능이 아니라 다만 잘못된 상상일 뿐이라고 인정할 수 있을 때, 비로소 나는 그런 생각에서 벗어나게 된다.

나는 '헌신하다'라는 단어의 무의미함에 대해 토마스에게 설명하다가 그 동안 잘못 품고 있던 나 자신의 허상까지 깨버린다.

헌신하다, 이 말은 마치 인디언 이야기나 갱스터 영화에 나오는 호전적인 단어 같다. 그런 맥락에서라면 적(敵)은 목에 칼을 대거나 가슴에 총부리를 겨눌 때 생겨난다. 그러나 사랑하는 사람들 사이에서 그런 건 필요치 않다. 어째서 사랑하는 사람들은, 옷을 벗어던지고 아무 영향도 미칠 수 없는 무엇에 눈길을 던질 때, 지상 최고의 쾌락이 존재하는 상황에서 서로에게 이끌리는 것일까? 우리의 체험은 자기 인식보다 더 큰 즐거움이 없다고 말해주건만 무슨 이유로 사람들은 우리에게 헌신에 대한 동화, 곧 자기 인식, 극기, 지식의 완전한 상실에 얽힌 동화를 이야기하는 걸까? 자신에게 무슨 일이 일어났는지 더이상 알아서는 안 되는 상황, 곧 쾌락을 위해 그 전제조건들을 단념해야 하는 그런 상황은 대체 얼마나 터무니없는 것이란 말인가?

사랑하는 사람은 오로지 사랑을 통해서만 풍요로워지는 법이다. 이것은 사랑의 재능을 드러내는 순간에, 그러니까 누군가의 사랑을 받아들이고 나아가 자기 자신을 사랑할 수 있을 때 비로소 의미를 갖게 되는 것이다. 다른 방법으로는 불가능하다. 그것은 오직 다른 사람을 사랑함으로써만 생겨나는 의미다.

그것은 헌신과는 별 관계가 없다. 오히려 그것은 의존, 자제, 자유로운 선택, 인식 그리고 신뢰와 더 많은 관계가 있으며, 끔찍하게 어렵고 복잡한 과정을 거쳐 체험할 수 있는 것이다. 문제는 과연 우리가 그것을 감당할 수 있을까 하는 점이다.

어느 날, 식탁 위에 뉴욕행 비행기표가 놓여 있다. 혹시 비행기표가 두 장인가 싶어 신문을 들춰본다. 하지만 확인할 필요도 없다. 비행기표는 한 장뿐일 것이라는 것을 나는 이미 알고 있다. 나는 그가 집에 올 때까지 기다리지 않고 즉시 가장 가까운 여행사로 가서 비행기표를 예약한다. 그와 같은 날 출발하는 비행기표는 구할 수 없

다. 문득 그가 일 주일쯤 혼자 시간을 보내는 게 차라리 나을 수도
있겠다는 생각이 든다. 그보다 일 주일 늦게 출발하는 비행기표를
구입한다. 집에 돌아와서 그에게, 당신을 따라가겠다, 당신 곁에 머
물기 위해 대서양을 가로질러 날아가겠다고 말한다.
　"드라마 같은 얘기군."
　그가 말한다.
　"이미 결정된 일이에요."
　이게 내 진심이다.
　나는 바로 이런 드라마를 읽고 싶었다.

6

　미국으로 떠나기 전 일 주일간 나는 아라와 함께 지낸다. 빙은 이
전에 마구간으로 사용하던 곳으로 옮겨갔기 때문에 우리는 그의 얼
굴을 마주할 기회가 적다. 그는 걱정스러운 눈길로 나를 바라보며
맥주집에서 만나거나 아니면 그가 우리 있는 곳으로 와 저녁식사를
함께 하겠다고 제안한다. 그리고는 내가 피곤해 보이고 전보다 많이
야위었다고 덧붙인다. 그 이상은 내 문제에 개입하지 않는다. 그에
게 그런 말을 할 수 있는 용기가 있다니, 나는 그 사실에 깊은 감동
을 받는다. 그의 말이 사실이라면 별로 좋은 일이 아니므로 좀더 나
자신에게 신경을 써야겠다고 생각한다.
　"빙은 지나친 사랑을 두려워해."
　아라가 말한다. 아라와 나는 내가 이토록 긴장해 있는 이유가 얼
마 남지 않은 여행 탓인 것처럼 행동하고, 그녀는 나를 안심시키기

위해 애를 쓴다. 그녀는 내 등허리를 쓸어주고 식물뿌리와 다른 것
들을 섞어 만든 이상한 음료를 가져다 준다.

그녀는 나를 마치 고양이처럼 다룬다.

밤이면 나는 포도주 한 병을 다 비우고서야 잠을 잘 수 있다.

"대체 무엇 때문에 그렇게 계속해서 술을 마시지, 키트?"

그녀가 묻는다.

"이 모든 것을 다 알고 싶지 않아서 그래. 너무 확실하게 알고 싶
지 않아서."

"모든 거라니, 대체 그게 뭔데?"

"바로 이거. 난 우선 이걸 알아야 해."

여행을 떠나기 사흘 전, 8월 어느 날 오후, 하루 종일 뜨거운 햇살
아래 술에 절어 잠들어 있는 나를 마침내 작열하는 태양이 깨웠다.
그때 비로소 한줄기 빛이 비치기 시작했다. 푹 삶은 가재처럼 새빨
개진 내 피부를 보고 아라는 기겁을 했다. 그녀는 화상 치료에 필요
한 약품을 사러 자전거를 타고 마을 약국으로 달려갔다가 오이 한
자루를 싣고 돌아왔다.

그 사이, 태양열에 화상을 입은 나는 오한이 들어 이빨을 딱딱 마
주쳐가며 온몸을 떨고 있었다. 아라는 아무 말도 하지 않고, 침착하
게 조처를 취했다. 우선 난롯불을 지핀 다음 그 앞에 소파를 끌어다
놓고 담요 몇 장을 들고 나왔다. 그중 한 장으로 내 몸을 감싸주었
다. 나는 여전히 비키니 차림이었다.

"자 누워봐."

그녀는 조심스러운 손길로 내 몸을 담요로 감싼 다음, 내 앞에 조
그만 탁자를 펼쳐놓더니 차가운 백포도주 한 잔을 따라주었다.

"금방 올게, 꼬마야."
그녀는 이렇게 말하고 사랑스럽게 웃었다.

나는 그녀의 손길 하나하나를 정확하게 감지할 수 있었다. 지금
내 눈앞에 있는 사람이 분명 아라일 거라고 생각했다. 이따금씩 그
런 생각은 흔적도 없이 사라져버리고, 그녀는 갑자기 낯익은 특성
을 가진, 그러나 낯선 사람으로 변했다. 난생 처음 보는 듯한 사람,
그러면서도 언젠가 한 번쯤 만나본 적이 있는 듯한 사람. 그 낯선
사람이 나를 당혹스럽게 했다. 나는 그 모습을 떨쳐내고 싶어서, 하
지만 믿음직스러운 아라의 모습으로도 그 낯선 사람을 떨쳐낼 수
없어서 자꾸만 눈을 깜박였다.
어느 순간 무언가 불길한 느낌이 엄습했고 급기야 그 느낌은 두
려움으로 변했다. 나는 그녀가 빨리 방으로 들어오기만을 기다렸다.
그러면 그 낯선 사람이 사라질 것 같았다. 그녀의 독특한 신체, 실룩
이는 엉덩이, 매끄럽고 강인한 느낌의 피부 그리고 세상에서 가장
아름다운 얼굴이 이 낯선 느낌을 사라지게 해줄 것 같았다. 그 모습
이 더이상 이상하다는 생각이 안 들고, 난생 처음 보는 사람인 양
유심히 바라볼 필요가 없는 사람, 눈에 비치는 그대로 아라이길 바
랐다.
그녀가 안으로 들어서자 그 낯선 사람은 사라졌다.
비로소 안심한 나는 그녀에게, 잠시 동안 나는 그녀를 알아볼 수
없었으며 내가 알고 있는 그녀와는 전혀 다른 사람이 내 눈앞에 나
타났었다고 말했다.
"다 태양열 때문이야. 아무래도 과음한 게 분명해."
아라가 말했다. 그리고는 이제 자기가 제대로 보이느냐고 물었다.

"응."

"됐어. 그렇지 않으면 지금 너에게 하려고 했던 이 놀라운 일을 할 수 없었을 거야. 그렇다고 어떤 낯선 사람이 너를 사로잡았다는 네 얘기나, 그 낯선 사람이 바로 나라는 걸 인정하는 건 아냐."

몸을 길게 뻗어본 나는 그제야 배 부위의 화상이 얼마나 심한가를 깨달았다.

소파 곁에 오이 조각이 담긴 그릇이 놓여 있었다. 아라가 내 몸을 감싸고 있던 담요를 걷어내고 비키니 윗도리도 벗겨냈다. 그런 다음 내 몸을 거의 건드리지 않고 비키니 아랫도리를 마저 벗겼다.

"우선 이 화상부터 치료해야 돼."

그녀는 나를 소파 위에 뉘어놓고 내 몸을 차가운 오이 조각으로 덮기 시작했다.

그런 꼴을 하고 누워 있어도 나는 수치감이 들지 않았다. 그 사실이 나를 놀라게 했다. 그녀의 손길이 전해주는 행복한 느낌이 나를 당혹스럽게 했다.

세상에 이렇게 조그만 몸뚱이가 있을 수 있다니, 그녀는 조그만 목소리로 속삭이듯 말했다. 이따금씩 혼잣말하듯, 어떻게 이 난쟁이처럼 왜소한 몸, 건드리면 금세 바스러질 듯한 이 몸으로 험한 세상을 살아나갈까, 하고 웅얼거리기도 했다.

그러더니 그녀는 노래를 불렀다.

〈당신은 언제나 내 가슴에 남아 있어요You were always on my mind〉라는 노래였다.

그녀는 내 다리를 오이로 덮고 있는 중이었고 또 내가 슬며시 얼굴을 돌렸기 때문에, 그녀는 내가 눈물을 흘리는 것을 볼 수는 없었을 것이다. 하지만 그녀는 내가 울고 있다는 사실을 느낌으로 알아 챘다.

그녀는 노래를 중간쯤 부르다 말고 갑자기 몸을 일으켰다. 그리고 는 바닥에 놓여 있던 소파에 털썩 주저앉더니 말없이 내 손을 잡고 마치 낯선 사람 바라보듯 내 얼굴을 들여다보았다. 그녀의 뺨을 타 고 눈물이 흘러내렸다. 그래도 그녀의 얼굴 표정은 변함이 없었다.

"넌 모든 준비가 다 끝난 거구나."

마침내 그녀가 입을 열었다.

나는 고개를 끄덕였다.

십오 분쯤 후 아라가 이야기를 시작했다.

"너 울고 있구나. 지난 십 년 동안 난 네가 우는 모습을 단 한 번 도 본 적이 없었는데. 내가 너 우는 모습을 그리워하게 되리라고는 꿈에도 생각지 못했지. 그런데 어느새 난 그 모습을 그리워하고 있 었어. 이전에는 네가 아무 때나 운다는 사실, 만인이 보는 앞에서도 아무 거리낌 없이 울 수 있는 애라는 사실에 화가 나기도 했었는데 말야."

"나도 울보인 나한테 화가 났었어. 하지만 나 자신도 어떻게 통제 할 수가 없었지. 그건 나보다 강한 무엇, 육체적인 현상, 일종의 언 어 같은 거였거든."

"넌 십 년 동안 한 번도 울지 않았어, 키트."

"거의 그런 셈이지. 하지만 혼자 있을 때 몇 번 운 적이 있어. 아 마 밖에서도 두 번쯤은 울었을걸."

"대체 무슨 일로?"

"한 번은 처음으로 칼 마르크스의 강의를 들었을 때였어. 교수가 헤겔의 주인과 노예 이론에 근거하여 사적 유물론을 설명했을 때. 두번째는 헨드리크 집에서 때 지난 신문을 뒤적이다가, 미셸 푸코의 사망 기사를 읽었을 때였지. 마치 그 사실을 전혀 모르고 있었던 것처럼 말야."

나는 또다시 울고 싶은 심정이 되었다.

"왜 하필 그 기사를 읽다가 울었어?"

여전히 내 손을 잡고 있던 그녀가 손가락을 가만가만 움직여 내 손바닥을 어루만지며 물었다.

"나도 몰라."

나는 사실대로 대답한 다음 다시 덧붙였다.

"어쩌면 무지에 대한 공포 때문이었을 거야. 아무것도 모르기 때문에 무엇엔가 속은 것 같은 느낌이라고나 할까. 나도 정확하게는 모르겠어, 아라."

"키트."

"별로 이야기하고 싶지 않아."

"자책감이겠지."

그러고는 그녀가 다시 농담처럼 덧붙였다.

"이제 넌 정말로 무감각해졌구나."

"그래, 바로 그거야."

나는 다른 사람에게 그렇게 직설적으로 말할 용기가 없었고, 그래서 부끄러웠다. 하지만 그럼에도 불구하고 나는 사실을 밝혔다.

"넌 내 몸이 반응하게 하는 유일한 사람이야."

"토마스도 그럴 수 있잖아."

그녀가 내 말에 반박했다. 하지만 그녀는 이미 알고 있었다.

"아니, 그렇지 않아."

날이 점점 어두워지고 있었다. 우리는 난롯불에 얼핏 드러나는 서로의 얼굴을 들여다보고 있었다. 우리는 아무것도 먹지 않았고 무엇을 먹을까 하는 이야기도 하지 않았다. 아라는 손수건으로 싼 오이 조각 위에 다시 담요를 덮었다. 나는 다시 오한이 들어 몸을 떨었다. 갑자기 부엌문이 열리는 소리가 들렸다. 하지만 빙의 모습은 보이지 않았다. 오늘 밤에는 우리 둘만의 시간을 방해하지 않겠다는 배려에서 그가 우리 앞에 끝내 나타나지 않으리라는 것을, 우리는 알고 있었다.

아라는 이따금씩 몸을 돌려 난로에 나뭇조각을 집어던졌다. 그럴 때도 그녀는 한 손으로 내 손을 꼭 잡고 있었다.

한동안 이어지던 침묵을 깨고 내가 먼저 입을 열었다. 나는 토마스와 마무리를 잘하고 좋게 헤어지기 위해 대서양 저편에 있는 대도시로 날아가게 될 것이며, 오후 내내 내 마음을 짓누르고 있던 것도 바로 그 문제였다고 아라에게 말했다.

"그래, 그랬을 거야."

일단 그녀는 내 말에 동의했다. 그러나 곧 그녀의 얼굴이 일그러지는가 싶더니 윗입술이 무섭게 떨리기 시작했다.

"그는 널 몹시 그리워할 거야."

가까스로 입을 연 그녀가 또 이렇게 덧붙였다.

"이제 넌 나하고도 헤어지겠지."

그녀의 목소리에는 슬픔이 가득했고, 그녀의 얼굴은 일그러질 대로 일그러져 있었다.

그녀의 불안, 그녀의 공포를 함께 지켜보는 것은 가슴 아픈 일이었다. 아라는 이 세상에서 유일하게 나로 인해 고통받는 사람이라는 생각이 들었다. 나는 그녀에 대한 간절한 그리움, 그녀로 인해 생겨났다가 그녀로 인해 사라질 그 그리움으로 고통받게 되리라는 것을 선명하게 깨달았다. 그리하여 나는 더이상 그녀에게 고통을 줄 수 없고 그녀는 나로부터 자유로워지겠지만, 그럼에도 불구하고 그녀가 원하기만 한다면 언제라도 나를 자기 곁에 머물게 할 수 있으리라는 것도 나는 알고 있었다. 그 순간 나 역시 그녀와 하나가 되어 죽을 때까지 그녀와 함께 있고 싶다는 마음이 간절해졌다. 내가 간직하고 싶은 것은 나 자신의 사유였으나 그것은 무리한 요구, 즉 이룰 수 없는 요구라는 것을 나는 또한 알고 있었다.

나는 그녀에게, 너는 내 인생의 모든 의미이니 맹세코 나는 너를 떠나는 일이 없을 것이며 정말 끔찍할 정도로 너를 사랑한다고, 너 없는 인생은 상상도 할 수 없다고 말했다. 그녀는 그 동안 내 손을 꼭 잡고 있던 손을 들어 얼굴을 가렸다.

나는 아라가 그토록 서럽게 흐느껴 우는 모습을 처음 보았다. 그녀는 온몸을 떨어가며 숨이 탁 막히고 피가 머리로 솟구치는 듯 격렬하게 울었다. 나는 그녀에게 그토록 펑펑 흘릴 눈물이 있었다는 것, 그녀에게도 저토록 약한 모습이 있었다는 것을 전혀 모르고 있었다. 동시에 나는 그녀가, 흥분한다거나 슬프고 힘들다는 것들은 자기한테 어울리지 않는다고 말했을 때의 진짜 의미도 더 잘 헤아리게 되었다.

맞는 말이다.

아라 같은 인간은 우울한 심정을 자신의 육체, 살진 육체로 미리 표현한다. 그러므로 자신의 감정을 표현하기 위해 운다는 것은, 그녀로서는 불필요한 행위다.

나는 그녀를 안아 소파로 옮겨놓았고, 그 바람에 화상 부위를 덮고 있던 오이 조각이 투두둑 떨어져나갔다. 그 사이 그녀는 내 품에 안긴 채 두근거리는 가슴으로 그 격렬한 고통의 파도가 사라지기를 기다렸다. 갑자기 나는 모든 것을, 그녀와 나 자신에 대한 모든 것을 이해했다는 생각이 들었다. 그리고 난생 처음, 새로운 인식은 곧 행복으로 이어지는 것이 아닐 수도 있다는 것을 알았다. 수년 동안 그녀와 나 사이에서 유지되어왔던 모든 태도에 대해서도 새로운 깨우침이 왔다. 그러자 그녀를 향한 걷잡을 수 없는 분노가 일었다.

한 문장이면 족했다. 여행을 떠나기 하루 전날 밤, 그녀는 그 문장을 소리내어 말했다.

"나에 대한 네 변함없는 태도는 언제나 나를 당혹스럽게 만들었어. 네가 언제나 다시 나에게 돌아온다는 사실을 난 믿을 수 없었거든."

"넌 사람을 끌어당기는 매력이 있잖아."

나는 비교적 간단하게 대꾸했다. 하지만 다음 말을 하다 보니 점점 더 부아가 일었고, 급기야는 복종, 고통, 속임수, 나아가 토마스와의 사랑이 파경에 이르게 된 점까지 그녀 탓으로 돌리고 싶은 맹렬한 욕구에 사로잡혔다. 말투는 점점 빨라졌고, 덩달아 온몸은 땀으로 범벅이 되었다.

어쨌거나 그런 말을 하는 것은 힘든 일이었다.

그 동안 있었던 일을 어떻게 한 편의 이야기로 엮어야 하나, 그녀가 나에게 저지른 일을 어떤 식으로 그녀에게 납득시키나, 나는 알 수 없었다.

아라는 내가 매사에 계획적이고 모든 것을 체계화시키며 늘 계산적인 행동을 하는 사람이라며 종종 비난하곤 했다. 매사를 체계화시키는 버릇이라든가 놀라운 자제력 등이 늘 신경 쓰인다는 것이었다. 극도의 계산적인 태도로 언제나 몸을 사리고, 그 결과 매사를 지나칠 정도로 이성적으로 판단한다는 아라의 지적이 떠오르자, 마침내 나는 그 동안 참고 있었던 이야기를 마치 터진 봇물처럼 한꺼번에 쏟아놓기 시작했다. 나는 공격의 화살을 그녀에게 돌리고, 하나하나 예를 들어가며 그녀를 비난했다.

그 동안 나는 모든 것을 알고 있었어. 하지만 삼십 년 동안 확신할 수 없어 속상했지. 불안함과 혐오감 때문에 속상했고, 자부심을 가질 수 없어 속상했어. 그건 아라 네가 나를 비굴하게 만들었기 때문이야. 네가 사용한 모든 방법, 일종의 전략에는 나로서는 낯설기 짝이 없는 일종의 인식, 인간이 인간을 길들이는 방법, 의심 많고 고집 센 동물을 정확하게 자신이 원하는 장소, 즉 자신의 발치께로 다가오게 하는 방법 같은 것이 숨어 있었던 거야. 네가 나의 신뢰를 삼십여 년 동안 이렇듯 우스꽝스럽고 병적이고 잔인한 방식으로 실험한 거라고 말했을 때 내가 어떤 모욕감을 느꼈는지 나는 차마 말로 표현할 수도 없었어. 너의 그런 방법을 나는 일종의 도덕적인 전략, 너무나 고차원적이어서 나로서는 쉽게 이해할 수 없는 도덕적인 전략인 줄로만 알았으니까. 그리고 네가 나에게 하는 모든 행동을 보고 나는 네가 고상하고 훌륭하며 내 약점, 결점, 죄, 기만 등을 꿰뚫어볼 수 있는 거라고 생각했어. 네가 나를 피하거나 비웃을 때면 그런 행동 역시 네가 나를 완전히 파악하고 있기 때문이며, 내가 절대로 아첨꾼의 말에 속아넘어가지 않을 사람이라고 믿고 있기 때문인 것으로 생각했지. 나는 당연히 그런 아첨꾼의 말들을, 그들이 너보다 나를 잘 모르고 하는 말이라 여겼기 때문에 경멸했었어. 나는 너를 절대 나에게 기만당하지 않을 사람, 나의 그 터무니없는 신뢰에도 불구하고 이 세상 어느 누구보다도 나를 소중하게 여겨줄 사람으로 알았으니까. 그리고 무엇보다도 나를 보다 나은 방법, 도덕적으로 더 우월한 방법으로 사랑해줄 사람으로 여겼으니까. 그래서 나는 너의 전략적인 잔인함 이면에는 일종의 논리, 일종의 도덕이 들어 있다고 짐작했고 그 은밀한 논리를 사랑으로, 잔인함을 그 사랑의 결과로 여겼던 거야. 생각해보면 믿을 수 없을 만큼 멍청한 짓이었지. 그 모든 것이 나를 시험하기 위한 것이었다니. 기분 내키는 대로 밀었다 당겼다 해가며, 이를테면, 쉿, 가만, 내 발 아래 엎드려! 하고 강아지 길들이듯 나를 어르고 뺨친 것이었다니. 너는 진작부터, 장장 삼십여 년 동안 내 신뢰와 사랑을 의심한 거였어. 조금만 생각해보면 네가 계속해시 사악한 트릭으로, 철저힌 계산 속에서 나와 그런 사랑과 신뢰를 쌓아갔다는 논리적 추론이 가능해지지. 대체 너는 무슨 이유에서 그런 기만극을 연출했을까? 한 인간으로 하여금 누군가를 사랑하도록 유인하면, 그리고 그 사랑을 전력을 다해 훈련시킬 생각을 품는다면 종국에 가서는 자신이 계획했던 결과로부터 오히려 벗어나게 될 뿐이라는 사실을 너는 왜 몰랐을까? 자신이 의도했던 바로 그 결과에 이를 수 없게 된다는 사실을 말이야. 그러니 네가 날 그토록 믿지 못한 게 이상할 것도 없지. 내 모든 행동은 완벽하게 너의 전략에 따른 결과이고 따라서 나와는 아무 상관도 없는, 전적으로 너 자신과 어떤 계산, 어떤 방법의 결과와 관련된 것이었으니까.

　거기까지 단숨에 뱉어낸 나는 한결 마음이 진정된 상태에서 남은
이야기를 마저 이어갔다.

　나는 그런 사실을 토마스와 함께 한 침대에 누워 있을 때 깨달았
어. 침착하게 아무 수치심 없이 애무할 수 있고 어떤 불안감이나 전
제조건 없이 한 육체에 쾌락을 선사할 수 있는 아라 너의 손길을
느끼듯 토마스의 손길을 느끼고 있을 때, 그래서 이것이야말로 한
인간이 다른 인간에게 줄 수 있는 진짜 사랑이라는 느낌에 빠져 있
을 그때, 불현듯 깨닫게 된 거야. 시간이 흐르고 토마스와의 관계가
깊어짐에 따라 이것은 정말 많은 사랑이 전제되어야 한다는 것도
알았지. 그러나 한편 이 사랑은 놀랍게도 다른 사람을 지배하는 권
력의 다른 이름이라는 것, 자신의 애무가 어떤 영향을 미치는지 고
스란히 의식할 때, 자신의 손길 아래, 입술 아래, 입 안에, 자신의 육
체 아래 놓인 타인의 육체가 얼마나 나약하고 무방비 상태인가를
느낄 때, 혹은 그저 엉덩이를 조금 움직이는 것만으로도 계속해서
갈망에 시달리게 만들 수 있고, 앞으로도 그런 갈망 없이는, 네 육
체, 너와의 접촉이 없이는 절대 살아갈 수 없을 것 같다는 절박한
심정으로 만들어, 결국은 일종의 파워 게임처럼 지극히 간단하게 다
른 사람을 움직일 수 있다는 사실을 알게 되었을 때 그런 깨우침이
왔던 거지. 그래서 나는 어째서 사랑이 내 눈에는 그렇게 보였을까
자문한 다음 아마도 그것은 다른 사람에게 갈망을 불러일으키게 만
드는 능력 때문일 거라고 스스로 대답했어. 그리고 앞으로는 더이상
토마스든 아니면 다른 누구든 이와 동일한 방법, 동일한 권력, 동일
한 드라마를 동원해 나로 하여금 그런 갈망에 빠지게 하는 일이 없
기를 빌었지. 내 믿음을 의심하고 제 기분에 따라 나를 원했다가 말

았다가 하고, 그리하여 마침내 나로 하여금 이 드라마에 넌더리를 낸 나머지 모든 것을 상세히 알아내어 또다시 내 역사의 진행을 규정하려고 드는 그런 음험한 플롯이라면, 한 백 킬로미터쯤 떨어진 곳에서도 미리 낌새를 알아차리게 해달라고 빌었어.

아라는 내가 이야기를 하는 동안 잠시도 나에게서 눈길을 돌리지 않았고, 울음을 그치지도 않았다. 어느 순간 그녀는 몸을 일으키고, 코끝을 살짝 들어올린 다음, 양손으로 제 허벅지를 찰싹 내리쳤다.
나는 아직 하고 싶은 말이 남아 있었다. 그녀에게 무언가 좋은 말을 하고 싶었다.
"있잖아."
나는 그녀의 시선을 좀더 잡아두기 위해 다시 입을 열었다.
"네가 나를 얼마나 사랑하는지 이제야 확실하게 알게 되었어. 물론 제일 고약한 문제가 남아 있긴 해. 난 알아야겠어. 어째서 네가 옳은지, 대체 무엇 때문에 이것이 네가 나를 사랑하고 네가 나의 사랑을 받을 수 있는 가장 이상적인 방법인지 알아야겠다구. 지금까지는 쉬웠지. 하지만 인간은 가능한 한 정확하게 응분의 대가를 받아야 하는 거야. 설령 그게 마음에 들지 않더라도 말야."
그녀는 말없이 웃기만 했다.
"나를 불신하지 않고는 날 사랑할 수 없는 이유가 대체 뭐야?"
내가 물었다.
"그렇게 하지 않았다면 넌 나를 사랑하지 않았을 테니까."

7

사랑하는 아라,

어떻게 이야기를 시작해야 할지 아직 잘 모르겠어. 내 마음을 제대로 전달할 수 있는 어조를 찾아야 할 텐데. 이 편지는 학문적인 에세이와는 다른 어조로 쓰고 싶어. 난 그런 어조가 싫거든. 사실은 우리 엄마 같은 사람도 충분히 흥미있어할 내용이 많이 들어 있음에도 불구하고, 그런 사람들이 읽고 이해할 수 없는 논문을 쓴다는 것은 생각만 해도 끔찍한 일이야. 끈기와 확고한 의지를 지닌 극소수의 사람들만이 읽게 될 딱딱한 텍스트, 전혀 내 성격에 맞지 않는 텍스트를 쓰는 짓 말야.

글을 쓴다는 것은 자신의 정신을 다른 육체에게 입히는 행위야.

내가 의지해야만 하는 육체, 피와 살로 이루어진 육체, 그런 육체를 나는 별로 공개적으로 드러내고 싶지 않아. 그래서 나는 말로, 인쇄된 종이로 육체를 만들려고 해.

나는 그 육체를 밖으로, 세상 속으로 들여보낼 참이야. 그 육체를 다른 사람이 평가하게 하려는 생각에서지. 타인의 평가가 어떻든 난 상관없어. 아마 나는 내가 없는 데서라면 타인에게 시험당하는 것도 기꺼이 허용할 거야. 나는 그런 방식으로 세상 밖에 나감으로써 지나친 공포, 수치심, 불만, 배반 등으로부터 나 자신을 보호할 거야.

난 세상에서 육체처럼 기만적이고 거짓되고 인위적인 것은 없다고 생각해. 내 육체도 예외는 아냐. 밖에서는 안에서보다 더 많은 거짓말이 나에게 달라붙어. 하다 못해 빵집에서 빵 하나를 살 때도 어딘가 극적으로 과장된 태도, 불성실함과 배반감을 느낄 때가 있는 걸. 내가 이런 식으로 무엇을 말하려는 것인지, 혹은 이게 무엇과 비슷한 느낌인지 분명하게 설명하기는 쉽지 않아. 대체 왜 그런 느낌이 들었는지, 혹시 병적인 것은 아닌지 하는 의심도 들지만 아무튼 그런 느낌이 드는 것만은 확실해. 뿐만 아니라 나는 그런 느낌이 언제 사라지는지, 그 근본적인 불쾌함으로부터 언제 자유로워지는지는 아주 정확하게 감지해. 그런 상황을 나는 친밀감이라고 부르지.

나는 너에게서 친밀감을 느껴.

너와 함께 있으면 나는 나 자신과도 일치감을 느끼는걸. 세상 어느 누구의 눈길도 네 눈길처럼 편안하게 마주할 수 없을 거야. 너의 그런 특별한 눈길은 나를 행복하게 해. 네가 나를 가만히 바라볼 때, 그 눈길을 마주 보며 내가 완전히 이해 받았다는 느낌을 받을 때, 그때의 그 근사한 기분, 그 편안한 느낌이라니.

지금 이 순간, 내 인생을 내가 결정했다는 게 그렇게 비겁한 것은 아니라고 생각하기 위해 노력하고 있어. 마침내 우리는 빵 한 조각, 포도주 한 모금, 두어 마디 말을 통해서도 신을 영접할 수 있을 거야. 우리는 그것을 신이 주신 사랑의 징표라고 불러. 우리는 그것을 기꺼이 받아들여 소비할 거야. 그게 우리가 사랑을 표현하는 방법이니까.

나는 사람들 틈에 섞여 있으면 마음이 편치 않아. 멍청한 소리로 들리겠지만 영화배우는 부끄러움이 없다는 사실, 그렇게 오랜 시간 서로의 숨결을 느낄 만큼 입을 마주 대고 가까이 서서 이야기를 나눌 수 있다는 사실에 대해 나는 매번 새롭게 놀라곤 해. 하지만 영화배우들이 그런 행동을 하는 것은 순전히 직업 때문이잖아. 그들은 서로에 대한 친밀감을 그저 연기할 뿐이라는 거지.

지금까지 나는 맹목적으로 학문을 추종해왔어. 덕분에 학문이라는 것이 어느 정도는 자신의 추종자에게 볼품없는 육체, 영원히 회색 잡지를 거주지로 삼아야 하는 육체를 문자를 통해 만들어내도록 강요한다는 사실을 발견했지. 하지만 다른 방법도 있을 수는 있어. 나는 무슨 일이 있어도 기품 있는 육체를 만들어, 진심으로 손님을 다정하게 맞아들이는 집에 머물게 할 테야.

진, 선, 미가 실제로 행복한 결합을 이루었던 시대가 있었거든.

지금까지 나는 글을 쓸 때 두 가지 스타일만을 진지하게 고려했어. 하나는 좀더 까다로운 문제를 탐구하기 위해 차용한 논설문 스타일, 다른 하나는 이렇게 너에게 보내는 편지글투의 스타일. 문학과 학문에서 장르라고 부르는 것, 그것은 본래 텍스트의 성(性)에 속해. 남녀 성에 따라 인격이 드러나듯, 장르는 어떤 텍스트가 운명이라든가 육체를 지니고 있으므로 보다 고귀한 자연법칙에 복종해야 한다는 것을 미리 제시해주는 거야.

하지만 사실은 그럴 필요가 없어.

장르라는 것은, 다른 텍스트를 씀으로써 변화시킬 수도 있으니까.

편지 형태의 에세이를 쓰려면 나는 우선 그 내용을 너에게 성공적으로 설명할 수 있어야 해. 내가 새롭게 이해한 내용을 일단 너에게 설명하고, 네가 내 설명을 제대로 이해했다는 것을 확인해야만 나는 비로소 어느 정도 안심할 수가 있어. 너에게 이야기를 할 때 소재를 제대로 활용했는지 의심이 들고 과연 내가 너에게 말로 설명했던 그대로 글로도 쓸 수 있을까 불안하기 때문이지. 나한테 네 행복보다 더 중요한 것은 없어.

어쩌면 너는 상처 받을지도 모르겠어. 내가 정말 쓰고 싶은 방법으로 글을 쓴다면, 너는 내가 네 행복만으로는 더이상 만족하지 못하고 이런 방법으로 다른 사람들의 행복까지도 배려하고 싶어한다고 생각할지도 모르니까 말야.

"그런 식으로 너는 나를 포함시키는 거잖아."

너는 이렇게 말했었지.

얼마나 멋진 말이니!

나는 네 불안을 정말 잘 이해할 수 있어. 네가 이름 붙인 대로, 나의 갑작스러운 변절에 대한 네 불안에 대해서 말야. 하지만 나의 갑작스런 변절이라는 것도 네 달라진 태도에 비하면 별것 아니지 않을까. 언젠가 네가 너의 유일한 라이벌이 내 노트라고 말한 적이 있지. 어느 면에서는 맞는 말이야.

혹시 나한테 달라진 점이 있다면 그건 너에 대한 공포감일 거야. 하지만 나는 달라져야 해. 달리 방법이 없어.

인간이 사고한나는 것은 사고의 성질을 바꾼다는 뜻이야. 그 이상의 의미는 없어.

그것은 마치 요리하는 것과 비슷하지. 너는 날재료를 가지고 무언가 먹고 소화시킬 수 있는 음식을 만들어. 온갖 정성을 들인 맛있는 음식을 말야.

전에 너는 내 정신의 양식에 대해 자주 말했지. 그건 지금 생각해봐도 아주 멋진 표현이야. 그래, 사유는 정신의 양식이지. 그것은 실제의 일용할 양식과 같은 기능을 가지고 있어. 사람들은 오래 살아남기 위해, 고통을 좀더 잘 견뎌내기 위해, 그리고 좀더 행복하기 위해 깊이 생각하고 또 생각하기 마련이야. 인간은 일단 자신의 사고방식을 변화시킬 수 있고 자신의 감정에 다른 의미를 부여할 수 있을 때 자신에 대해서도 전혀 다르게 느끼는 법이니까.

  네가 내 사고를 경이로워하면서도 다른 한편으로는 깊이 생각하
는 나를 못마땅해하는 건 불합리한 태도야.

  너는 내가 너에 대해, 우리에 대해 글을 쓰는 게 싫다고 했지. 네
가 나와 친구가 된 것은 연구의 대상이라든가 혹은 누구라도 상관
없는, 내 편지의 수신인이 되기 위해서가 아니라면서 말야.
  내가 탐닉에 대한 글을 쓸 때 넌 그저 불특정 누군가와 마찬가지
일 뿐이라고 내가 말한다면 네게 상처가 될 거라는 거 알아. 하지만
난 감히 그렇게 말할 수 있어. 나는 나 자신에게조차도 특별한 위치
를 부여하거나 나와는 어울리지 않는 특별한 의미를 부여할 생각은
없거든.
  내가 지나치게 술을 많이 마시면 나는, 술을 많이 마신 다른 사람
과 조금도 다를 게 없어. 마찬가지로 네가 과식을 할 경우 너는 지
나치게 많이 먹는 다른 누군가와 다를 게 없는 거야.

  탐닉은 절제와 관계가 있어. 절제할 줄 모르고 늘 모든 것을 지나
치게 생각하는 사람은 아마 다른 사람보다 삶에 대해 더 큰 두려움
을 가지고 있을 거야. 정신적인 양식이 제공해야 하는 자기 방어는
생활에 꼭 필요한 거지. 너는 무절제하게 먹어. 너는 네 육체를, 세
상에 대해 좀더 든든하게 무장하기 위해 균형에 어긋난 육체로 만
들었어. 아마도 세상은, 내가 짐작하는 것보다도 훨씬 더 너를 불안
하게 하는 모양이야.
  내가 그 점을 좀더 일찍 파악하지 못한 사실이 이렇게 아쉬울 수
가 없어, 사랑하는 아라. 토마스와 헤어지고 나서야 나는 우리가 각
자 어떤 인간이었나를 알게 되었지. 불안에 떠는 환자들이었어, 우

리 세 사람은. 어쩌면 우리는 서로 다른 사람의 불안을 과소평가했는지도 몰라. 다른 사람이 우리 자신보다는 조금이라도 덜 불안하다고 생각하고 싶어한 게 아닌가 싶기도 하고.

기억나니, 언젠가 내가 철학이 어떻게 기능하는지를 설명한 적이 있잖아. 철학이 세계를, 자신과 자기 외의 다른 모든 것(신을 포함하여)을 관찰하는 방법에는 두 가지가 있다고 말야.

한 가지는 세계를 자신의 머릿속에, 다른 한 가지는 세계를 외부에 둔다고 말했을 거야.

어린 시절 내가 느꼈던 것은, 당시 내겐 그 혼란스러운 느낌이 일종의 인식이라는 것을 표현할 수 있는 능력이 없었지만, 나중에 알고 보니 바로 육감이었어. 그리고 그것은 바로 너와 나를 구분하는 차이점이었어. 너는 세계를 너의 외부에 존재하는 무엇으로 관찰하고, 나는 내 머릿속에 간직하고 있었던 거야.

너와 나는 그러니까 원인과 결과를 거꾸로 받아들인 셈인 거야.

최근에 네가 나한테, 대체 무슨 이유로 죄와 무죄에 대해 그토록 몰두하느냐고 물은 적이 있었지. 내 입장에서 보자면, 난 언제나 죄의식 혹은 적어도 공범의식을 느끼지 않을 수 없어. 다른 사람들이 전혀 그런 생각을 하지 않고 살아간다는 사실을 확인할 때마다 나는 정말이지 그 사실을 견딜 수 없거든.

너와는 달리 나는 세계를 변화시키려는 최소한의 노력도 하지 않아. 나는 개를 길들이지 않고, 물론 보호해주지도 않지. 장님을 보면 나는 못 본 체해. 자신이 기르는 가축을 함부로 대하는 농부들을 비난하지도 않아. 자연 보호 따위에도 관심이 없어.

나는 정원의 잡초를 뽑지 않아.

나는 네가 어떻게 하면 빙과의 관계를 가장 잘 풀어갈지 조언해
줄 말도 없어.

하지만 내가 끊임없이 변화시켜나가는 것이 딱 한 가지 있어. 바
로 내 사고방식의 기본 원리.

그래, 나는 언제나 사고방식의 기본 원리를 바꾸었어.

내가 지닌 힘이 곧 나라는 생각은 겸손하고는 거리가 멀겠지. 나
한테 중요한 것은 다른 사람에게도 중요한 걸 거야. 나는 다른 사람
들 역시, 그들의 영향력 안에 들어 있는 것이 바로 그들 자신일 거
라고 생각해. 무기력함, 무죄와 예속의 영역은 내가 생각하기에 삶
을 힘들게 하는 것이야. 그래서 그것은 죄의 영역과 마찬가지로 내
흥미를 끌어. 내가 보기에 탐닉에는 그러한 영역이 서로 결합되어
있어. 거기에는 또한 죄와 무죄가 매우 다양한 형태를 취하고 있지.
나는 바로 그런 다양함을 사랑해.

탐닉은 이를테면 친구 없는 우정 같은 거야.

나는 그것을 제대로 이해하고 싶었어. 그것을 너에게 제대로 설명
해주고 싶기도 했지.

나는 지금 기분이 아주 좋아. 멋진 강의라도 할 수 있을 것 같고,
다른 누군가에게 사고의 기본 원리를 바꾸는 방법을 가르쳐주는 사
람이 되고도 싶어. 사고하는 방법은 어느 정도까지는 학습이 가능
해. 나는 바로 그런 학습에 영향을 미치고 싶은 거고, 거기에 필요
한 자료를 제공하고 싶은 거야. 물론 그 자료는 내가 아니라 책이어
야 하겠지.

토마스 말로는, 내가 그 방법을 정확하게 알고 있대. 그러나 나는
치료사로 일하고 싶지는 않아. 다른 사람들 틈에서 일해야 하는 직

업은 갖고 싶지 않은 거야. 아마도 한 공간에서 대부분의 시간을 혼자서 보내게 될 거야. 나를 대신해 책을 세상에 내보내고 말야. 모든 철학들이 그렇듯이 이런 전체적인 무기력함을 한 번쯤 무시한 채 숭고한 동기에 대해서 쓰고는, 내가 이런 노력을 기울인 것은 무엇보다도 다른 사람을 조금이라도 더 행복하게 해주기 위해서였다고 주장하겠지.

이 세상에 자신의 육체를 행복을 위한 도구로 여기는 인간이 존재한다는 사실을 나는 좀체 상상할 수 없어. 말, 관념, 역사는 우리가 보고 체험하는 것과 일치한다고 생각해. 물론 우리가 육체를 어떻게 보고 체험하는가와도 일치할 거야.

너는 네 육체를 무언가 특별한 것, 그러니까 너를 다른 사람과 구분하는 무엇으로 만들었어. 그런데 네가 그토록 노력하여 살을 뺄 때, 네가 너 자신을 아주 초라하게 느낀다는 거 너도 알고 있니? 너는 이렇게 말했지.

"이제 난 너무 초라해졌어."

나중에서야 나는 그게 살과 관계 있는 것이 아니라 의미와 관계되는 것이라는 걸 알았어. 너는 아주 정상적인 사람처럼 보이려고 노력하기 시작했고, 체중계 위에서 몸무게가 덜 나가게 만들었어. 그만큼 네 특별함은 줄어들었어. 줄어든 것은 몸무게뿐이 아니었지. 말수도 점점 줄어들었으니까. 너는 네 육체를 언제나 언어를 대신하는 도구로 다루었잖아. 너를 분명하게 설명하고 다른 사람과 구분짓는 도구로 말야.

그건 뚱뚱한 사람들이 하는 짓이야.

너는, 모든 사람들이 너를 보는 순간 한눈에 네가 다른 사람과 다

르다는 사실을 알아주길 원했어. 바로 토마스처럼. 너는 남보다 살
진 네 육체를 통해, 다른 사람의 주목을 받지 못하고 인정받지 못한
다는 사실을 네가 두려워한다는 걸 다른 사람에게 알리고자 했던
거야. 대체 넌 어떤 류의 인정을 원하는 걸까라는 질문이 가능하겠
지. 이건 네가 직접 제기하는 것보다 더 고통스러운 질문일 거야.
　대체 어떻게 인정받고 싶은 거지, 아라?
　지나치게 많이 먹는 사람은 뚱뚱해지는 법이야.
　지나치게 술을 많이 마시는 사람은 취하게 마련이고.
　사고한다는 것은, 자신의 가장 단순한 상황으로 돌아간다는 것을
뜻해. 탐닉은 그 사람이 무엇을 소비하는가에 근거해서 혹은 변화된
모습에 근거해서 이해할 수 있어. 너무 많이 먹는 사람은 자신의 외
모를, 외적인 요소를, 물적인 것을, 육체를 변화시키는 법이야. 술을
너무 많이 마시는 사람은 자신의 내면을, 내적인 측면을, 단어를, 정
신을 변화시키게 마련이고.
　내가 이런 식으로 내적인 것과 외적인 것으로 지나치게 단순화시
키는 것을 너라면 어떻게 생각할까?
　이따금 나는 그 점을 두려워했어.

　어떤 때는 참 우습다는 생각이 들기도 해. 무엇인가를―운명과
자유로운 선택, 육체와 정신, 감성과 오성, 아무튼 이 모든 것의 이
해를 위해서는 언제나 그런 극단적인 대비가 필요하다는 사실이 말
야. 그럴 때면 언제나, 전체적인 파악을 그토록 어렵게 만드는 게 무
엇인가를 알아내기 위해서는 두 가지 측면을 하나로 연결해야만 한
다는 게 다시 분명해지니 어쩔 수 없는 일이지. 사실은 나도 물리학
교수들에게 아인슈타인에 대한 강의를 듣고 나서야 그 점을 제대로

이해할 수 있었어. 간단히 말해 그것은 아주 복잡한 현상, 예를 들어 빛이라는 현상이 서로 연결 불가능한, 서로 모순되는 두 가지 입장을 결합시킴으로써 설명이 가능해지는 것과 같은 이치야.

처음으로 그 사실을 이해했을 때, 나는 너무 흥분한 나머지 거의 제정신이 아니었어.

빛은 한 가지 해석만을 견지한다고 이해할 수 있는 게 아냐. 빛을 이해하려면 두 가지가 필요하지.

멋지지 않아?

결합은 우리의 삶에 의미를 부여해주지만, 동시에 우리의 삶을 그토록 힘겹게 만드는 것도 바로 그 결합이라고 말할 수 있어.

좀 거칠게 요약하면 이런 이야기가 되는 거야. 인간이 동물과 구분되는 것은 인간끼리의 관계를 통해서야. 인간은 동물보다 많은 관계를 맺어야 해. 그리고 그 많은 관계 안에 들어 있는 모든 것이 인간의 삶을 어렵게 만들지. 이러한 인간관계의 가치는 추상적이고 언어적이며 의미의 영역에 속하는 거야.

동물은 신과 관계를 맺을 수 없어. 자기 자신, 죽음 혹은 아버지의 이름으로도 관계를 맺을 수 없지. 하지만 인간은 달라. 인간은 자신을 알 수 있고 죽음을 알 수 있어. 하지만 그런 관념과 더불어 사는 것은 그리 간단한 게 아니야.

가족이 그런 것처럼 죽음은 운명이야.

인간은 운명을 거역할 수 없는 것처럼 죽음도 거역할 수 없어. 그 두 가지는 결코 피할 수 없는 영역이야. 죽음과 운명은 삶의 전제조건이니까. 누군가 이 세상에 태어나면 그는 죽음과 함께 태어나는 거야.

거의 날마다 나는 그 두 단어를 혀끝에서 굴려보다가 이 혼란 덩어리를 하나로 연결해보고 다시 한번 명료하게 발음해보곤 해. 그런 다음 너에게 다짐하듯, 그 두 단어는 아주 아름답게 결합한다고, 거기에서 의미가 생겨난다고 말하는 거야.

가족, 육체, 죽음, 운명은 하나야. 그리고 그 단어들의 반영물이 우정을, 정신을, 삶을, 자유로운 선택을 결정해. 얼핏 보기에 그 단어들은 서로 배타적인 것처럼 보이지만 내가 이해하고자 하는 것을 제대로 파악하려면 철학자가 현상과 본질을 하나로 결합하듯이 그 여러 가지 단어들을 하나로 연결해야만 해.

나는 이것을 너에게 제대로 설명하기 위해 노력해볼 참이야.

네가 내 설명을 얼마나 마음에 들어할지, 나는 잘 알아.

나는 심리학 언어보다 문학과 철학 언어에서 훨씬 더 큰 매력을 느껴. 좌절, 방어, 과대망상, 억압, 투사(投射) 등등의 개념을 생각하면 대체 난 언제 이 학문을 다 끝낼 수 있을까 자문하게 되지.

감정은 그렇지 않아.

감정은 내가 생각하기에 언제나 좋은 단어였어. 적어도 그 단어에는 움직임이 들어 있잖아. 감정을 움직인다는 것은 다시 말해 무엇인가를 이끌어낸다는 뜻이야.

어쩌면 난 처음부터 내가 읽은 것을 마음에 드는 언어로 번역하고 그런 다음 거기에서 너에게 전달할 수 있는 이야기를 만들어내는 일에만 몰두했던 게 아닐까 하는 생각이 들기도 해.

내가 논문을 쓰기 훨씬 전부터 네가 내 첫번째 독자였다는 사실에 대해 고마움을 전하고 싶어.

"난 너를 통해 책을 읽는 셈이네."

언젠가 넌 그렇게 말했지.

너는 너 자신을 언어 장애자라고 여기지만, 내가 보기에 넌 네가 생각하는 것을 아주 훌륭하게 언어로 표현하는 능력이 있어. 여러 해 동안 나는 네가 사용하는 언어를 통해, 내가 지니지 못한 순수함을 보았는걸. 넌 타고난 지혜와 직관력, 이론 따위로는 결코 손상시킬 수 없는 깊이 있는 정신을 소유하고 있어. 그리고 넌 너만의 독창적 어휘를 만들어내는 놀라운 재주를 지닌 애야. 너는 계획을 세우지 않아. 어떤 의도도 없고 불안도 없어. 다만 선한 의지가 있을 뿐이지.

이제 나는 이 점을 네가 아는 방식으로 생각하지 않아.

그 사실이 유감스러울 때도 있지만 대부분은 그렇지 않아. 너의 그런 면이 그 동안 나를, 유감스럽다는 생각만 하고 있을 수 없을 만큼 엄청나게 변화시켰기 때문이지.

네가 나를 떠나지 않는 한 내가 먼저 너를 떠나는 일은 없어. 하지만 네가 나를 마음대로 휘두를 수 있는 힘을 지니고 있다는 건 이제 인정하지 않을 거야. 그래, 힘, 문제는 바로 그거야.

어떤 날은, 대체 무슨 이유로 이렇게 대책 없이 기분이 좋은 걸까, 자문할 때가 있어. 그러면 얼른 나는, 지금 일종의 쿠데타를 시작한 거라는 사실을 생각해.

앞으로는, 우리가 같은 성격이라는 사실을 내 눈으로 확인할 수 있을 경우에만 너의 그 사랑스러운 폭력을 허용할 거야.

어린 시절부터 나는 어쩌자고 내가 이 세상에서 꼭 한 사람, 나를 속박해줄 누군가를 가슴에 품게 되었을까 깜짝 놀라 자문하곤 했어. 이제는 이해할 수 있어. 누군가에게 속박당하고 싶다는 강렬한 욕구가 있다고 해서 곧바로 속박당할 수 있는 건 아니라는 거 말야. 어떤 사람이 다른 사람을 기피하고 일정 거리를 유지한다고 해서, 다른 사람과의 관계를 꿈꾸는 사람보다 더 자주적이고 독립적인 것은 아니라는 것, 오히려 그 때문에 훨씬 더 단순한 자신의 문제로 고민할 수 있다는 것을 이제는 알겠어.

너도 네가 원하는 너, 네가 꿈꾸는 너일 수 없는 거야.

우리 둘은 아주 간절하게 그런 꿈을 꾸었지. 너와 나, 우리는 무언가 특별하기를 원한다는 점이 닮았어. 그건 행복한 꿈꾸기이지만 꿈만으로는 충분치 않아. 감정은 곧 이상(理想)이기도 한 거야.

그런 사실을 어렴풋이 의식하게 된 이후, 나는 내가 유행에 뒤진 소망을 가지고 있었는지도 모른다는 생각을 그만두게 되었어.

나는 새로운 것을 이해하는 데 아주 긴 시간이 필요한 인간이라는 걸 이제는 알겠어.

나는 주기적으로 몹시 화가 날 때가 있어. 그 이유는 아직 잘 모르겠지만 어쨌든 사실이야. 언제나 그렇듯이 내 분노의 일차적인 대상은 너나 토마스, 내 가족, 혹은 신(神)이 아니야. 다른 어떤 기만자, 이름 모를 방랑자, 어디에도 살고 있지 않지만 모든 곳에 존재하면서 매번 꿈속으로 슬며시 숨어들어와서는 실재하지 않는 어떤 존재에 대한 동경을 일깨우는 존재, 그 기묘한 존재에 대해 나는 화를 내는 거야.

기만당한다는 사실을, 나는 정말 견딜 수 없어.

넌 종종 나를 여자 특공대원이라고 부르곤 했지. 하지만 내가 정말 지워버리고 싶은 것은 몇 가지 꿈, 신화, 단어, 영상 그리고 사기성(詐欺性) 농후하고 지나치게 많은 기대를 걸게 하는 수많은 이야기들이야.

탐닉이라는 것이 정말로 내적인 혹은 외적인 기형으로 나타난다면, 그것은 의심할 여지 없이 그런 이상과 이야기들과 관련을 맺게 돼. 좀더 일반화시켜 표현하자면 외부에서 전달된 방식, 그러니까 내가 언어라고 이름 붙인 것과 관련을 맺게 될 거야.

우리는 언어의 의미를 찾고자 무던히 애를 썼지. 왜 아니겠어, 언어는 태어날 때부터 우리에게 주어진 것인데.

우리가 우리 자신의 외모마저 훼손시키려고 했던 것은, 동경과 이상과 역사를 불필요한 것으로 만들고 싶었기 때문이었을 거야. 우리는 권리를 거부하고 보장된 행복, 그러나 우리에게 어울리지 않는다고 생각하는 그 행복의 기회를 받아들였어. 우리 자신을 기형으로 만들면 우리의 운명을 극복할 수 있을 거라고 잘못 생각했던 거지. 우리의 매력, 우리의 가치와 우리의 의미를 다른 사람의 판단에 맡기느니 차라리 우리가 스스로를 초라하게 만들었던 거야. 이 불안한 위대함에 이르기 위해 노력하느니 우리가 품은 이상을 실현하고, 그를 위해 다른 사람의 인정을 받고자 애쓰느니 차라리 뚱뚱해지고 술에 만취하고 서로를 불신하고 불행하기를 원한 거야.

나는 네가 네 몸으로 직접 인정받기 위해 애쓸 거라고 생각해. 넌 정신적인 영역에서 그것을 요구할 용기가 없을 테니까.

그러니까, 내가 술을 마시는 이유는 육체적인 갈망과 관련되는 모든 꿈을 실현시킬 용기가 없기 때문이야. 눈으로 볼 수 있는 건 나를 불쾌하게 해.

탐닉은 우리에게 결여되어 있는 무엇으로 우리를 구속해. 바로 이 사실 때문에 탐닉은 비극적일 수밖에 없는 거야. 중요한 것은 자신이 지닌 결함과의 우정이니까.

토마스와 사랑을 나눌 때면, 나는 어떤 자연력, 그와 나를 완전히 무방비 상태로 만들어버릴 압도적인 쾌락을 기대했어. 하지만 사랑이란 권력, 예술, 문화, 일종의 세련된 작업이고, 이 작업을 통해 인간은 노련함을 발전시킬 수도 있고 아닐 수도 있지. 친밀감이 오직 본성 및 섹스하고만 관련된다는 것은 신화, 내가 포기할 수밖에 없는 신화였어. 이 세상에 섹스와 쾌락, 남자와 여자에 대한 거짓보다 더한 거짓은 없을 거야. 이제야 그걸 알겠어.

동시에 탐닉은 이러한 이상과 결함에 반대되는, 다른 사람의 판단에 대한 의존에 반대되는 무정부 상태이자 반역이기도 하지.

포도주를 마시면 처음 몇 잔은 나에게 독립이라는 성스러운 느낌을 선사해줘. 편안하고 아주 경쾌한 파괴 욕구, 이러한 삶 자체를 손에 넣고 파괴할 수 있을 것 같은 기분, 그와 더불어 다른 누구와 아무 관련도 짓지 않고 내가 원하는 것을 할 수 있을 것 같은 기분이 드는 거야.

하지만 이건 방향을 잘못 잡은 무정부 상태야. 그러니까 인간은 자신을 대신해 동경을 일깨운 역사를 파괴할 수도 있다는 말이지. 친밀감에 대한 신화와 성욕에 대한 거짓을 감지한 이래, 나는 술을 마셔도 정도껏 마실 수 있게 됐어.

나는 현재 진행되고 있는 역사 안에서 감지하고 분석하고 변형시키는 일을 내 직업으로 삼은 거야, 아라.

토마스는 몸무게가 2백 파운드에 달하지. 너도 그렇고. 나는 그 사실이 마음에 들어. 그렇게 거대한 육체를 드러내놓고 그렇게 넓은 공간을 차지할 수 있는 사람을 보면 경이롭기까지 해. 나는 절대 그럴 수 없으니까.

　무언가 복잡한 것을 이해하려면 일단 단순한 것으로 돌아가야 해. 내 책에서 나는 탐닉의 다양한 형태를 한 가지 형태, 한 가지 대상과 한 가지 효과로 환원시킬 생각이야. 모든 탐닉에는 한 가지 공통점이 있어. 나는 그걸 허기라고 불러.

　모든 집착과 병적인 태도는 대책 없는 소비적인 태도라는 형태를 띠게 마련이야. 소비한다는 것은 무언가를 외부에서 안으로 가져오는 것, 무엇인가를 받아들여 소모한다는 뜻이고, 인간이 소모하는 것을 나는 양식이라고 부르지.

　소비의 대상은 알코올, 마약, 돈, 담배, 여자 혹은 남자 등 다양할 수 있지만 그 모든 것을 통틀어 나는 양식이라고 부르는 거야.

　그렇지 않고는 그것을 이해할 수 없거든.

　나에게는 이런 외부로부터 안으로의 움직임이 중요해. 그건 감정에, 자기 표현에, 서사에, 그러니까 내부에서 외부로 표출하는 것에 정확하게 반대로 움직이거든. 그건 탐닉도 마찬가지야. 감정, 지식, 그리고 참된 의미를 파괴하는 게 탐닉의 목표야.

　내가 허기라고 부르는 것은 무언가를 표현하고 싶은 소망이고, 그런 소망은 과녁을 빗나가기 마련이야. 사람들은 중요한 영역에서는 자기 자신을 표현해내지 못하거든.

　네 육체는 살이 변해서 이루어진 언어, 너의 고통 혹은 다른 감정을 억압하는 언어야. 언어가 될 수 있는 것은 살이 될 수도 있거든.

　술을 마실 때도 그 비슷한 일이 벌어져. 하지만 방향은 정반대지. 술꾼은 자신의 육체로 자신을 움직이게 하는 것을 진실하게 표현할 수 없거든. 술꾼들은 가장 탁월한 표현 수단, 발화된 언어를 강탈당하는 거야.

술꾼은 알 수 없는 말을 웅얼거리기 시작해. 뚱뚱한 사람들이 그렇듯이 그들은 배반감을 느끼며 언어와 육체를 보호하는 거지. 내 금지된 언어는 내 육체의 언어야. 나는 나를 드러내고 싶지 않아. 진작부터 나는 누군가에게 보여지는 걸 수치라고 생각했어.

탐닉하는 사람들은 스스로를 표리부동하다고 생각해. 언제나 자신의 어느 한 면을 배반한다고, 어떤 역사, 실제 역사, 즉 진실을 세계 앞에 은밀하게 은폐시킨다고 느끼는 거야.

유감스러운 일이지.

우리가 조금만 단순할 수 있으면 좋으련만. 육체가 없으면 정신도 없고 정신이 없으면 육체도 없는 거야.

나는 육체와 정신 사이의 우정에 깊은 관심을 기울이고 있어. 나는 우리가 언제까지, 적어도 우리가 살아 있는 날까지는 늘 함께 있기를 소망했어.

역사, 끊임없이 나를 괴롭히고 내가 이상으로 삼아 좇고자 했던 역사는 육체적인 결합과 친밀감에 대한 역사야. 그것을 위해서라면 사람들이 기꺼이 자신의 정신을 희생할 수도 있을 만큼 대단한 결합과 친밀감에 관한 역사인 거야.

역사, 너를 괴롭히고 네가 이상으로 삼았던 역사는 정신적인 결합, 친밀감에 대한 역사야. 그것을 위해서라면 사람들이 기꺼이 자신의 육체를 희생할 수도 있을 만큼 대단한 결합과 친밀감에 대한 역사인 거지.

누군가의 탐닉은 그가 어떤 희생을 요구하는가를 진솔하게 보여주게 되어 있어. 그는 자신의 탐닉을 통해 그 사실을 부인할 테니까.

너는 네 정신의 허기를, 나는 내 육체의 허기를 드러내는 거야.

그때 늘 관여하는 것은 의미, 진리에 대한 욕구야. 나는 이것을 성공적인 한 문장과 그 문장이 야기시킨 행복감과 즐겨 비교해보곤 해. 그리하여 마침내 육체적인 단어와 보이지 않는 정신적인 의미 사이에서 유일하게 올바른 결합이 이루어지는 거니까. 그제야 비로소 배반감이나 수치심 없이 무엇인가를 표현할 수 있게 되는 거지.

그 일이 인간을 얼마나 행복하게 할 수 있는지, 나는 잘 알아.

약간의 진실만으로도 인간은 아주 행복할 수 있거든, 아라. 하지만 아주 잠시만 유용한 진실이라면 별다른 역할을 할 수 없어. 순수한 행복은 그렇게 간단하게 얻을 수 있는 게 아니기 때문이야.

나는 탐닉의 결과를 이익과 대가로 나눠. 물론 그 두 가지는 특별한 방식으로 서로 겹치는 것처럼 보이기는 하지만 말야. 인간은 흔히 자신의 탐닉에 대해 치러야 하는 대가를 이익으로 여기거든.

탐닉을 철학적인 차원으로 끌어올리는 일이 특별히 어려운 일은 아닐 거야. 그리고 이것을 역설, 자유로운 선택 및 다른 이성적인 것과 관련되는 문제로 파악할 수 있을지도 몰라. 어떤 사람에게는 성공적일 수도 있지만 어떤 사람에게는 인생을 망칠 수도 있는 이성적인 것으로 말야.

사유 행위는 즐거움을 줄 수 있지만 동시에 고통과 문제를 불러일으킬 수도 있어. 나는 이것을 동물적이라고 생각해. 이 사유라는 것은 자신의 선택에 의해서가 아니라 결정을 해야 한다는 부담감을 안고 하다 보면, 인간을 고통스럽고 불행하게 만들 수도 있거든.

가족과 죽음을 나는 운명이라고 불러. 속박과 의미가 중요시되기 때문이지. 인간은 그 두 가지를 공짜로 얻는 거야. 그것들을 얻기 위해 특별히 애쓸 필요가 없으니까. 넌 무수히 많은 아버지들 중 한 사람인 네 아버지의 딸, 무수히 많은 어머니들 중 한 사람인 네 어머니의 딸이자 수많은 형제자매들 중 네 형제자매와 한 형제가 된 거야. 게다가 넌 언젠가는 죽게 되어 있잖아. 이 모든 게 확실하고, 이 모든 것이 의미로 가득 차 있어. 이것은 네 힘으로 풀 수 없는 속박이지.

가족은 영원해.

모든 사람이 그렇게 생각하는 건 아니지만, 어쨌거나 가족 안에는 그 나름대로의 최고의 아름다움과 가치가 들어 있어.

넌 결코 누군가의 딸 혹은 형제가 아닐 수 없어. 영원히 죽지 않는 육체를 가질 수도 없지.

이것은 어느 정도까지는 안락하고 가벼운 운명이지. 마치 속죄양과도 같은 거야. 이때 불가피한 것은 책임에서 벗어나는 일이야. 인간은 자신의 결정에 따라 태어나는 게 아니잖아. 어린 시절에 체험하는 사랑의 표현법도 스스로 결정할 수 있는 게 아냐. 어린아이가 생각하기에 사랑은 소시지를 얹은 감자 튀김일 수도 있고, 몽둥이질일 수도 있거든.

언젠가 밤늦게 귀가한 우리 아버지가 살금살금 층계를 올라오신 적이 있어. 나와 다른 형제들은 진작에 잠자리에 든 시각이었지. 하지만 아버지가 층계를 오르는 기척에 나는 잠을 깼어. 그때까지 아버지를 기다리고 있던 나는 선잠이 든 상태였거든. 아버지가 내 방문을 열고 걱정스러운 어조로 조그맣게 물었어. 이렇게 밤이 깊었는데 어째 아직도 안 자고 있었니, 라고 말야.

아버지가 가까이 다가오며 말했어.

"자, 어디 보자. 내가 너에게 포근한 집 한 채를 얼른 지어주마."

그리고는 내 얼굴은 전혀 건드리지도 않고 베개 가장자리를 잡아

당겨 내 귀에 바짝 대주셨어.

"자, 이제 편히 잠들 수 있을 게다."

아버지는 만족스러운 목소리로 그렇게 말했지.

하지만 난 쉽게 잠들 수 없었어.

아버지가 만들어준 그 예쁜 집을 망가뜨릴까 봐 몹시 불안했거든. 그래서 머리를 꼼짝도 할 수 없었고 덕분에 목에 쥐가 나 고생을 했지.

나는 여러 가지 탐닉들이 운명의 한 면에 존재하는 동시에 자유 의지의 한 면에 존재하기도 하며, 그 점에서 서로 구분된다고 생각해.

내가 '몸으로 쓰다'라고 부르는 것은 가족과 죽음에 속하는 것이고, 이때 중요한 것은 어떤 탐닉을 품고 있느냐 하는 거야. 탐닉은 육체적이고 감각적인 즐거움을 약속하거든. 즉 음식, 섹스, 부(副), 느낌, 포만감, 비만한 육체 혹은 마른 육체, 문신, 머리 모양과 옷차림, 유혹, 이 모든 것들이 가족과 죽음이라는 운명에 달려 있어. 어떤 사람이 간직하고 있는 탐닉은 언제나 자기 자신의 가족에게 복무하는 사자(使者)라는 생각이 들어.

우정이라든가 정신의 양식과 같은, 인간이 자신의 삶을 형성하는 방법과 수단은 가족과 죽음과는 다른 측면에 놓여 있어. 그건 선택된 조건이기 때문에 선택된 의미를 지녀. 마찬가지로 인간은 거기에 의존할 수밖에 없지. 하지만 이 의존성은 가족과 죽음이라는 운명에 복종하는 의존성과는 다른 위협에 노출되어 있게 마련이야.

자유로운 의지의 영역에 존재하는 탐닉은 파괴적이고 정신적인 것이야. 그리고 그것들이 사유방식에 영향을 미치는 거야. 파괴적인

탐닉은 인간이 스스로 선택한, 사랑하는 사람들을 위한 사자 노릇을
하는 거지.

부모는 자식들을 잘못 다루거나 위험에 빠뜨릴 수 있지만, 그렇다
고 네가 지닌 육체나 거기에 부여된 의미를 빼앗아갈 수는 없어. 그
러니까 넌 수많은 아버지 중에서 네 아버지의 딸, 수많은 어머니 중
에서 네 어머니의 딸로 머무는 거야.

그에 반해 자유로운 의지의 영역은 이런 끔찍한 위험에 노출되어
있어. 네가 나를 떠나면 나는 의미를 잃게 되어 더이상 아라 칼렌바
흐의 친구가 아닌 게 되는 거야.

이런 이유에서 난 인간끼리의 결합을 예속의 드라마라고 불러.

본래 나는 누구와도 그런 결합을 원치 않아. 예속의 드라마에서
주인공이 되고 싶지 않은 거지.

우리는 자율성에 대한 동물적인 욕구를 가지고 있지만 인간이 인
간처럼 살고자 한다면 어쩔 수 없이 결합과 의미를 원하게 되어 있
어. 그건 곧 인간이고자 하는 소망이니까.

오직 동물만이 자율적일 수 있을 뿐, 인간은 결코 그럴 수 없거든.

지금 난 네가 이 편지를 그만 덮어버리지나 않을까 걱정이야. 너
무 긴 편지, 너의 관심을 끌 수 없는 편지, 조금도 너를 감동시킬 수
없는 편지, 그리하여 앞으로는 절대 나를 따르지 않겠다는 생각이
들게 하는 편지를 쓰고 있는 건 아닐까 싶은 거지. 그렇다면 나는
너를 기쁘게 해줄 편지, 너에 대해 무언가 아름다운 것만 이야기하
고 오로지 너만을 위한 편지를 써야 하는 걸까?

뉴욕 여행에서 돌아왔을 때, 토마스와 완전히 헤어지고 돌아온 그
날 저녁, 난 변함없이 너를 찾아가 네 침대로 기어들었지.

난 울 수도 없었어.

천천히, 아주 천천히, 죽음의 감정이라고밖에 달리 이름 붙일 수 없는 감정이 찾아들었어. 마치 죽음이 찾아와 나를 꼭 끌어안고 사랑을 나누자고 이끄는 듯한 느낌에 이어 온몸으로 느껴지던 짜릿한 흥분은 급기야 극도의 불안감과 긴장감으로 변하더군.

내 머릿속에는 다른 느낌, 얼음처럼 싸늘한 느낌이 들어 있었어. 그 느낌 역시 불쾌하지는 않았지만, 흥분과 마찬가지로 긴장감 비슷한 게 실려 있었지.

언젠가 딱 한 번, 네가 나에게 진짜로 눈이 퀭하다고 말한 적이 있어. 그후로는 두 번 다시 그 말을 들을 수 없었지. 그때 난 너에게 아무래도 내가 죽으려나 보다라고, 손끝 하나 움직일 기운도 없다고 말했을 거야. 그러자 넌 팔을 크게 벌려 나를 안아주었잖아. 난 지금도 그때의 느낌을 고스란히 느낄 수 있어. 네가 나를 일으켜 세우고는 바짝 끌어당겨 네 배 위에 올려놓았을 때, 나는 내 몸이 얼마나 무기력한가를 느꼈어. 마치 다른 장소에 가 있는 듯한 느낌, 내 몸이 더이상 나에게 속하지 않는 것 같은 느낌이었거든. 넌 몇 시간 동안 계속해서 내 몸을 흔들어주었어. 입속말 하듯, 카테리나, 키트, 내 이름을 웅얼거리면서 말야. 그러면서 또 너는 언제나 나와 함께 있을 거라고, 나를 결코 떠나지 않을 것이며 나를 죽게 내버려두지도 않을 거라고 말했어.

그때는 몰랐지만 지금 생각해보면 그때 그 순간이 내 인생에서 가장 아름다웠던 순간이야.

나는 24번가에 있는 한 레스토랑에서 토마스와 작별 인사를 나누었어. 우리는 감자 튀김을 곁들인 스테이크를 먹었지. 토마스는 줄

곧 자신의 스테이크 접시만 바라보더군. 그런 식으로 내 눈길을 피했던 거야. 그는 허기 때문에 곧 숨 넘어갈 사람처럼 게걸스럽게 먹었어. 그의 접시는 눈 깜짝할 사이에 비어버렸어. 그리고 문득 나는 알게 됐어. 그가 점점 커지는 공허감을 다스리는 데에만 몰두하고 있으며 그 공허감으로 어쩔 줄 몰라하고 있다는 것을 말야. 그는 자신의 접시가 비었다는 사실을 너무나 끔찍하게 여기는 듯했고, 앞으로 두 번 다시는 음식을 먹을 수 없는 사람 같기도 했어. 이 피할 수 없는 순간을 마주한 그가 얼마나 엄청난 불안감에 휩싸여 있는가를 나는 그때 선명하게 보았지. 모든 것을 다 먹어치운 순간, 그는 확신과 안정감을 상실했고 벗어날 길, 나에게서 벗어날 길을 놓쳐버렸던 거야.

모든 탐닉은 자신의 힘으로, 그러니까 다른 사람에게 의존하지 않고 우정에 대한 동경을 충족시키기 위한 시도인 법이야. 탐닉은 의미에 대한 갈망이야. 하지만 그 갈망을 충족시키기 위해 살아 있는 다른 존재에게 의존하는 예속의 드라마에서 어떤 역할을 넘겨받거나 결합이 해체될지도 모른다는 끔찍한 공포에 시달릴 필요는 없어.

과식하거나 과음을 하는 사람은, 언제나 쉽게 손에 잡히고 그래서 그를 가만히 내버려두지 않는 무엇인가에 매이게 마련이야. 그것은 의식적으로 선택한, 영원을 약속하는 사회거든. 탐닉에는 가족이라는 운명에 대한 동경, 살면서 마주치는 의무에서 벗어나고자 하는 욕망이 숨어 있는 법이니까.

탐닉하는 사람은 불가능한 것, 즉 속박과 독립을 동시에 원하지만, 그게 가능하리라고 생각하는 것은 완전히 정신나간 짓이지.

그건 무언가 대가를 필요로 하기 때문이야.

그것은 아무것도 보상해주지 않아. 이를테면, 진리, 의미, 사랑 같은 것하고는 거리가 먼 거지. 게다가 더 나쁜 것은, 인간이 이 모든 것을 가장 두려운 상실의 위험, 즉 죽음이라는 위험에 내맡기게 된다는 점이야.

마을을 떠나던 날 나는 오직 한 가지 소망, 당시 내 삶이 도달해 있던 지점에서 가능한 한 멀리 떠나게 해달라는 소망을 품고 있었어. 그 지점에서 벗어나는 길, 다시는 돌아오지 않을 길을 원했던 거야. 하지만 같은 날 나는 아마도 또다른 소망 하나를 품고 있었던 모양이야. 그러니까 그와 똑같은 삶을 다시 한번 살 수 있기를, 그 어디에선가 무한한 호의와 어리석음으로 이루어진 동일한 혼란 속에 정착하고, 그런 다음 자유롭게 내 운명을 다른 사람의 행복과 결합시킬 수 있기를 바랐던 거야. 다른 누군가와 또다시 모든 것을 함께 체험하고 내 부모 형제를 사랑하듯 무기력함을 지닌 그 누군가를 사랑할 수 있기를, 인내심을 가지고 그런 사랑과 결부된 위험을 감당할 수 있기를 원했던 거지.
우정을 끝내고 결혼을 하는 것은 자유로운 의지에 따라 가정을 꾸린다는 의미야. 그러자면 약속을 해야 하는 거고.

젊다는 것은 수고롭다는 생각이 들지만 어른이 된다는 것은 그렇지 않아. 자유라는 조망할 수 없는 영역에 삶이 제공하는 유일한 발판은, 인간은 약속을 하고 선한 인간은 약속을 지킨다는 상식을 믿음으로써 스스로 속박당한다는 사실이야. 약속을 지킨다는 것은 인간적이고 훌륭한 삶을 이끌어갈 수 있는 유일한 방법이니까.

대가에 대한 장(章)은 내 박사학위 논문 중에서 가장 모험적인 부분이 될 거야.

탐닉은 대가를 필요로 하는 법이지. 그러자면 나에게는 최소한 돈이 중요해. 탐닉은 말 그대로 돈이 필요하니까. 탐닉을 위해 지불해야 하는 대가 중 가장 중요한 것은 물론 무게가 나가지는 않아. 중요한 것은 의미, 가치, 행복처럼 고정시키기 어려운 무엇의 상실이라는 사실을 어떻게 입증해야 할까?

말하자면 탐닉은 진리에 대한 욕구, 모순, 혹은 갈등의 해결에 대한 욕구라는 것, 그리고 이러한 욕구를 충족시키는 방법은 다름아닌 바로 그 모순, 이중성, 거짓말과 고통에서 생겨난다는 사실을 난 또 어떻게 입증해 보여야 할까?

탐닉으로 인해 파괴되는 것은 가장 위대한 꿈이 자리잡고 있는 바로 그 영역이며, 탐닉을 품은 인간은 누구나 유혹이라는 자신의 수단으로 인해 그 자신조차도 유혹당하기 때문에 결국 자신이 그 수단에 상처 입는다는 사실을 어떤 식으로 설명할 수 있을까?

네가 먹어치울 것은 더이상 존재하지 않아. 이제 너 자신을 시험하고 유혹할 수 있는 힘이 없어. 하지만 너는 더이상 사랑도 할 수 없을 거야.

이 모든 것을 글로 옮겨적기란 쉬운 일이 아냐.

탐닉하는 인간은 흔히 생산물을 낭비해. 타인에게 줄 수 없는 것까지도 주고 싶어하기 때문이야. 그런 인간은 자기 자신을 사랑할 수 없어. 자신을 존경하고 경외하고 의미를 부여하는 일도 물론 할 수 없어. 가장 인간적인 것으로 꼽히는 것들은 대체로 한 인간의 내면에서가 아니라 타인과의 관계를 통해서만 이루어지는 거니까. 사랑, 존경, 경외, 의미 등은 눈에 보이지 않는 무엇, 어떤 결합을 통해 생겨나는 그 무엇의 틈새에서만 생겨나는 거야. 다른 곳에서는 절대로 존재할 수 없어.

인간은 가장 인간적인 것을 주고받을 수 있을 뿐이거든.

화폐의 유통과 마찬가지로, 네가 가치를 인정하는 것들은 다른 사람들과의 합의가 전제될 때 비로소 유효한 거야. 인간이 탐닉 때문에 치러야 하는 가장 큰 대가는, 자기 망상에 빠질 때마다 이 의미심장한 결합을 신뢰할 수 없게 된다는 점이지.

아직 만족할 정도는 아니지만, 다음해에는 이 모든 것을 글로 정리하리라는 것, 그런 다음 존경하는 교수님들께서 그 글을 과연 어떻게 평가해줄지 기다리는 것밖에는 달리 할 일이 없다는 것만은 확실하게 알아. 하지만 어떤 평가를 받게 되든지 그런 건 상관없어. 나한테 중요한 건, 네가 그 글을 어떻게 받아들일 것인가 하는 점이니까.

아마 나는 내 책을 읽고 난 후 네 생각이 달라지기를 기대할 거야. 나는 네가 소유하지 않은 것을 너에게서 빼앗을 수 없어. 우리에 대한 '나의' 이야기는 너에게 속하는 게 아니야. 내가 너에게 보낸 편지도 마찬가지지. 숱한 편지들은 네 것이지만, 거기 적힌 내용은 내 것이야. 이 놀라운 결합에 대해 나는 두 번 다시 글로 기록하지 않을 거야.

어느새 밤이 깊었네.

이제 그만 자야겠어, 아라.

난 널 사랑해.

너 없는 나는 존재 의미가 없어.

자, 이제 내가 검지손가락을 높이 들어올리면, 너도 손가락을 걸어주겠니?

역자 후기

코니 팔멘은 1955년 네덜란드의 루르몬트 근교에서 태어나 암스테르담 대학에서 철학과 네덜란드 문학으로 박사학위를 받았고, 1991년 첫 소설 『법』을 발표하여 문단에 데뷔했다. 철학도인 여주인공이 직업이 다른 일곱 명의 남자들과 차례로 관계를 맺으며 자기 발견에 이르는 과정을 그려낸 이 소설로 네덜란드 문단과 삼십만 독자를 사로잡은 코니 팔멘은 1995년에 발표한 두번째 소설 『나의 가장 사랑스러운 적』에서도 다시 한번 여주인공의 자기 인식에 이르는 과정을 섬세하게 그려냄으로써 철학자 소설가의 진면목을 보여주며 작가로서의 위치를 확고히 했다.

어려서부터 비밀노트를 마련해놓고 혼자만의 대화를 즐기는가 하면, 신 죽음 행복 등 형이상학적인 주제를 즐겨 사유하던, 『나의 가장 사랑스러운 적』의 주인공 키트 부츠. 열한 살짜리 주인공이 어느 날 새로 전학 온 친구를 보고 그 만남을 '운명'으로 받아들이는 데서부터 이야기는 시작된다. 키가 작고 허약하며 사색을 즐기는 키트가 운명으로 받아들인 친구의 이름은 아라 칼렌바흐. 그녀는 주인공과 달리 키가 크고 뚱뚱하고 문자 해독에 문제가 있다. 주인공 키트는 독서와 사유를 통해 세계에 대한 통찰력, 나아가 구원에 이르기를 꿈꾸지만 아라는 냄새로 식물의 위치뿐 아니라 사람의 기분이 어떤지까지 알아맞히는 감각의 세계에 산다.

코니 팔멘은 사유와 존재 방식이 상이한 두 여자 친구의 집착에 가까운 우정을 중심으로 주인공이 가족, 사물, 친구 등 주변세계와 관계 맺는 과정을 '감정과 사유를 결합하는 매력적인 문체'로 묘사한다. 그리고 그러한 관계를 통해 자기 인식에 이르는 주인공의 내면세계를 '문학과 철학을 절묘하게 결합한 방법'으로 탐구한다. 독자는 작가가 이끄는 대로 십대의 주인공이 삼십대에 이르는 과정을 따라가다 보면 어느새 주인공과 하나가 되어 일상의 분주함에 쫓겨 대체로 잊고 살지만, 삶의 본질적인 의미를 묻는 것이기에 결코 외면할 수 없는 문제들을 하나하나 되짚어보게 된다.

왜 우리는 누군가에게 속하기를 원하면서 동시에 구속을 두려워하는가, 어떤 사람은 알코올에 중독되어 정신을 괴롭히고 어떤 사람은 음식에 탐닉해 비만한 육체를 만드는가, 운명과 선택은 어떻게 다른가, 죄의식과 두려움과 수치감의 정체는 무엇인가. 신, 죽음, 사랑, 행복, 가족은 나에게 어떤 의미가 있는가, 대체 나는 누구인가……

치밀한 언어 선택으로 독자의 사유 공간을 열어놓는 코니 팔멘의 작품을 번역하는 동안, 작은 실수 하나로도 의미 전달에 큰 손상을 줄 수 있다는 생각 때문에 내내 긴장하지 않을 수 없었다. 그렇긴 해도 심심찮게 주인공과의 일치감을 맛보며 잠시 손을 놓고 생각에 잠길 수 있었던 것은 전혀 새롭고 즐거운 체험이었다. 그런 즐거운 체험을 독자들과 함께 나눌 수 있었으면 좋겠다.

끝으로 문학동네 편집부에게 그 동안 '항암 치료'를 무기 삼아 수도 없이 약속 날짜를 어긴 데 대한 미안한 마음과 함께 고마움을 전하고 싶다.

1999년 가을
이계숙

이계숙
전문 번역가. 1957년 경기도 평택 출생. 한신대와 동대학원에서
독문학을 전공했다.
『천국에 가까이』『완전한 사랑』『시각 이미지의 참과 거짓』
『지상에 날개 접은 천사』『릴리와 나』『뚜쟁이인가 예술가인가』
『떠날 수 있으면 떠나라』 등을 우리말로 옮겼다.

나의 가장 사랑스러운 적

초판인쇄	1999년 11월 5일
초판발행	1999년 11월 15일

지 은 이	코니 팔멘
옮 긴 이	이계숙
펴 낸 이	강병선
펴 낸 곳	(주)문학동네
출판등록	1993년 10월 22일 제22-188호

주 소	136-034 서울시 성북구 동소문동 4가 260번지 동소문빌딩 6층
하 이 텔	podo1
천 리 안	greenpen
인 터 넷	www.munhak.com
전화번호	927-6790~5, 927-6751~2
팩 스	927-6753

ISBN 89-8281-245-8 03850
* 잘못된 책은 바꿔드립니다.